Für Angelika.
Für deine bunte Seele und bedingungslose Liebe.

Vorbemerkung für die Leser*innen

Liebe*r Leser*in,

dieser Roman enthält potenziell triggernde Inhalte. Aus diesem Grund befindet sich hier eine Triggerwarnung. Am Romanende findest du eine Themenübersicht, die demzufolge Spoiler für den Roman enthält.

Entscheide bitte für dich selbst, ob du diese Warnung liest. Gehe während des Lesens achtsam mit dir um. Falls du während des Lesens auf Probleme stößt und/oder betroffen bist, bleib damit nicht allein. Wende dich an deine Familie, Freunde oder auch professionelle Hilfestellen.

Wir wünschen dir alles Gute und das bestmögliche Erlebnis beim Lesen dieser besonderen Geschichte.

Leandra Seyfried und das Impress-Team

Playlist

Glory – Bastille
Pulaski at Night – Andrew Bird
Falling – The Dawn of MAY
Female Robbery – The Neighbourhood
Take Control – Kodaline
The Dark – SYML
Fire on Fire – Sam Smith
I Can't Go on Without You – KALEO
White Room – Cream
Ballad of Sir Frankie Crisp – George Harrison
Close Your Eyes – RHODES
Going to a Town – Rufus Wainwright
Sign of the Times – Harry Styles

I love you as certain dark things are to be loved,
in secret, between the shadow and the soul. – Pablo Neruda

Kapitel 1

Als ich das Gefängnis betrat und mir der vertraute Geruch von Filterkaffee und Desinfektionsmittel entgegenschlug, atmete ich wie jedes Mal erleichtert auf. Polizisten liefen in der weitläufigen Eingangshalle umher, Türöffner summten und Besucher warteten darauf, dass sie hereingelassen wurden.

Anstatt mich am rechten Schalter anzustellen, reihte ich mich hinter einer Frau im beigen Trenchcoat am linken Schalter ein, der für Anwälte und Rechtsberater gedacht war.

Während ich wartete, streifte ich meinen Mantel ab. Nach den vielen Malen, die ich bereits durch die Sicherheitskontrolle gegangen war, wusste ich, dass Mäntel und Jacken in den Besucherräumen nicht gestattet waren. Keine zu enge und weite Kleidung, keine Ausschnitte, keine Handys. Die Liste an Dingen, die man nicht bei sich haben oder tun durfte, war lang. Doch das Einzige, was ich brauchte, waren mein Aufnahmegerät und mein Notizblock.

Hin und wieder warf ich verstohlene Blicke durch die Halle und hoffte inständig, dass ich Ian heute nicht begegnen würde. Innerhalb der nächsten sechzig Minuten musste ich mich nicht verstellen und niemand sein, der ich nicht war – vorausgesetzt, ich schaffte es in den Besucherraum, ohne ihm vorher über den Weg zu laufen.

Abwesend zupfte ich ein gelbes Herbstblatt von meinem dunkelgrünen Mantel, als mich die raue Stimme des Polizisten am Schalter aus den Gedanken riss. »Nächster.«

Ich hatte nicht gemerkt, dass die Frau vor mir bereits weitergegangen war. Mit einem entschuldigenden Lächeln auf den Lippen trat ich vor die Glasscheibe und blickte in das Gesicht eines Mannes, den ich nie zuvor gesehen hatte. Er musterte mich mit gelangweiltem Blick durch das schusssichere

Glas und rieb sich über den haarlosen Kopf. »Name?«, verlangte er zu wissen, seine Stimme durch das in die Scheibe eingelassene Mikrofon verzerrt.

»Devon Turner«, erwiderte ich. »Ich bin als wiederkehrende Besucherin für Patricia Reed eingetragen –«

»Falscher Schalter«, unterbrach er mich genervt und tippte fester als notwendig auf den laminierten Zettel, der von innen an das Glas geklebt war. »Nur für Anwälte und Rechtsberater. Steht hier so groß, dass alle es lesen können.« Der Blick aus seinen braunen Augen bohrte sich in meine und ich fühlte mich beinahe, als wäre ich eine Gefangene und keine Besucherin.

Ich atmete einmal kurz durch und versuchte trotz seiner Unfreundlichkeit ein Lächeln. »Ich bin jede Woche mehrmals hier, um Patricia Reed für meine Abschlussarbeit zu befragen.« Demonstrativ wedelte ich mit meinem Notizblock und dem Aufnahmegerät, als würde ihm das helfen zu verstehen.

Seine Miene blieb unverändert. »Und wenn Sie dort drinnen Al Capone persönlich befragen würden – rechts ist der offizielle Schalter für Besucher«, sagte er langsam, als hätte ich Schwierigkeiten, die Bedeutung seiner Worte zu verstehen, ehe er sich wieder seinem Bildschirm zuwandte.

Ich blickte nach rechts. Für den Bruchteil einer Sekunde dachte ich tatsächlich darüber nach, an jenen Schalter zu gehen, meine Daten aufs Neue anzugeben und eine halbe Stunde in der Schlange zu stehen. Doch meine Füße taten vom dreistündigen Balletttraining heute Morgen noch so weh, dass allein der Gedanke an das lange Warten das schmerzhafte Pochen verstärkte.

Ich räusperte mich. »Ich habe mich bereits vor sechs Wochen am rechten Schalter angemeldet«, erklärte ich in einem letzten verzweifelten Versuch und klemmte den Notizblock unter meinen Arm. »Mir wurde ausdrücklich gesagt, dass ich mich hier anstellen solle, weil –«

»Ich bitte Sie jetzt ein allerletztes Mal, sich an den anderen Schalter –« Doch auch er konnte seinen Satz nicht beenden.

»Tom, was soll das?«, unterbrach ihn eine mir vertraute Stimme und das Blut sackte in meine Beine. »Lass sie rein, sie gehört zu mir.«

Mist. So viel zu *Hoffentlich begegne ich ihm heute nicht. Hätte ich mich doch bloß am rechten Schalter angestellt*, dachte ich im selben Moment, als Ian hinter dem Polizisten auftauchte und den roten Knopf neben der Tastatur drückte.

Ich seufzte leise, was von dem lauten Geräusch des elektrischen Türöffners übertönt wurde. Ich legte den Notizblock, meinen Mantel und das Aufnahmegerät in eine Plastikschachtel und platzierte sie auf dem Band, ehe ich widerstrebend auf Ian zuging. Seine blonden Haare waren zur Seite gegelt, was seine ohnehin kantigen Kieferknochen noch eckiger aussehen ließ. Der Blick aus seinen kühlen blauen Augen war auf mich gerichtet und er nickte mir knapp zu.

Was für eine herzliche Begrüßung.

In seiner Uniform sah er größer aus als sonst, was ihm selbst deutlich bewusst war. »Er ist seit drei Tagen hier und führt sich jetzt schon auf, als hätte er etwas zu sagen«, meinte Ian, während ich durch die Tür trat, die sich automatisch hinter mir schloss. Er machte einen Schritt auf mich zu und hob seinen Arm.

Unwillkürlich zuckte ich zusammen.

Ian hielt inne und runzelte die Stirn. »Was ist los mit dir?«, fragte er und hielt den Körperscanner in die Höhe, den ich im ersten Augenblick nicht bemerkt hatte.

Moment. Ein Körperscanner? Um Himmels willen.

Ich hob eine Augenbraue und zeigte darauf. »Ist das dein Ernst?« Ich lachte nervös, bis mir aufging, dass er tatsächlich nicht scherzte. Mein Lachen verging so schnell, wie es gekommen war. »Du willst mich scannen?« Ich konnte die Fassungslosigkeit in meiner Stimme nicht verbergen.

Ian sah mich an, als hätte ich ihn gefragt, ob er mit mir eine Bank ausrauben wollte. »Du bist in einem Gefängnis und besuchst eine Insassin. Ich verstehe deine Frage nicht.«

Ich stieß ein ersticktes Lachen aus. »Denkst du, ich bin über Nacht zur Drogenschmugglerin geworden?«, fragte ich und hielt seinem Blick stand.

Keine Antwort.

Ich senkte meine Stimme. »Wir sind verlobt, Ian. Wir wohnen zusammen. Findest du das nicht ein bisschen unangebracht?«

Niemand, der uns beide zusammen sah, käme auf die Idee, dass wir verlobt waren und zusammenwohnten. Wahrscheinlich hätte man nicht einmal vermutet, dass wir einander kannten, was traurig genug war. Ehrlich gesagt, versuchte ich es selbst manchmal zu vergessen.

Statt einer Antwort drückte er demonstrativ auf den Knopf des Körperscanners, der kurz darauf mit einem wütenden Summen zum Leben erwachte, ehe er mich von meinen Schuhen aufwärts scannte. »Das ist ein Gefängnis, Devon. Ich weiß nicht, was du von mir erwartest.«

Ich seufzte innerlich. Er hatte recht. Warum überraschte mich das überhaupt?

Er fuhr mit dem Scanner an meinem Arm entlang und sah mir dabei ins Gesicht. »Wie lange musst du diese Interviews überhaupt noch machen?« Ich sah das Missfallen in seinen Augen aufblitzen. Er versuchte nicht einmal zu verstecken, wie wenig ihm meine Besuche behagten, doch ich hatte kein Bedürfnis, deshalb erneut mit ihm zu streiten.

Ian hatte seine Karriere als Polizist begonnen und sich ziemlich schnell zum Leiter des Gefängnisses hochgearbeitet. Mit fünfundzwanzig Jahren ein Gefängnis zu managen, war ungewöhnlich, doch es hatte sicher nicht wenig damit zu tun, dass seine Mutter die Chefin des Chicagoer Polizeipräsidiums war.

Als ich ihm vor zwei Monaten das erste Mal erzählt hatte, dass ich für die Abschlussarbeit meines Kriminologiestudiums einen Insassen befragen wollte, hatte er den ganzen Tag nicht mehr mit mir geredet. Ich konnte nachvollziehen, dass er als Polizist in Chicago genau wusste, wie Verbrecher waren, und mich vor der Realität des Gefängnisses in einer Weise beschützen wollte, doch er vergaß immer, dass ich ebenfalls wusste, wie Kriminelle tickten. Schließlich hatte ich das die letzten drei Jahre studiert.

Außerdem war uns beiden klar, dass er gern die Kontrolle hatte und ihm schlichtweg der Gedanke, dass ich einen Großteil meiner Zeit im Gefängnis verbrachte, nicht gefiel. Zu unvorhersehbar.

Ich hatte es dennoch getan. Was unsere ohnehin fragwürdige Beziehung nicht unbedingt verbessert hatte.

Natürlich war es naheliegend, dass ich einen Insassen im *Metropolitan Correctional Center* befragte, da Ian hier arbeitete und das Personal kannte. Dennoch hoffte ich jedes Mal, dass ich ihm dabei nicht begegnete – was an den meisten Tagen auch klappte.

Plötzlich hielt Ian inne und bedachte mich mit einem solch kühlen Blick, dass mir ein unangenehmer Schauer über den Rücken lief.

»Was?« Mein Herz klopfte schnell in meiner Brust. »Hast du die versteckten Drogen gefunden? Bin ich jetzt verhaftet?«, fragte ich scherzhaft, um meine Unsicherheit zu überspielen, und bereute es noch in dem Moment, als die Frage meinen Mund verließ.

Er ignorierte meine Bemerkung, ließ den Scanner sinken und wies auf meine linke Hand. »Du trägst ihn schon wieder nicht.«

Mist. Der blöde Ring.

Automatisch fuhr ich mit dem Daumen über die leere Stelle an meinem Ringfinger. Dann sah ich demonstrativ auf meine Hand und riss die Augen auf. »O Scheiße, sorry. Ich muss ihn zu Hause im Bad vergessen haben«, log ich. Dabei wusste ich ganz genau, wo er war. Er lag in der Schublade meines Nachttisches, wo der protzige und viel zu teure Ring von mir aus gern zu Staub zerfallen durfte.

Er verengte die Augen. Ob er wusste, dass ich log, konnte ich nicht sagen. »Das ist jetzt das zweite Mal diese Woche, Devon. Wenn ich es nicht besser wüsste, würde ich vermuten, du willst ihn gar nicht tragen.« Ohne den Blick von mir abzuwenden, trat er an das Band und nahm meinen Mantel, den Notizblock und das Aufnahmegerät aus der Schachtel. »Denk übermorgen daran, ihn anzuziehen.«

Mein Magen zog sich zusammen. »Übermorgen?«, fragte ich verwundert und machte Platz für einen Polizisten, der begleitet von dem lauten Summen des Türöffners in den Gang schritt.

Ian nickte ihm knapp zu, ehe er seine eisblauen Augen wieder auf mich richtete. »Deine Geburtstagsfeier? Mia und Jason kommen?«, meinte er sichtlich genervt. »Sag mir nicht, du hast deinen eigenen Geburtstag vergessen.«

Ich schluckte schwer. Doch, das hatte ich tatsächlich. Vielleicht hatte ich es aber auch nur verdrängt. Allerdings wusste ich es besser, als mir meinen Unmut über die anstehende Feier anmerken zu lassen.

Ich schüttelte energisch den Kopf, wobei mir eine dunkle Strähne ins Gesicht fiel. »Nein, klar. Mein Geburtstag. Den habe ich natürlich nicht vergessen«, brachte ich mühsam hervor und hoffte, Ian sah mir nicht an, dass ich meinen Kopf am liebsten gegen die Wand geschlagen hätte. »Ich freue mich«, fügte ich hinzu, um ihn auch wirklich davon zu überzeugen. Faszinierend, wie gut ich darin geworden war, eine Lüge nach der anderen aufeinanderzustapeln. Ich wusste nicht, ob mich das beunruhigen oder beeindrucken sollte.

»Perfekt«, sagte er schlicht, drückte mir meine Sachen in die Hand und gab mir einen flüchtigen Kuss auf die Wange. Er roch nach dem Shampoo, das er seit Jahren jeden Tag benutzte. »Bis heute Abend.« Mit diesen Worten drehte er sich auf dem Absatz um und verschwand hinter einer der vielen Türen entlang des Gangs. Als kurz darauf sein tiefes Lachen von den Wänden widerhallte, fragte ich mich, warum der Kuss mein Herz nicht leichter, sondern schwerer gemacht hatte.

Wenn ich die Zeit hätte zurückdrehen können, um alles anders zu machen, hätte ich es getan. Ohne mit der Wimper zu zucken.

***

Den ganzen Weg von der Eingangshalle bis zum Besucherraum im achten Stock versuchte ich die Gedanken an Ian und meinen anstehenden Geburtstag zu verdrängen, was mir zugegebenermaßen nicht besonders gut gelang. Dass Ian mir meinen Besuch im Gefängnis verdorben hatte, brachte mein Blut zum Kochen. Es war eines der wenigen Dinge, die nur mir gehörten – was wollte er noch alles an sich reißen?

Im Vorzimmer angekommen wurde ich von einer Wärterin mit blondem Pferdeschwanz und freundlichem Gesicht zu einem Spind in der Nähe der Tür begleitet. So nah am Besucherraum und den Insassen durfte man keinen Schritt ohne Begleitung tun.

Während sie mich abtastete, fiel mein Blick auf ein blondes Mädchen. Ich schätzte sie auf mein Alter – Anfang zwanzig – und wie ich wurde sie gerade von einer Wärterin durchsucht. Als sich unsere Blicke trafen, starrte sie mit rot umrandeten Augen geradewegs durch mich hindurch, während sie ohne Pause ihre Hände knetete. Sie hatte Angst. Ein Gefühl, das alle spürten, die drauf und dran waren, einen Raum voller inhaftierter Schwerverbrecher zu betreten.

Alle außer mir. Angst war ein Gefühl, das ich zur Genüge kannte, doch der einzige Ort, an dem ich mich nie gefürchtet hatte, war dieser. Zugegeben hätte ich das allerdings nie – womöglich hielten mich die Menschen sonst noch für eine Psychopatin.

Ich bedankte mich bei der Wärterin und legte meinen Mantel in eines der Fächer. Daraufhin stopfte ich die zerknitterte Bahnfahrkarte und mein Handy in eine der Manteltaschen.

Vor der Tür mit dem kleinen quadratischen Fenster wartete ich schließlich, bis mir ein weiterer Wärter Zugang zum Raum gewährte. Während meiner ersten Wochen hatte ich jedes Mal eine Sonderberechtigung für einen Kugelschreiber beantragt, was mir aber nach einer Weile zu mühsam geworden war, da sie meist abgelehnt worden war. Der Wärter, der mir die Berechtigung verwehrt hatte, hatte erklärt, dass es zu gefährlich sei. »Insassen haben schon für weniger einen Mord begangen«, hatten seine genauen Worte gelautet.

Ein Polizist mit kurzen schwarzen Haaren brummte etwas Unverständliches in sein Funkgerät, ehe er den Türöffner betätigte und mir bedeutete, ihm in den Besucherraum zu folgen. Er brachte mich zu einem Tisch am Fenster, der einen Blick auf einen kleinen Teil der Skyline Chicagos bot. Von hier aus sah ich sogar die Spitze des Willis Towers.

Anstatt außerhalb der Stadt befand sich das MCC im Herzen Chicagos und unweit des berühmten Millennium Parks, in dem sich stets die meisten Touristen tummelten. Obwohl Chicago mit der außergewöhnlich hohen Mordrate zu einer der gefährlichsten Städte der USA gehörte, blieben die Besucher nicht aus. Im Gegenteil.

Ich legte das Aufnahmegerät und den Notizblock auf dem kalten Metall des am Boden festgeschraubten Tisches ab und sah mich im Raum um. Etwa die

Hälfte aller Plätze war besetzt. An jedem Tisch saßen je ein Insasse im deutlich hervorstechenden orangefarbenen Overall sowie ein bis zwei Besucher. Die Atmosphäre im Raum war seltsam, da sie von Sitzplatz zu Sitzplatz variierte. Es fühlte sich beinahe an, als bildete jeder Tisch eine eigene Blase, die von der Außenwelt abgeschottet war. In manchen wurden wütende Blicke, Tränen, verzweifelte Worte oder Beleidigungen ausgetauscht. In anderen wurden Liebesgeständnisse geflüstert und Versprechen gegeben. Versprechen, die in wieder anderen Blasen gebrochen wurden.

Zwei Tische weiter entdeckte ich das Mädchen aus dem Vorraum. Sie saß einem tätowierten Mann gegenüber, der sein Gesicht in den Händen vergraben hatte. Seine Schultern bebten, während ihr leise eine Träne über die Wange lief. Schnell wandte ich meinen Blick ab, da die Situation zu persönlich war und ich mich beim Beobachten wie ein Eindringling fühlte.

Gerade als ich mich auf dem festgeschraubten Sitz niedergelassen hatte, summte der Türöffner auf der anderen Seite des Raumes. Im Rahmen erschien Patricia, dicht gefolgt von einem Wärter, der sie an ihren hinter ihrem Rücken mit Handschellen befestigten Händen zum Tisch führte.

Als Ian sich damals letzten Endes bereit erklärt hatte, mich einen Insassen für meine Abschlussarbeit befragen zu lassen, hatte er einige Tage damit verbracht, die richtige Person auszuwählen. Interessant genug, aber nicht zu gefährlich. Ein Insasse mit viel Erzählstoff, ohne mich dabei in Gefahr zu bringen. Dass es sich bei der ausgewählten Person um eine Frau handelte, war sicher auch kein Zufall.

Als Patricia mich sah, hellte sich ihr Gesicht auf. Der Wärter löste ihre Handschellen, woraufhin sie mir überschwänglich zuwinkte.

Sie war eine zweiunddreißigjährige weiße Frau und hatte ein freundliches Gesicht mit einem breiten Lächeln und einer ebenso breiten Zahnlücke.

»Devon!« Sie schloss mich fest in ihre Arme. »Ich bin so froh, dich zu sehen«, murmelte sie in meine langen dunkelbraunen Haare, die ich direkt nach dem Training aus dem strengen Haarknoten gelöst hatte.

»Das reicht jetzt«, mahnte der Wärter, der Patricia begleitet hatte und nun neben unserem Tisch stand, um sie wachsam im Auge zu behalten. Ein

Händedruck, eine Umarmung oder ein Kuss am Anfang und am Ende jedes Besuchs waren erlaubt. Während des Treffens waren dafür sämtliche weiteren Berührungen verboten.

Widerstrebend löste ich mich aus der Umarmung und setzte mich ihr gegenüber an den Tisch. »Ich freue mich auch, dich zu sehen, Pat«, sagte ich. »Danke, dass du dir wieder Zeit für mich nimmst.«

Sie machte eine abwinkende Geste. »Ich bitte dich. Das ist das Highlight meines Tages.«

Meines auch, antwortete ich in Gedanken. »Wie war dein Wochenende?«, fragte ich stattdessen laut.

Sie tippte sich spielerisch mit dem Finger an die Lippe. »Lass mich nachdenken.« Schließlich schnaubte sie. »Ach ja, richtig! Es ist genau gar nichts passiert.«

Ich grinste schief. »Jetzt übertreibst du aber.«

»Es ist die Wahrheit! Ich kann dir alles über die stinkenden Duschen, die klebrige Lasagne oder den Gefängnisklatsch erzählen, aber das willst du doch gar nicht hören. Erzähl mir lieber von deinem Wochenende. Irgendetwas, das mir das Gefühl gibt, noch zu wissen, was da draußen abgeht.« Sie wies mit der Hand auf die Straße, die von unserem Tisch aus zu sehen war. Die Chicagoer Hochbahn fuhr gerade über die Gleise.

Ich rümpfte die Nase. »Ich war beim Training und habe an meiner Abschlussarbeit geschrieben. Mehr gibt es bei mir auch nicht zu erzählen.« Außer vielleicht, dass ich mich nach einer eigenen Wohnung umgesehen hatte, nur um die Seite wieder zu schließen und meinen Verlauf zu löschen. Aber das erwähnte ich natürlich nicht.

Sie schnalzte mit der Zunge. »Irgendetwas musst du mir geben, Dev.« Sie musterte mich eindringlich. »Wie geht es deinem Verlobten?«

Falsche Frage. Ich blickte auf meine Finger. »Gut«, war alles, was ich dazu sagen konnte.

Patricia und ich kannten uns noch nicht lange und dennoch war sie eine Freundin für mich geworden. Vielleicht meine einzige.

Wenn Ian gewusst hätte, wie gut ich mich mit ihr verstand, hätte er einen

Herzinfarkt bekommen. Für ihn bestand die Welt aus Verbrechern und Unschuldigen. Mehr sah er in den Menschen nicht, was meiner Meinung nach lächerlich war. Menschen waren nicht schlecht, nur weil sie ein Verbrechen begangen hatten, und nicht gut, weil sie es nicht taten. Aus Erfahrung wusste ich genau, dass das vermeintlich Gute niemals so gut war, wie es schien. Wenn nicht sogar das Gegenteil der Fall war: Während das Gute zahlreiche Ecken hatte, in denen verborgene Schatten lauerten, war das Schlechte geradlinig und ehrlich.

Vielleicht war das der Grund, weshalb ich das Gefängnis mochte – weil Menschen wie Patricia nicht versuchten, ihre dunkle Seite zu verstecken. Anders als mein Vater und Ian, die zwar nicht verurteilt, aber unter keinen Umständen unschuldig waren. Denn wir alle besaßen eine dunkle Seite – ob wir es nun wollten oder nicht.

»Wie läuft es ansonsten bei dir, Pat?«, fragte ich eilig, bevor sie mir noch mehr Fragen über mein Leben stellte und ich die Fassade nicht länger aufrechterhalten konnte. »Gibt es was Neues?«

Sie stützte ihren Arm auf der Metallplatte des Tisches ab. Falls sie bemerkt hatte, wie ungern ich über mich redete, ließ sie es sich nicht anmerken. Das wusste sie bereits von den letzten Malen. »Meine Mom hat mich letzte Woche besucht«, verkündete sie, was meine Stimmung sofort aufhellte.

»Pat, das ist großartig!«, sagte ich. »Wie war es?«

Sie zuckte mit den Schultern und senkte ihren Blick. »Sie war reserviert, und als ich gefragt habe, ob ich meine Tochter endlich sehen darf, hat sie sofort abgeblockt. Sie wollte mir nicht einmal erzählen, wie es ihr geht, als könnte allein das Aussprechen ihres Namens im Gefängnis Unglück bringen. Hat nur noch gefehlt, dass sie sich jedes Mal bekreuzigt, wenn ich ihn nenne.« Sie rollte mit den Augen. »Aber es war ein Anfang. Ich denke, man kann von seiner Mutter nicht viel Mitgefühl erwarten, wenn man eine Bank ausgeraubt hat.« Ein schwaches Lächeln zeigte sich auf ihren Lippen.

Genau genommen hatte Patricia nie eine Bank ausgeraubt. Sie hatte den Fluchtwagen gefahren, während zwei ihrer Freunde die Tat begangen hatten. Als sie vom Auto aus gesehen hatte, dass ihre Komplizen verhaftet worden waren, bevor sie auch nur ihre Waffen hatten zücken können, war sie aufs Gaspedal getreten und geflüchtet.

Doch auch sie war nach einer zehnminütigen Verfolgungsjagd gestoppt und verhaftet worden. Bei dem Gedanken, dass sie noch fünf weitere Jahre hierbleiben musste, wurde mein Herz schwer.

»Egal«, sagte Patricia und pustete sich eine weißblonde Locke aus dem Gesicht. »Ich habe mich für das heutige Interview besonders schön gemacht – wie steht mir die Farbe?« Sie strich grinsend über den Stoff ihres orangefarbenen Overalls, als handelte es sich dabei um eine Seidenbluse.

»Hervorragend. Gut, dass du es ansprichst: Ich wollte dich noch fragen, wo man den kaufen kann«, erwiderte ich schmunzelnd.

Sie zwinkerte mir zu. »Ist ziemlich teurer Designerscheiß. Aber ich werde mal nicht so sein und ihn dir leihen.«

Ich lachte auf und das erste Mal in dieser Woche fühlte ich, wie sich meine Schultern lockerten. Ich war keine Verbrecherin, dennoch war das Gefängnis der einzige Ort, an dem ich mich nicht wie eine Hochstaplerin fühlte. Normal war das nicht.

Ich griff nach dem Aufnahmegerät, verharrte mit dem Finger über dem Knopf an der Seite und blickte ihr in die Augen. »Bereit, über die Vergangenheit zu reden, Pat?«

Sie zögerte einen kurzen Moment, nickte aber schließlich. Ich drückte den Knopf und wartete, bis das kleine Licht grün aufleuchtete. Dann legte ich das Gerät zwischen uns auf dem Tisch ab und begann mit meiner Befragung.

Kapitel 2

Die Türen der Bahn öffneten sich mit einem leisen Zischen, als ich eine Station vor der eigentlichen Haltestelle ausstieg, um den Rest des Weges zu Fuß zu gehen. Bunte Blätter knirschten unter meinen Sohlen, als ich eine der zahlreichen Brücken überquerte, die über den Chicago River führten. Zitternd zog ich den Mantel enger um meinen Körper. Kalter Wind blies durch den Wald aus Hochhäusern, obwohl der Himmel blau war und das Sonnenlicht auf dem Lake Michigan reflektierte. Er war der fünftgrößte See der Welt, weshalb ich am Horizont nichts als endlose Weite, Himmel und Wolken sah – wie am Meer.

Je näher ich dem fünfzig Stockwerke hohen Apartmenthaus kam, desto stärker spannte sich mein Körper an. Welch Ironie, dass Ian das MCC leitete, da sich unsere Wohnung anfühlte wie mein persönliches Gefängnis. Ich hatte es nicht besonders eilig, nach Hause zu kommen. Doch ganz gleich, wie lange ich den Spaziergang auch ausdehnte – er endete stets vor demselben Gebäude. Das Durchschnittseinkommen der Anwohner in dieser Umgebung war wesentlich höher als im Rest Chicagos und das ganze Haus repräsentierte das. Vom Concierge, der vor dem überdachten Eingang bereitstand, über die breite Treppe mit vergoldetem Geländer bis hin zur Rezeption aus Marmor.

Meine nassen Turnschuhe quietschten bei jedem Schritt auf dem polierten Boden der Eingangshalle. Im Aufzug drückte ich die Taste mit der Nummer siebenundvierzig, die durch meine Berührung weiß aufleuchtete, ehe sich die Türen schlossen.

Mein Vater hatte das Apartmenthaus vor zwanzig Jahren erworben, lange bevor er Bürgermeister Chicagos geworden war und während er noch als Anwalt gearbeitet hatte. Ich war hier aufgewachsen, dennoch fühlte ich mich so zugehörig wie ein matschiger Wanderschuh in einem Regal voll brandneuer Designer-High-Heels.

Bevor ich vor drei Jahren mit Ian in eine der Wohnungen auf der siebenundvierzigsten Etage gezogen war, hatte ich mit meinem Vater im Penthouse gewohnt. Doch weder die geräumigen Zimmer mit Aussicht auf den Lake Michigan noch die ausgewählten Designermöbel hatten aus mir die Tochter gemacht, die er gern gehabt hätte.

Am Ende des Ganges angekommen hielt ich die Schlüsselkarte an den Scanner der weißen Tür und betrat kurz darauf meine Wohnung. Die bodentiefen Fenster boten einen Blick auf die umliegenden Wolkenkratzer und einen Teil des Sees. Dominiert wurde der Raum von zwei beigen Couchen, die zum Kamin ausgerichtet waren. Links um die Ecke fand ich die offene Küche und den Esstisch aus Kirschholz, an dem acht Personen Platz hatten. Die Wohnung war mit dunklem Parkett, hohen Decken und einer geschmackvollen Einrichtung ausgestattet – und dennoch fühlte ich mich, als würde ich in einem Katalog und nicht in einem richtigen Zuhause wohnen.

Nachdem ich die Tasche und den Mantel am Eingang abgelegt hatte, ging ich in die Küche und stellte meine Lieblingstasse unter die Kaffeemaschine. Ich griff nach der durchsichtigen Dose und gab zwei Löffel Kakaopulver hinzu, ehe ich den Knopf drückte. Ian hasste es, wenn ich das tat. Seiner Meinung nach verdarb ich damit den wahren Geschmack des Kaffees, was auch immer das bedeuten sollte. Der warme Duft von Kaffee und Schokolade vermischte sich mit dem Geruch nach neuen Möbeln, der auch nach drei Jahren nicht verschwinden wollte. Ich rührte mein Getränk ein letztes Mal um und machte mich auf den Weg ins Wohnzimmer, als ich es plötzlich sah.

Mitten auf der Kücheninsel stand eine große weiße Schachtel.

O nein. Ich blieb stehen und schloss für einen Moment die Augen. Ich wusste genau, was das bedeutete, und am liebsten hätte ich einfach so getan, als hätte ich sie nicht gesehen. Dann hätte ich mich mit meinem Laptop auf die Couch setzen können, um an meiner Abschlussarbeit weiterzuschreiben. Aber dafür war es wohl zu spät. Ich hatte sie gesehen und es war zwecklos, mich dem, was nun kam, zu widersetzen. Mich *ihm* zu widersetzen.

Seufzend stellte ich die Tasse ab, wodurch ein bisschen Kaffee über den Rand schwappte, und hob den Deckel der Schachtel an. Auf zerknittertem Krepppapier lag ein buttergelber Zettel.

Heute Abend um neun, Spendengala im NewChicago Hotel.

Ich rieb mir mit der freien Hand über die Augen. So hatte ich mir meinen Abend nicht vorgestellt. Mein Vater erwartete mal wieder meine Anwesenheit auf einer seiner Spendengalas. Von den letzten Malen wusste ich bereits, dass ich in der Schachtel höchstwahrscheinlich ein Kleid finden würde. Ich wollte gar nicht wissen, welches der Sekretär meines Vaters dieses Mal ausgewählt hatte. Die Tatsache, dass er einen Schlüssel für die Wohnung besaß, war unheimlich genug.

Vorsichtig legte ich das knisternde Papier auf die Seite und strich dann über den hauchzarten Stoff des gewitterwolkengrauen Kleides. Gerade als ich es herausheben wollte, fiel mein Blick auf das Preisschild. Geräuschvoll sog ich die Luft ein und hielt in der Bewegung inne. Das konnte nicht sein Ernst sein. Das Kleid hatte zweitausend Dollar gekostet. Behutsam ließ ich es zurück in die Schachtel gleiten.

Früher hatte ich geglaubt, dass er mir jedes Mal ein Kleid schenkte, weil er wusste, wie sehr ich solche Events verabscheute. Dabei hatte er es nur noch schlimmer gemacht, da ich weder an teuren Designerkleidern interessiert war noch daran, dass er sich damit meine Zustimmung erkaufen wollte. Erst später war mir aufgegangen, dass er es nicht tat, um mich zu besänftigen, sondern um zu garantieren, dass ich elegant gekleidet war. Er wusste ganz genau, dass ich auf Materielles keinen Wert legte und mir niemals selbst ein solch teures Kleid zugelegt hätte, weshalb er meine Garderobe schlicht selbst in die Hand nahm. Ich war nie genug für ihn.

Und dennoch wusste ich bereits, dass ich heute Abend um neun im

NewChicago Hotel sein würde. Weil er es erwartete. Und weil man sich Elliott Turner nicht widersetzte.

***

Meine Mutter war stets der festen Überzeugung gewesen, dass man jeder Situation etwas Positives abgewinnen konnte. So schwer es auch oft war, hielt ich mich Tag für Tag an dieser Aussage fest. Schließlich war es der einzige Ratschlag, den ich je von ihr bekommen würde. Allerdings hatte ich all meine Bemühungen in dem Moment über Bord geworfen, in dem ich die Gala betreten hatte.

Mein Vater und ich waren nicht gemeinsam gefahren, doch das war nichts Neues. Jedes Mal kam er über eine Stunde zu spät zu seiner eigenen Veranstaltung und ließ sich dann feiern wie der Präsident höchstpersönlich. Es war eine Spendengala, doch sein Ziel war nicht wirklich, Geld für Kinder in Simbabwe zu sammeln, sondern neue Wähler für seine Wiederwahl im Februar zu gewinnen. Das war das Einzige, was ihm am Herzen lag.

Und ich war seine Marionette.

Ich redete mit den Gästen, beantwortete Fragen zur Spendenorganisation – über die mein Vater nicht das Geringste wusste – und machte der Frau des Hotelmanagers ein Kompliment zu ihrem äußerst hässlichen und vor allem viel zu kurzen Kleid. Zusammengefasst: Ich tat all das, was man von mir erwartete. Es war wie ein Drehbuch, das ich vor langer Zeit auswendig gelernt hatte. Ich hatte jede Zeile, jede Geste verinnerlicht.

Und ich hasste es. Alles daran.

Jetzt stand ich mit einem Glas Champagner in der Hand an einem der Stehtische inmitten der Feier und wünschte mir sehnlichst, ich wäre woanders. Die gesamte obere Etage des Hotels war für die Spendengala umfunktioniert worden und stellte nun eine geschmackvolle Bühne für die geschmacklosen Lügen der perfekt gekleideten Chicagoer Elite dar. Hinter den Fenstern blinkten die Lichter der Großstadt – nicht als hätte es auch nur eine Person hier interessiert, was in der echten Welt vor sich ging.

Ich war auf einem dieser Events gewesen, als ich entschieden hatte,

Kriminologie zu studieren. Denn hier, in der Welt des Scheins und des Perfektionismus, hatte mich das Böse angezogen wie ein Magnet. Ich hatte die Abgründe und die dunkelsten Seiten der Menschen kennenlernen wollen und war nicht enttäuscht worden. Verbrechen kannten keine Gesellschaftsschichten.

Ich ließ meinen Blick durch den Raum schweifen. Dort hinten stand Lola Markovic – das wandelnde zwanzigjährige Klischee, das mit dem Finanzminister verlobt war, der seine verbliebenen Haare über die kahle Stelle an seinem Kopf gekämmt hatte. Ironischerweise stand direkt neben ihm Hank Trent, über den alle wussten, dass er Steuern in Millionenhöhe hinterzogen hatte. Und dennoch war er hier, während Patricia, die einen Fluchtwagen gefahren war, um ihr hungriges Kind ernähren zu können, noch für weitere fünf Jahre im Gefängnis bleiben musste. Bei dem Gedanken an die Ungerechtigkeit verspürte ich das plötzliche Bedürfnis, Hank Trent am Kragen zu packen und persönlich ins MCC zu schleifen, damit er den Platz mit Patricia tauschte.

Als mein Blick auf einen Spiegel fiel, aus dem mir mein eigenes blasses Gesicht entgegenblickte, zog ich die Nase kraus. Mit diesem bodenlangen Kleid unterschied ich mich kaum von den anderen Gästen. Beinahe hätte ich mich selbst nicht erkannt. Eilig wandte ich mich ab, da ich den Anblick nicht länger ertrug. Ich fühlte mich wie eine Hochstaplerin.

Wie lange muss ich heute Abend wohl bleiben? Gelangweilt beobachtete ich die Himbeere in meinem Glas, die zwischen den aufsteigenden Luftblasen fröhlich auf und ab hüpfte, als mich eine hohe Stimme aus den Gedanken riss.

»Devon, wie schön, dich hier zu sehen!«

Ich hob den Blick und es kostete mich all meine Selbstbeherrschung, meine Mundwinkel zu einem Lächeln zu verziehen.

Vor mir standen Miranda Ling und Erin Sanchez. Wir waren in dieselbe Klasse gegangen und hatten uns bis zu dem Tag des Unfalls gut verstanden. Ich war ein ganz normales Mädchen gewesen. Doch als ich fünf Wochen nach dem Unglück zurückgekommen war, war alles anders gewesen. *Ich* war anders gewesen. Die Trauer hatte mich stiller gemacht und Erin und Miranda hatten sich, wie alle anderen, von mir abgewandt – während der Zeit, in der ich Unterstützung am meisten gebraucht hätte. Von da an war ich nur noch das Mädchen, das seine Mutter bei dem Unfall verloren hatte.

Dieses Mitleid hatte ich nicht ausgehalten. Damals hatte ich mir eingeredet, dass die Albträume und das Gefühl der Einsamkeit mit der Zeit verblassen würden, doch beides war bis heute geblieben.

»Hey«, erwiderte ich hölzern. Ich würde nicht lügen und sagen, dass ich mich ebenfalls freute, sie zu sehen.

Miranda legte eine diamantengeschmückte Hand auf meinen Arm. »Dein Kleid sieht umwerfend aus! Es ist so … Devon!« *Das Kleid sieht aus, als würde es dich tragen und nicht andersrum,* stand ihr ins Gesicht geschrieben. Gespräche auf solchen Partys wurden ausschließlich über Subtext geführt. Über die Jahre hinweg lernte man, was einem die Menschen wirklich sagen wollten.

Ich schluckte. »Danke.« *Ihr braucht nicht so tun, als würdet ihr euch mit mir verstehen, nur um euch mit meinem Vater gutzustellen.*

Erin stellte ihr Glas ab. »Studierst du immer noch … Was war es noch gleich?«

Ich pustete mir eine Strähne aus dem Gesicht, die sich aus meiner Hochsteckfrisur gelöst hatte. »Kriminologie. Ich schreibe gerade meine Abschlussarbeit.«

Erins Lächeln glich einer Maske. »Wie schön! Um was geht es?« *Es interessiert mich einen feuchten Dreck.*

»Ich untersuche die unterschiedlichen Beweggründe, aus denen Menschen Verbrechen begehen, und befrage dafür eine Insassin im Gefängnis.« Vereinfacht gesagt.

Erin zog die Augenbrauen hoch. »Im Gefängnis? Du gehst da rein und befragst eine Insassin?« Dieses Mal gab es keinen Subtext – der Ekel stand ihr ins Gesicht geschrieben.

Ein Lächeln zuckte an meinen Mundwinkeln. Aus irgendeinem Grund verschaffte mir ihr Entsetzen große Genugtuung. »Allerdings. Ich war heute dort.«

Miranda runzelte die Stirn. »Ist das nicht gefährlich? Und … dreckig? Wurde dir das Thema zugeteilt?«, fragte sie und versuchte offenbar nachzuvollziehen, warum jemand so etwas freiwillig tun sollte.

»Ich habe mir das Thema selbst ausgesucht.« Ich grinste innerlich. Wenn ich Erin und Miranda jetzt sagte, dass ich mich im Gefängnis wohler fühlte als hier, würden sie mich endgültig als abgedreht abstempeln.

In diesem Moment wurden die Gespräche im Raum leiser und die Aufmerksamkeit auf die breite Tür gelenkt, durch die mein Vater gerade den Raum betrat. Er bahnte sich einen Weg durch die Menge, begrüßte jeden einzelnen Gast mit Namen, tauschte Insiderwitze über gemeinsame Segeltörns aus und kam dann direkt auf mich zu, als hätte er genau gewusst, wo ich stehen würde.

Sein maßgefertigter Anzug passte farblich perfekt zu seinen grauen Augen. Eine Farbe, die man in seinen beinahe schwarzen Haaren vergeblich suchte. Früher hatte ich oft vor dem Spiegel gestanden und mir das Aussehen meiner Mutter gewünscht. Ihre leuchtenden moosgrünen Augen, die lockige blonde Mähne und ihr herzförmiges Gesicht. Leider sah ich für meinen Geschmack etwas zu sehr aus wie mein Vater: dunkelbraune glatte Haare, graue Augen und ein dominanter Kiefer. Doch während er stets alle Aufmerksamkeit auf sich zog, wurde ich meistens übersehen und ging in der Menge unter.

Es war ein Segen.

»Wie schön, euch drei wieder vereint zu sehen!«, sagte er zur Begrüßung und gab erst Erin, dann Miranda ein Küsschen auf die Wange, ehe er neben mich trat.

»Ich finde es so wunderbar, wie viel Geld Sie für die Elefanten in Somalia spenden!«, meinte Erin an meinen Vater gerichtet.

»Simbabwe«, korrigierte ich bitter. »Kinder in Simbabwe.« Ich trank einen Schluck Champagner.

Mein Vater warf mir einen kurzen Blick zu. »Es freut mich, dass es euch gefällt. Simbabwe ist eine Herzensangelegenheit.«

Ich presste die Lippen aufeinander, um nicht laut loszulachen. Miranda hingegen blinzelte lächelnd zu ihm hoch. Mir wurde schlecht. Es wäre nicht das erste Mal, dass eine meiner Schulkameradinnen meinen Vater ansprang wie ein Eichhörnchen den nächsten Ast.

»Mir ist zu Ohren gekommen, dass du und Lance euch verlobt habt?«, fragte mein Dad an Erin gerichtet. Ich stutzte. Woher zum Teufel wusste er solche Dinge?

Sie lächelte zuckersüß und streckte eilig ihre Hand aus, als hätte sie nur auf eine Gelegenheit gewartet, uns den massiven Ring unter die Nase zu halten. »Ist er nicht fantastisch?«

»Lance oder der Ring?«, erkundigte ich mich und hob eine Augenbraue.

Erin kicherte verlegen. »Lance natürlich.«

Natürlich. Ich trank mein Glas in einem Zug aus und zerbiss die fröhlich hüpfende Himbeere etwas fester als notwendig.

Mein Vater legte einen Arm um mich, und obwohl es von außen aussah wie eine liebevolle Geste, wusste ich, dass es eine Warnung war. *Benimm dich.*

»Wir haben selbst wundervolle Nachrichten zu verkünden«, sagte er grinsend und ich sah überrascht zu ihm hoch. »Devon und ihr Verlobter Ian Givins werden im Januar heiraten!«

Wie bitte?! Ich erstarrte und das Blut sackte mir in die Beine. Ich musste mich verhört haben.

»Herzlichen Glückwunsch, Devon!«, riefen Erin und Miranda wie aus einem Mund. *Der Leiter des MCC? Guter Fang. Sie hat es nicht verdient.*

Die ohnehin bröckelnde Fassade, die ich so mühsam versucht hatte aufrechtzuerhalten, stürzte ein und begrub mich unter ihren Trümmern. »Was zur Hölle?«, zischte ich meinen Dad an. Er lächelte Erin und Miranda entschuldigend zu, ehe er mich am Arm zu einem leeren Tisch am Fenster zog. Ich warf einen letzten Blick in ihre Richtung. Ohne Zweifel posaunten sie die Neuigkeit bereits in alle Welt.

Am Tisch angekommen riss ich mich los. »Das ist ein schlechter Scherz, oder?« Ich starrte ihn ungläubig an und mein Herz klopfte viel zu schnell in meiner Brust. »Du kannst doch nicht einfach entscheiden, wann Ian und ich heiraten! Ich glaube, du hast dich im Jahrhundert vertan –«

»Devon«, mahnte er und ich verstummte.

Sein Gesicht wurde hart. »Du reißt dich jetzt am Riemen. Du verhältst dich, als würde ich von dir verlangen, einen Fremden zu heiraten. Ich bin mir sicher, dass es einen guten Grund gibt, warum du dich mit ihm verlobt hast.«

Den gab es. Es war Angst. Doch davon und von dem Vorfall im letzten Jahr würde ich ihm bestimmt nichts erzählen. »Es ist trotzdem nicht deine Entscheidung, wann wir heiraten«, brachte ich zwischen zusammengebissenen Zähnen hervor.

Mein Dad verengte die Augen und verstärkte den Griff um sein Whiskyglas. Plötzlich war ich wieder fünfzehn, unsicher und wohnte bei meinem Dad.

Er senkte die Stimme. »Ich dachte, du willst mich als meine Tochter im Wahlkampf unterstützen. Ians Mutter Henrietta ist der ausschlaggebende Faktor für den Sieg. Aber eines kann ich dir versichern.« Er deutete mit dem Zeigefinger auf mich. »Wenn du Ian noch länger hinhältst, wird sie ungeduldig und mich nicht bei der Wahl unterstützen. Klar?«

Ich war sprachlos. Suchte nach Worten, wo es keine gab.

Ungerührt fuhr er fort. »Du wirst mich zu den Events begleiten und Ian im Januar heiraten. Oder willst du mich genauso im Stich lassen, wie deine Mutter es getan hat?«

Ich sog scharf die Luft ein. *Geht's noch?* »Sie hat dich nicht im Stich gelassen, sie ist gestorben, Dad!«

»Ja«, erwiderte er unbeeindruckt. »Und beinahe hätte sie dich durch ihr verantwortungsloses Verhalten mit in den Tod gerissen.«

Ich schloss die Augen. Im Sommer vor sechzehn Jahren war meine Mutter bei einem Autounfall ums Leben gekommen. Mom, Dad und ich hatten gemeinsam im Penthouse gewohnt, als sie mich eines Nachts mit einem panischen Gesichtsausdruck geweckt hatte. Sie hatte mich in ihr Auto gesetzt und war losgefahren. Einfach so. Ohne Erklärung. Doch als wie aus dem Nichts ein Lastwagen aufgetaucht war und sie versucht hatte auszuweichen, war das Auto mit voller Wucht in das Brückengeländer über dem Chicago River gerast. Durch den Aufprall war es gebrochen, wodurch die vordere Seite des Wagens gefährlich schwankend über dem Fluss gehangen hatte. Der

Fahrer des Lastwagens hatte mich gerade noch aus dem Kindersitz befreien können, ehe das Auto mitsamt meiner Mutter in den Fluss gestürzt war. Als sie den Wagen geborgen hatten, war sie bereits von der Strömung davongetragen worden. Man hatte sie nie gefunden.

Ich wusste nicht, warum sie so plötzlich mit mir hatte flüchten wollen, und würde es wahrscheinlich nie erfahren.

Nach dem Unfall war mein Vater so wütend auf sie gewesen, dass er innerhalb eines Tages all ihre Sachen aus dem Apartment geräumt und nie wieder ein Wort über sie verloren hatte. Als hätte es sie nie gegeben. Ob er wütend gewesen war, weil zuvor etwas zwischen ihnen vorgefallen war oder weil sie mich in Gefahr gebracht hatte, wusste ich nicht.

Was ich allerdings wusste, war, dass er stets Perfektion von mir erwartete und insgeheim panische Angst hatte, dass ich so wurde wie sie und mich gegen ihn auflehnte.

»Wenn du Ian endlich heiratest, hat das Vorteile für uns alle. Ich gewinne die Wahl, Henrietta und ich können einander bei unseren politischen Vorhaben unterstützen und du hast einen Mann an deiner Seite, der dir Sicherheit gibt«, fuhr er fort.

»Sicherheit?!«, platzte es lauter als beabsichtigt aus mir heraus. »Himmel, ich brauche keinen Mann, der mir verdammte Sicherheit gibt!«

Elliott schüttelte seufzend den Kopf, als hätte ich eine schlechte Note mit nach Hause gebracht. »Deine Mutter wäre enttäuscht von dir.«

Stille breitete sich zwischen uns aus wie ein giftiges Gas, das aus einer kaputten Leitung austrat.

Ich starrte auf einen der vielen Regentropfen und verfolgte, wie er die Scheibe hinunterglitt, bis er aus meinem Blickfeld verschwand. Irgendwie schaffte er es jedes Mal aufs Neue, mir innerhalb weniger Sekunden ein schlechtes Gewissen zu machen. Auf der einen Seite wollte ich mit ihm nichts zu tun haben, auf der anderen war er das letzte Familienmitglied, das mir noch blieb.

»Wir beginnen zeitnah mit den Vorbereitungen für die Hochzeit. Wenn ich mich nicht täusche, findet deine Ballettpremiere in wenigen Wochen statt?«

Mir wich das letzte bisschen Farbe aus dem Gesicht. Mein Vater hatte mir in meinen ganzen einundzwanzig Jahren, von denen ich bereits neunzehn Jahre lang Ballett tanzte, nicht einmal zugesehen. Weder als ich mit drei Jahren in dem Studio in River North meine erste Ballettstunde hatte noch als ich mit sechzehn schließlich ins Chicago Ballet aufgenommen worden war. Wenn ich nicht so schockiert gewesen wäre, hätte ich mich gewundert, dass er überhaupt wusste, wann meine Premiere stattfand.

»Warum?«

Er strich über sein Kinn. »Ian, sein Bruder, Henrietta und ich werden im Publikum sitzen und als Familie zusehen. Die Presse wird auch dort sein und Fotos davon machen, wie gut wir uns verstehen. Dann werde ich die Gunst des Abends nutzen, um eine Rede zu halten und die Hochzeit offiziell anzukündigen.«

Ich starrte ihn an. Ich war nicht einmal mehr wütend, lediglich schockiert. Er hatte seine Karriere schon immer über mich gestellt, doch seine Skrupellosigkeit erreichte mit dieser Aktion neue Höhen.

»Image, meine Liebe«, fuhr er fort. »Image ist alles.« Er stützte seinen Arm auf dem Tisch ab. »Ich zähle darauf, dass du mich nicht im Stich lässt.«

Er wollte sich bereits abwenden, da das Gespräch für ihn beendet war, als ich mich laut »Nein« sagen hörte. Langsam drehte er sich um und sah mich eindringlich an, wartete, bis ich einknickte. Ich hielt seinem eisernen Blick stand, obwohl ich mich am liebsten unter dem Tisch versteckt hätte. »Auf gar keinen Fall. Nein.« Angsterfüllt hielt ich den Atem an und wartete ab, was passieren würde. Denn Bürgermeister Turner war es nicht gewohnt, dass ihm jemand widersprach. Auch nicht seine eigene Tochter.

Entgegen meinen Erwartungen blieb Dad ruhig. Und aus irgendeinem Grund machte mir das noch mehr Angst als alles andere. »Devon«, sagte er lächelnd. »Wie denkst du, kann ich uns unseren Lebensstil ermöglichen?«, fragte er und zeigte durch den Raum.

Ich verengte die Augen. »Du weißt ganz genau, dass ich schon vor drei Jahren aus deinem Haus ausziehen wollte. Und du weißt auch, dass ich mit Ballett mein eigenes Geld verdiene. Das ist nicht unser Lebensstil, sondern deiner.«

Er lachte leise. »Ian weiß das mehr zu schätzen als du«, stellte er fest und schwenkte die bernsteinfarbene Flüssigkeit in seinem Glas prüfend hin und her.

Am liebsten hätte ich ihm sein Whiskyglas aus der Hand gerissen und es gegen die Glasscheibe dieses blöden Hotels geworfen. Es stimmte. Dad und Ian verstanden sich so gut, dass ich mich häufig überflüssig fühlte. »Und trotzdem werde ich nicht heiraten, nur damit du wiedergewählt wirst.«

Dad nickte, als hätte er mit meinem Widerstand gerechnet. »Dann machen wir es anders«, sagte er und klang dabei so beiläufig, als würde er mich nach meinem Tag fragen. Was er nebenbei bemerkt nie tat. »Manche Menschen muss man eben zu ihrem Glück zwingen. Du hast ja keine Ahnung, wie viele Personen für die Möglichkeiten, die ich dir biete, töten würden.« Er trank einen großen Schluck seines Whiskys und verzog das Gesicht. »Das ist ja wirklich widerlich«, sagte er, setzte das Glas aber erneut an seine Lippen. Dann sah er wieder zu mir. »Deine Karriere als Ballerina und das Beenden deines Studiums liegen dir am Herzen, habe ich recht?«, fragte er. Als ich nichts erwiderte, fragte er erneut: »Habe ich recht?«

»Ja«, antwortete ich knapp, ohne ihm in die Augen zu sehen.

Seine Stimme war kalt. »Der Präsident der University of Chicago und der Manager des Chicago Ballet sind alte Bekannte von mir. Mehr sage ich dazu nicht. Wenn du Ian heiratest und mich beim Wahlkampf unterstützt, gibt es für dich nichts zu befürchten.«

Mein Herz setzte aus. *Er erpresst mich,* dachte ich panisch. *Er hat die Macht, mir alles zu nehmen, was mir etwas bedeutet.* Mit einem Schlag fühlte sich der Saal zu beengend und stickig an. Hilfe suchend blickte ich mich im Raum um, doch es gab kein freundliches Gesicht weit und breit. Zu meinem Entsetzen brannten nun auch noch meine Augen. *Nicht weinen. Nicht vor Dad. Nicht weinen.*

»Glaub mir, ich tue dir damit einen Gefallen. Ich würde alles tun, damit du nicht vom Weg abkommst und –«

»So endest wie Mom«, beendete ich den Satz bitter. »Ja, ich habe es verstanden.« Mein Herz krampfte sich zusammen und mein Blut rauschte durch meine Adern. Er dachte tatsächlich, dass er mir einen Gefallen tat. Vielleicht redete er es sich aber auch nur ein, um sein Verhalten zu rechtfertigen.

Eine einzelne Träne rollte meine Wange hinunter und ich wischte sie eilig fort, jedoch nicht, ohne dass Dad es bemerkte. Er schnaubte verächtlich und schmetterte sein leeres Whiskyglas mit einer solchen Wucht auf den Tisch, dass es einen Sprung bekam. Mehrere Köpfe schnellten in unsere Richtung. Ich fuhr zusammen.

»Du wirst tun, was ich dir sage. Sonst verlierst du nicht nur deine Karriere, sondern auch deinen Vater.« Er schloss den Knopf seines Jacketts und bedachte mich mit einem letzten Blick. »Du bist meine Tochter, Devon. Aber mach es mir bitte nicht so schwer, dich zu lieben.« Dann drehte er sich auf dem Absatz um und ließ mich stehen. In dem Moment, in dem er außer Sichtweite war, begannen meine Tränen zu laufen. Es war mir egal, was die anderen dachten.

Mein Blick fiel auf das Glas mit dem Sprung. Es war nur eine Frage der Zeit, bis es einen weiteren Riss bekäme. Und noch einen – bis es letztendlich zerbrechen würde.

Genau wie ich.

Kapitel 3

Vor lauter Verzweiflung die ganze Nacht nicht schlafen zu können, war eine Sache. Am Morgen darauf zum Balletttraining aufbrechen zu müssen, bevor die ersten Sonnenstrahlen den Lake Michigan berührten, eine völlig andere.

Ian hatte noch tief und fest geschlummert, als ich die Tür hinter mir zugezogen hatte. Da wir in der Innenstadt wohnten, konnte ich den Weg zum Ballettstudio zu Fuß gehen. Die Sonnenstrahlen wurden vom Morgentau reflektiert, wodurch die Grashalme auf den kleinen Grünflächen im Vorbeigehen glitzerten. Ich liebte es, der Stadt zuzusehen, wie sie erwachte. Supermärkte stellten ihre Waren aus, der Geruch von frischem Gebäck und Kaffee strömte durch die Straßen und Kaufhäuser öffneten ihre mit Lichterketten und Kürbissen geschmückten Türen.

Im zehnten Stock der Ballettakademie angekommen ließ ich meine Trainingstasche auf den Boden fallen. Erschöpft sackte ich auf der schmalen Holzbank zusammen und lehnte meinen Kopf an die Wand. Ich schielte auf den Becher in meiner Hand. Hatte mir der Barista aus Versehen entkoffeinierten Kaffee gegeben? Der Becher war inzwischen leer, doch genauso war es mein Antrieb.

Ich hatte wenig Hoffnung, dass mich das Training von meinen dunklen Gedanken ablenken würde. Die Drohung meines Vaters hatte ihre Spuren hinterlassen. Was blieb, waren ein Engegefühl in der Brust und die Frage, was schlimmer war: Ian im Januar zu heiraten oder mich den Konsequenzen zu stellen, wenn ich es nicht tat. Denn wenn ich eines über Dad wusste, dann war es, dass er keine leeren Drohungen kannte – nur Versprechen.

Es schmerzte mich, es zuzugeben, doch Ian zu heiraten, war meine einzige Option. Das geringste Übel, wenn man so wollte. Wenn ich es nicht tat, würde ich vollkommen allein dastehen, was mir solche Angst einjagte, dass mir übel wurde. Klar, es war äußerst fragwürdig, bei jemandem zu bleiben, den man nicht liebte, doch die Angst vor der Einsamkeit war größer. Außerdem stünde ich ohne meine Karriere als Ballerina und ohne einen Universitätsabschluss vor dem Nichts. Spätestens dann wäre mein Leben ohne Zweifel vorbei.

Ich schluckte schwer und zog die Ballettschuhe aus meiner Trainingstasche, während ich meinen Blick suchend durch den kleinen Raum gleiten ließ. Von Josie war noch keine Spur zu sehen. Die ersten Mädchen verließen bereits die Umkleide, um pünktlich zum Training zu erscheinen. Je näher die Premiere rückte, desto intensiver und anspruchsvoller wurden die Trainingseinheiten. Die wenigen Rollen in der alljährlichen Nussknacker-Vorstellung waren hart umkämpft. Man musste sich gegen Tänzerinnen und Tänzer aus der ganzen Welt durchsetzen, nur um dann im Training bis an die Schmerzgrenze und darüber hinaus gedrillt zu werden. Dennoch konnte ich mir nichts Schöneres vorstellen, als genau wie Mom Primaballerina zu werden und ihr Erbe fortzuführen.

Und genau deshalb wurde Zuspätkommen nicht gern gesehen.

Gerade als ich mein Handy in die Hand nahm, um Josie eine Nachricht zu schreiben, tauchte ihr gehetztes Gesicht im Türrahmen auf. Sie murmelte einige Entschuldigungen, als sie sich an den anderen Tänzerinnen vorbeischlängelte, ehe sie mit ihrer für ihre kleine Statur viel zu großen Trainingstasche auf mich zukam.

»Sorry, Dev«, sagte sie außer Atem. Mehrere kleine Locken hatten sich aus ihrem Knoten gelöst. »Ich war schon an der Bahn, als ich umdrehen musste, weil ich meine Hausaufgaben auf dem Küchentisch vergessen hatte«, erklärte sie, während sie die Tasche mit einem dumpfen Geräusch auf der Bank aufkommen ließ.

Josie war erst zwölf und fuhr für ihren großen Traum, Ballerina zu sein, jeden Tag eine Stunde mit der Bahn aus den Außenbezirken Chicagos ins Zentrum. Nach dem Training musste sie direkt zur Schule und kam oft erst spätabends nach Hause.

»Wie war dein erstes Training als Engel gestern?«, fragte ich, während Josie eilig eine braune Strumpfhose in der Farbe ihrer Haut anzog.

»Es ist schwerer als gedacht, die Füße so zu bewegen, dass es unter dem langen Rock aussieht, als würde man schweben.« Sie zupfte wild an der Strumpfhose herum. »Aber ich bekomme es schon hin. Das Einzige, was mir ein bisschen Sorgen bereitet, ist die Schule.«

Ich hob eine Augenbraue. »Warum das?«

Sie seufzte tief. »Ich komme durch das Training mit den Hausaufgaben nicht mehr hinterher.«

Ich nickte. »Das kenne ich gut, Josie. Aber man schafft viel mehr, als man sich zutraut.« Sie sah nicht überzeugt aus. »Außerdem bist du doch gut in der Schule?«

Sie setzte sich unter das Fenster, von dem aus man auf die hohen Gebäude auf der anderen Straßenseite blicken konnte. »Eher durchschnittlich.« Sie zog eine Grimasse. »Und durch das Training verpasse ich viele Unterrichtsstunden.«

»Du kannst nächstes Jahr eine Pause einlegen und dich auf die Schule konzentrieren«, schlug ich vor, wusste aber bereits, dass das keine Option war. Für keine dieser Tänzerinnen.

Josie zog ihre etwas ausgefransten Ballettschuhe aus ihrer Tasche und band sie, als das letzte Mädchen den Raum verließ und wir schließlich allein waren. »Ich würde viel zu weit zurückfallen und meine Fortschritte wären umsonst gewesen.«

»Bevor ich's vergesse«, sagte ich und durchwühlte meine Tasche. Als ich das knisternde Plastik der Verpackung spürte, zog ich sie hervor und warf sie Josie zu. »Für diese Woche.«

Josie fing die Ballettschuhe mit beiden Händen und sah dann aus großen braunen Augen zu mir hoch. »Devon, du ... du musst nicht jedes Mal ...«

Lächelnd legte ich einen Finger an meine Lippen und streckte ihr meine Hand hin, um sie auf die Füße zu ziehen.

Josie und ich hatten uns letztes Jahr im Training kennengelernt. Als ich während der Pause in die Umkleide gekommen war, um meine Wasserflasche aufzufüllen, hatte ich sie mit Tränen in den Augen auf dem kalten Boden sitzend entdeckt. Vergeblich hatte sie versucht, ihre bereits auseinanderfallenden Pointe-Schuhe zusammenzunähen.

Ballerinen mussten sich selbst um ihre Schuhe kümmern, die je nach Intensität des Trainings durch den Verschleiß zwei- bis dreimal im Monat ausgewechselt werden mussten. Mit der Zeit konnte das ins Geld gehen. Es war üblich, dass Tänzerinnen ihre Schuhe umnähten oder ein abgerissenes Band wieder daran befestigten. Als Josie jedoch beim nächsten Training immer noch dieselben kaputten Schuhe getragen hatte, war mir bewusst geworden, dass sie es sich schlichtweg nicht leisten konnte, sie zu wechseln.

Also hatte ich ihren Namen in Erfahrung gebracht und in dem Laden, der mit dem Chicago Ballet zusammenarbeitete, nicht nur meine, sondern auch ihre Schuhe abgeholt. Wieder im Training hatte ich die neuen Schuhe in einer Pause unbemerkt in ihre Tasche gesteckt, da ich nicht gewollt hatte, dass es jemand mitbekam und ihr die Situation womöglich unangenehm wurde. Doch irgendwie musste sie es erfahren haben, da sie mir nach dem Training wortlos um den Hals gefallen war.

Ich hatte Josie gerade auf die Füße gezogen, als die Tür des Umkleideraumes geöffnet wurde. Vor uns stand Sara, eine Ballerina, die ich noch aus den Zeiten meiner Ballettausbildung kannte. Sie lehnte sich an den Türrahmen und verschränkte genervt die Arme vor der Brust. Ihre roten Haare waren so perfekt zu einem Knoten nach hinten gebunden, dass kein Haar dort war, wo es nicht hingehörte. Ich war mir ziemlich sicher, dass die Frisur auch dann noch halten würde, wenn sie den Haargummi rausnahm. »Miss Petrowa will anfangen und ich soll dich holen.«

Natürlich musste sie es sein, die uns das mitteilte. »Wir kommen«, erwiderte ich und schnappte mir meine Wasserflasche.

Sara rollte mit den Augen. »Turner braucht natürlich mal wieder eine verdammte Extraeinladung.«

Ich biss fest die Zähne aufeinander. Seit ich mich im letzten Jahr im Training gegen sie durchgesetzt und somit die Rolle als Schneeflocke ergattert hatte, konnte sie mich nicht ausstehen. Dieses Jahr waren wir zwar beide als Schneeflocke besetzt worden, doch offenbar hatte sie ihre Wut auf mich immer noch nicht ganz überwunden. Damals war sie fest davon überzeugt gewesen, dass ich die Rolle nur bekommen hatte, da ich die Tochter des

Bürgermeisters war. Was lächerlich war, da er nicht einmal von dem Stück gewusst hatte, geschweige denn irgendetwas dafür getan hätte, dass ich eine Rolle ergatterte. Denn alles, was ihm selbst keinen Vorteil erbrachte, war für ihn unbedeutend. Und dennoch hatte das Sara nicht davon abgehalten, alle anderen gegen mich aufzuhetzen und Lügen über mich zu verbreiten.

Anstatt etwas Schlagfertiges zu erwidern, tat ich das, was ich mir über die Jahre angeeignet hatte: Ich vermied den Konflikt, indem ich ihre Bemerkung ignorierte.

Helles Sonnenlicht flutete den Gang, als ich die Milchglastür öffnete, die zum Trainingssaal führte. Er schien beinahe nur aus Fenstern, weißen Böden und Spiegeln zu bestehen. Neben einer Ballettstange in der Mitte stand Miss Petrowa, die uns mit einem strengen Blick bedachte. Zugegebenermaßen hatte ich noch nie einen anderen Gesichtsausdruck bei ihr gesehen.

»Turner, Robinson. Zu spät zu kommen, können sich Tänzerinnen leisten, die in einem Ballettstudio in der Kleinstadt tanzen. Wenn ihr trainiert, um einmal im Jahr im örtlichen Community College aufzutreten, wo die Kulissen aus Pappe und die Kleider aus ... billigen Stoffen sind, seid ihr hier falsch.« Ihr russischer Akzent wurde immer stärker, wenn sie wütend war. »Das ist das Chicago Ballet und wenn ihr Seidenkostüme, Ruhm, gute Bühnenbilder und Publikum, welches nicht nur aus Eltern besteht, anstrebt, dann kommt verdammt noch mal pünktlich. Das gilt für alle. Klar?«

Beschwichtigend hob ich die Hände. »Es war meine Schuld, ich kam zu spät«, log ich, doch bevor Josie protestieren konnte, schnitt mir Miss Petrowa mit einer endgültigen Geste das Wort ab. »Das ist mir vollkommen egal, Devon.«

Wir murmelten eine Entschuldigung, ehe Josie an die Ballettstange nach rechts zu den anderen Engeln und ich nach links zu den Schneeflocken ging. Der Raum war riesig und allein eine Seite des Raumes wurde von den insgesamt sechzehn Schneeflocken eingenommen, zu denen seit diesem Jahr auch Sara gehörte. Da sie kurz vor uns den Raum betreten hatte, war der letzte freie Platz an der Ballettstange neben ihr.

Großartig.

Die restlichen drei Stunden des Trainings versuchte ich mich gänzlich auf meine Schritte zu konzentrieren. Wir begannen mit den Aufwärmübungen, ehe wir die Choreografie übten.

Eine Weile später stand ich inmitten des Raumes und vollführte unter dem strengen Blick Miss Petrowas eine Pirouette nach der anderen. Es war nicht möglich, der Schwerkraft zu trotzen, doch als Ballerina musste man so tun, als könnte man es.

Das goldene Sonnenlicht, welches durch die großen Fenster schien, wärmte meine Haut. Doch so lange ich auch im wärmenden Licht stand – die Dunkelheit in meinem Inneren konnte es nicht vertreiben.

***

Ich begleitete Josie bis zu ihrer Haltestelle, ehe ich mich zu Fuß auf den Weg zum MCC machte. Meine Füße schmerzten bei jedem Schritt, doch der Weg war nicht weit. Von strahlender Sonne war nun nichts mehr zu sehen – je tiefer ich in die Stadt vordrang, desto dunkler und dichter wurden die zahllosen Wolken am Himmel. Als das dreieckige Gebäude schließlich vor mir auftauchte, war der Himmel bereits so düster, als wäre die Sonne untergegangen. Die Wolken hingen ungewöhnlich tief und Nebelschwaden glitten an den Glasfronten der Hochhäuser entlang, was die Stadt wie eine Kulisse einer Filmszene aussehen ließ, in der jeden Moment der Bösewicht auftauchte.

Vollkommen durchgefroren durchquerte ich die Eingangshalle. Wie jedes Mal blickte ich mich verstohlen danach um, ob ich Ian irgendwo entdeckte. Als ich auf den Blick eines Wärters traf, der mich verwundert beobachtete, fluchte ich leise. Verdammt … ich musste wirklich aufhören, mich jedes Mal umzusehen, als würde ich einen Anschlag planen. Doch wenn es sich vermeiden ließ, schob ich unser nächstes Aufeinandertreffen lieber auf. Ich wusste nicht, ob er von den Plänen unserer Eltern bereits wusste. Oder schlimmer: Ob er dabei gewesen war, als sie es entschieden hatten.

In der Hoffnung, dass Alessandra heute hier sein würde, ging ich auf den linken Schalter zu. Und tatsächlich: Dieses eine Mal schien das Glück auf meiner Seite zu sein. Ich entdeckte sie, noch bevor sie mich sah, rieb mir mit der freien Hand über das Gesicht und setzte ein Lächeln auf. Sie sollte nicht bemerken, wie es mir wirklich ging.

Das Band meiner Trainingstasche scheuerte an meiner Schulter, als ich an den Schalter trat und sie ihren Kopf hob. Sofort leuchtete ihr Gesicht auf. »Devon!« Sie stellte ihren Kaffeebecher ab und grinste mich durch die Fensterscheibe an. »Wo warst du gestern? Ich dachte, du wolltest kommen?«

»Hey.« Ich stellte die Tasche zwischen meinen Füßen ab. »Ich war gestern früher hier als sonst.«

Sie verzog das Gesicht. »Oh. Dann hast du Tom kennengelernt«, stellte sie fest. »Er ist erst eine kurze Zeit hier und meint jetzt schon, er hätte etwas zu sagen.«

Ich brachte ein Lächeln zustande, doch es war bloß eine mechanische Bewegung meiner Lippen. »So was Ähnliches hat Ian gestern auch gesagt.«

Alessandra schnaubte und fuhr sich durch ihre schwarzen Haare. Sie trug ihre Uniform, doch auch ohne hätte sie mit ihren markanten Gesichtszügen und dem selbstbewussten Blick souverän gewirkt. Ihr Gesicht war mit den vollen Lippen und braunen Augen so schön, dass sie aussah, als wäre sie aus einem Magazin ausgeschnitten worden. Bronzefarbener Highlighter bedeckte die schwarze Haut ihrer Wangenknochen und reflektierte das dumpfe Licht der Eingangshalle. Ian und sie kannten sich noch von der Polizeiakademie und verstanden sich bis heute gut. Ob sie ihn immer noch gemocht hätte, wenn sie gewusst hätte, wie er wirklich war?

Alessandra nahm ihren Kaffeebecher in die Hand, ohne davon zu trinken. »Du bist hier, um Patricia zu sehen, oder?«

Ich runzelte die Stirn. »Ja, wie immer.« Doch etwas in ihrem Tonfall ließ mich aufhorchen. »Warum, ist was passiert?«, fragte ich und richtete mich auf.

Alessandra stellte seufzend ihren Kaffee ab. »Ja, nein, es ist alles gut mit ihr, aber ... Ach, komm erst einmal rein.« Sie drückte den roten Knopf und ich trat mit einem mulmigen Gefühl durch die Tür. *Das ist ganz und gar nicht gut.*

Auf der anderen Seite wurden mir von einem Officer die Trainingstasche und meine Jacke abgenommen, ehe er beides in eine Box legte und sie durch den Sicherheitscheck laufen ließ.

Alessandra kam auf mich zu, wobei die Handschellen, die an ihrem Gürtel befestigt waren, mit jedem Schritt klimperten. Dann lehnte sie sich an die Wand und steckte die Hände in ihre Hosentaschen. »Es ist so ...«, begann sie und mein Herz schlug schneller. »Patrica Reed sitzt in Isolationshaft.«

Mir blieb der Mund offen stehen. »Isolationshaft?«, wiederholte ich und schnappte nach Luft. »Warum denn das?«

Sie verzog entschuldigend das Gesicht. »Sorry, das darf ich dir nicht sagen.«

Verfluchte Scheiße. »Nein, klar«, gab ich nachdenklich zurück. »Verstehe schon.«

Was zur Hölle ist geschehen? Der Officer drückte mir die Tasche und den Mantel in die Hand. Geistesabwesend nahm ich beides an mich. »Wann kann ich sie wiedersehen?«, fragte ich. Bei dem Gedanken daran, dass sie ganz allein in der Zelle eingesperrt war, überkam mich ein Gefühl der Verzweiflung.

Alessandra senkte die Stimme. »Ehrlich gesagt ... also ... Das kann ich dir auch nicht sagen. Das könnte noch Wochen dauern ... Ich weiß es wirklich nicht.«

Ich blinzelte. Sicherlich hatte ich sie falsch verstanden. Tausende Gedanken schossen mir durch den Kopf, doch das Naheliegendste ging mir erst ganz zum Schluss auf.

Ich schloss für einen Moment die Augen. Meine Arbeit. Ich würde sie nicht beenden können.

Entmutigt fuhr ich mir mit den Fingern durch die Haare. »Scheiße«, sagte ich, was meine Gesamtsituation passend zusammenfasste.

»Deine Arbeit?«, fragte Alessandra und ich nickte stumm.

Es passte zu meiner Pechsträhne. Was hatte ich in meinem vorherigen Leben Schlimmes getan? Anders konnte ich mir nicht erklären, dass mein jetziges immer weiter den Bach runterging.

Alessandra schien meinen verzweifelten Blick zu bemerken. »Hey, nein.« Sie stieß sich von der Wand ab. »Wir finden eine Lösung, okay?« Sie blickte sich einmal kurz im Flur um, öffnete die Tür zu dem Raum, aus dem sie gerade gekommen war, und wies mit dem Kopf darauf. »Komm mit.«

Ich schwieg und folgte ihr zögerlich hinein, wo zwei Schreibtische mit je einem Stuhl und einem PC standen. Sie schloss die Tür hinter uns, wodurch die Geräusche außerhalb augenblicklich verstummten. Ich war mir ziemlich sicher, dass sie gegen sämtliche Regeln verstieß, indem sie mich hier sein ließ. Sie wies auf den Stuhl vor der Glasscheibe und bedeutete mir, mich zu setzen. Dann ließ sie sich auf den anderen sinken und betrachtete mich eindringlich.

»Wie viele Interviews musst du noch führen?«

Darüber musste ich kurz nachdenken. »Schwer zu sagen … Ich denke, es wären vielleicht noch sechs Treffen gewesen«, sagte ich und es kostete mich all meine Selbstbeherrschung, nicht zu weinen. Normalerweise war ich keine Person, die besonders oft oder in der Öffentlichkeit weinte, doch im Moment fühlte sich alles aussichtslos an. Es kam mir vor, als würde mir Stück für Stück alles genommen werden, was mir Freude bereitete. Was auch immer vorgefallen war – ich war mir sicher, dass Patricia nicht verdient hatte, in Isolationshaft eingesperrt zu werden.

Alessandra nickte wissend, rollte mit ihrem Stuhl zu dem anderen Schreibtisch und blätterte in einer Akte. »Kannst du jemand anderen interviewen?«, fragte sie, ohne den Blick von der Akte zu wenden.

Ich seufzte leise. Im Endeffekt blieb mir gar nichts anderes übrig. »Ich müsste ein paar Dinge umstellen, aber es sollte funktionieren«, sagte ich, ohne zu wissen, wie ich das letztendlich bewerkstelligen wollte. »Aber Ian hat Patricia extra ausgewählt und ich hatte mehrere Tage davor Zeit, ihre Akte zu lesen und mich mit ihrem Fall vertraut zu machen, also …«

Ich wurde von einem lauten Klopfen unterbrochen. Scheiße. Mein Puls schnellte in die Höhe. *Ist das Ian? Weiß er, dass ich ohne sein Wissen in diesem Raum bin und eine neue Person für meine Befragung auswähle?*

Doch meine Befürchtungen bewahrheiteten sich nicht, als ein Mann mittleren Alters den Raum betrat. Wenn er sich wunderte, dass ich hier saß, ließ er es sich nicht anmerken. Gerade als er ansetzte, etwas zu sagen, wurde er von Alessandra unterbrochen. »Matt, gut dass du hier bist. Haben wir einen Insassen, den Devon für ihre Abschlussarbeit befragen könnte?«

Matt runzelte verwundert die Stirn, sammelte sich aber schnell wieder. »Was ist denn das Thema?«, fragte er an mich gewandt.

»Ich studiere Kriminologie«, erklärte ich. »In der Arbeit geht es um die verschiedenen Gründe, aus denen Menschen Verbrechen begehen.«

Er rieb sich nachdenklich über seinen roten Bartschatten. Schließlich sagte er grinsend: »Wie wäre es mit Fox?«

Alessandra wirbelte schwungvoll herum und starrte ihn mit großen Augen an. »Fox ist hier? Tyler Fox?«

Matts Grinsen wurde breiter. Es wirkte beinahe so, als wäre dieser Tyler Fox ein Tier, welches er höchstpersönlich gefangen und im Zoo ausgestellt hatte. Es war ekelerregend.

Begeistert blickte Alessandra von Matt zu mir und zurück. »Das ... also das wäre mal eine verdammt coole Arbeit, aber ich bezweifle, dass er einem Interview zustimmt.«

Nun wurde ich neugierig. »Wer ist denn dieser Tyler Fox?«, fragte ich und versuchte aus Alessandras Blick etwas herauszulesen.

Sie lachte kurz auf. »Nur der Sohn des bekanntesten Verbrechers in ganz Chicago.« Offenbar verriet meine Miene, dass ich keine Ahnung hatte, von wem sie sprach, weshalb sie schnaubte und sich mir zuwandte. »Tyler ist der Sohn von Sebastian Fox. Er ist für die Verbrecher das, was der Bürgermeister Chicagos für die Oberschicht darstellt.«

Bei der Erwähnung Elliotts zuckte ich kaum merklich zusammen. Alessandra wusste nicht, dass er mein Vater war.

»Er ist eine Art Legende und wurde bereits dreimal gefasst. Doch jedes Mal, wenn er eingesperrt wird, dauert es nicht lange, bis er wieder freigelassen wird. Seine Familie hat so viele Kontakte in ganz Amerika, dass sie für uns unerreichbar sind.«

Ich nickte langsam, als ich verstand. Natürlich wusste ich von den Gangs, die Chicago beherrschten. Doch von Tyler Fox hatte ich nie zuvor gehört.

»Dieses Mal sitzt er wegen Brandstiftung«, erklärte Matt. »Das ist natürlich ein Witz, aber für etwas anderes bekommen wir ihn nicht dran. Außerdem spricht er mit niemandem, aber wenn du es versuchen willst …?«

Alessandra sah erwartungsvoll zu mir auf. »Das wäre eine einmalige Chance und damit könntest du den Verlust deiner anderen Interviewpartnerin wiedergutmachen«, meinte sie und wandte sich ihrem Bildschirm zu. »Ich drucke dir seine Akte aus.«

Mir schwirrte der Kopf. Ich konnte doch nicht vollkommen unvorbereitet in dieses Gespräch hineingehen. Sollte ich die Fragen einfach improvisieren?

Gerade als Alessandra, ohne aufzustehen, mit ihrem Stuhl zum Drucker gerollt war, klopfte ein Mann im Anzug an die Scheibe, um auf sich aufmerksam zu machen. Alessandra winkte ab, ohne aufzusehen. »Gleich«, murmelte sie, während der Drucker mit einem wütenden Geräusch zum Leben erwachte.

Der Mann, bei dem es sich wahrscheinlich um einen Strafverteidiger handelte, bedachte mich eines vorwurfsvollen Blickes, weil er dachte, ich arbeitete ebenfalls hier. Ich zuckte mit den Schultern und warf ihm ein entschuldigendes Lächeln zu, was ihn nur noch wütender zu machen schien.

Matt wandte sich an mich. Er hatte offenbar keinerlei Intention, dem Anwalt Zutritt zum Gefängnis zu gewähren. »Ich nehme mal an, das ist ein Ja?«, fragte er und ich meinte, beinahe ein Staunen aus seiner Stimme herauszuhören. Es kam mir vor, als wolle er Tyler Fox selbst gern interviewen.

Ich zuckte erneut mit den Schultern und sah zu ihm auf. »Ich habe ja nichts zu verlieren«, sagte ich, doch eigentlich meinte ich das gar nicht so. Bei dem Gedanken daran, wie Ian reagieren würde, sobald er erfuhr, dass ich mich mit einem anderen Insassen traf, wurde mir schlecht.

Alessandra und Matt wechselten einen kurzen Blick, ehe sich Alessandra erhob und mir die ausgedruckten Blätter in die Hand drückte. »Ich bringe dich nach oben.«

Ich fragte mich, ob ich Ian Bescheid sagen sollte, entschied mich aber bewusst dagegen. Er musste nicht alles direkt wissen, auch wenn er das gern so gehabt hätte. Also nickte ich.

Und dann ging es sehr schnell. Alessandra rief bei den Kollegen im achten

Stock an, kündigte eine Besucherin für Tyler Fox an, öffnete mir die Tür und begleitete mich zusammen mit Matt zum Aufzug.

Auf dem Weg nach oben erzählte mir Matt noch ein paar Fakten über Tyler. Er konnte nicht aufhören, über ihn zu reden. »Er ist achtundzwanzig Jahre alt, und auch wenn er offiziell Tyler Fox heißt, wird er einfach nur Fox genannt. Weil er sich besser als jeder andere darauf versteht, wie man Menschen beeinflusst und sich aus gefährlichen Situationen herauswindet.«

Ich presste die Akte fest an meine Brust, während ich den Gang zwischen Alessandra und Matt entlanglief, bis wir vor der Tür des Besucherraumes standen.

Sie berührte mich leicht an der Schulter. »Wenn er ablehnt, mit dir zu sprechen, kommst du einfach zu mir und wir suchen so lange nach einem passenden Interviewpartner, bis du einen gefunden hast.« Ihre Mundwinkel verzog sie zu einem leichten Lächeln.

»Danke, Alessandra. Ich weiß das wirklich zu schätzen.«

Matt wandte sich bereits zum Gehen, doch Alessandra hielt noch einmal inne. »Und, Devon …«, begann sie, ihr Blick ernster als wenige Sekunden zuvor. »Sei vorsichtig, okay? Er ist eine ganz andere Liga und nicht so harmlos wie Patricia.«

Wenn dieser Tyler Fox mir Angst machen wollte, würde er sich kräftig ins Zeug legen müssen. Denn im Moment konnte ich mir nichts Beängstigenderes vorstellen als mein eigenes Leben, das vor den Türen des Gefängnisses auf mich wartete.

Kapitel 4

Mit bis zum Hals klopfendem Herzen verstaute ich meine Tasche im Spind, ehe mich eine Polizistin ein letztes Mal scannte.

Die Ironie dessen, dass ich weniger Angst vor dem Treffen mit einem gefährlichen Verbrecher hatte als vor dem Moment, in dem Ian es herausfinden würde, entging mir keineswegs.

Ich musste nicht lange warten, ehe mir der Polizist zu meiner Rechten ein Zeichen gab und der Türöffner laut summte. *Du schaffst das,* sagte ich mir. *Es ist nur ein weiteres Interview für deine Abschlussarbeit.*

Gerade als ich über die Schwelle trat, ertönten hinter mir laute Stimmen. Und ich erstarrte zu Eis. *Das ist Ian,* schoss es mir panisch durch den Kopf. *Er hat es von Alessandra erfahren.*

Ich hielt den Atem an und presste den Notizblock fest an meine Brust. Unwillkürlich traten Bilder des Vorfalls im letzten Jahr vor mein inneres Auge: Glassplitter auf dem Boden, der Schmerz, die Panik in meiner Brust.

Ich bereitete mich auf das Schlimmste vor. Doch dann schwangen die Stimmen in Gelächter um, bevor die Tür mit einem Klicken hinter mir zufiel.

Und ich konnte nicht anders.

Als die Erleichterung meinen Körper durchströmte, schloss ich für einen kurzen Moment die Augen und atmete tief aus. *Es ist nicht Ian. Ich bin in Sicherheit. Zumindest für dieses eine Treffen.*

»Ma'am?«, dröhnte eine tiefe Stimme. »Haben Sie es sich anders überlegt? Soll ich Sie rausbringen?«, fragte ein Wärter, der meine Reaktion verständlicherweise missverstanden hatte.

Ich öffnete die Augen und schüttelte den Kopf. »Nein danke. Mir geht es gut«, antwortete ich eilig und schenkte ihm ein kurzes Lächeln, um meine Worte glaubwürdiger erscheinen zu lassen.

Er nickte knapp und bedeutete mir, ihm zu folgen. Ich lief schweigend hinter ihm her. Mein Blick glitt zu einem der schmalen Fenster. Es wirkte beinahe so, als wären die Nebelschwaden vor den Fenstern in den Raum hineingelangt. Sie verliehen dem ganzen Zimmer eine düstere Atmosphäre. Als der Polizist abrupt stehen blieb, richtete ich meinen Blick wieder nach vorn und schaute geradewegs in die Augen jenes Mannes, der Tyler Fox sein musste.

Und er war nicht im Geringsten das, was ich erwartet hatte.

Wie alle Insassen hatte er einen orangefarbenen Overall an, doch während die anderen darin verloren aussahen, trug er ihn mit so viel Selbstbewusstsein, dass es wirkte, als hätte er ihn selbst ausgesucht. Seine Hände hatte er vor sich auf dem Tisch verschränkt und seine dunkelbraunen Haare waren etwas durcheinander. Doch am auffallendsten waren seine wachsamen bernsteinfarbenen Augen, mit denen er mich eindringlich musterte. Wie lange hat er mich schon beobachtet?

Der Wärter öffnete in einer schnellen Bewegung seine Handschellen und nahm sie ihm ab. War er wirklich so gefährlich, dass sie ihm die Handschellen erst am Platz abnehmen durften?

Er erhob sich, ohne den Blick auch nur für eine Sekunde von mir abzuwenden. Gleichzeitig gingen wir einen Schritt aufeinander zu. Ein Lächeln breitete sich auf seinen vollen Lippen aus und ich bemerkte kleine Lachfältchen um seine Augen herum, die sein zuvor ernstes Gesicht plötzlich freundlich wirken ließen.

»Tyler«, sagte er mit tiefer, angenehmer Stimme und streckte mir seine Hand zum Gruß entgegen. Ehrlich gesagt hatte ich mir unter dem gefährlichen Tyler Fox etwas anderes vorgestellt. Ja, seine Schultern waren doppelt so breit wie meine und er war ein deutliches Stück größer als ich, doch gleichzeitig strahlte er eine solche Gelassenheit und Ruhe aus, dass ich mich unwillkürlich etwas entspannte. Mir war natürlich bewusst, dass der Schein oft trog. Es waren die freundlichsten Menschen, die die schlimmsten Verbrechen begangen. Und dennoch war da etwas in seinen Augen, das anders war.

Er umfasste meine Hand mit seiner. Sie war groß, warm und der Händedruck sanfter, als ich erwartet hatte. Ich erwiderte den Handschlag, während ich darauf achtete, ihm direkt in die Augen zu sehen. Das war die erste Regel:

Man durfte sich beim Aufeinandertreffen mit einem Insassen niemals anmerken lassen, dass man sich fürchtete. Stattdessen musste man zu jeder Zeit Selbstsicherheit ausstrahlen. Doch ich brauchte nicht so zu tun als ob. Er schüchterte mich nicht ein.

Vielleicht stimmt ja tatsächlich etwas nicht mit mir.

»Danke, dass es so spontan geklappt hat«, sagte ich und erwiderte sein Lächeln. Ich öffnete meinen Mund, um ihm meinen Namen ebenfalls zu nennen, als ich plötzlich Ians Stimme in meinem Kopf hörte: *Sag ihnen niemals deinen echten Namen. Du weißt nicht, wann die Person entlassen wird, und wenn es so weit ist, willst du nicht, dass sie dich ausfindig machen kann.*

Doch wie bereits bei dem Treffen mit Patricia ignorierte ich Ians Warnung. Im Gegensatz zu ihm dachte ich nicht, dass ich etwas Besseres war als die Insassen im MCC.

»Ich heiße Devon«, sagte ich also. Meinen Nachnamen ließ ich wie für gewöhnlich weg. Weil ich hier genau das sein wollte: Devon. Ohne Nachnamen. Ohne das komplizierte Leben, das damit verbunden war. Der einzige Ort, an dem ich selbst entscheiden konnte, wie die Menschen mich sahen. Ohne Vorurteile.

Ich senkte meinen Blick auf unsere Hände und sah den roten Abdruck, den die Handschellen an seinen Handgelenken hinterlassen hatten.

»Das reicht«, blaffte der Wärter und Tylers Miene verfinsterte sich kaum merklich, als hätte er sich gerade erst wieder daran erinnert, dass er im Gefängnis saß.

Er verharrte noch für eine weitere Sekunde, ehe er meine Hand losließ und sich an den Tisch setzte. Ich tat es ihm nach, setzte mich ihm gegenüber und legte das Aufnahmegerät und den Notizblock vor mir ab. *Ich bin nicht im Geringsten vorbereitet,* dachte ich, während ich versuchte, mich daran zu erinnern, wie ich das Gespräch mit Patricia vor wenigen Wochen begonnen hatte. Schließlich verschränkte ich meine Finger und sah in seine Augen, mit denen er mich noch immer wachsam beobachtete.

»Danke, dass du dir Zeit nimmst, um dich mit mir zu treffen. Kurz zu mir: Ich habe Kriminologie studiert und schreibe gerade meine Abschlussarbeit.«

Sein Blick blieb unverändert und plötzlich war ich mir sicher, dass er das Interview ablehnen würde. Er musterte mich kühl und sah aus, als schätzte er jedes Wort, das ich sagte, genau ab.

»Um eine praktische Komponente in die Arbeit einzubringen, habe ich mich dafür entschieden, einen Insassen nach seinen Erlebnissen und Intentionen zu befragen.«

Tyler hob einen Mundwinkel. »Und dafür hast du dir ausgerechnet mich ausgesucht?« Aus irgendeinem Grund schien ihn das zu amüsieren.

Ich strich mir eine Strähne hinters Ohr. Offenbar würde er es mir nicht leicht machen, doch ich war bereit, für das Interview zu kämpfen. »Wie meinst du das? Warum ausgerechnet dich?«, fragte ich und beantwortete damit bewusst seine Frage mit einer Gegenfrage.

»Ich bin nicht dafür bekannt, besonders gesprächig zu sein.« Abwesend rieb er sich über den Abdruck an seinem Handgelenk. »Ich bin ehrlich – normalerweise würde ich sofort ablehnen. Du bist nicht die erste Person, die mich interviewen will.«

Normalerweise? Also machte er eine Ausnahme? Hoffnung keimte in mir auf.

»Ist das ein Ja?«, fragte ich vorsichtig. »Die Arbeit wird nicht veröffentlicht und ich würde ein Pseudonym verwenden, um deine Identität zu schützen.«

Er zögerte einen kurzen Moment, als wöge er das Für und Wider ab. Dann strich er nachdenklich über sein Kinn. »Wie wäre es damit«, begann er. »Du darfst mich interviewen, wenn ich dir zuerst eine Frage stellen darf.«

Ich hob eine Augenbraue. »Mir?« Was könnte er von mir wissen wollen?

Tyler nickte, als wäre es das Normalste der Welt. »Aber du musst die Frage ehrlich beantworten. Ich merke es, wenn man mich anlügt.«

»Und wenn dir meine Antwort nicht gefällt?«

Er lehnte sich zurück und ein leichtes Grinsen umspielte seine Mundwinkel. Er strahlte eine Gelassenheit aus, wie ich sie noch nie zuvor bei jemandem gesehen hatte. Als gehöre das gesamte Gefängnis ihm persönlich. »Dann musst du dir jemand anderen suchen«, sagte er und trotz seines Lächelns wusste ich, dass er es ernst meinte.

Neugier packte mich. »Also gut.« Ich reckte mein Kinn nach vorn. »Einen Versuch ist es wert.« Schließlich würde ich viel Persönliches von ihm wissen wollen. Vielleicht war es fair, dass er mich im Gegenzug auch etwas fragen durfte.

Ich rechnete bereits damit, dass er mir eine unangebrachte Frage stellen würde, um mich zu verunsichern, und bereitete mich innerlich darauf vor.

Er stützte seinen Ellbogen auf dem Metalltisch ab und lehnte sich ein wenig nach vorn. Der Regen prasselte laut gegen die schmale Scheibe. Als er sprach, war seine Stimme leiser als noch wenige Sekunden zuvor und sein Lächeln war verschwunden. »Was bringt ein junges Mädchen wie dich dazu, in einen Raum voller Monster, Schwerverbrecher und Mörder zu treten und erleichtert aufzuatmen, während alle anderen Besucher vor Anspannung die Luft anhalten?«

Ich blinzelte. Er hatte es bemerkt. Ich konnte nicht glauben, dass er es nicht falsch gedeutet hatte wie zuvor der Polizist.

Ich wandte meinen Blick ab. Durch den Nebel konnte ich die Spitze des Willis Towers heute nicht sehen. Die Frage war so treffend und persönlich, dass es mir die Sprache verschlug. Er wartete geduldig, während ich nach Worten rang. Mein erster Instinkt war, ihm zu widersprechen. Allerdings hatte ich in seiner Stimme keinen Funken Spott oder Belustigung gehört. Ich wog meine Möglichkeiten ab. Warum sollte ich ihm nicht die Wahrheit sagen? Was hatte ich zu verlieren?

Schließlich sah ich wieder zu ihm. »Weil das hier drinnen nicht die Art von Monstern sind, die mir Angst machen«, erwiderte ich aufrichtig und hielt seinem Blick stand.

Eine tiefe Falte grub sich zwischen seine Augenbrauen. Für einen kurzen Moment sagte keiner von uns etwas. Nur das leise Geräusch der anderen Gespräche und das gelegentliche Summen der Tür drangen zu uns.

»Vielleicht stimmt aber auch einfach etwas nicht mit mir«, fügte ich hinzu. Es war mehr an mich als an ihn gerichtet.

Zu meiner Überraschung brachte das Tyler zum Lachen und er zeigte seine geraden Zähne. »Sollen wir den Platz tauschen? Ich glaube zwar nicht, dass dir mein Overall passt, aber ich kann den Officer fragen, ob es noch eine Zelle in der Geschlossenen für dich gibt.« Er blickte spielerisch durch den Raum und tat, als suchte er einen Wärter.

»Ernsthaft?«, fragte ich und musste unweigerlich ebenfalls lachen. Ich vergaß beinahe, dass ich mich in einem Gefängnis befand, bis ich den Blick bemerkte, den sich die beiden neben dem Tisch stehenden Wärter zuwarfen. Ich räusperte mich.

»Na gut, ich frage später nach, wenn du wieder weg bist«, sagte er und lächelte. »Nein, aber mal im Ernst. Wenn etwas mit dir aus Sicht der Gesellschaft nicht stimmt, bist du wahrscheinlich genau richtig. Und außerdem finde ich, dass das Sinn ergibt.« Er fuhr durch seine dunklen Haare und ließ den Blick erneut durch den Raum wandern, während ich sein Profil studierte. Er hatte kantige Kieferknochen, mit dem Unterschied, dass sein Gesicht im Gegensatz zu Ians freundlich und warm aussah, sobald er lächelte. Eine dünne Narbe zog sich einmal durch seine rechte Augenbraue, knapp an seinem Auge vorbei. Ich fragte mich, durch was die Narbe entstanden war.

Oder besser gesagt durch wen.

»Viele der Insassen hier sind bessere Menschen als manche Richter, Lehrer oder ...«

»Polizisten«, beendete ich seinen Satz bitter und hatte Ian vor Augen. *Oder Bürgermeister,* fügte ich in Gedanken hinzu.

Tyler drehte seinen Kopf zu mir. »Ganz genau«, sagte er und sein Blick bekam etwas Wissendes.

»Wenn ich ehrlich bin, ist das einer der Gründe, warum ich Kriminologie studieren wollte. Um zu zeigen, dass hinter einem Verbrechen mehr steckt als bloßer Hass und Gewalt.« Ich schluckte schwer. »Kleine Verbrechen aller Art geschehen jeden Tag, überall auf dieser Welt. Verbrechen, die viel mehr zerstören, als ein Bankraub es jemals könnte.« Unterbewusst strich ich mit der Hand über meinen Oberarm. Ich konnte Ians festen Griff beinahe spüren.

Tyler nickte. »Die Menschen, die frei herumlaufen, haben meist nicht weniger Dreck am Stecken als die Insassen hier drin.« Er sah mich eindringlich an. Es war beinahe unheimlich, wie sehr er mir aus der Seele sprach.

»Versteh mich nicht falsch, Devon. Ich bin keineswegs ohne Schuld. Aber es ist lediglich eine Frage der Perspektive, wen man letztendlich als Bösen und wen als Guten bezeichnet.« Etwas Dunkles flackerte in seinem Blick auf.

»Oder wer im Gefängnis landet und wer für dieselben Verbrechen für immer ungestraft bleibt«, meinte ich und fuhr eine Kerbe auf dem Metalltisch nach. »Jeder ist der Bösewicht in jemandes Geschichte.«

Er blinzelte, als überraschte ihn meine Antwort. »Exakt.«

»Ich werde das jetzt einfach als Ja verstehen«, sagte ich schließlich. »Dass ich dich in den nächsten Wochen interviewen darf?«, fragte ich, was er mit einem schiefen Grinsen quittierte.

»Darfst du.«

»Okay«, meinte ich schlicht und versuchte mir die Erleichterung darüber, dass ich so schnell Ersatz gefunden hatte, nicht anmerken zu lassen. Doch wie lange würde ich Zeit haben, ihn zu interviewen? Nicht umsonst hatten Alessandra und Matt angedeutet, dass er nie lange im Gefängnis blieb. »Wann wirst du …« Ich unterbrach mich selbst. »Wie lange wirst du noch im Gefängnis sein?«

»Okay, was genau haben sie dir über mich erzählt?«, fragte er. Er klang nicht abfällig, nur neugierig. »Dass ich immer schnell entlassen werde? Dass ich *gefährlich* bin?« Seine Augen blitzten auf.

Meine Handflächen wurden feucht, während ich abwog, wie viel ich ihm anvertrauen konnte. »Ehrlich gesagt hatte ich nicht einmal genug Zeit, deine Akte zu lesen. Ich weiß nur, dass du zum dritten Mal hier bist.« Ich wartete, bis er etwas sagte, doch er sah mich weiterhin nur an, weshalb ich hinzufügte: »Und ja. Dass du wahrscheinlich schon bald wieder entlassen wirst.«

»So, so.« Tyler blickte aus dem Fenster in den Regen. »Es ist immer wieder interessant zu hören, was sich die Menschen über mich erzählen. Mein Ruf eilt mir voraus. Teilweise sagen Menschen die schlimmsten Dinge über mich, obwohl ich sie nicht einmal getan habe.«

»Warum stellst du diese Gerüchte nicht richtig?«

Er lachte auf. »Ich bitte dich – das ist doch das Beste, was mir passieren kann! Ein schlechter Ruf, der besagt, dass ich gefährlich und brutal bin, und mir die Leute vom Hals hält? Das ist der Jackpot.«

»Also stimmt es nicht?«, fragte ich noch einmal.

»Was?«

»Dass du gefährlich bist?«

Er befeuchtete sich die Lippen. »Die Frage, die man sich stellen muss, ist nicht, ob ich gefährlich bin. Sondern für wen.« Ein Muskel trat an seinem Kiefer hervor. »Gefährlich für dich? Nein. Für die Gangs, die Menschen in Chicago ziellos ermorden? Schon eher.«

Er musterte mich, als schätzte er ab, ob ich Angst vor ihm hatte. Hatte ich nicht.

»Und ich bin mir sicher, dass ich lange genug hierbleiben werde, bis du mit deinen Interviews durch bist«, sagte er und ich kam nicht umhin, mich zu fragen, ob er, so absurd das auch klang, in irgendeiner Weise mitentscheiden konnte, wann er entlassen wurde. Und wenn ja, warum er damit noch wartete.

Ich öffnete meinen Mund, um nachzufragen, als er schnell wieder das Wort ergriff. Als wollte er nicht, dass ich nachhakte.

»Was machst du morgen?«

Ich hob beide Augenbrauen. Er stellte die Frage so beiläufig, als wären wir alte Freunde, die sich in einem Café trafen. Doch aus irgendeinem Grund fühlte es sich nicht falsch an. Was durchaus daran liegen konnte, dass ich mich lange nach einer richtigen Unterhaltung gesehnt hatte. Keine einseitigen Monologe, Drohungen oder Forderungen – nur eine Unterhaltung, bei der man sich gegenseitig Fragen stellte, deren Antworten den Gesprächspartner ehrlich interessierten.

Ich zog eine Grimasse. »Morgen habe ich Geburtstag, also werde ich mich bis zum obligatorischen Dinner in meiner Wohnung verschanzen und warten, bis der Tag vorbei ist«, erwiderte ich seufzend.

Tyler starrte mich an. »Meinst du das ernst?«

Ich nickte. Mir wurde allein bei dem Gedanken speiübel.

»Okay. Das musst du mir erklären. Ich bin auch kein großer Fan von Geburtstagen, aber du tust beinahe so, als müsstest du auf eine Beerdigung.«

Ich strich mit dem Finger über die Spiralbindung meines Blockes. Die Wahrheit war, dass ich meinen Geburtstag gleich aus mehreren Gründen hasste. Erstens, da meine Mutter nicht da war, um ihn mit mir zu feiern. Zweitens, weil das der einzige Tag im Jahr war, an dem ich mit Ian, seinem Bruder Jason und dessen Freundin Mia essen gehen musste. Weil man das eben so machte. Und drittens, weil ich die Heuchelei meines Vaters nicht ertragen konnte, der mir jedes Jahr etwas schenkte, von dem er dachte, dass es die schlechten Taten des restlichen Jahres wiedergutmachte. Doch das konnte ich Tyler wohl kaum sagen.

Stattdessen meinte ich: »Ich hasse es, im Mittelpunkt zu stehen.« Was auch stimmte.

Wenn Tyler vermutete, dass ich nicht die ganze Wahrheit gesagt hatte, so ließ er es sich nicht anmerken. »Wie alt wirst du morgen?«

»Zweiundzwanzig.«

Er hob seine Augenbrauen. »Ich hätte gedacht, du wärst älter.«

»Wow.« Ich lachte laut auf. »Danke schön!«

»Nein, nein! Das war ein Kompliment«, sagte er eilig und machte eine beschwichtigende Handbewegung. *Ein Kompliment?* »Du wirkst für dein Alter sehr viel reifer.«

»Ich bin mir nicht sicher, inwiefern das ein Kompliment darstellen soll, aber trotzdem danke«, erwiderte ich schmunzelnd. Dann kam eine neue Frage in mir auf. »Du meintest vorhin, dass du dich nie interviewen lassen würdest«, sagte ich.

»Ja.«

»Warum?«

Das schummrige Licht der Deckenlampen fiel durch seine dichten Wimpern hindurch und malte Schatten auf seine Wangen. »Siehst du den Typ dort hinten?«, fragte er und zeigte auf einen Insassen mit grauen Haaren und wettergegerbtem Gesicht. Vor ihm saß eine Frau mit blonden Haaren und dunkelbraunem Ansatz, die sich mit einem Taschentuch die Augenwinkel abtupfte.

»Der Typ, der aussieht wie ein Seemann?«

Ich hörte Tylers Lachen. »Genau der.«

»Was ist mit ihm?«

»Das ist Dave und das vor ihm ist seine Frau Lucinda. Er hat nicht nur eine, sondern gleich drei Freundinnen im Gefängnis, von denen seine Frau nichts weiß. Und der glatzköpfige Mann direkt am Tisch daneben?« Ich ließ den Blick wandern. Der Insasse saß einem Mann im Anzug gegenüber. »Er klagt gegen sein Urteil. Er beharrt darauf, seine Frau nicht umgebracht zu haben, obwohl alle ganz genau wissen, dass er es sehr wohl getan hat. In einer losen Fliese neben seinem Bett hat er ein kleines Päckchen Kokain versteckt, dass sich nicht positiv auf seine Kredibilität vor Gericht auswirken würde.«

Als ich mich wieder zu Tyler umwandte, begegnete ich geradewegs seinem Blick. Offenbar hatte er mich, während ich den Mann am anderen Tisch beobachtet hatte, nicht aus den Augen gelassen. »Dein Punkt?«

»Mein Punkt ist der, dass ich beide Männer in den Ruin stürzen könnte. Da ich Informationen über sie habe, bin ich ihnen überlegen.«

Ich nickte, als ich verstand. »Und du willst nicht, dass dir jemand überlegen ist.«

Ein diabolisches Funkeln trat in seine Augen. »Exakt.«

Ich runzelte die Stirn. »Warum darf ich dich dann befragen?«

Er stützte die Arme auf der Metallplatte des Tisches ab. »Sagen wir, das ist ein kalkuliertes Risiko.«

Was zur Hölle soll das denn bedeuten?

Ich wollte nachhaken, als mich ein Blick aus dem Fenster wieder in die Realität zurückholte. Klammheimlich hatte der Abend hinter dem dichten Nebel das Tageslicht gestohlen.

Um Himmels willen. Wie spät war es?

Tyler schien meine Gedanken bemerkt zu haben, denn er folgte meinem Blick nach draußen.

»Ist eine halbe Stunde schon vorbei?«, fragte ich erstaunt und blickte auf mein Handgelenk, nur um zu sehen, dass ich keine Uhr trug.

Tyler zeigte auf die Wand hinter mir. »Fast, ja.«

Ich drehte mich um und sah die Uhr, die hinter einem Gitter befestigt war. Sekunde um Sekunde verstrich. Die Zeit war schnell vorbeigegangen. Viel zu schnell. Der Raum war deutlich leerer geworden, ohne dass ich davon Notiz genommen hatte. War es eigenartig, dass ich gern mehr Zeit hier verbracht hätte? Ich erlaubte mir nicht, den Gedanken zu Ende zu denken.

Als ich wieder nach vorn sah, setzte sich einer der zwei Wärter in Bewegung und trat an unseren Tisch.

Tyler erhob sich von seinem Stuhl und ich tat es ihm nach. »Hat mich gefreut, dich kennenzulernen, Devon«, sagte er leise und die Art, wie er meinen Namen hauchte, verpasste mir eine Gänsehaut. Wie ein Gebet und einen Fluch zugleich.

Wir standen nur einen Meter auseinander, als er mir seine Hand entgegenstreckte.

»Ich komme übermorgen wieder, wenn das okay für dich ist«, meinte ich und erwiderte seinen Händedruck.

»Das ist in Ordnung. Wir sehen uns, Devon«, meinte er, als der Polizist, der mindestens einen Kopf kleiner war als er, ihm grob die Handschellen anlegte. »Pass auf dich auf.« Er musterte mich ein weiteres Mal, als wollte er mich so in Erinnerung behalten.

Ich stand noch immer reglos am Tisch, als er durch den Raum geführt wurde. Kurz bevor er hinter der Tür am anderen Ende verschwand, drehte er sich ein letztes Mal zu mir um. »Ach, und, Devon ...«

»Weitergehen, Fox«, mahnte der Wärter und zog an seinem Arm, doch Tyler ignorierte ihn und blieb stehen. »Lass dich von den Monstern da draußen nicht erwischen«, sagte er augenzwinkernd. Mit diesen Worten verschwand er hinter der Tür.

Was ist gerade passiert? Ich wusste nicht, wo mir der Kopf stand. Wir hatten uns eine halbe Stunde unterhalten, ohne dass ich ihm auch nur eine Frage für meine Arbeit gestellt hatte. Bei Patricia hatte ich mit dem Interview direkt beim ersten Treffen begonnen. Doch es war nicht nur das – ich war so vertieft in unser Gespräch gewesen, dass ich vollkommen vergessen hatte, warum ich hergekommen war.

Ich nahm das Aufnahmegerät, das ich nicht eingeschaltet hatte, vom Tisch und atmete tief durch. Ich sah noch einmal zurück zur Tür, durch die er verschwunden war. Und das war der Moment, in dem ich diese düstere Vorahnung hatte.

Er stellte keine Bedrohung für mich dar. Und dennoch würde er mir gefährlicher werden, als mir lieb war.

Kapitel 5

Ich hätte gern behauptet, dass ich meinen zweiundzwanzigsten Geburtstag bisher nicht ausschließlich mit der Akte von Tyler und einem Becher Instantnudeln verbracht hatte. Doch das wäre wohl gelogen gewesen.

Bereits seit Stunden saß ich mit meinem Laptop auf der Couch im Wohnzimmer. Schwarze Wolken hingen am Horizont des Lake Michigan und krochen langsam, aber sicher auf die Stadt zu. Regen prasselte gegen die bodentiefen Fenster und ich hatte mehrere Kerzen angezündet, die ihr warmes Licht gegen Wände und Möbel warfen.

Die Recherche war mühsam und ich hatte schnell festgestellt, dass mir das Internet keine große Hilfe dabei sein würde, mehr über Tyler zu erfahren. Seine Akte war beinahe genauso nutzlos – das Einzige, was ich dort herauslesen konnte, waren die Dauer und die Ursachen seiner vorherigen Gefängnisaufenthalte.

Vor fünf Jahren hatte Tyler das erste Mal im MCC gesessen. Damals hatte die Anklage Körperverletzung gelautet, allerdings war sie nach nur vier Wochen wieder fallen gelassen worden. Drei Jahre danach war er wegen Diebstahl gefasst worden, was mir in Anbetracht der Tatsache, dass er so gerissen sein sollte, äußerst seltsam vorkam. Keine drei Wochen hatte er im MCC verbracht, ehe die Anklage erneut fallen gelassen worden war. Ganz unten war die neueste Anklage vermerkt, wegen der er seit wenigen Tagen einsaß und auf sein Urteil wartete. Ich hatte da eine Vermutung: Die Anklage würde genauso fallen gelassen werden.

Geistesabwesend griff ich nach dem dampfenden Becher Instantnudeln, der den künstlichen Geruch von Huhn und Teriyakisoße verbreitete. Ich drehte mehrere Nudeln auf meiner Gabel ein, während ich mit der freien Hand die Begriffe *Brand, Chicago* und *Oktober* in die Suchleiste meines Laptops eingab.

Sofort wurden mir mehrere Artikel vorgeschlagen, doch nur einer stimmte mit dem Datum der Tat überein. Ich überflog ihn und schnaubte enttäuscht. Das Einzige, was darinstand, war, dass ein Verdächtiger festgenommen wurde, nachdem eine Lagerhalle in Downtown Chicago vollständig abgebrannt worden war. Alles in allem kam mir das eigenartig vor. Warum sollte Tyler eine leer stehende Lagerhalle abbrennen und sich dabei erwischen lassen? Tyler Fox war ein einziges Rätsel und hatte offenbar eine Menge Geheimnisse, die es aufzudecken galt.

Ich steckte mir gerade eine Gabel heißer Nudeln in den Mund, als es plötzlich an der Tür klingelte. Ich fuhr zusammen. Wer konnte das sein? Ian kam erst am Abend von der Arbeit zurück und mein Dad war um diese Uhrzeit in seinem Büro. Außerdem hatten beide einen Schlüssel.

Hastig schluckte ich die heißen Nudeln hinunter und fluchte innerlich, als ich mich verbrannte. Dann stellte ich den Nudelbecher und meinen Laptop auf dem Wohnzimmertisch ab, hob den Teppich an und schob Tylers Akte darunter. Man konnte nie vorsichtig genug sein. Für den unwahrscheinlichen Fall, dass das an der Tür Ian sein sollte, musste ich vorsichtig sein. Er hatte mich noch nicht auf Patricias Isolationshaft angesprochen, was bedeutete, dass er nichts davon wusste. Und ich sah keinen Grund, es ihm zu erzählen und schlafende Hunde zu wecken.

Ich blickte an mir hinunter und rümpfte die Nase. Man sah mir an, dass ich mit Besuch nicht gerechnet hatte. Für das Abendessen mit Ian, Mia und Jason würde ich mich erst in zwei Stunden fertig machen. Ich strich mir ein paar lose Haarsträhnen hinter die Ohren und zupfte an meinem himbeerroten Oversize-Pullover herum – was es nicht gerade besser machte –, bevor ich die Tür öffnete.

Doch da war niemand. Ich runzelte die Stirn. Der Flur war menschenleer und der Aufzug am Ende des Ganges geschlossen. Seltsam.

Ich war dabei, die Tür wieder zu schließen, als mir die kleine schwarze Schachtel auf der Fußmatte ins Auge fiel. Um ein Haar hätte ich sie übersehen. Ich sah mich ein letztes Mal um, bevor ich mich bückte und sie aufhob. Skeptisch drehte ich sie zwischen meinen Fingern. Schachteln wie diese waren in der Regel vom Sekretär meines Vaters. Wenigstens war sie zu klein, um ein Kleid zu enthalten.

Ohne weiter zu zögern, öffnete ich sie. Wie üblich lag obendrauf ein Zettel, doch dieses Mal war die Nachricht handgeschrieben.

Alles Gute zum Geburtstag, Devon. – Dad.

Ich seufzte. Jedes Jahr bat ich ihn ausdrücklich darum, mir nichts zu schenken, und jedes Jahr hielt er sich nicht daran. Mal sehen, mit was er seine Fehler dieses Jahr wiedergutmachen wollte.

Ich nahm den Zettel beiseite und …

Heilige Mutter Gottes.

Darunter lag ein Autoschlüssel. Ich schloss die Augen. Das musste ein Scherz sein. *Bitte lass es ein geschmackloser und schlechter Scherz sein.*

Eilig griff ich nach der weißen Zugangskarte, steckte sie mir in die Hosentasche und machte mich auf den Weg zur Tiefgarage.

Der schwere Geruch von Benzin kitzelte in meiner Nase, als ich den Aufzug verließ und zu unseren Stellplätzen ging. Es war eine seltsame Garage. Die grellen Deckenlichter leuchteten etwas zu weiß und die Böden waren etwas zu sauber. Es wirkte mehr wie ein Verkaufsraum für Luxuswagen als wie eine echte Tiefgarage.

Er schenkt dir kein Auto, dachte ich verzweifelt. *Er kennt dich zwar kaum, aber so wenig nun auch wieder nicht.*

Mit angehaltenem Atem bog ich um die Ecke. Und dann sah ich es.

Scheiße.

Auf einem der für uns reservierten Stellplätze stand ein Mercedes mit einer gigantischen weißen Schleife auf der Windschutzscheibe.

O nein, nein, nein.

Vorsichtig trat ich näher an den Wagen heran, als wäre er ein wildes Tier, das jeden Moment zum Sprung ansetzen könnte. Ein hysterisches Lachen entkam meiner Kehle und ich presste eilig die Hand auf meinen Mund. Das war kein Geschenk, es war purer Hohn. Es gab nämlich eine Kleinigkeit, die er übersehen hatte: Ich hatte panische Angst vor dem Autofahren.

Nach dem Unfall hatte es ganze sieben Jahre gebraucht, bis ich wieder ohne

Angst in einem Auto hatte sitzen können. Heute hatte ich, solange ich nur Beifahrerin war, meine Panik unter Kontrolle. Doch allein der Gedanke, selbst einen Wagen zu steuern, trieb mir die Schweißperlen auf die Stirn. Zwar hatte Ian mich vor drei Jahren dazu überredet, meinen Führerschein zu machen, doch der Tag, an dem ich meine Prüfung bestanden hatte, war gleichzeitig der gewesen, an dem ich meine Finger das letzte Mal um ein Lenkrad gelegt hatte.

Schockiert stand ich mit dem Autoschlüssel in der Hand vor dem Wagen und war mir nicht sicher, ob ich lachen oder weinen sollte. Das einzige Wort, das mir bei diesem Auto in den Sinn kam, war protzig. Und als wäre das nicht genug, war es gelb, weil warum auch nicht. Mehr auffallen konnte man mit einem Auto fast gar nicht. Auch wenn ich keine Angst vor dem Fahren gehabt hätte, wäre ich lieber gar nicht mehr rausgegangen, als in einem solch angeberischen Wagen gesehen zu werden.

Mir war durchaus bewusst, dass nicht jeder die Möglichkeit besaß, ein Gerät wie dieses zu fahren. Es fühlte sich falsch an, einem solch wertvollen Geschenk mit Abneigung gegenüberzustehen. Doch so sehr ich es auch versuchte, Dankbarkeit zu empfinden – ich konnte nicht. Dieses Auto war die Inkarnation der Tatsache, dass mich die Menschen um mich herum nicht kannten.

Eine Weile stand ich einfach nur da und schüttelte ungläubig den Kopf, bis mir erneut ein hysterisches Lachen entfuhr, obwohl mir nicht im Geringsten zum Lachen zumute war.

Das Geräusch einer zuschlagenden Autotür riss mich aus meinen Gedanken und ich fuhr herum. Einer der Bewohner hatte seinen Wagen auf seinem Stellplatz geparkt. »Geile Karre!«, rief er im Vorbeigehen und reckte beide Daumen in die Höhe.

Das Lachen rutschte mir von meinem Gesicht und ich wollte vor Scham am liebsten im Boden versinken – und das, obwohl ich bereits in der Tiefgarage stand.

Ich wartete, bis der Mann im Aufzug verschwunden war, ehe ich die gigantische Schleife von der Windschutzscheibe riss und in den nächstgelegenen Mülleimer stopfte.

***

Meine Tränen hatten nicht den Anstand zu warten, bis ich wieder in meiner Wohnung war. Schlechte Gefühle waren ungeduldig – dauernd wollten sie etwas von einem.

Leise schluchzend schloss ich die Wohnungstür und ließ mich daran zu Boden sinken. Inzwischen hatten die dunklen Wolken die Stadt verschluckt wie ein gigantisches Tier seine Beute. Regen prasselte immer noch gegen die Scheiben, doch anstatt des Sees und der umliegenden Wolkenkratzer sah man nichts als Grautöne.

Ich vergrub mein Gesicht in meinen Händen. Mein Vater hatte es mit seinem »Geschenk« geschafft, eine tiefgehende Trauer in mir zu erwecken, die ich normalerweise erfolgreich verdrängte. Die Sehnsucht nach Mom und das dunkle Gefühl der Einsamkeit, das inzwischen zu meinem engsten Begleiter geworden war, vermischten sich zu einem großen Gefühlsklumpen. Für gewöhnlich war ich eine Meisterin darin, meine Gefühle im Zaum zu halten. Ich wartete ab, bis sie von allein wieder verschwanden. Doch jetzt waren sie zu stark, zu viel, zu laut, und ich drohte, in der schieren Menge der Gefühle zu ersticken.

Was würde ich dafür tun, um jetzt mit Mom reden zu können?

Und dann kam mir eine absurde Idee. Mein Kopf schwirrte, als ich vom Boden aufstand und ins Wohnzimmer ging. Dort klappte ich meinen Laptop auf, öffnete ein leeres Dokument und ließ meine Gedanken und Gefühle hineinbluten, bis die Seiten voll und mein Kopf leer waren. Mit verschwommener Sicht und bebenden Schultern verfasste ich einen Brief an meine Mom.

Mom, hier ist Devon.

Das ist jetzt der siebzehnte Geburtstag, den ich ohne dich feiern muss. Es ist mir fast ein bisschen peinlich, wie schwer mir das noch immer fällt. Ian weiß nichts von meiner Trauer und mit Dad kann ich erst recht nicht über dich oder den Unfall reden.

Apropos Dad. Weißt du, was er gemacht hat? Er hat mir heute ein

Auto geschenkt, dabei kann ich mich nicht mal hinter das Steuer setzen, ohne eine Panikattacke zu bekommen. Wie kann es sein, dass er das nicht weiß? Das Geschenk hat mir einmal mehr vor Augen geführt, wie allein ich bin. Wenn du noch hier wärst, wäre alles anders.

Warum kann ich die Vergangenheit nicht loslassen? Liegt es daran, dass ich diese große Erinnerungslücke habe, was zwischen dem Aufprall und meiner Rettung geschehen ist? Warst du nach dem Aufprall bewusstlos? Oder hast du mit mir geredet und dich verabschiedet, weil du wusstest, dass du es nicht schaffen würdest? Das ist wohl eines der vielen Geheimnisse, die du mit in dein nasses Grab genommen hast.

Aber wenn du mir schon keine Geheimnisse mehr erzählen kannst, erzähle ich dir drei von meinen. Man sagt doch, dass es einem besser geht, wenn man über seine Probleme redet. Nur was ist, wenn man niemanden hat, dem man sie anvertrauen kann? Deshalb schreibe ich sie dir in diesem Brief. Das muss wohl reichen ...

Mein erstes Geheimnis ist, dass ich manchmal wirklich schreckliche Gedanken habe. So richtig, richtig schlimme. Kennst du das, wenn man einen Gedanken hat und sich im selben Moment so schuldig fühlt, dass man kaum mehr in den Spiegel blicken kann? So geht es mir, wenn ich mir ein weiteres Mal wünsche, dass damals Dad an deiner Stelle gestorben wäre. Jetzt verstehst du, warum ich das keinem erzähle, richtig? So etwas kann man nicht laut aussprechen.

Tag für Tag wünsche ich mir, dass Dad anders wäre. Dass er sich für mich interessieren würde, dass wir etwas gemeinsam unternehmen würden. Ich wünschte, dass er von dir erzählen würde. Er durfte dich so viel länger kennen als ich. Aber weißt du, was er stattdessen tut? Er will mich zwingen, Ian im Januar zu heiraten. Wie krank ist das denn? Welcher Vater tut so etwas?

Aber da kommen wir auch schon zu meinem zweiten Geheimnis.

Letztes Jahr hat Ian um meine Hand angehalten.

Ich habe Nein gesagt.

Er hat mir das Schlüsselbein gebrochen.

Eine Woche später hat er noch mal gefragt.

Dieses Mal habe ich Ja gesagt.

Ich weiß. Verdammt blöd von mir, oder? Aus Angst vor ihm habe ich alles nur noch schlimmer gemacht. Als ich ihn kennengelernt habe, war er eine vollkommen andere Person. Und manchmal sehe ich diese Seite immer noch an ihm, doch ich kann ihm nicht verzeihen, was damals passiert ist.

Wenn du noch hier wärst, würde ich dich fragen, woher ich denn weiß, ob ich Ian noch liebe. Und du würdest antworten, dass es keine Liebe ist, wenn man diese Frage überhaupt stellen muss.

Mein drittes Geheimnis? Im Gefängnis fühle ich mich wohler als zu Hause. Nicht, weil ich Verbrechen gutheiße, sondern weil ich mich dort zugehörig fühle. Na, wenn das nicht einiges über mein Selbstwertgefühl sagt, dann weiß ich auch nicht. Ich passe hier nicht rein und ich glaube, dass du es damals auch nicht getan hast. Bist du deshalb geflohen? Wie wäre unser Leben, wenn du nicht gestorben wärst? Wo wären wir hingegangen?

Die Wahrheit ist: Ich habe mein Leben in den Sand gesetzt, bevor es richtig begonnen hat, und ich hoffe, du bist nicht enttäuscht von mir.

Manchmal fahre ich an den Flughafen, beobachte die Flugzeuge und stelle mir vor, dass ich in einem davon säße. Verrückt, oder? New York, Lima, Oslo. Singapur, Auckland, Osaka. Ich stelle mir vor, wie ich in eines dieser Flugzeuge steige und ein neues Leben beginne. Am Flughafen fühle ich mich frei. Stunden habe ich bereits dort verbracht und versucht, mich selbst davon zu überzeugen, dass ich Chicago jederzeit verlassen könnte. Aber weißt du was? Das ist eine Illusion. Ich kann Chicago nicht einfach verlassen, weil mich meterhohe Mauern zurückhalten.

Inzwischen weiß ich, dass diese Mauern nur in meinem Kopf existieren. Allerdings macht sie das nicht weniger unüberwindbar. Im Gegenteil.
Dich haben keine Mauern zurückgehalten. Ironischerweise nicht einmal die Mauern, die das Auto auf der Straße hätten halten sollen.
Manchmal frage ich mich, ob es dir genauso ergangen ist wie mir. Ob du mit Dad dasselbe durchmachen musstest wie ich mit Ian.
Ich frage mich, ob ich denselben Fehler begangen habe wie du damals. Und ob nun ich an der Reihe bin zu fliehen.

Kapitel 6

»Devon?« Ians Stimme hallte, begleitet von dem Klimpern seines Schlüsselbundes, durch die Wohnung. »Bist du da?«

Ich stützte mich mit beiden Händen am Rand des Waschbeckens ab, kleine Wassertropfen perlten von meinem Gesicht.

Nachdem ich das Dokument gelöscht und Tylers Akte versteckt hatte, war ich ins Bad gegangen, um die letzten meiner Tränen den Abfluss hinunterzuspülen. Überraschenderweise hatte es tatsächlich geholfen, mir all den Schmerz von der Seele zu schreiben.

Eilig trocknete ich mein Gesicht mit einem Handtuch ab. »Ich bin im Bad«, rief ich.

Wenig später erschien Ian im Türrahmen. Seine dunkelblaue Uniform saß genauso akkurat wie heute Morgen, als er die Wohnung darin verlassen hatte. Dasselbe galt für seine Frisur.

»Wo warst du so lange?«, fragte ich. Normalerweise hätte er bereits vor über einer Stunde zu Hause sein sollen.

Er zögerte nur den Bruchteil einer Sekunde zu lange, doch es entging mir nicht. »Es gab einen Zwischenfall im Gefängnis und ich konnte nicht pünktlich gehen«, erklärte er, zog mich an sich heran und gab mir einen Kuss. »Wie war dein Tag, Geburtstagskind?«

»Gut«, antwortete ich schlicht. *Na klar, supergut. Bis auf meinen Nervenzusammenbruch am Nachmittag.* Aber so, wie ich ihn kannte, würde er nicht weiter nachfragen.

»Hier«, sagte er und drückte mir drei Briefe in die Hand. »Das kam für dich an. Ich gehe mich umziehen, Mia und Jason werden jeden Moment hier sein.« Erst als er im Ankleidezimmer verschwunden war, warf ich einen Blick auf die Briefe in meiner Hand. Ich presste meine Lippen fest aufeinander, als ich sah, dass er sie bereits geöffnet hatte. Ich atmete einmal tief durch und legte sie neben dem Waschbecken ab.

Nicht darauf ansprechen, einfach ignorieren, Streit vermeiden. Das war im vergangenen Jahr zu meinem Mantra geworden. Seit dem Vorfall führten Ian und ich einen kalten Krieg. Er hatte seine Hand nicht mehr gegen mich erhoben, doch wir hatten kein einziges Mal über das geredet, was passiert war. Bis auf den Abend, als ich aus dem Krankenhaus gekommen war und er vor mir kniend um Verzeihung gebeten hatte. Wir lebten hier gemeinsam, waren ein Paar – und gleichzeitig auch nicht.

»Ich habe was für dich«, verkündete Ian grinsend, als er kurze Zeit später in einem grauen Anzug das Wohnzimmer betrat.

O nein. Mein Bedarf an Geschenken für heute ist bereits gedeckt.

Er nahm meine Hände und ich sah ihn vorwurfsvoll an. »Du hast mir hoch und heilig versprochen, dass du mir nichts schenkst«, erinnerte ich ihn.

»Ich weiß. Und wie der brave Verlobte, der ich bin, habe ich mich daran gehalten.« Er hob beschwichtigend seine Hände. »Es ist nichts Materielles, okay? Versprochen.« Dann zog er einen Zettel aus seinem Jackett hervor und drückte ihn mir triumphierend in die Hände. »Happy Birthday, Liebes.«

Noch immer skeptisch faltete ich den Zettel auf. Es war die Broschüre des *NewChicago Hotels*. Die Farbe war an den Stellen, an denen er den Flyer gefaltet hatte, leicht abgeblättert. Fragend sah ich zu ihm auf. »Ich fürchte, ich verstehe nicht ganz.«

Er biss sich auf die Lippe und sah aus, als platzte er jeden Moment vor Freude.

»Gehen wir da heute Abend hin oder …?« Ich ließ den Rest des Satzes in der Luft hängen.

»Nein.« Ian schüttelte den Kopf, als wäre die Antwort das Offensichtlichste der Welt. »Das ist unsere Hochzeitslocation!«, rief er. »Wir haben uns um alles gekümmert. Am siebzehnten Januar werden wir heiraten.«

»W-was?« Das passierte gerade nicht wirklich. Ich hielt den Flyer in die Luft. »Wer hat sich darum gekümmert? Was meinst du mit ›wir‹?«

»Meine Mom, dein Dad und ich. Wir wollten dich mit der Location überraschen. Gefällt sie dir nicht?« Seine Miene zeigte Besorgnis.

Mein Herz verkrampfte sich, doch ich zuckte nicht mit der Wimper. Denn das war schließlich die erste Regel bei der Begegnung mit einem Verbrecher: Man durfte sich die Angst nicht anmerken lassen. In meinem Innersten tobte sie dafür umso wilder. Das wurde alles viel zu schnell viel zu real.

»Ich hätte das gern mitentschieden«, sagte ich lahm, weil mir schlichtweg nichts Besseres einfiel.

Ian sah mich an, als spräche ich eine fremde Sprache. »Wenn du die Location ändern willst, dann –«

»Nein«, unterbrach ich ihn. »Ich will die Location nicht ändern.« Sondern die Hochzeit absagen.

Ian runzelte die Stirn. »Wie jetzt? Was denn dann?«

Ich will dich nicht heiraten. Fünf Worte hätten nicht solche Macht innehaben dürfen. Ich sah vor meinem inneren Auge, was ich alles verlieren würde, wenn ich sie ausspräche. Plötzlich war ich mir der Fehler, die ich in meinem Leben gemacht hatte, allzu schmerzlich bewusst. *Verdammt, wie habe ich es so weit kommen lassen können?*

»Nichts«, antwortete ich also. »Lass uns einfach in ein paar Tagen noch mal über alles reden, okay?« Ich bemühte mich um einen unbeschwerten Tonfall. Ich musste mir schnellstens einen Ausweg überlegen. Denn wenn ich eines wusste, dann, dass ich Ian im Januar nicht heiraten würde. Ich hatte damals den größten Fehler meines Lebens begangen, als ich seinen zweiten Antrag angenommen hatte. Diesen Fehler machte ich kein weiteres Mal.

Ian zuckte mit den Schultern und nickte. »Von mir aus.«

Atme, Devon. Du wirst eine Lösung finden.

Ich legte den Flyer auf dem Esstisch ab und wollte gerade zurück ins Badezimmer, um ein wenig Schminke aufzutragen, bevor Mia und Jason kamen, als Ian plötzlich sagte: »Das Kleid lässt du aber nicht an, oder?«

Ich blieb wie angewurzelt stehen und blickte an mir hinunter. Es war salbeigrün mit weißen Punkten. »Was? Doch natürlich«, erwiderte ich verwundert. »Was stimmt damit nicht?«

Er trat direkt vor mich und sah mich eindringlich an. »Es ist viel zu kurz. So kannst du nicht rausgehen.«

Fassungslos blickte ich zu ihm hoch. »Ist das dein Ernst, Ian?« Langsam, aber sicher nahm die Wut in meinem Inneren überhand. »Es geht mir bis zu den Knien.«

Sein Blick blieb unverändert. Er stand nah vor mir. So viel Körperwärme, doch alles, was ich spürte, war eisige Kälte. »Es ist zu kurz«, beharrte er.

Okay, das geht eindeutig zu weit. Ich biss fest die Zähne zusammen und hielt seinem Blick stand. Seine Augen waren aus purem Eis. »Ich weiß, dass du es von deinem Job gewohnt bist, anderen vorzuschreiben, was sie anziehen, essen und was für Filme sie sehen. Aber das hier ist kein Gefängnis, ich bin nicht deine Gefangene und du nicht mein Wärter.« Zumindest in der Theorie.

Ohne seine Antwort abzuwarten, drehte ich mich auf dem Absatz um und verschwand im Badezimmer. Meine Brust hob und senkte sich in einem schnellen Rhythmus.

Mir war die Lust vergangen, mich zu schminken, weshalb ich lediglich meinen Pferdeschwanz öffnete, sodass meine dunklen Haare mein blasses Gesicht umrahmten. Als ich im Spiegel hinter mir plötzlich Ian im Türrahmen stehen sah, fuhr ich heftig zusammen. Herrgott, was wollte er denn jetzt schon wieder? Ich fasste mir mit der Hand an mein pochendes Herz. »Du hast mich erschreckt.«

»Sorry«, murmelte er und ich war mir nicht sicher, für was genau er sich entschuldigte.

Als er kurze Zeit darauf immer noch im Türrahmen stand und mich stumm anstarrte, runzelte ich die Stirn. »Was ist?«

»Du hättest das Wichtigste beinahe vergessen«, meinte er, öffnete den Badezimmerschrank und holte die kleine rote Schatulle hervor.

Ich widerstand dem Drang, mit den Augen zu rollen. Natürlich. Der blöde Ring, damit jeder sah, dass ich verlobt war.

Bevor er auf die unmögliche Idee kommen konnte, mir den Ring auch noch anzustecken, nahm ich ihm eilig die Schachtel aus der Hand. »Super, danke«, erwiderte ich tonlos, während ich den Ring grob auf meinen Finger schob.

Dann standen wir uns gegenüber, doch keiner von uns sprach ein Wort. Ich musterte sein Gesicht, suchte darin nach etwas Vertrautem. Er sah immer noch aus wie früher, doch sein Charakter war verändert. Ich vermisste den alten Ian. Es war wie Heimweh nach einem Ort, der nicht mehr existierte.

Die Stille schwoll zu einem lauten Dröhnen an und für den Bruchteil einer Sekunde sah ich etwas Ähnliches wie Verletzlichkeit in seinen Augen aufblitzen. Ich öffnete meinen Mund, um etwas zu sagen, als das schrille Klingeln der Tür ertönte und die Stille zerriss wie einen überspannten Faden.

***

»Devon, du siehst hinreißend aus!«, rief Mia und zog mich in eine stürmische Umarmung, bei der mir ihr schweres Parfum in die Nase stieg. »Alles, alles, alles Gute zum Geburtstag!« Sie drückte mir einen Kuss auf die Wange.

»Wow, okay. Danke«, brachte ich hervor. Seit wann begrüßte sie mich so überschwänglich? Wir begegneten uns nur an Feiertagen, Geburtstagen und den gelegentlichen Abendessen, zu denen Ians Mom einlud. Und wenn wir uns dann trafen, hielt sich unsere Begeisterung darüber für gewöhnlich in Grenzen. Mia und ich passten in etwa so gut zusammen wie ein Ballettkleid und schwarze Stiefel.

»Zur Feier des Tages hab ich mein neues Jenny-Packham-Kleid angezogen«, rief sie eine Spur zu laut und deutete auf ihr taubenblaues Wickelkleid. Die Schleife in ihrer Hochsteckfrisur und ihren Lidschatten hatte sie farblich minutiös darauf abgestimmt. Rouge und Bronzer verliehen ihrer weißen Haut außerdem einen leuchtenden Teint.

»Du siehst toll aus, Mia«, meinte ich, woraufhin sie laut lachte und eine wegwerfende Handbewegung machte.

»Alles Liebe auch von mir, Devon«, wünschte Jason, der im Türrahmen stehen geblieben war und erst jetzt zu Wort kam. Er war so alt wie ich und studierte Immobilienmanagement, um eines Tages das Geschäft seines Vaters zu übernehmen. Er sah aus wie eine etwas kleinere und schelmischere Version von Ian, mit seinem verschmitzten Grinsen und locker sitzenden, aber sündhaft teuren Hemden.

»Danke, Jason«, war alles, was ich sagen konnte, ehe Mia weiterredete.

»O mein Gott, ich liebe dein Kleid! Wo hast du das her? Bloomingdale's?«, fragte sie interessiert und rieb den Stoff fachmännisch zwischen ihren Fingern.

»Nein, ich habe es in einem Secondhandladen gekauft.«

Sie ließ den Stoff los. »Secondhandladen?«, wiederholte sie ungläubig. Das Wort klang fremd in ihrem Mund. »Lass uns doch mal zusammen zu Bloomingdale's gehen, sobald die Frühlingskollektion eintrifft. Ich meine, die Herbstkollektion dieses Jahr ist fantastisch, aber ...«

Ich strengte mich wirklich an, doch ich konnte ihr einfach nicht länger als eine Minute am Stück zuhören. Sie hörte erst wieder auf zu reden, als sich die Türen des Aufzugs in der Tiefgarage öffneten. Zum zweiten Mal an diesem Tag stieg mir der Geruch von Benzin in die Nase und überdeckte für eine Sekunde das penetrante Parfum von Mia, durch welches ich im Aufzug beinahe erstickt wäre.

Jason fasste sich beim Anblick der Autos theatralisch an die Brust und stolperte einen Schritt zurück, was Mia und Ian zum Lachen brachte. »Ich glaube, das hier ist mein liebster Ort auf der ganzen Welt«, sagte er und betrachtete seine Reflexion im Rückspiegel eines Ferraris in der Farbe eines tödlichen Giftfrosches.

»Liebster Ort? Nicht das Sushi-Restaurant am Strand in Cabo San Lucas?«, schaltete sich Mia ein und balancierte mit ihren mörderisch hohen und ebenfalls taubenblauen Designer-High-Heels um eine Pfütze herum.

Doch Jason hörte sie gar nicht – er stand mit Ian bereits vor dem nächsten Wagen. »Meinst du, das sind Zwanzig-Zoll-Felgen?«

Anstatt mich an den Gesprächen zu beteiligen, machte ich mich kurzerhand auf den Weg zu unseren Stellplätzen, um dort auf die anderen zu warten. Aus Trotz trat ich absichtlich in die kleine Pfütze hinein, die Mia gerade eben vermieden hatte.

Auf der Fahrt zum Restaurant blickte ich schweigend aus dem Fenster auf die an mir vorbeiziehenden Lichter. Mia hatte für uns in einer Rooftopbar reserviert, in der man normalerweise über einen Monat auf einen freien Tisch wartete. Im Restaurant blieb ich ebenfalls still. Alles war beim Alten: Mia redete über die Luxushotelkette ihrer Eltern und Jason über die Immobilien seines Dads. Ich enthielt mich vollständig und genoss die irritierten Blicke, die mir Mia in regelmäßigen Abständen zuwarf, wann immer ich herzhaft von meinem Cheeseburger abbiss. Ich fragte mich unwillkürlich, was Tyler wohl von Mia, Jason und Ian halten würde. Ich glaubte, es zu wissen.

»Oder, Devon? ... Devon?«

»Hm?« Ich blickte von meinem Cocktail auf und sah in drei fragende Gesichter. »Sorry, was hast du gesagt?«

Mia zögerte, ehe sie ihre Frage wiederholte. »Ich wollte nur fragen, in welches Hotel du eher investieren würdest. Jason meint, in das in Miami, aber Ian und ich finden das in New York besser. Was sagst du?«

Ich blinzelte. Konnten die nicht einen Abend über etwas anderes reden? »Miami«, antwortete ich wahllos mit Strohhalm im Mund. Es gab im Moment nichts, was mir gleichgültiger hätte sein können.

Bevor jemand etwas erwidern konnte, klingelte Jasons Handy. Erleichtert tastete er seine Hosentasche ab, ehe er sich entschuldigte, um den Anruf anzunehmen. Mia sah ihm nach. »Ich muss mal auf die Toilette«, murmelte sie, dabei konnte ich von hier aus genau sehen, wie sie sich an eine Säule hinter Jason lehnte, um sein Telefonat zu belauschen.

»Was ist los mit dir?«, zischte Ian in dem Moment, als Mia außer Hörweite war. »Du bist die ganze Zeit abwesend. Reiß dich bitte für einen einzigen Abend zusammen, okay?«

Ich hörte wohl schlecht. Für einen Abend? Ich tat jeden Tag nichts anderes, als mich zusammenzureißen.

»Jedes Mal, wenn ich mich in ein Gespräch einklinken will, geht es um Luxusimmobilien, Luxuswagen, Luxusresorts oder Luxusrestaurants. Tut mir leid, aber du weißt, dass ich damit nichts anfangen kann.« Ich zog an meinem Strohhalm. Allein dieser dumme Cocktail kostete achtzehn verdammte Dollar. Ich dachte daran, dass Josie sich kaum ihre Ballettschuhe leisten konnte und dass Patricia keinen anderen Ausweg gesehen hatte, als sich an einem Bankraub zu beteiligen, damit ihre Tochter nicht verhungerte. Zur selben Zeit saßen wir hier und schmissen das Geld aus dem Fenster, als wäre es Konfetti.

Er schnaubte verächtlich. »Und dennoch bist du hier mit uns, wohnst in einem teuren Apartment – Himmel, du hast heute einen Mercedes geschenkt bekommen.«

Ich lachte freudlos auf. »Wenn ich könnte, würde ich alles, ohne mit der Wimper zu zucken, hergeben. Den Mercedes, die Wohnung, das Geld. Alles. Wenn ich mich im Gegenzug einen Tag lang frei und glücklich fühlen dürfte.«

Ian blinzelte. »Was redest du da?«

Die Worte flossen aus mir heraus, ohne dass ich sie stoppen konnte. »Ich fühle mich, als säße ich in einem abstürzenden Flugzeug. Die Lämpchen im Cockpit blinken alle, eine Turbulenz folgt der nächsten und der Sauerstoff wird langsam knapp.« Meine Stimme wurde mit jedem Wort etwas lauter, was ihm sichtlich unangenehm war, da er sich zweimal danach umblickte, ob uns jemand hören konnte.

Er schüttelte den Kopf. »Das ist schon ein bisschen dramatisch, findest du nicht?«

»Ist es nicht. Ich fühle mich eingeengt«, sagte ich noch etwas lauter. Eine Frau mit einem bodenlangen roten Kleid drehte sich zu uns um. »Ich lebe nicht wirklich, sondern funktioniere nur noch. Und wenn dich das nicht interessiert, dann …« *Dann kann ich dich nicht heiraten,* flüsterte eine Stimme in meinem Kopf. *Sag es endlich!* Doch die Angst darüber, was passierte, wenn ich es aussprach, überwog.

Ians Augen verengten sich. »Dann was?«

Ich legte meine Stoffserviette auf meinen Teller und schob den Stuhl geräuschvoll nach hinten. »Ich gehe auf die Toilette.«

Doch bevor ich mich erheben konnte, griff Ian blitzschnell nach meinem Arm. Ich spürte sofort, wie sich unter seinen Fingern rote Abdrücke bildeten, und verzog vor Schmerz das Gesicht. Meine Augen weiteten sich und mir blieb der nächste Satz im Hals stecken. Das war dann wohl das Ende des kalten Krieges. Das hier war ein Angriff.

Hilfe suchend blickte ich durch den Raum, doch die Frau im roten Kleid sah in dem Moment weg, als sich unsere Blicke trafen.

»Es reicht mir jetzt, Devon.«

»Lass sofort meinen Arm los«, mahnte ich.

Er bewegte seine Finger nicht. »Du tust so, als wäre dein Leben so schlimm, aber schau dich um.« Er wies mit der freien Hand auf das Restaurant. »Das ist dein Leben. Und alles, was du kannst, ist, dich darüber zu beschweren.«

Ich schüttelte den Kopf und hasste mich dafür, wieder Tränen in meinen Augen zu spüren. »Nein. Das«, sagte ich und sah auf seine Hand, die meinen Arm immer noch fest umkrallte, »symbolisiert mein Leben eigentlich ganz gut.«

In diesem Augenblick tauchte Mia wie aus dem Nichts auf und setzte sich zurück an ihren Platz, wo ihr Lobster-Risotto unangerührt vor ihr stand. Offenbar hatte Jason sein Telefonat beendet. Bevor Mia etwas bemerken konnte, ließ Ian meinen Arm so schnell los, als hätte er sich verbrannt.

Ich nutzte die Gelegenheit, um abrupt vom Tisch aufzustehen und in Richtung der Dachterrasse zu laufen. Die Luft in dem überfüllten Raum fühlte sich entschieden zu dünn an. Die Lichter der Kerzen und Kronleuchter, die schillernden Farben der Kleider und die zahlreichen Gesichter der Menschen verschwommen in meinem Blickfeld. Ich drückte mit beiden Händen gegen die Terrassentür und rannte förmlich nach draußen. Die Tür schloss sich hinter mir und mit einem Mal legte sich die Stille um meine kalten Schultern wie ein warmer Mantel. Ich schlang meine Arme um mich selbst, blickte gen Himmel und konnte nach einer gefühlten Stunde das erste Mal wieder richtig Luft holen.

Die Geräusche der Stadt unter mir erfüllten meine Ohren, als mir eine Träne die Wange hinunterglitt. Ich hob meine Hand, um sie wegzuwischen, als ein sanftes Vibrieren in der Tasche meines Kleides eine Nachricht ankündigte. Höchstwahrscheinlich Ian, der mich bat, zurück an den Tisch zu kommen, bevor er Mia und Jason etwas erklären musste. Ich griff in die Tasche und fischte das Handy heraus.

Es leuchtete auf und kleine Wassertropfen fielen auf das Display. Es war eine Nachricht, doch sie war nicht von Ian. Sie war von einer Nummer, die ich nicht eingespeichert hatte.

Hey, Devon. Keine Sorge, ich werde dir nicht alles Gute zum Geburtstag wünschen. Ich weiß, dass du das hassen würdest. Deswegen versuche ich es einfach mit: Ich wünsche dir einen schönen Mittwochabend. Ist das okay oder auch zu viel des Guten?

Ich blinzelte. Von wem war die Nachricht? Ich wusste von niemandem, der mir noch gratulieren wollte. Außer es war vielleicht … Schniefend wischte ich mir die Tränen vom Gesicht, als ich die letzten Zeilen der Nachricht las.

PS: Lassen dich die Monster wenigstens an deinem Geburtstag in Ruhe?
PPS: Ich habe darüber nachgedacht, was du gesagt hast. Falls wir wirklich alle jemandes Monster sind – reicht es dann nicht, das größere und furchteinflößendere zu sein, um sich die anderen vom Hals zu halten? Nur so ein Gedanke. Wir reden morgen.
– T

Ich war so perplex, dass es mich nicht einmal interessierte, woher er meine Nummer hatte oder wie er mir Nachrichten aus dem Gefängnis schicken konnte. Er hatte es geschafft, mich an meinem Geburtstag zum Lächeln zu bringen. Und das, obwohl der Tag Stunde für Stunde schlimmer geworden war.

Die Stelle, an der Ian mich gepackt hatte, pochte schmerzhaft, doch ich bemerkte es kaum mehr. Ich wischte die Regentropfen vom Bildschirm und las die Nachricht ein weiteres Mal. Und noch einmal.

Als ich das Restaurant wieder betrat, war mein Gang aufrechter und ich hatte ein geheimes Lächeln auf den Lippen, mit dem ich es durch den restlichen Abend schaffte.

Ich saß in einem abstürzenden Flugzeug. Ich zog den Sicherheitsgurt fest und legte die Sauerstoffmaske an, bereitete mich auf das unmittelbare Unglück vor. Mir war bewusst, dass ich nichts tun konnte, um den Absturz zu verhindern. Doch was wäre, wenn ich plötzlich nicht mehr allein auf den Abgrund zusteuerte? Schließlich gab es zwei Möglichkeiten: in Panik zu geraten oder die letzten Minuten so angenehm zu gestalten wie möglich.

Und dann zu hoffen, dass ich den Aufprall überlebte.

Kapitel 7

Es war dunkel, es war kalt und ich war spät dran.

Heute hatte die erste Generalprobe im Theater stattgefunden und Miss Petrowa hatte uns viel später entlassen als geplant. Dazu kam, dass wir unsere Kostüme dabei hatten tragen müssen, weshalb alles länger gedauert hatte als üblich.

Und jetzt musste ich die letzten Meter zum Gefängnis rennen, um es vor Besucherschluss zu schaffen. Die Wärter waren äußerst streng, wenn es darum ging, Uhrzeiten einzuhalten – eine Minute nach Besuchszeit und man kam nicht mehr rein. Doch ich musste es heute schaffen. Donnerstag war mein Lieblingstag im Gefängnis, da Ian den ganzen Tag im Polizeipräsidium in der Michigan Avenue verbrachte und somit nicht ins MCC kam. Das musste ich ausnutzen.

Herbstblätter knirschten unter meinen Füßen, als ich die letzten Meter auf das Hochhaus zulief, vorbei an beleuchteten Eingängen und unter den ratternden Gleisen der Hochbahn hindurch.

Keuchend stieß ich die Tür auf und rutschte im Eingangsbereich beinahe aus, doch es hatte sich gelohnt. Nur fünf Minuten später stand ich vor der Tür des Besucherraumes und wartete, bis der Wärter mir Zugang gewährte. Um diese Uhrzeit durften nur Personen mit Sonderberechtigung hier sein. Und dennoch war ich überrascht, wie leer der Raum war – im ganzen Saal waren lediglich drei Tische belegt.

Mehrere Augenpaare wandten sich mir zu, als sich die Tür geräuschvoll hinter mir schloss. Ich mied Augenkontakt mit sämtlichen Personen im Raum, während mich eine Wärterin an einen der vielen freien Tische brachte. Als ich mich setzte und meinen Arm darauf ablegte, spürte ich das kalte Metall durch meinen Pullover hindurch. Ich blätterte gerade durch die Fragen in meinem Notizblock, als der Türsummer auf der anderen Seite des Raumes surrte.

Ich hob meinen Blick und mein Herzschlag verdoppelte unwillkürlich das Tempo. *Hör auf, so schnell zu schlagen,* bat ich mein verräterisches Herz im Stillen. *Das hast du bei Patricia auch nie getan.*

Wenig später erschien Tyler im Türrahmen, seine Haare so durcheinander wie beim letzten Mal und ein leichter Bartschatten bedeckte seine markante Kiefermuskulatur. Als meine Augen ihn fanden, fühlte ich mich wie ein vom Weg abgekommener Pilot, der nach einigen Stunden mitten im Nirgendwo einen Landestreifen entdeckte. Zugegebenermaßen machte mir das etwas Angst.

Wie letztes Mal umgab ihn diese Aura, als könnte ihn nicht einmal ein auf die Erde stürzender Meteorit aus der Ruhe bringen. Sein Blick glitt gar nicht erst suchend durch den Raum – als er seinen Kopf hob, sah er direkt in meine Augen. Seine Miene hellte sich auf, ein warmes Lächeln trat auf sein Gesicht und mein Herz klopfte noch ein klein wenig schneller.

Mist.

Ich erwiderte sein Lächeln und erhob mich vom Stuhl. Begleitet wurde er dieses Mal von einem gleichermaßen großen wie breiten Wärter mit dichtem Bart und Brille. Er hatte braune Haut und seine Haare waren beinahe vollständig kurz geschoren.

»So schnell sehen wir uns wieder, Devon«, sagte Tyler mit einem schiefen Grinsen, während der Wärter seine Handschellen löste. Als er sie an seinem Gürtel neben der Waffe befestigt hatte, ging ich fest davon aus, dass er neben unseren Tisch treten würde. Doch stattdessen stellte er sich zu meiner Verwunderung ein paar Meter von uns entfernt an die Wand. Ich hob verwundert beide Augenbrauen. Das war mehr als seltsam.

Dann konzentrierte mich wieder auf Tyler. »Ich habe es fast nicht mehr rechtzeitig geschafft«, gab ich zu, als er meine Hand mit seiner umschloss. Sein Zeigefinger lag dabei auf meinem Puls, der unter seiner Berührung pochte.

Er fühlt doch nicht etwa meinen Puls, oder?

»Dann kann ich mich ja glücklich schätzen«, erwiderte er leise. Ich spähte an Tylers Schultern vorbei zu dem Wärter, der nicht einmal in unsere Richtung sah.

Nun musste ich doch fragen. Ich wies mit einem Nicken auf den Mann und flüsterte: »Warum steht er so weit weg und ermahnt uns nicht?«

Tyler hielt immer noch meine Hand, als er seinen Kopf nach unten neigte und mich eindringlich ansah. Seine Augen waren bernsteinfarben. Flüssiges Gold. Eine Farbe, die man selten sah. Die letzten Strahlen des Sonnenuntergangs, das Herbstlaub an den Bäumen, die Ohrringe in meiner Schmuckschatulle. »Hast du Angst?«, fragte er leise, beinahe vorsichtig.

»Vor was?«

»Vor mir«, antwortete er. »Weil der Wärter uns nicht beobachtet und dir nicht sofort zu Hilfe kommen könnte.«

Ich schüttelte den Kopf, ohne meinen Blick von seinen Augen abzuwenden. »Warum sollte ich Angst haben? Weil du das furchteinflößendere Monster bist?«

Ein Grinsen breitete sich auf seinem Gesicht aus. Ein Lächeln, das zu der Farbe seiner Augen passte. »Du hast meine Nachricht also bekommen.« Er ließ meine Hand los und wir setzten uns an den runden Tisch. Mir entging nicht, dass er meine Frage mit einer Gegenfrage beantwortet hatte.

»Wie kannst du mir Nachrichten aus dem Gefängnis schicken?«, flüsterte ich, damit uns keiner der Wärter hörte. »Oder warte. Will ich das überhaupt wissen?«

Tyler lachte auf. »Das hat dich gestern richtig beschäftigt, nicht wahr?«

»Bild dir bloß nichts darauf ein«, erwiderte ich grinsend. »Aber ich bekomme nun mal nicht jeden Tag Textnachrichten aus dem Gefängnis.«

Er lehnte sich zurück. »Glaub mir, ich würde dir gern eine spannende Geschichte darüber erzählen, dass ich das Handy hier im MCC von einem Drogenboss gekauft habe und mit Personenschutz bezahle. Aber die Wahrheit ist viel simpler: Ich habe einen Kontakt.«

»Einen Kontakt?«

»Ja.«

»Im Gefängnis oder außerhalb?«

Er lächelte. »Beides, aber in dem Fall meine ich jemanden hier im MCC.« Er wies mit seinem Kopf kaum merklich in die Richtung des Wärters, der immer noch wie versteinert an der Wand stand.

Er ... Moment, was?!

»Hör auf.« Meine Augen wurden groß. »Dein Kontakt ist ein Wärter? Meinst du das ernst?« Natürlich meinte er das. Es erklärte einiges.

»Wes arbeitet für meinen Vater und ich kenne ihn, seit ich zehn bin. Er ist ein guter Freund und bringt mir für die Zeit, in der ich hier bin, alles, was ich brauche. Handys, Essen und vor allem Kaffee.« Er verzog das Gesicht. »Der Kaffee hier drin unterscheidet sich nicht viel von dem braunen Wasser, das aus den Leitungen kommt.«

Für einen kurzen Moment war ich sprachlos. Ich sah die Paragrafen all der Gesetze, die beide dabei brachen, vor meinem inneren Auge tanzen. Es war der Moment, in dem mir bewusst wurde, wie gerissen Tyler Fox wirklich war.

Dieser schien meinen überraschten Blick zu bemerken und aus einem mir unerfindlichen Grund, fand er das so witzig, dass er plötzlich in lautes Lachen ausbrach. »Jetzt ist es so weit, oder? Ich habe dich verschreckt.«

Verschreckt? Also bitte. »Ich denke, dafür braucht es ein wenig mehr als ein bisschen ...« Ich wedelte mit der Hand. »Was auch immer es ist, was ihr da tut.«

Ein diabolisches Funkeln trat in seine Augen. »Herausforderung angenommen.«

Ein Mann in einem schwarzen Nadelstreifenanzug stand von einem der Tische auf und gab dem Insassen vor sich die Hand, ehe beide in entgegengesetzte Richtungen den Raum verließen.

»Wie war dein Geburtstag, Devon?«

Ich sah ihn an. Für den Bruchteil einer Sekunde dachte ich tatsächlich darüber nach, ihm von gestern zu erzählen. Den Schmerz nicht nur in ein Worddokument zu tippen, sondern mit einer echten Person darüber zu reden. Doch dann wurde mir bewusst, dass er mich mit ziemlicher Sicherheit in eine Schublade stecken würde. Die Tochter des Bürgermeisters. Verlobt mit niemand Geringerem als dem Leiter dieses Gefängnisses. Nein. Das konnte ich unter keinen Umständen preisgeben.

»Es gibt absolut nichts zu erzählen«, sagte ich also und blickte auf meine Hände. Die Haut um meine Knöchel war gerötet von der Kälte. »Ein unspektakulärer Tag.« Ich war eine schlechte Lügnerin.

Der Meinung war Tyler offenbar auch, denn er hob skeptisch eine Augenbraue und meinte: »Du willst mit mir nicht darüber sprechen.« Er nickte und sah beinahe enttäuscht aus. »Mach dir keine Gedanken, das verstehe ich. Ein guter Instinkt von dir, dass du dem Gefängnisinsassen nicht jedes Detail aus deinem Leben anvertraust.«

Ich riss die Augen auf. »Was? Nein! Das ... so ist das nicht.« Aus irgendeinem Grund wollte ich auf keinen Fall, dass er dachte, ich steckte ihn in eine Schublade. »Es ist nur – ich habe schlechte Erfahrungen mit Vorurteilen gemacht. Hier kann ich einfach Devon sein, weißt du?«

Er nickte erneut. »Glaub mir, das verstehe ich besser als jeder andere. Jeder Wärter sieht die Insassen nur als Verbrecher. Als wäre das alles, was die Menschen hier ausmacht. Als würde eine schlechte Tat die vielen guten Taten in Luft auflösen.« Er seufzte tief. »Das Einzige, was du zu Beginn von mir wusstest, war, dass ich ein Verbrecher bin. Und trotzdem hast du dich auf ein normales Gespräch mit mir eingelassen. Also keine Sorge, Devon. Wer auch immer du bist oder was für dunkle Geheimnisse du in deinem Keller verbirgst«, er grinste, »ich verurteile einen Menschen nicht aufgrund seines Nachnamens, seiner Herkunft oder seiner Vergangenheit.«

Erleichterung breitete sich in mir aus, doch ich ließ es mir nicht anmerken. Stattdessen räusperte ich mich. »Okay, ich bin letztes Mal nicht dazu gekommen, dir eine einzige Frage zu stellen.« Ich öffnete meinen Block. »Vielleicht schaffe ich es ja heute. Schließlich bin ich wegen meiner Abschlussarbeit hier.« Den letzten Satz sagte ich mehr zu mir selbst als zu ihm. Um mich daran zu erinnern.

Ich sah hoch, doch sein Blick war auf meinen Haaransatz gerichtet. Ich runzelte die Stirn. »Was ...?«, begann ich, aber die Worte blieben mir im Hals stecken, als er seine Hand ausstreckte und meine Schläfe berührte. Die Berührung dauerte nur den Bruchteil einer Sekunde und dennoch rieselte mir ein Schauer den Rücken hinunter.

»Was ist das?«, fragte Tyler verwundert, zog seine Hand zurück und betrachtete die weiße Papierkugel.

Als ich erkannte, was es war, musste ich lachen. »Das«, meinte ich und fuhr mir durch die Haare, »ist eine Schneeflocke. Aus Papier.«

»Du tust so, als würde das alles erklären«, meinte er lachend und drehte die Kugel zwischen seinem Daumen und Zeigefinger. Erst jetzt sah ich, dass er Grübchen in seinen Wangen hatte, wenn er lachte.

»Ich bin direkt vom Balletttraining im Theater hergekommen«, erklärte ich.

»Du tanzt Ballett?«

Ich nickte. »Beim Tanz der Schneeflocken – das ist eine Szene aus dem *Nussknacker* – fallen bei der Aufführung Papierschnipsel von der Decke. Wenn man im Publikum sitzt, sieht es vor der Kulisse des dunklen verschneiten Waldes aus wie echter Schnee.« Ich sah auf die Papierkugel, die er noch immer zwischen seinen Fingern drehte. »Die Schnipsel werden von den Scheinwerfern beleuchtet ...« Ich brach ab, als mir bewusst wurde, dass ihn die Details der Scheinwerfer auf der Bühne sicher nicht interessierten.

Doch während Ian bereits gelangweilt auf seinem Handy herumgetippt hätte, sah Tyler mich gebannt an. »Aber rutscht man nicht auf den Kugeln aus?«

Ich blinzelte. Er war nicht gelangweilt, sondern stellte mir sogar eine Frage dazu? »O doch.« Die Freude darüber, dass er sich danach erkundigte, konnte ich kaum verbergen. »Letztes Jahr ist eine der Schneeflocken beim Training ausgerutscht und von der Bühne gefallen.« Ich verzog das Gesicht. »Sie hat sich ein Bein gebrochen, was für eine Ballerina das Schlimmste ist, was man sich ausmalen kann. Es ist unfassbar rutschig, aber man lernt sich anzupassen.« Ich lächelte. »Und ein bisschen Glück gehört auch dazu.«

»Meine Mutter hat dieses Stück geliebt«, sagte er nachdenklich. »Bevor sie starb, ist mein Vater jeden Winter mit ihr ins Chicago Ballet, um den *Nussknacker* anzusehen.« Er lachte kurz auf. »Er konnte Ballett nie etwas abgewinnen, aber er hätte alles für sie getan.« Er senkte den Blick und ich konnte den Schmerz in seiner Stimme heraushören.

Ich war überrascht, wie offen und ehrlich er so etwas Persönliches ansprach. »Es tut mir leid. Wegen deiner Mom«, erwiderte ich, was lahm war, aber ich wusste ehrlich nicht, was ich sonst sagen sollte.

Er räusperte sich. »Es ist lange her, inzwischen achtzehn Jahre, aber es wird nie wirklich leichter ...« Er verstummte und musterte mich eindringlich.

Ich nickte. »Ich weiß genau, von was du sprichst. Bei mir ist es siebzehn Jahre her. Man geht durch alle Phasen der Trauer und hofft jeden Tag, dass es leichter wird. Und dennoch bleibt die Trauer für immer ein Teil von einem.«

Er blickte auf. »Deine Mom ...?«, begann er und ich nickte ein zweites Mal.

»Sie ist gestorben, als ich fünf war. Wir hatten einen Autounfall. Das Auto ist in das Brückengeländer geprallt und schließlich in den Chicago River gefallen.« Ich schluckte schwer. »Ich kann mich an nicht viel erinnern. In einem Moment habe ich ihre Augen im Rückspiegel gesehen und im nächsten ist die Welt um mich herum explodiert«, flüsterte ich, das Engegefühl in meinem Hals ignorierend, das sich immer dann einstellte, wenn ich über meine Mutter redete.

»Das ist schrecklich, es tut mir leid, Devon«, gab er zurück und sah mich mitfühlend an. »Bist du damals verletzt worden?«

»Nicht ein Kratzer«, hauchte ich und presste die Lippen aufeinander. Es war schlichtweg unfair, dass sie gehen musste und ich bleiben durfte.

»Sie wäre froh darüber, weißt du«, meinte er und drehte noch immer den Papierschnipsel in seiner Hand. »Dass dir nichts passiert ist.«

Seine Worte trafen mich wie ein Pfeil in die Brust. *Kann er meine Gedanken hören? Und wie zur Hölle schafft er es, genau die eine Sache zu sagen, die den Schmerz in meiner Brust lindert?*

»Danke«, war alles, was ich herausbrachte, denn wenn ich weitergeredet hätte, wäre ich womöglich in Tränen ausgebrochen.

Ich räusperte mich, schob den Gedanken beiseite und griff eilig nach meinem Aufnahmegerät, um das Thema zu wechseln. Das Gefühl, ihm vertrauen zu können, hin oder her – ich sollte ihm nicht zu viele Einzelheiten über mich erzählen. Es war leicht zu vergessen, dass ich ihn kaum kannte und nicht wusste, was seine wahren Beweggründe waren.

»Also«, meinte ich etwas lauter und schlug den Notizblock auf. »Zu den Fragen. Ist es in Ordnung, wenn ich einfach mal anfange und das Gerät starte?«

»Natürlich«, antwortete er und ich war dankbar dafür, dass er meinen offensichtlichen Ablenkungsversuch unkommentiert ließ. »Soll ich deine Fragen konkret beantworten oder einfach drauflosreden?«

»Mach das, was sich für dich richtig anfühlt. Erzähl gern alles, was du möchtest.« Ich drückte den Knopf an der Seite des Gerätes und die Kontrollleuchte blinkte einmal grün auf. Dann nickte ich ihm zu.

»Alles klar, Mr Fox. Beginnen Sie bitte damit, Ihren vollen Namen, Ihr Alter, Ihren Geburtsort und Ihre Strafe zu nennen.« Mir entging das schelmische Funkeln in seinen Augen nicht, als ich »Mr Fox« gesagt hatte, doch er blieb professionell. Ich musste das Interview Wort für Wort niederschreiben und die Audiodatei als CD beilegen, weshalb es nicht von Vorteil wäre, wenn ich den Insassen darin mit Vornamen ansprach.

»Mein Name ist Tyler Fox, ich bin achtundzwanzig Jahre alt, geboren in Chicago und wurde wegen mutmaßlicher Brandstiftung festgenommen.«

»Mutmaßlich bedeutet, dass Sie in den Anklagepunkten unschuldig sind?«, fragte ich und befolgte somit das Protokoll, welches ich auch bei Patricia verwendet hatte.

»Absolut«, sagte er augenzwinkernd. Mein Blick wanderte von seinen Augen zu seinen vollen Lippen, die verräterisch zuckten.

Um Himmels willen, was ist nur los mit mir?

Ich wandte eilig meinen Blick ab. »Was wird Ihnen vorgeworfen? Können Sie einmal kurz wiedergeben, was in dieser Nacht passiert ist?«

»Aber natürlich.« Tyler lehnte sich gelassen zurück. »*Angeblich* soll ich mich nachts in eine Lagerhalle in Downtown geschlichen haben, um sie abzubrennen. Wie jedem bekannt ist, arbeite ich eng mit meinem Vater Sebastian Fox zusammen. In der Stadt kursieren viele Gerüchte, was unsere Gang angeht – auch wenn wir es nicht gern Gang nennen. Es ist mehr eine Gemeinschaft. Aber welche Gang ist das nicht? Ein Zusammenschluss von Menschen – eine

Familie und Zusammenhalt für diejenigen, denen das nicht gegeben ist.« Er hielt kurz inne. Die ganze Zeit über nahm er seinen Blick nicht von mir. »Während die meisten Gangs in Chicago – gelinde ausgedrückt – Chaos verbreiten, kümmern wir uns darum, die Regeln zu machen. Denn wer sagt denn, dass für die Menschen, die das Gesetz nicht befolgen, Regeln allgemein nicht gelten?«

Ich beschloss, keine Fragen mehr zu stellen, solange er redete, und versuchte mich auf alles andere zu konzentrieren als darauf, dass seine Stimme wunderschön klang.

»Die Unterwelt ist kein Ort, an dem Chaos herrscht. Im Gegenteil – sie ist zweifellos freier von Korruption, Betrug und Lügen als der Rest Chicagos. Alles dank uns.« Er musterte mich eindringlich, wie um abzuschätzen, ob ich ihn verurteilte. Tat ich nicht. Mir fiel auf, dass die wenigen Gespräche um uns herum verstummten und der Wärter, der zu Tyler gehörte, kaum merklich nickte.

»Für die meisten Menschen ist Chicago einfach nur eine Stadt. Doch tatsächlich handelt es sich um zwei Städte in einer. Für die Gangs und die Menschen in der Unterwelt gelten unsere Regeln, nicht die der Polizei oder der Stadt selbst. Und dessen sind sich die Regierung, die Polizei und alle Menschen, die jemals versucht haben, die Unterwelt zu stürzen, bewusst.«

Ich blinzelte. Anscheinend wusste ich nicht einmal halb so viel über die Stadt und ihre Gangs, wie ich gedacht hatte. Was genau meinte er mit »Unterwelt«? Jetzt verstand ich auch, warum Matt und Alessandra so aufgeregt gewesen waren, als sie von Tyler gesprochen hatten.

Als ich nichts erwiderte, sprach Tyler weiter. »In die Lagerhalle einzubrechen und sie abzubrennen, wäre natürlich für mich kein Problem gewesen«, meinte er grinsend. »Aber es gibt Menschen, die das für einen erledigen können. Nicht, dass ich mit einem Wort andeute, dass wir jemanden dafür engagiert hätten.«

Ich schluckte. Alessandra hatte recht gehabt: Das hier würde wirklich eine noch viel bessere Arbeit werden. »Was denken Sie: Wie wird Ihr finales Urteil lauten?«

»Es ist nur eine Frage der Zeit, bis die Richter erkennen, dass ich wichtige Jobs zu erledigen habe und dass sie mich brauchen, um Ordnung zu schaffen. Von hier drinnen kann ich das nicht.«

Und da wurde mir klar, dass ich gerade mit dem Tyler sprach, den alle anderen zu Gesicht bekamen. Die selbstsichere und unantastbare Hülle des sagenumwobenen und gefürchteten Tyler Fox. So hatte er seinen Ruf aufgebaut und ich musste zugeben, dass er wusste, wie man das Richtige sagte.

»Wir machen in der Unterwelt die Regeln und halten die Menschen in Schach. Mein Vater kümmert sich um andere Gangs und wenn sie sich nicht an die Regeln halten, dann ...« Er zögerte und überlegte offenbar, wie viel er mir erzählen wollte. »Dann löst er die Gangs auf.«

Keiner wusste alles darüber, wie Gangs genau vorgingen. Doch wenn Tyler von auflösen sprach, dann redete er sicher nicht von einer Strafe oder einer Verbannung aus der Stadt.

»Ich bin eher für die Verwaltung zuständig, wenn man das so nennen kann. Miss, Ihre Arbeit untersucht, warum Verbrechen begangen werden.« Es war keine Frage, dennoch nickte ich. »Es gibt Menschen, die niemals aufhören, zu morden oder zu vergewaltigen. Oftmals werden sie nicht angemessen verurteilt oder sogar freigelassen, und dann? Dann sind sie auf freiem Fuß und stiften Unruhe. Soll dasselbe wieder passieren? Nein. Dafür sind wir da.«

Tyler gab mir ein kurzes Zeichen, wie um zu fragen, ob das genug war. Ich nickte und drückte den Knopf, woraufhin das grüne Lämpchen erlosch. Der letzte Besucher verließ den Tisch und ein Wärter begleitete den Gefangenen nach draußen. Plötzlich waren es nur Tyler, sein Wärter Wes und ich.

Er atmete lächelnd aus und fuhr mit einer Hand durch seine dunklen Haare. »Du hast gar nicht viele Fragen stellen können. Habe ich zu viel geredet?«

Ich strich mir eine lose Strähne hinters Ohr. »Ist das ein Witz? Das war unfassbar hilfreich und interessant und ... Ich hatte ja keine Ahnung!« Tylers Augen leuchteten auf. Für eine Kriminologin wie mich waren Informationen wie diese besser als Weihnachten und Thanksgiving zusammen.

Mit einem selbstzufriedenen Lächeln breitete er seine Arme aus. »Mit mir als Partner kannst du gar nichts anderes als die volle Punktzahl für deine Abschlussarbeit bekommen.«

Mit mir als Partner. Ich blickte hoch und das Funkeln in seinen Augen verriet mir, dass er genau wusste, wie sich das anhörte. Ich klappte den Block zu. »Danke, Tyler. Wirklich.« Und zwar nicht nur für das Interview.

»Nicht dafür.« Er machte eine abwinkende Handbewegung. »Wenn ich gewusst hätte, dass ich dich kennenlerne, wenn ich diese Lagerhalle abbrenne, hätte ich es viel früher getan.«

Mein Herz fiel. Er hatte ... Moment. Was?! Er hatte gerade sein Verbrechen gestanden. Und er war froh, mich kennengelernt zu haben? Ich wusste nicht, was mich mehr überraschte.

Bevor ich etwas erwidern konnte, meinte Tyler: »Alles andere ist wahr, versprochen. Nur kann ich natürlich auf Band nichts sagen, was mich belastet. Das verstehst du sicher.«

Ich musterte ihn lächelnd. »Ich verstehe natürlich«, gab ich zurück, dabei war ich mir gar nicht sicher, ob ich wirklich alles verstand. Er war ein einziges Rätsel.

In diesem Augenblick gab der bärtige Wärter Tyler ein kurzes Zeichen, woraufhin er sich aufrechter hinsetzte. »Die Zeit ist gleich um, Devon. Sehen wir uns morgen?« Er sah mich hoffnungsvoll an und mein Herz machte einen Satz.

Ich hatte eigentlich geplant, erst nächste Woche wiederzukommen. Dann hätte ich genügend Zeit, das Interview in meine Arbeit zu integrieren und mir neue Fragen zu überlegen. Ich seufzte innerlich. *Devon, mach dir nichts vor. Am liebsten würdest du nicht nur morgen schon wiedergekommen, sondern jetzt länger bleiben.* Und das verursachte mir solche Bauchschmerzen, dass ich sagte: »Ich schaffe es leider erst nächste Woche.«

Mir entging nicht, dass er für den Bruchteil einer Sekunde beinahe so aussah, wie ich mich dabei fühlte: enttäuscht.

Unsere Blicke wanderten gleichzeitig zur Tür, als ein Polizist an die Scheibe klopfte und dem Wärter ein Zeichen gab, dass die Zeit um war. Er nickte und kam auf unseren Tisch zu.

Tyler erhob sich von seinem Stuhl. »Wie kommst du nach Hause, Devon?« Er blickte besorgt aus dem Fenster ins dunkle Chicago.

»Ich fahre mit der Bahn«, antwortete ich, während ich meinen Notizblock zuklappte.

Er sah mich an, als ob ich den Verstand verloren hätte. »Bitte sag mir, dass das ein Witz ist.«

Ich schüttelte den Kopf. »Ich mache das schon, seit ich denken kann.«

»Was? Dich in Lebensgefahr bringen?«, fragte er aufgebracht.

Ich rollte mit den Augen. »Bahn fahren.«

Er senkte die Stimme, obwohl wir nur zu dritt im Raum waren. »Wes hat jetzt frei, lass dich doch von ihm nach Hause begleiten ...«

Er wurde vom ungeduldigen Klopfen des Polizisten unterbrochen. Daraufhin holte Wes mit einem sichtlich genervten Blick die Handschellen hervor und kam auf Tyler zu.

Tyler Fox sorgte sich um meine Sicherheit. Was hatte das nun wieder zu bedeuten? »Es ist wirklich kein Problem, Tyler. Aber danke.« Wes sollte schließlich nicht unbedingt sehen, wo ich wohnte.

Und bevor ich noch etwas sagen konnte, beugte er sich zu mir hinunter und schloss mich fest in seine Arme. Die unmittelbare Nähe war so überraschend, dass ich im ersten Moment die Luft einzog. Doch dann ließ ich locker und erwiderte seine Umarmung. Sie war sanft und dennoch fest, und wir waren uns so nah, dass ich seinen ebenmäßigen Herzschlag an meiner Brust spüren konnte. Erst jetzt bemerkte ich, dass ich das bereits hatte tun wollen, seit wir uns das erste Mal gesehen hatten.

»Pass auf dich auf«, flüsterte er nah an meinem Ohr und ich bekam eine Gänsehaut am ganzen Körper.

Wes legte Tyler die Handschellen an und führte ihn zur Tür. Wie bereits beim ersten Treffen drehte er sich ein letztes Mal zu mir um. Ich dachte, er würde noch etwas sagen, doch stattdessen musterte er mich wortlos, als versuchte er, etwas zu verstehen.

Ein letzter Blick, eine Furche zwischen seinen Augenbrauen, das Schließen der Tür. Ich blieb allein zurück.

Und erst jetzt holte ich wieder Luft.

Kapitel 8

Zu Hause angekommen pfefferte ich die Trainingstasche in eine Ecke und sprang unter die Dusche. Nachdem das warme Wasser meinen durchgefrorenen Körper etwas aufgewärmt hatte, trocknete ich mich ab und schlüpfte in ein weißes Spaghettitop und eine schwarze Jogginghose. Dann öffnete ich die Badezimmertür einen Spaltbreit und scannte die Wohnung. Außer dem leisen Summen des Kühlschranks und dem Ticken der Uhr über dem Fernseher war nichts zu hören. Eigentlich hätte Ian vor über zwei Stunden zu Hause sein sollen. Ich zuckte mit den Schultern. Mir sollte es recht sein – dann konnte ich wenigstens Tylers Aufnahme bearbeiten.

Inzwischen war mir klar geworden, dass meine einzige Hoffnung, die Hochzeit zu verschieben, ein Gespräch mit Ian war. Falls ich ihn irgendwie davon überzeugen könnte und er meinem Vater den Vorschlag unterbreitete, hätte ich eine Chance. So traurig es auch war – wenn der Vorschlag von Ian kam, würde sich mein Vater wenigstens Gedanken machen. Eine verschobene Hochzeit bedeutete mehr Zeit für mich, in der ich überlegen konnte, wie ich aus der Beziehung allgemein wieder herauskam. Aber eins nach dem anderen.

In der Küche schraubte ich den orangefarbenen Deckel des Kürbis-Eistees auf und schenkte die nach Herbst duftende Flüssigkeit in ein Glas. Ian verzog dabei immer das Gesicht und las mir die künstlichen Zusatzstoffe alle einzeln vor, als könnte mich das davon abhalten, den Eistee zu trinken.

Ich holte das Aufnahmegerät aus meiner Trainingstasche hervor und legte es neben den Laptop auf den Esszimmertisch. Am besten wäre es, wenn ich die Audiodatei auf meinen Laptop zog, sie mit einem Passwort verschlüsselte und dann von dem Aufnahmegerät löschte.

Am liebsten hätte ich eine Aufnahme unseres ganzen Gesprächs, nicht nur des Interviews am Ende. Dann hätte ich mir alles wieder und wieder anhören und genau überlegen können, was er mit welcher Aussage gemeint hatte.

Ich gab gerade das Passwort meines Laptops ein, als mich ein dumpfer Schlag gegen die Wohnungstür aufschrecken ließ. Beinahe hätte ich meinen Kürbis-Eistee einmal quer über die Tastatur meines Laptops verschüttet.

Was zum ...?

Mein Körper schaltete sofort auf Alarmbereitschaft. Ich stellte das Glas ab und ging einen vorsichtigen Schritt auf die Tür zu.

Ein weiterer Schlag ertönte.

Scheiße, was zur Hölle ist das?

Auch wenn sich mein ganzer Körper anspannte und mir die Schweißperlen auf die Stirn traten, schlich ich näher und warf einen Blick durch den Türspion. Doch der Flur war in Dunkelheit gehüllt und nur schemenhaft zu erkennen.

Fabelhaft. Jemand, der nicht gesehen werden wollte, hatte für gewöhnlich immer gute Absichten.

Als zu dem Poltern ein leises Klimper- und Kratzgeräusch am Schloss kam, gab es für mich keinen Zweifel. Jemand versuchte gerade mit einem Dietrich die Wohnungstür aufzubrechen.

Panisch trat ich einen Schritt zurück und griff nach dem nächstbesten Gegenstand. Mit dem Glück, das ich hatte, bekam ich einen Regenschirm zu fassen. Mein Körper spannte sich an und Adrenalin schoss durch meine Adern, als ich den Schirm wie einen Baseballschläger umklammerte. Plötzlich wurde die Tür aufgerissen und eine Gestalt stolperte aus der Dunkelheit des Flurs in die Wohnung.

Ich wollte gerade ausholen und dem Einbrecher den Schirm mit voller Wucht über den Kopf ziehen, als ich sah, wer es war. Im letzten Moment senkte ich den Schirm.

»Bist du noch ganz dicht, Ian?!« Meine schrille Stimme hallte im Flur wider.

Er blinzelte mich an. »Devon?« Sein Schlüsselbund fiel klappernd zu Boden und er bückte sich, um ihn aufzuheben. Als er sich wieder aufrichtete, schwankte er gefährlich. »Du bist ja noch wach!«, meinte er und gab mir einen feuchten Kuss auf die Wange. Er roch nach Zigaretten, Alkohol und Rücksichtslosigkeit.

Ich rümpfte die Nase und wischte meine Wange ab. »Warum schleichst du im dunklen Flur zur Wohnungstür und kratzt gruselig daran? Ich dachte, du bist ein Einbrecher.«

Er blickte von meinem Gesicht zu dem Regenschirm in meiner Hand und lachte auf. »Und du wolltest den Einbrecher mit einem Regenschirm zur Strecke bringen?«

Ich funkelte ihn an. »Freut mich, dass dich das amüsiert.« Ich rollte mit den Augen. »Außerdem hast du eine Schlüsselkarte! Was wolltest du mit dem Schlüsselbund?« Trotz der Entwarnung wollte sich mein Herz nicht beruhigen. Es flatterte in meiner Brust wie die Flügel eines Kolibris.

»Verloren«, lallte er. Er drehte sich um und schloss die Tür, stolperte aber dabei und hielt sich dann am Rahmen fest.

»Was zum Teufel, Ian?« Wie viel hatte er getrunken?

Er streckte seinen Arm aus, um den Schlüsselbund in die Schale neben dem Eingang fallen zu lassen. Er verfehlte sie, woraufhin die Schlüssel erneut mit einem lauten Klirren auf dem Boden aufkamen.

Ich rieb mir über die Augen. »Okay«, seufzte ich, lehnte den Regenschirm neben die Tür und schob Ian in Richtung Couch. »Setz dich erst einmal, ja?«

Er ließ sich mit einem lauten Grunzen fallen und versuchte die Knöpfe seiner Dienstweste zu öffnen. »Was für eine Scheiße, oder? So eine verdammte Scheiße.«

Ich schielte zu meinem Laptop und dem Aufnahmegerät, doch in seinem Zustand bekam er so oder so nichts mit. »Was ist scheiße?«

Seine Miene verdunkelte sich. »Ich weiß nicht, wer sich so viel Mühe macht, deinem Vater die Kandidatur zu versauen, aber es muss jemand sein, der ihn wirklich hasst«, sagte er, ließ resigniert von seinen Knöpfen ab und machte sich stattdessen an seinen Schuhen zu schaffen.

Ich runzelte die Stirn. »Was? Ian, wovon redest du?«

Er hielt inne. »Du hast es noch nicht gehört?«

»Nein, was denn?«, fragte ich ungeduldig.

»Louise Ryan, die Wahlkampfkonkurrentin deines Vaters wurde erschossen. Ich wurde vor vier Stunden direkt zum Tatort gerufen«, erklärte er und verschluckte dabei ein Paar Silben.

Mein Magen krampfte sich zusammen. »W-was? Sie wurde ermordet? Weiß man, wer es war?«

Er schüttelte den Kopf, sog dann aber scharf die Luft ein und fasste an seine Schläfe. »Noch nicht. Aber der Verdacht liegt auf deinem Vater, weil er von ihrem Tod am meisten profitiert. Ich habe ihn sofort darüber informiert und wir waren bis gerade eben zusammen in einer Bar, um alles zu besprechen. Er wird in den nächsten Tagen befragt.« Er zog den ersten Schuh ab.

Ich schüttelte den Kopf. Mein Vater war der Hauptverdächtige in einem Mordfall und seine erste Reaktion war, sich mit Ian volllaufen zu lassen. Ich setzte mich auf die Lehne der Couch. In keiner anderen US-amerikanischen Großstadt starben im Jahr so viele Menschen durch Waffengewalt wie in Chicago. An den meisten Menschen gingen die Morde, die im Radio durchgesagt wurden, bereits spurlos vorbei. Für viele war es nicht aufsehenerregender als der Wetterbericht.

Ich gehörte nicht zu diesen Menschen. Und die Tatsache, dass mein Vater der Hauptverdächtige war, bereitete mir furchtbare Bauchschmerzen, weil ich nicht mit Sicherheit sagen konnte, dass er es nicht getan hatte.

»Das ist … Was sagt mein Dad dazu? Und wie geht es jetzt weiter? Und –«

Ian unterbrach mich, indem er seinen Zeigefinger an seine Lippen legte. »Zerbrich dir nicht deinen hübschen Kopf, Devon. Wer auch immer das war – ich werde es herausfinden. Ich habe alles unter Kontrolle.«

Ich ballte meine Hände zu Fäusten, um mich daran zu hindern, ihm seinen Schuh in den Mund zu stopfen.

»Vergiss, dass ich etwas gesagt habe«, fügte er hinzu, ohne mich anzusehen. »Wie war es mit Patricia heute?«

Mein Herz machte einen Satz und meine Wut verpuffte. Da war sie. Die Frage, vor der ich mich gefürchtet hatte. Jetzt war der Moment gekommen, in dem ich es nicht mehr aufschieben konnte. Ich musste ihm die Wahrheit über Patricia und Tyler erzählen. Doch als ich ihn mir ansah, wie er mit den

Schnürsenkeln seines Schuhs kämpfte, fragte ich mich unwillkürlich, ob nun der richtige Zeitpunkt war. Alkohol machte die Menschen bekannterweise aggressiv und unberechenbar. Zwei Eigenschaften, die gerade bei Ian nicht noch verstärkt werden sollten.

Er blickte fragend zu mir, seine Augen waren rot unterlaufen.

Und dann tat ich das, was ich in den nächsten Wochen äußerst bereuen würde: Ich log. »Mit Patricia war es wie immer«, sagte ich und hoffte, dass Ian nicht hören konnte, wie laut mein Herz klopfte. »Alles in Ordnung.«

Er kniff die Augen zusammen. »Gut. Ich hoffe, dass du bald fertig wirst und wir wenigstens dieses Thema abschließen können.«

Gerade als sich mein Herz wieder beruhigt hatte, hämmerte es erneut unaufhörlich gegen meine Rippen. Was hatte ich nur getan? Es war so dämlich, dass ich mich am liebsten dafür geohrfeigt hätte. Wenn er herausfand, dass ich gelogen hatte, dann ...

Ich konnte nicht über die Folgen nachdenken. Nicht jetzt. Meine einzige Hoffnung war, dass er so viel mit dem Mord an Louise Ryan und meinem Vater zu tun haben würde, dass er weniger im MCC und mehr im Polizeipräsidium sein würde. Dann könnte ich in Ruhe die letzten Interviews mit Tyler führen und ihm all die Fragen stellen, die mir auf der Seele brannten, bevor sich unsere Wege ohnehin für immer trennten.

Schließlich gab Ian auf, legte sich mit einem verbleibenden Schuh am Fuß auf die Couch und stöhnte laut. Graues Regenwasser tropfte von seiner Sohle und sickerte in den cremefarbenen Teppich.

Was hatte es zu bedeuten, dass mein Vater und Ian in dieser Sache plötzlich so eng zusammenarbeiteten? War es das erste Mal, dass sie geschäftlich miteinander zu tun hatten? So überzeugt Ian auch davon war, dass mein Vater mit dem Mord an Louise Ryan nichts zu tun hatte – ich glaubte erst dann daran, wenn seine Unschuld bewiesen war. In Chicago war alles möglich und bedauerlicherweise traute ich auch genau das meinem Vater zu – alles.

»Schläfst du auf der Couch?«, fragte ich.

Keine Antwort.

»Ian?« Ich trat neben ihn. Seine Atmung ging gleichmäßig, seine Arme waren vor seinem Körper verschränkt und er hatte das Kinn auf die Brust gelegt.

Ich bückte mich, um seinen Schuh aufzuheben, als urplötzlich eine Erinnerung in mir hochstieg, die sich anfühlte wie ein Schlag in die Magengrube.

Zerstreute Papiere auf dem Boden, eine leere Flasche Gin auf dem Wohnzimmertisch. Ian, der weinend vor mir kniete und mich um Verzeihung bat. *Bitte, Devon. Es war ein Versehen. Verzeih mir, bitte. Verlass mich nicht.*

Ich ließ den Schuh zurück auf den hellen Teppich fallen, wo er einen dunklen Abdruck hinterließ. Dann klemmte ich mir meinen Laptop unter den Arm, verschwand mit dem Aufnahmegerät im Schlafzimmer und fühlte mich wegen meiner Lüge ein bisschen weniger schuldig.

Doch Fehler und Lügen holten einen immer ein. Ohne Ausnahme. Sie zogen einem dann den Boden unter den Füßen weg, wenn man es am wenigsten erwartete.

Wie sich herausstellen würde, sollte meine Lüge der Anfang vom Ende sein. Aber wie hätte ich das ahnen können?

Kapitel 9

»Na ja, und dann habe ich ihn gefeuert«, sagte Ian und zuckte mit den Schultern.

Vor zehn Minuten hatte ich ihn an der Polizeistation abgeholt und nun waren wir auf dem Weg zum Pier, um im *Crab Me That* essen zu gehen. Nach langem Überlegen hatte ich ihm heute Vormittag eine Nachricht geschrieben und ihn gebeten, seine Mittagspause mit mir zu verbringen. Genau wie früher. Viel länger konnte ich das Gespräch, in dem ich ihn darum bitten würde, die Hochzeit zu verschieben, nämlich nicht mehr hinauszögern. Den Ort für das Gespräch hatte ich nicht wahllos ausgesucht – ich hoffte darauf, dass er seine Wut in der Öffentlichkeit zügeln konnte.

»Wenn man nicht hart genug durchgreift, denken die anderen Mitarbeiter, sie können sich Ähnliches auch erlauben«, fuhr er fort und wich einem Mann aus, der einen Stapel Pizzen vor sich hertrug. Es war einer der letzten warmen Oktobertage in Chicago und die Straßen waren voll von Menschen, die sich ein Sandwich in einem der Delis oder einen Hotdog an einem der zahlreichen Foodtrucks holten.

»Aha«, machte ich. Seine Führungsstrategie war mehr als fragwürdig. »Hast du was von meinem Dad gehört?«, fragte ich und hob meine Hand, um meine Augen vor der Sonne abzuschirmen, die zwischen zwei Hochhäusern hindurchschien. »Ich habe das ganze Wochenende versucht, ihn zu erreichen, aber er geht nicht ran und ruft mich nicht zurück.«

Wir ließen die Wolkenkratzer hinter uns, als wir den Park betraten. Büsche, die rote Beeren trugen, säumten den Weg und bunte Blätter rieselten auf uns herab. Jede Brise brachte den Geruch des Wassers und das Geschrei der Möwen zu uns hinüber.

»Wir haben kurz telefoniert«, antwortete Ian. »Er ist beschäftigt, weil er einige Pressetermine wahrnehmen muss. Er betreibt Schadensbegrenzung, da ihm nicht wenige der Senatoren den Mord anhängen wollen, um seine Wiederwahl zu verhindern. Morgen ist der Termin bei uns auf der Wache«, sagte er und rückte seine Dienstmarke zurecht. »Spätestens da wird seine Unschuld endgültig bewiesen.«

Es hätte mich nicht ärgern sollen, dass mein Vater nur mit Ian darüber redete, doch aus irgendeinem Grund spürte ich den Ärger dennoch in mir aufwallen. Hier steckte eindeutig mehr dahinter, ich konnte es fühlen. Es roch nach Lügen und Korruption und langsam, aber sicher war ich es leid.

Als Ian mir die Glastür des *Crab Me That* aufhielt, schlug mir sofort der Geruch von frittierten Meeresfrüchten entgegen. Ich atmete tief ein und versuchte mich zu entspannen. *Es ist nur ein Gespräch*, erinnerte ich mich. *Er wird dich nicht in Stücke reißen*. Doch ich konnte mir das einreden, solange ich wollte: Mein Herz, das unaufhörlich gegen meinen Brustkorb schlug, nahm mir die Lüge nicht ab.

»Einzeltisch?«, fragte die Kellnerin mit dem langen erdbeerblonden Zopf und verweilte mit ihrem Blick dabei länger als nötig auf Ian. Ihr zuvor gestresster Gesichtsausdruck war einem seligen Lächeln gewichen.

»Nein, für zwei bitte«, meinte er und wies mit einem Nicken auf mich, ohne die Augen von der Kellnerin zu wenden. Charmant.

»Einmal mir nach«, sagte sie lächelnd.

Wir folgten ihr durch das vollgepackte Lokal mit den vertrauten hellblauen und mit Fischernetzen dekorierten Wänden, ehe sie uns einen Tisch in der Nähe der Glasfront zuwies, die einen Blick auf den Pier bot.

Ich sah mich im Restaurant um. Es steckte voller schöner Erinnerungen, die mich unwillkürlich zum Lächeln brachten. Mom und ich waren im Sommer jedes Wochenende hier essen gegangen. Jedes Mal hatte sie den Meeresfrüchteteller bestellt und stets die Krabben übrig gelassen. »Nächstes Mal denke ich dran, ihn ohne Krabben zu bestellen«, hatte sie dann gesagt, nur um es daraufhin wieder zu vergessen. Irgendwann hatte es kein nächstes Mal mehr gegeben.

Mein Blick fiel auf den Tisch in der hinteren linken Ecke, an dem Ian und ich unser erstes Date gehabt hatten. Dort hatte ich ihm damals erzählt, dass ich keinen Führerschein machen wollte, da ich mich aufgrund des Unfalls vor dem Autofahren fürchtete. »Man darf die Angst niemals sein Leben bestimmen lassen«, hatte er gesagt. Und einen Tag später hatte er mich mit seinem Wagen abgeholt und mit mir das Fahren geübt. Er war so geduldig und charmant gewesen, dass ich gar nicht anders gekonnt hatte, als mich Hals über Kopf in ihn zu verlieben. Als ich meinen Führerschein ein halbes Jahr später in der Hand gehalten hatte, waren wir bereits ein Paar gewesen. Und jetzt, zweieinhalb Jahre später, saßen wir hier und von alledem war nichts mehr übrig.

Die Erinnerungen versetzten mir einen Stich ins Herz, weshalb ich eilig nach der mit Muscheln beklebten Speisekarte griff und mir die Gerichte durchlas. Dabei bestellte ich ohnehin jedes Mal dasselbe – die Pizza mit den karamellisierten Calamari.

Ian studierte die Karte bereits mit ernster Miene, die zu einem Teil von ihm geworden war. Was hatte sich in den letzten Jahren und Monaten verändert? War ihm seine Beförderung zu Kopf gestiegen? Oder hatte er einfach erst später sein wahres Gesicht gezeigt?

Unsere Blicke trafen sich über dem Rand der Speisekarten. Er öffnete seinen Mund, um etwas zu sagen, als plötzlich sein Handy klingelte. Er murmelte eine Entschuldigung und fischte es aus seiner Hosentasche, nur um festzustellen, dass nicht sein privates Handy klingelte, sondern sein Diensthandy. Ian runzelte verwundert die Stirn, griff nach dem anderen Handy in seiner Jackentasche und nahm den Anruf an.

»Director Givins«, sagte er. Seine Gesichtszüge entglitten ihm. »Was?«

Ich legte die Karte mit tauben Fingern auf dem Tisch ab. Ein ungutes Gefühl beschlich mich.

»Wo genau?«, fragte er. »Moment, wiederhol das noch mal. Elliott Turner, bist du dir sicher?«

Mein Herz schlug schneller, schneller, schneller …

Und dann blieb es stehen.

Ich suchte Ians Blick, doch er starrte auf die Tischdecke.

»Ist die Sondereinheit auf dem Weg? Gib mir zehn Minuten.« Er beendete den Anruf und stand so abrupt vom Tisch auf, dass sein Stuhl umkippte. »Ich muss gehen«, war alles, was er dazu sagte.

Ich stand auf. »Ian, was ist passiert? Mein Dad …?«, brachte ich heraus, doch da rannte er bereits aus dem Lokal.

»*Ian*«, rief ich verzweifelt und schaffte es nur mit Mühe, einen Schwall Flüche und Tränen zurückzuhalten, als ich ihm nacheilte. Bevor ich aus der Tür des Lokals lief, sah ich aus dem Augenwinkel das zufriedene Grinsen der Kellnerin, die die Szene höchstwahrscheinlich missinterpretierte.

»Ian, warte!« Ich sprintete ihm hinterher, bis ich seinen Ärmel zu fassen bekam.

Gehetzt drehte er sich zu mir um. »Devon, es ist ein Notfall. Ich darf nicht darüber reden.« Dann lief er weiter auf die Madison Avenue zu, wo in diesem Augenblick ein Streifenwagen hielt.

»*Ian, sag mir, wo er ist!*«, schrie ich ihm während des Rennens hinterher. Ich hatte keine Chance, ihn ein weiteres Mal einzuholen. »Sag mir, wo du hinfährst, bitte!« Doch außer den verwunderten Blicken der anderen Menschen bekam ich keine Antwort mehr. Ian stieg in den Streifenwagen und fuhr mit quietschenden Reifen und Blaulicht davon.

Fuck! Ich raufte mir die Haare.

Er hatte Elliott Turner gesagt. Hatte es einen Unfall gegeben? Ein Attentat? War er das nächste Opfer eines Mordanschlages geworden, genau wie seine Konkurrentin Louise Ryan? Meine Gedanken drehten sich, bis mir schwindelig wurde, und als nicht nur ein, sondern gleich zwei Polizeihubschrauber über meinen Kopf hinwegflogen, wurde mein Körper taub.

Mein Vater war vieles, doch am Ende des Tages war er Familie. *Er darf nicht sterben. Das darf er einfach nicht.*

Ich war zu überfordert, um einen klaren Gedanken zu fassen. Panisch nahm ich mein Handy in die Hand und öffnete meine Kontaktliste. Nur wen sollte ich anrufen?

Den Notruf? Die gaben mir keine Auskunft. Ian? Erst recht nicht. Mir wurde schmerzlich bewusst, dass ich keine Person in meinem Kontaktbuch hatte, die mich hier abholen konnte.

Eine Sirene ertönte neben mir und ließ mich zusammenfahren. Fünf große Polizeiwagen rauschten an mir vorbei in Richtung Stadtmitte.

Und plötzlich schloss mich die Gewissheit in eine kalte Umarmung und drückte mir die Luft aus den Lungen. Es konnte nicht anders sein. Mein Vater war das Opfer eines Anschlages geworden.

Panik wallte in meiner Brust auf wie eine riesige Welle, die sich immer höher und höher aufbaute, aber einfach nicht brechen wollte. Ich scrollte weiter durch mein Handy. Henrietta. Ians Mom war das Oberhaupt der Polizei – sie wusste alles, würde aber weder meinen Anruf annehmen noch meine Fragen beantworten. Jason, Josie …

Ich stand inmitten des Parks und ertrank in meiner Panik, als mir ein verrückter Gedanke kam. Tyler. Er hatte Kontakte, die ihm jede Information beschaffen konnten. Er konnte in Erfahrung bringen, was passiert war.

Meine Hände zitterten, als ich meine Nachrichten aufrief und die SMS von Tyler öffnete. Konnte ich ihn wirklich anrufen? Brachte es ihn in Schwierigkeiten, wenn sein Handy plötzlich klingelte? Würde er es überhaupt bei sich haben? Panik brachte Menschen dazu, die seltsamsten Dinge zu tun. Und so stand ich im Herzen Chicagos, während Polizeihubschrauber über meinem Kopf kreisten, und rief einen Gefängnisinsassen auf seinem Handy an.

Ich hielt den Atem an, als das Freizeichen ertönte. *Bitte, Tyler, geh ran. Bitte.* Er ging nicht ran. Ich beendete den Anruf.

Und begann zu rennen.

Ich lief die Straße entlang in Richtung Innenstadt. Die Richtung, die sowohl die Hubschrauber als auch die Polizeiwagen angepeilt hatten. Sie würden mich zum Tatort führen. Ich überquerte gerade eine Brücke, als mein Handy klingelte. Abrupt blieb ich stehen und holte es hervor, doch meine Hände zitterten so stark, dass es mir beinahe aus der Hand fiel. Ich sah auf den Bildschirm.

Tyler.

Tränen der Erleichterung sammelten sich in meinen Augen, als ich den Anruf annahm.

»Devon?«, hörte ich Tylers besorgte Stimme durch das Mikrofon. »Warum rufst du an? Was ist passiert?«

»Tyler«, hauchte ich erschöpft. Meine Stimme zitterte und ich verschluckte ganze Silben. »Es tut mir leid, dass ich anrufe. Habe ich dich dadurch in Schwierigkeiten gebracht? Ich wusste nicht, wen ich anrufen soll, und ich habe deine Nummer auf meinem Handy und –«

»Devon«, unterbrach er mich. »Atme durch, es ist alles gut. Ich bin in meiner Zelle und kann reden, was ist passiert?« Ein großer Bus fuhr an mir vorbei, weshalb ich näher an das Geländer der Brücke trat, damit er mich besser verstehen konnte. Dabei stieß ich mit einem Mann zusammen, der mir einen bösen Blick zuwarf, woraufhin ich eine Entschuldigung murmelte.

»Mein Dad ...«, begann ich zögernd, doch plötzlich wusste ich nicht mehr, was ich sagen sollte. Tyler und ich kannten uns kaum und ich rief ihn wie aus dem Nichts an und erzählte ihm von meinen Sorgen. Er wusste weder von Ian noch von meinem Dad und plötzlich bereute ich es fast, ihn kontaktiert zu haben. Was, wenn er nicht der war, für den ich ihn hielt, und all die Informationen, die er über mich hatte, gegen mich verwendete? Wenn ich mich in ihm täuschte und von vornerein nicht so viel über mich hätte erzählen dürfen? Doch dann dachte ich an seinen aufrichtigen Blick und seine ruhige Ausstrahlung und warf schließlich alle Bedenken über Bord. Im Moment hatte ich keine andere Wahl, als ihm zu vertrauen und zu hoffen, dass ich es nicht bereuen würde.

Ich holte einmal tief Luft. »Ich war gerade beim Essen mit meinem Verlobten Ian – der Polizist und Leiter des MCC ist –, als er einen Anruf auf seinem Diensthandy bekommen hat.« Ich blickte auf das fließende Wasser unter mir.

Atme, Devon.

»Mein Vater ist Elliott Turner, der Bürgermeister. Und ... Ian hat einen Anruf bekommen, dass etwas Schlimmes mit ihm passiert ist. Dann ist er in einen Streifenwagen eingestiegen und weggefahren, ohne mir zu sagen, was los ist.« Ich hörte selbst, wie weinerlich ich klang, doch ich konnte es nicht ändern. »Überall sind Polizeihubschrauber und Blaulicht. Etwas wirklich Schlimmes muss passiert sein, Tyler. Vor wenigen Tagen wurde seine Konkurrentin Louise Ryan ermordet und was ist, wenn jetzt mein Dad ...«

»Okay, Devon. Atme tief durch. Wo genau bist du?«, wollte er wissen und klang dabei seelenruhig wie immer.

Ich sah mich um. Ich war einfach gelaufen, ohne meine Umgebung bewusst wahrzunehmen. »Auf einer Brücke. Ich glaube, das hier ist die Harrison Street«, sagte ich, während ich mit zusammengekniffenen Augen nach einem Straßenschild suchte.

»Was hättest du normalerweise nach eurem Essen gemacht?«, fragte er und ich runzelte die Stirn. »Ähm, ich wäre zum Balletttraining ins Theater gegangen, aber ...«

»Gut«, meinte er ruhig. »Dann atmest du ein paarmal durch, holst dir einen Kaffee und machst dich dann auf dem Weg zu deinem Training.«

»Was? Tyler, nein. Das kann ich nicht«, protestierte ich, doch er bestand darauf.

»Du bringst dich nur unnötig in Gefahr, wenn du dort hingehst. Ich verstehe dich, aber bitte mach nichts Unüberlegtes.« Nur die Geräusche der Autos und das Fließen des Wassers drangen zu mir. »Ich werde in der Zwischenzeit herausfinden, was mit deinem Vater passiert ist. Aber wirklich nur, wenn du zum Training gehst, okay?«

»Aber –«

»Nein, Devon. Geh zum Training und lenk dich ab. Wenn du allein zu Hause bist, verlierst du vor Sorge deinen Verstand. Ich weiß, wie das ist. In der Sekunde, in der ich etwas in Erfahrung gebracht habe, rufe ich dich an, okay? Versprochen.«

Ich blickte nach unten und sah, wie ein Boot der Wasserrettung unter der Brücke hindurchfuhr. Tyler hatte recht. Ich konnte nichts tun. Und ich wusste nicht, wie er es geschafft hatte, doch die Welle der Panik in meiner Brust war etwas geschrumpft. Es fühlte sich zumindest nicht mehr an, als würde sie mich jeden Moment unter sich begraben. Mein Puls verlangsamte sich. Tyler kümmerte sich darum. Ich war nicht allein.

»Weißt du, wie du von dort zum Theater kommst?«, fragte er.

Ich nickte, obwohl er das am Telefon gar nicht sehen konnte. »Ich denke schon.«

»Gut. Dann geh jetzt, aber pass bitte auf dich auf.«

»Tyler …« Mich verließen die Worte und Dankbarkeit durchflutete mich. »Danke. Wirklich.«

»Nicht dafür. Wenn etwas sein sollte, ruf mich an. Ansonsten hörst du von mir.«

Und dann ertönte erneut das Freizeichen.

***

Die vergoldete Doppeltür schloss sich geräuschvoll hinter mir, als ich den verlassenen Theatersaal betrat. Auf dem Weg war ich vier Polizeiwagen und einem weiteren Helikopter begegnet, doch ich hatte Tylers Rat befolgt und war stur – wenn auch mit Panik in der Brust – in die entgegengesetzte Richtung zum Theater gegangen.

Im Gegensatz zu den lauten Geräuschen der Stadt war hier lediglich mein flacher Atem zu hören, der sich in der Weite des Saales und den dicken roten Teppichen verlor.

Ich lief an den Reihen von mit rotem Samt bezogenen Stühlen vorbei direkt auf die gewaltige Bühne zu. Da Ian und ich nicht essen gewesen waren, war ich über eine Stunde zu früh. Ich drehte mich einmal um meine eigene Achse, wobei die Lichter der Bühne mit dem Glitzern des gigantischen Kronleuchters verschwammen und sich in dem goldenen Stuck an den Wänden und der Decke widerspiegelten.

Während ich weiter auf die Bühne zuging, fiel mir auf, dass dieser Ort sogar noch viel schöner war, wenn man allein hier war. Es hatte beinahe etwas Melancholisches. Als gäbe es die Realität nicht. In diesem Raum wurden Geschichten erzählt, Kompositionen gespielt und Tänze aufgeführt. Die Realität schloss man in dem Moment aus, in dem sich die Türen schlossen. Und genau das mochte ich daran – alles schien möglich.

Nicht zuletzt war das der Ort, an dem ich mich meiner Mutter am nächsten fühlte. Auf exakt dieser Bühne hatte sie bereits gestanden und die Zuschauer als Zuckerfee in der Nussknacker-Aufführung verzaubert. Sie war mein größtes Vorbild, meine Inspiration. Mit nur siebzehn Jahren war sie nach dem Tod ihrer Eltern von England nach Chicago gezogen. Es hatte ein halbes Jahr gedauert, ehe sie eine Stelle beim Chicago Ballet hatte ergattern und sich in der Stadt einen Namen hatte machen können. Nur drei Jahre später hatte sie meinen Vater kennengelernt.

Nachdem ich mir meine Strumpfhose und das Tutu angezogen hatte, stand ich mutterseelenallein auf der Bühne. Was nun? Mein Handy hatte ich auf die höchste Lautstärke gestellt und an den Bühnenrand gelegt. Am liebsten hätte ich Tyler angerufen und nachgefragt, ob er schon etwas in Erfahrung gebracht hatte. Doch ich wusste, dass er zuverlässig war. Im Gegensatz zu Ian, der mich in Ungewissheit allein im Park hatte stehen lassen. Ich schloss die Augen und ballte meine Hände zu Fäusten. Was zur Hölle hatte er sich dabei gedacht? Er hätte die Vorschriften nicht über das Wohl seiner Verlobten stellen dürfen.

Mit jeder Sekunde, die ich hier stand, wich meine Angst um Dad einer lodernden Wut auf Ian. Plötzlich war es unerträglich stillzustehen, weshalb ich ein paar schnelle Aufwärmübungen machte und dann begann, den Tanz der Schneeflocken aufzuführen.

Miss Petrowa hätte mir eine Predigt gehalten, wenn sie gesehen hätte, wie wenig ich mich aufgewärmt hatte, doch ich konnte nicht aufhören. Ich tanzte den gesamten Tanz – allein auf der großen Bühne und ohne Musik. Zuerst fehlte mir die nötige Konzentration, ich war erfüllt von Angst, Wut und Schock und machte immer wieder kleine Fehler, die mir sonst nicht passierten. Doch je mehr ich mich bewegte, desto mehr verließ mich jedes Gefühl von Wut und Schock. Nur die Angst blieb – sie hatte mein Herz mit ihrem kalten Griff fest in der Hand.

Mein Vater ist vielleicht tot. Ich machte eine Pirouette.

Ian hat mich ohne ein Wort im Park zurückgelassen. Wieder eine Pirouette.

Tyler hilft mir. Er ist für mich da, während es niemand anderes ist. Pirouette, Pirouette, Pirouette.

Als mein Atem knapp wurde, blieb ich stehen, atmete tief durch und blickte an die kunstvoll verzierte Decke des Theaters. Reuevoll verzog ich das Gesicht. Wenn das Training später begann, würde ich keinerlei Kraft mehr übrig haben. Doch ich kämpfte mich durch die Stunden, als hinge mein Leben davon ab. In jeder mir möglichen Pause schielte ich auf mein Handy, aber es blieb für die gesamte Zeit des Trainings stumm. Es blieb stumm, als Miss Petrowa den Saal betrat. Es blieb stumm, als sie ihn nach Trainingsende wieder verließ.

Ich ging gar nicht erst zurück in die Umkleide zu den anderen, sondern schloss Josie in eine kurze Umarmung, zog mir meine Jacke über das Tutu und trat aus dem Theater in den strömenden Regen. Mit dem goldenen Oktober war es wohl vorbei.

Tyler hat recht gehabt, dachte ich, als ich in der Bahn auf dem Weg nach Hause saß. Das Training hatte mich tatsächlich abgelenkt und meine Panik gemildert, doch dafür war sie jetzt umso stärker wieder zurück.

Ich beschloss zu warten, bis ich geduscht und mich umgezogen hatte – dann würde ich Tyler anrufen.

War es ein gutes oder ein schlechtes Zeichen, dass er sich so lange nicht meldete? Noch in der Bahn tippte ich *Elliott Turner* in die Suchleiste ein, doch es gab keine neuen Artikel.

Zu Hause stieg ich wie geplant unter die warme Dusche und wusch rasch den kalten Regen von meiner Haut, ehe ich in eine Jogginghose und ein Top schlüpfte. Ich band gerade meine nassen Haare zu einem Knoten zusammen, als mein Handy klingelte. Ich ließ den Haargummi fallen und griff mit feuchten Fingern nach meinem Telefon.

»Tyler?«

»Hey, Devon, wo bist du?« Er klang so gelassen wie immer.

»Zu Hause«, antwortete ich. »Hast du etwas herausbekommen? Weißt du, was passiert ist? Geht es ihm gut?«, wollte ich wissen, während ich vom Bad ins Wohnzimmer trat, um dort nervös auf und ab zu gehen. Trotz des Trainings wusste ich nicht, wohin mit meiner überschüssigen Energie.

»Es geht ihm gut«, sagte er und mir wurde beinahe schwindelig vor Erleichterung. »Aber du hattest mit deiner Vermutung recht – es ist tatsächlich ein Anschlag auf ihn verübt worden.« Das letzte bisschen Farbe wich mir aus dem Gesicht und ich sank wie betäubt auf die Couch. Ein Anschlag?!

Als er wieder sprach, hörte ich einen bitteren Unterton in seiner Stimme. »Heute Mittag hätte er einen Termin bei seinem Anwalt in Milwaukee gehabt, zu dem er mit dem Helikopter anreisen wollte. Keine fünf Minuten nach dem Start hat der Pilot der Zentrale ein Problem gemeldet.«

»Was für ein Problem?«, fragte ich ungeduldiger als beabsichtigt und kaute nervös an der Haut meines Daumennagels.

»Die Motoren sind ausgefallen.«

Bitte was?! »M-mein Vater ist mit dem Helikopter abgestürzt?«, rief ich entsetzt, meine Stimme eine Oktave höher als üblich.

»Wie gesagt, es geht ihm so weit gut, aber ja. Der Pilot hat es geschafft, den Helikopter auf den Lake Michigan zuzusteuern, auf dem sie schlussendlich abgestürzt sind. Als die Rettungskräfte kamen, war dein Dad nur halbwegs bei Bewusstsein. Er hat in einer aufblasbaren Rettungsweste im eiskalten Wasser auf Hilfe gewartet.«

O mein Gott. »Das …« Mich verließen die Worte.

»Er wurde in das *Rush University Medical Center* gebracht. Und man kann wirklich sagen, dass er mehr als nur einen Schutzengel gehabt hat: Außer leichten Prellungen hat er keinerlei Verletzungen davongetragen.«

Wenn der Lake Michigan ein weiteres Elternteil von mir begraben hätte, hätte ich den Glauben an alles Gute verloren.

»Leider darf ihn aus Sicherheitsgründen nicht einmal seine eigene Familie besuchen, aber er wird in den nächsten zwei Tagen wieder entlassen. Sein Herzschlag ist im Moment stabil und die Ärzte sind nicht besorgt.«

Wow. Das waren ganz schön detaillierte Informationen. »Woher weißt du das alles?«

»Ich habe einen Informanten ins Krankenhaus geschickt«, sagte er, als wäre es das Normalste der Welt.

»Der Pilot …«, begann ich und Tyler blieb kurz still. Ich wusste, was das bedeutete. »Er ist tot, nicht wahr?«, fragte ich.

»Sie vermuten es. Aber noch haben sie ihn nicht gefunden.«

Wie meine Mutter damals, kam es mir in den Sinn. Ich rieb mir über die Augen, als könnte ich dem Gedanken somit Einhalt gebieten. »Ich weiß gar nicht, wie ich dir danken soll, Tyler. Wirklich«, meinte ich und knipste die Lampe neben der Couch an, welche mich sogleich in warmes Licht hüllte. »Es tut mir leid, dass ich dich da mit reingezogen habe. Aber vorhin … ich wusste einfach nicht, wen ich sonst anrufen soll«, gab ich zu. Mir war bewusst, was das über mich aussagte.

Ein paar Sekunden herrschte Stille. »Ehrlich, ich bin froh, dass du es getan hast. Und du kannst mich jederzeit anrufen«, meinte er leise und ich konnte nicht verhindern, dass sich mein Brustkorb mit Wärme füllte.

Ich räusperte mich. »Warum hat die Presse noch nicht darüber berichtet?«, fragte ich und fuhr mit der Hand über den weichen Cordstoff der Couch.

»Der Absturz war in den Medien, nur den Namen deines Vaters haben sie fürs Erste vorenthalten. Vielleicht berät er noch mit seinem Anwalt, wie sie am geeignetsten vorgehen. Ich vermute, dass er seine Kräfte sammeln und dann persönlich vor die Presse treten will. Somit kann er zum einen seine Unschuld im Fall Louise Ryan beweisen und zum anderen seinem Angreifer zeigen, dass ihm nichts etwas anhaben kann.«

»Glaubst du wirklich, dass es ein Anschlag war? Kann der Motor nicht auch einfach so ausfallen?«

»Der Motor wurde ziemlich sicher manipuliert, aber noch haben sie keine Beweise«, erklärte er. »Und sagen wir es mal so: Er wäre nicht der erste Bürgermeister Chicagos, der ermordet wird. Als Bürgermeister einer solch großen Stadt hat er automatisch viele Feinde.«

Schuldgefühle übermannten mich. Wie hatte ich auch nur für einen kurzen Moment denken können, mein Vater hätte etwas mit dem Mord an Louise Ryan zu tun gehabt?

Dann kam mir ein anderer Gedanke. War Tyler sauer auf mich, da ich ihm nichts von Ian und meinem Vater gesagt hatte? Ich zögerte. »Tyler … es tut mir leid, dass ich dir das nicht von vornherein erzählt habe.«

»Du bist mir nichts schuldig. Außerdem – was macht es für einen Unterschied?«, fragte er und das erste Mal seit heute Mittag musste ich lächeln.

»Für die meisten macht es einen Unterschied. Sie stecken mich in eine Schublade, bevor sie mich überhaupt nur kennenlernen.«

»Ich bin nicht wie die meisten«, antwortete er.

Ich grinste. »Das habe ich schon bemerkt.«

»Du aber auch nicht«, fügte er hinzu und ich konnte hören, dass er ebenfalls lächelte. Ich stellte mir vor, wie er in seiner Zelle auf seinem Bett saß, sein illegales Handy ans Ohr gepresst und die kleinen Lachfältchen um seine Augen herum sichtbar.

»Der Wärter kommt gleich und macht den letzten Check für heute Abend, also muss ich jetzt auflegen.«

Unwillkürlich wallte Enttäuschung in mir auf. »Verstehe«, wisperte ich.

Und als hätte er die Enttäuschung über das Telefon hören können, sagte er: »Wenn du willst, können wir morgen noch einmal telefonieren. Du weißt schon, damit ich dir sagen kann, was es an neuen Informationen gibt.« Eine kurze Pause. »Vielleicht ist das aber auch nur eine Ausrede, um wieder mit dir sprechen zu können.«

Meine Wangen wurden warm und plötzlich war ich froh, dass ich allein in meiner Wohnung saß und er mich nicht sehen konnte. »Ja«, antwortete ich einen Tick zu schnell. »Ich kann morgen. Wir sehen uns erst Mittwoch wieder, also ...« Ich ließ den Rest des Satzes in der Luft hängen.

»Versuch, ein bisschen zu schlafen. Morgen weiß ich mehr. Und wenn du der Presse aus dem Weg gehen willst, meide deinen Hauseingang, nachdem dein Dad das Interview gegeben hat«, riet er mir.

»Danke noch mal, Tyler. Für alles.«

»Wir hören uns morgen«, sagte er und dann ertönte das Freizeichen.

Langsam nahm ich das Handy von meinem Ohr und starrte in den Regen. *O Gott. Was tue ich hier?* Am liebsten hätte ich mich geohrfeigt, weil ich mich in eine solch dämliche Situation gebracht hatte.

Was sagte es mir, dass ich gerade am liebsten bei Tyler gewesen wäre? Was sagte es mir, dass die Aussicht, ihn am Mittwoch zu sehen, das Highlight meiner Woche war? Ich wusste natürlich ganz genau, was mir das sagte. Nur war ich zu feige, es mir einzugestehen.

Weil es nicht sein durfte.

Weil ich verlobt war.

Weil er ein Insasse war und ich nicht wusste, ob ich mich durch die Nähe zu ihm in Gefahr brachte.

Weil wir in derselben Stadt lebten und uns dennoch Welten trennten. Gefängnismauern noch dazu.

Aber andererseits – ein weiteres Telefonat machte auch keinen großen Unterschied mehr, oder?

Kapitel 10

»Mom, halt den Wagen an!«, flehte ich, als wir mit angsteinflößender Geschwindigkeit auf die Webster Avenue einbogen. Doch sie antwortete mir nicht, drückte das Gaspedal weiter nach unten. Der Abstand, in dem die Lichter der Straßenlampen das Wageninnere fluteten, wurde immer kürzer. Spätsommerlicher Regen prasselte auf die Frontscheibe und aus dem Radio tönte *Ballad Of Sir Frankie Crisp* von George Harrison.

»Mom!«, rief ich erneut. Ihre Augen waren starr auf die Straße gerichtet und die Lichter der Laternen spiegelten sich in den Tränen auf ihren Wangen. Als sie den Kopf schüttelte, wippten ihre blonden Locken.

Hilfe suchend sah ich mich um und erschrak beinahe zu Tode, als ich nach hinten blickte: Auf der Rückbank saß ein kleines Mädchen, das mich aus schreckerfüllten grauen Augen ansah. Sie hatte dieselben Haare und dieselbe Mund- und Augenpartie wie ich. Moment. Das Mädchen sah nicht nur aus wie ich – es war ich. Die Erkenntnis traf mich wie ein Blitz. Und dann fiel mir alles wieder ein. Das Mädchen war mein fünfjähriges Ich und das hier war der Traum, den ich seit siebzehn Jahren beinahe jede Nacht hatte.

Mein Puls verlangsamte sich schlagartig. *Es ist nur ein Traum.* Ich seufzte tief und griff nach Moms zitternder Hand, die das Lenkrad fest umklammerte. »Es ist in Ordnung«, sagte ich leise, während ich ihre rechte Hand in meinen Schoß legte. »Bitte weine nicht. Es wird alles gut«, fuhr ich fort, woraufhin sie das erste Mal zu mir blickte. Ihre grünen Augen waren rot unterlaufen und Tränen liefen unaufhörlich ihre Wangen hinab.

Wir rasten die Straße entlang und mein Herz klopfte im Takt des Regens in meinem Brustkorb. *Es ist ein Traum,* sagte ich mir wieder und wieder, doch je länger wir die Straße entlangfuhren, desto mehr verblasste mein Wissen darüber.

Mom schüttelte erneut den Kopf und drückte fester aufs Gas. »Ich kann nicht anhalten«, presste sie zwischen Tränen hervor und warf immer wieder Blicke in den Rückspiegel.

Ich schloss die Augen und atmete tief aus, um mich zu beruhigen. »Es ist in Ordnung. Es war nicht deine Schuld. Wir stehen es zusammen durch, okay?«, sagte ich und strich behutsam über ihre zitternde Hand. »So wie damals.«

Ihre stillen Tränen schwangen um in lautes Schluchzen.

Ich drehte mich um und sah der fünfjährigen Devon in die Augen. Sie trug ihren Schlafanzug. Ich streckte meinen freien Arm aus und nahm ihre kleine Hand in meine. »Hab keine Angst, okay?«, versuchte ich sie zu beruhigen, doch es waren nur hohle Worte. Natürlich hatte sie Angst.

Mit hoher Geschwindigkeit näherten wir uns der Kreuzung und obwohl ich wusste, was kam, da ich diese Szene Abertausende Mal durchlebt hatte, flutete Panik meinen Körper. Ich kniff die Augen zusammen und drückte sowohl die Hand meiner Mom als auch die der kleinen Devon auf der Rückbank.

In diesem Augenblick ertönte ein hohes Quietschen. Unwillkürlich riss ich die Augen auf und sah die Scheinwerfer des Lastwagens von links auf uns zurasen. Mom riss das Lenkrad herum, das Auto schlingerte, drehte sich einmal und prallte dann mit einem ohrenbetäubenden Knall an das Geländer der Brücke über dem Chicago River.

Jetzt ist es vorbei, dachte ich erleichtert. Doch plötzlich neigte sich der vordere Teil des Wagens gefährlich in Richtung des Flusses und ein spitzer Schrei ertönte.

Moment. Warum war es noch nicht vorbei? Es endete immer hier, da ich mich nach dem Aufprall an nichts erinnern konnte.

»Mommy!«

Ich fuhr herum und sah, dass das Mädchen den Mund zu einem Schrei geöffnet hatte, die kleine Hand nach Mom ausgestreckt, die sich am Rahmen der Tür festzuhalten versuchte. Der Regen prasselte unaufhörlich auf sie ein, ihre blonden Haare klebten ihr im Gesicht.

»Devon«, krächzte sie und versuchte sich mit ihrer letzten Kraft in den

Wagen zu ziehen. Als sie es beinahe geschafft hatte, schwankte dieser jedoch so heftig, dass ich für eine schreckliche Sekunde dachte, er würde in den Fluss fallen. Mom schluchzte laut auf und versuchte es erneut, doch als der Wagen bei dem Versuch beinahe vollständig kippte, gab sie auf. Ich konnte den endgültigen Entschluss in ihren Augen sehen.

Ein verzweifelter Laut entkam meiner Kehle. »Nein! Denk gar nicht erst dran!«, rief ich, doch weder sie noch die kleine Devon schienen mich hören zu können.

»Verzeih mir bitte, mein Schatz«, flüsterte sie und ihre Arme zitterten. »Mach die Augen zu«, bat sie – und dann ließ sie los.

Mein Herz blieb stehen, als ich eilig meine Hand nach ihrer ausstreckte, doch sie fiel bereits dem schwarzen Fluss entgegen. Ich drehte mich zu der kleinen Devon um, als das Auto erneut kippte. Mein Fuß rutschte ab und meine Hand suchte fiebrig nach einem Gegenstand, an dem ich mich festhalten konnte. Vergeblich.

Ich fiel. Als ich einen letzten Blick nach oben warf, sah ich die kleine Devon durch den vom Scheinwerfer beleuchteten Regen. Sie hatte ihre Hand noch immer ausgestreckt und den Mund zu einem lautlosen Schrei verzerrt. Eine einzelne Träne glitzerte auf ihrer Wange. Sie hatte ihre Augen damals nicht geschlossen gehabt, so wie Mom gebeten hatte. Ich hatte die Augen damals nicht geschlossen gehabt, sondern mitangesehen, wie sie in den Tod gestürzt war.

Ich spürte den Aufprall nicht – plötzlich umgab mich dunkles Wasser von allen Seiten. Es war trotz der schwülen Sommernacht eiskalt. Hektisch sah ich mich um und entdeckte inmitten der Dunkelheit die Silhouette zweier Personen. Es war vollkommen still, während ich mich den zwei Umrissen näherte. Sobald ich nah genug war, erkannte ich sie. Es waren meine Eltern, die sich an den Händen hielten. Ein Autoreifen und das abgebrochene Rotorblatt eines Helikopters schwebten im Wasser hinter ihnen.

»Mom, Dad!«, schrie ich, doch statt einem Ton kamen nur Luftblasen aus meinem Mund. Sie sanken immer tiefer, doch als ich versuchte, sie zurück an die Oberfläche zu ziehen, versagte ich kläglich. Sie waren so schwer, als wären sie aus Stein. Moms Haare schwebten schwerelos im Wasser, das Licht der Autoscheinwerfer, das sich im Wasser brach, beleuchtete sie schwach. Als ich ihr die Haare aus dem Gesicht strich, schreckte ich zurück. Ihre Augen blickten ins Leere und ihre Haut war blass. Ich schwamm zu Dad, doch er hatte dieselben ausdruckslosen Augen und dieselbe fahle Haut. Rasch zog ich meine Hand zurück und unterdrückte meine aufkommende Übelkeit.

Ich konnte sie nicht mehr retten – nur mich selbst. Ich nahm meine letzte Kraft zusammen, um zur Oberfläche zurückzuschwimmen, doch je schneller ich schwamm, desto weiter entfernte sich das Licht der Scheinwerfer von mir. *Ich werde hier sterben!* Ich strampelte wild mit den Beinen und plötzlich wusste ich nicht mehr, wo oben und unten war. Letztendlich verließ mich meine Kraft und mir wurde schwarz vor Augen.

Der See verschluckte mich und ich sank in sein schwarzes Maul ohne Boden. Mit jeder Sekunde sank ich tiefer,

tiefer,

tiefer …

… bis plötzlich eine Hand nach meiner griff, sich ein starker Arm um meine Taille legte und mich an die Wasseroberfläche zog. Keuchend hustete ich Wasser aus meiner Lunge, hob meinen Blick und blickte geradewegs in die goldenen Augen von Tyler.

Kapitel 11

Nach Luft ringend richtete ich mich im Bett auf und strich mir die verschwitzten Haare aus der Stirn. Um mich zu vergewissern, dass ich wirklich wach war, berührte ich nacheinander meine Arme, meine Beine und zuletzt mein Gesicht.

Ich blickte nach links. Ians Augen waren geschlossen und seine Lippen leicht geöffnet. Im Schlaf sah er jünger und verletzlicher aus. Ein bisschen so, wie ich ihn kennengelernt hatte. Schließlich warf ich einen Blick aus dem Fenster. Am Horizont über dem See kündigte sich bereits der neue Tag an. Ich brauchte gar nicht erst versuchen wieder einzuschlafen, weshalb ich mich mit zittrigen Knien in die Küche schleppte. Dort ließ ich mich auf einen der Hocker an der Frühstücksbar fallen und vergrub das Gesicht in meinen Händen.

Verfluchte Hölle. Ich konnte mich erinnern. Nach all den Jahren, in denen ich mich gefragt hatte, was nach dem Aufprall passiert war. Jetzt wusste ich es. Mom hatte sich für mich geopfert. Sie hatte losgelassen, weil das Auto sonst gekippt und ich umgekommen wäre. Tränen sammelten sich in meinen Augen und ein Schluchzer entfuhr mir.

Mach die Augen zu. Das waren ihre letzten Worte an mich gewesen. Die Details dieser Nacht kamen mit einer solchen Wucht wieder zurück, dass mir übel wurde. Ich konnte den Sommerregen nahezu riechen und das Lied von George Harrison hören, welches nach dem Aufprall entgegen allen Erwartungen weitergespielt hatte. Alles war wieder da. Ihr Entschluss, ihre letzten Worte, mein Schrei. Der Lastwagenfahrer mit der Glatze, der umständlich meinen Gurt gelöst und mich dann aus dem Auto gehoben hatte. Das Knirschen des Metalls und das Platschen des Wassers, als das Auto keine Minute später in den Fluss gefallen war. Die Sirenen, das Blaulicht und das Gewicht der warmen Decke auf meinen Schultern.

Die Erinnerungen überschwemmten mich wie eine Flutwelle und ich hatte Mühe, mich über Wasser zu halten. Ich atmete tief ein und aus, versuchte mich zu beruhigen.

Gestern war ich nach dem Telefonat mit Tyler vor lauter Erschöpfung direkt ins Bett gefallen. Als Ian Stunden später nach Hause gekommen war, hatte er mich geweckt, um mir mitzuteilen, dass mit meinem Vater so weit alles in Ordnung war. Wie hatte er mich darüber so lange im Dunkeln lassen können?

Ich trat an das Spülbecken der Küche und ließ kaltes Wasser über mein Gesicht laufen, als ich an das Ende des Traumes dachte. Wann genau hatte sich Tyler in mein Unterbewusstsein geschlichen und warum sah ich ihn dort als meine letzte Rettung?

***

Als Ian eine Stunde später in die Küche kam, war ich bereits bei meiner zweiten Schüssel Cornflakes angelangt.

»Konntest du nicht schlafen? Du siehst erschöpft aus«, meinte er, nahm einen grünen Apfel aus dem Obstkorb auf der Kücheninsel und warf ihn hoch, um ihn in der Luft wieder aufzufangen.

Ich seufzte. »Nicht wirklich«, murmelte ich und bemühte mich, nicht an den Traum zu denken. Jedes Mal, wenn ich die Augen schloss, sah ich Moms verzweifelten Blick. »Gehst du ins MCC?«, fragte ich, während ich abwesend in meiner Schüssel rührte.

»Nein, ich muss zum Präsidium. Bin jetzt schon zu spät dran«, sagte er und warf einen Blick auf die Wanduhr über dem Fernseher. »Du kannst dir sicher vorstellen, was dort nach dem Anschlag gestern los ist.«

Ich richtete mich auf. »Ich habe versucht, meinen Dad zu erreichen, aber –«

»Er bereitet gerade seine Rede vor. Doch es geht ihm so weit gut, ich habe vorhin kurz mit ihm geredet.«

»Was du nicht sagst«, presste ich halblaut hervor. Gestern war ich vor Sorge beinahe umgekommen und er schaffte es nicht einmal, seine Tochter zurückzurufen. So viel dazu.

»Was?«

Ich verengte meine Augen. »Du hast mich gestern einfach stehen lassen. Aber nicht ohne mich davor wissen zu lassen, dass etwas Schlimmes mit meinem Dad passiert ist«, sagte ich. »Wer macht so etwas? Kannst du dir vorstellen, wie das für mich war?«

»Himmel, Devon.« Er schnaubte frustriert und fuhr sich durch seine Haare. »Hätte ich dir etwa sagen sollen, dass sein Helikopter über dem Lake Michigan abgestürzt ist?«

»Ja«, antwortete ich, ohne zu zögern. »Das hättest du. Alles wäre besser gewesen, als mir nichts zu sagen und mich dann allein im Park stehen zu lassen.« Meine Augen brannten und ich blickte an die Decke. *Wag es ja nicht, jetzt zu weinen.* »Ich dachte, er wurde … ermordet.«

Ian stützte sich mit beiden Händen an der Kücheninsel ab. »Der Unfall hatte die höchste Geheimhaltungsstufe. Es gibt gewisse Vorschriften –«

»Vorschriften?«, unterbrach ich ihn. »Was ist dir wichtiger? Die Vorschriften, deine Arbeit oder ich?«

Es war eine rhetorische Frage, dennoch zögerte er eine Sekunde zu lang. »Du natürlich.«

Ich schluckte einen Schwall Flüche hinunter. *Konflikt vermeiden, Konflikt vermeiden, Konflikt vermeiden.* Statt noch etwas zu erwidern, steckte ich mir einen Löffel Cornflakes in den Mund und kaute darauf rum, als wäre ich sauer auf die Frühstücksflocken und nicht auf ihn. Ian stieß sich von der Platte ab, kam um die Kücheninsel herum und legte seine Hand auf meine Schulter.

»Es tut mir leid, okay? Wir holen das Mittagessen nächste Woche nach, wenn sich alles beruhigt hat. Was machst du heute?« Er drückte meine Schulter leicht.

Ich schluckte die Cornflakes hinunter. »Ich schreibe meine Arbeit weiter.« Ich brauchte dringend Zeit, um über alles nachzudenken und einen Weg aus dieser Hölle zu finden.

»Gehst du heute nicht zu Patricia?«

Ich erstarrte zur Salzsäule, als ich an meine Lüge erinnert wurde. Und als erlaubte sich das Schicksal einen düsteren Scherz mit mir, läutete in dem Moment mein Handy und Tylers Nummer leuchtete mir vom Bildschirm entgegen. O Gott.

Mein Magen fiel. »Nein, erst morgen«, antwortete ich und ignorierte das Klingeln.

Mit einem Nicken wies er auf das Handy. »Willst du nicht rangehen? Wer ist das?«

Schweiß brach auf meiner Stirn aus. Was wäre wohl passiert, wenn ich Tyler mit Namen eingespeichert hätte? »Meine Professorin«, presste ich hervor und hasste mich dafür. Noch mehr Lügen. Ich war kein bisschen besser als Ian. »Ich hab ein paar Fragen zu meiner Arbeit.«

Ian nickte und gab mir einen flüchtigen Kuss auf den Mund. »Wir sehen uns heute Abend.«

Nachdem Ian seine Jacke angezogen und die Tür hinter sich zugezogen hatte, vergrub ich zum zweiten Mal an diesem Morgen das Gesicht in meinen Händen. »Scheiße«, sagte ich ins Nichts. Das Klingeln war inzwischen verstummt. Es war egal, wie schlecht Ian mich behandelte – ich hätte nicht lügen dürfen.

Was jetzt? Es fühlte sich an, als stünde ich an einer Weggabelung.

Im Endeffekt blieben mir zwei Möglichkeiten. Zum einen könnte ich Tylers Nummer blockieren und Alessandra um einen anderen Insassen bitten. Ihn aus meinem Leben streichen, als hätte es ihn nie gegeben.

Ich seufzte tief. *Was machst du dir vor?* Allein der Gedanke daran war schwer zu ertragen. Es schmerzte mich, es zuzugeben, aber bei ihm zu sein, fühlte sich richtig an. Als hätte ich mein ganzes Leben lang falsch geatmet und füllte nun zum ersten Mal meine Lungen mit Sauerstoff.

Wie konnte es sich richtig anfühlen, wenn es so verdammt falsch war? Ich war verlobt und er saß im Gefängnis. Er war voller Geheimnisse und ich wusste kaum etwas über ihn.

Dennoch fühlte ich mich von ihm verstanden wie von keinem anderen Menschen auf dieser Welt. Er nahm mir die Einsamkeit und war das genaue Gegenteil von Ian, der nichts als Zerstörung und Hass hinterließ. Noch nie zuvor hatte ich mich zu einem anderen Menschen auf diese Art hingezogen gefühlt. Er war ein Verbrecher – wie konnte er sich dann wie ein sicherer Ort anfühlen?

Die zweite Möglichkeit? Ich könnte die letzten fünf Treffen wahrnehmen und die guten Gefühle auskosten, die er in mir auslöste. Mich weniger einsam, traurig und gefangen fühlen. Nur für fünf weitere Stunden. Aber machte es das für mich nicht noch schwerer, wenn der endgültige Abschied schließlich bevorstand?

Denn es war unvermeidbar – unsere Wege würden sich früher oder später trennen. Wäre das hier ein Film oder ein Roman, träfe ich die richtige Entscheidung und würde rational handeln. Nachvollziehbar. Doch das echte Leben war nun mal weder schwarz noch weiß. Menschen handelten irrational und machten Fehler. Die Sache mit Entscheidungen war die: Man konnte überlegen und die Folgen abwägen, solange man wollte – ob man einen Fehler gemacht hatte, wusste man im Endeffekt erst nachher.

Deshalb nahm ich das Handy in die Hand und wählte Tylers Nummer.

Es dauerte nur wenige Sekunden, bis ein leises Knacken ertönte. »Hallo?«, blaffte eine tiefe Stimme. »Wer ist da, wem gehört dieses Handy?«

»Shit!«, entfuhr es mir und mein Herz setzte aus. Das Handy rutschte mir aus der Hand und landete mit einem Knall auf der Kücheninsel. Ich wollte gerade auflegen, als ich ein Lachen am anderen Ende der Leitung vernahm. Ich hob das Handy wieder ans Ohr und da erkannte ich es. Es war Tylers Lachen.

Ich schnappte empört nach Luft. »Das hast du nicht grade gemacht«, sagte ich nun ebenfalls lachend und fasste mir an mein Herz. »Weißt du, was du mir für einen Schreck eingejagt hast?«

»Ich dachte mir, du könntest ein Lächeln gebrauchen«, erwiderte er noch immer erheitert. »Bist du jetzt wach?«

»Schon seit fünf«, gab ich zu, als ich aufstand, um mich auf die Couch zu setzen.

Als Tyler wieder sprach, war jeglicher Schalk aus seiner Stimme gewichen. »Hat dich die Sache mit deinem Dad wachgehalten?«

»Nicht direkt. Ich hatte einen Albtraum …« Ich zögerte. Wie viel sollte ich ihm erzählen? »Seit siebzehn Jahren durchlebe ich den Unfall Nacht für Nacht aufs Neue. Weißt du noch, als ich dir erzählt habe, dass ich mich nicht erinnern kann, was direkt nach dem Aufprall geschehen ist?«

»Klar. Und heute Nacht …?«

»… habe ich mich erinnert. Mir ist wieder eingefallen, was ich bislang verdrängt hatte.«

Tyler seufzte. »Das tut mir leid. Da macht sich dein Unterbewusstsein so viel Mühe, eine schlimme Erinnerung zu verdrängen, und ein Traum zieht sie wieder an die Oberfläche.«

»Vielleicht war es auch einfach an der Zeit, dass ich erfahre, was damals wirklich geschehen ist.«

»Ich hoffe, dass es dir dabei hilft, mit der Vergangenheit abzuschließen.« Eine kurze Pause entstand. »Hast du was von deinem Vater gehört?«, fragte er und ich war insgeheim dankbar, dass er mich nicht nach Details des Traumes fragte.

»Er hat sich nicht bei mir gemeldet.« Ich nahm die Fernbedienung vom Tisch und schaltete den Fernseher ein.

Tyler brummte etwas Unverständliches.

»Aber gleich geht die Pressekonferenz los«, meinte ich und schaltete auf CNN. Ein Podest stand vor der Treppe des Krankenhauses, unzählige Mikrofone waren im unteren Bereich des Bildes zu sehen.

»Was ist mit Ian? Hat wenigstens er dir inzwischen gesagt, was passiert ist?« Es war ein seltsames Gefühl, seinen Namen aus Tylers Mund zu hören.

Ich schnaubte. »Heute Nacht um eins hat er mich geweckt und mir gesagt, dass es meinem Vater gut geht. Überleg dir das mal – er hat ganze zwölf Stunden gewartet.«

»Was ein Arschloch«, entgegnete er. »Was war die Begründung dafür, dich warten zu lassen? Hast du ihn darauf angesprochen?« Er klang gefasst und dennoch hörte ich, dass er aufgebracht war.

Ich holte tief Luft. »Vorschriften, meinte er. Ignoranz, meine ich.« Es kam leiser heraus, als ich beabsichtigt hatte.

Ganze zehn Sekunden verstrichen, ehe Tyler wieder etwas sagte. »Bei unserem ersten Treffen hast du gemeint, dass die Verbrecher im Gefängnis nicht die Art von Monstern sind, die dir Angst machen.« Eine kurze Stille. »Damit hast du ihn gemeint, hab ich recht?«

Ich biss mir auf die Lippe. »Ja«, bestätigte ich und wandte meinen Blick vom Fernseher ab. Noch immer waren nur die Treppe und die Mikrofone zu sehen. Darunter lief ein Banner, auf dem stand: *Stellungnahme von Chicagos Bürgermeister Elliott Turner beginnt in Kürze.* »Meinen Vater und ihn. Es ist dämlich. Ich sollte dir das alles wahrscheinlich gar nicht erzählen.«

»Ich muss es fragen ...« Ich wusste, was jetzt kam. Warum bist du mit ihm zusammen? »Warum bist du mit jemandem wie ihm zusammen?«

Ich sah aus dem Fenster. Die Morgensonne reflektierte im dunkelblauen Lake Michigan. »Nach dem Tod meiner Mom habe ich mich jahrelang einsam gefühlt. Mein Alltag bestand aus Ängsten und Sorgen und mein Vater hat mir nicht helfen können. Oder wollen. Als ich dann Ian kennengelernt habe ... er war charmant und gutmütig, und na ja, plötzlich war ich nicht mehr allein. Ich bin davon überzeugt gewesen, dass es mit der Einsamkeit nun vorbei sein würde. Leider habe ich zu spät erkannt, wie er wirklich ist und dass man auch dann einsam ist, wenn man eine Person an seiner Seite hat, die einen nicht versteht.«

»Oder erst recht dann«, fügte Tyler hinzu.

»Ganz genau.«

Er schwieg lange. »Und warum hast du ihn nicht verlassen, als er sich ins Negative verändert hat?«

Das hatte ich versucht. Aber von der Angst, was er mir antun könnte, sollte ich ihn ein zweites Mal verlassen, und der Drohung meines Vaters sagte ich nichts. Ich wollte nicht, dass er mich als das sah, was ich wirklich war: ein Feigling, der sich aus Angst den Konsequenzen nicht stellte.

In diesem Augenblick trat mein Vater ins Bild und ich war dankbar für die Ablenkung. »Die Konferenz geht los«, sagte ich und wechselte somit das Thema.

»Oh, mach den Fernseher auf laut, damit ich mithören kann«, bat Tyler.

Ich drückte den Knopf auf der Fernbedienung und keine Sekunde später erfüllte die Stimme meines Vaters den Raum. Er trug einen grauen Anzug und sah zu meiner Erleichterung, bis auf die dunklen Ringe unter seinen Augen, aus wie immer.

»Gestern wurden die Einwohner Chicagos Zeugen eines skrupellosen Verbrechens. Eines Anschlages auf den Bürgermeister. Doch es war nicht nur ein Anschlag auf mich – es war ein Anschlag auf die Demokratie. Auf das freie Wahlrecht. Ein Anschlag auf jeden einzelnen Bürger dieser Stadt, die ich seit meiner Geburt mein Zuhause nenne.« Bilder des abstürzenden Helikopters wurden neben ihm eingeblendet. Handyaufnahmen von Passanten aus verschiedenen Perspektiven. Immer und immer wieder stürzte der Helikopter ab.

»Er macht daraus eine ganze Wahlkampfrede«, stellte Tyler fest.

»Er macht aus allem eine Wahlkampfrede.«

Mein Dad fuhr fort. »Wir möchten eine Gedenktafel für meine äußerst geschätzte Kollegin und Mitstreiterin Louise Ryan im Rathaus montieren, um ihre Arbeit für die Stadt Chicago zu ehren.«

Erneut wurden die Bilder des abstürzenden Helikopters gezeigt, weshalb ich kurzerhand nach der Fernbedienung griff. »Ich werde mich nicht von den Angreifern unterkriegen lassen, sondern im Namen von Louise Ryan für unsere Stadt kämpfen. Die Anschuldigungen, ich könnte etwas mit ihrem Tod zu tun haben, weise ich entschieden von mir. Wir haben Beweise, die belegen, dass ich nicht einmal in der Stadt war, als der Mord …« Ich schaltete den Fernseher ab.

»Sorry, ich kann mir das nicht ansehen«, erklärte ich Tyler. Das Wasser, die Dunkelheit, die fahle Haut … Ich schüttelte mich.

»Verständlich. Das war alles ein bisschen viel auf einmal«, sagte er. Ich hörte, wie der Wind in das Mikrofon blies.

Ich stutzte. »Bist du etwa draußen?«

Tyler lachte leise. »Ja, ich bin auf dem Dach.«

»Auf dem Dach des MCC?«

»Ja. Wenn man ein Gefängnis in der Stadt baut, muss man den Hof eben aufs Dach verlegen. Ich bin gern hier.«

Ich schüttelte lächelnd den Kopf. »Sind da keine Wärter? Oder andere Insassen? Wie schaffst du es, immer ruhig zu bleiben? Du stehst mitten im Gefängnis und telefonierst mit deinem Handy.«

»Wes steht an der Tür und passt auf mich auf«, sagte er und ich konnte förmlich sehen, wie er zwinkerte.

»Morgen sehen wir uns«, stellte ich fest und warf einen Blick in die ungefähre Richtung, in der sich das MCC befand.

»Morgen sehen wir uns«, wiederholte er. »Wie viele Interviews brauchst du noch für deine Arbeit?«, fragte er und ich war mir sicher, dass er dasselbe dachte wie ich. Dass wir uns nicht mehr sehen würden, sobald die Interviews vorbei waren.

»Fünf.«

Einen Moment herrschte Stille. Es gab vieles, was ich gern gesagt hätte, doch nichts davon hätte irgendetwas verändert.

Tyler räusperte sich. »Das ist gut. Es freut mich, dass ich dir helfen kann.« Und wenn ich mich nicht täuschte, hätte er genau wie ich lieber etwas anderes gesagt.

In einem anderen Leben, dachte ich bitter. In einem anderen Leben hätten wir zusammen sein können. Ich würde die letzten Treffen mit ihm wahrnehmen. Bis sich unsere Wege trennten, die Spuren im Wind verliefen und er mich vergessen würde.

Kapitel 12

»Es schneit!« Josie quiekte aufgeregt, als sie die Eingangsstufen des Ballettstudios hinunterhüpfte. Sie legte den Kopf in den Nacken und versuchte eine Flocke mit der Zunge zu fangen. Dann sah sie zu mir. »Aber es ist doch erst November!«, rief sie über den Lärm der stark befahrenen Straße hinweg.

Bei dem Anblick ihrer leuchtenden Augen musste ich unwillkürlich lächeln. »Es ist Chicago«, antwortete ich schulterzuckend. Dann legte auch ich den Kopf in den Nacken. Dicke Schneeflocken wirbelten zwischen den Glasfronten der Wolkenkratzer umher und fielen langsam zu Boden.

»Wer mehr fängt, gewinnt«, rief Josie kichernd und rannte die Stufen erneut nach oben, nur um mich auf den Bürgersteig zu zerren.

Ich schnaubte. »Wenn du verlieren willst«, erwiderte ich lachend und im nächsten Moment hüpften wir beide durch die Gegend, um die kleinen Eiskristalle aus der Luft zu fangen. Josie erinnerte mich dabei an einen jungen Welpen, so, wie sie um mich herumsprang und erwartungsvoll zu mir aufblickte. Zugegebenermaßen sah das Ganze bei ihr nicht halb so albern aus wie bei mir, doch mir war egal, was die Passanten dachten. Sie machen einen großen Bogen um uns, was uns nur noch mehr zum Kichern brachte.

Während des Trainings hatte ich sogar nach der einhundertsten Drehung noch ein Lächeln im Gesicht gehabt. Eine Stimme in meinem Kopf flüsterte, dass der Grund meiner Freude unvernünftig war. Inzwischen hatte ich Tyler mehrmals im Gefängnis besucht, doch langsam, aber sicher neigten sich die Interviews dem Ende zu. Mir blieben nur noch zwei Treffen mit ihm, dann würde ich ihn nie wiedersehen. Doch ich hatte bereits die halbe Nacht damit verbracht, mir den Kopf darüber zu zerbrechen, also ignorierte ich die kritische Stimme in meinem Kopf und ließ die Freude für den Moment einfach da sein.

Josie kam kichernd vor mir zum Stehen und mein Herz schwoll auf die doppelte Größe an. Es gab wenige Momente, in denen sie einfach nur Kind sein durfte. Auf ihr lastete ein großer Druck, da sie mit dem Geld, das sie als Ballerina verdiente, ihre Familie unterstützen musste. »Ich habe schon über zweihundert, nur dass du Bescheid weißt«, verkündete sie stolz.

»Bitte?«, rief ich mit gespielter Empörung. »Ist dir klar, dass nach zehn erst elf und nicht zweihundert kommt?«, fragte ich grinsend und wischte mit meinem Schal vorsichtig das Schmelzwasser von ihren Wangen.

In diesem Augenblick ertönte ein lautes Hupen. Josie und ich blickten auf und als ich ihn sah, stockte mein Atem. Ians schwarzer Range Rover parkte am Straßenrand, direkt hinter einem Lieferwagen. Augenblicklich beschleunigte sich mein Puls. Was zum Teufel tat er hier?

»Was ist los?«, fragte Josie und folgte meinem Blick.

Ich räusperte mich und lächelte sie an, doch dieses Mal war das Lächeln nicht echt. »Ich hab gerade gesehen, dass Ian mich abholt. Ist es in Ordnung, wenn du heute allein zur Haltestelle gehst?«, fragte ich und fühlte mich sofort schuldig, da ich ihr versprochen hatte mitzukommen.

»Kein Problem«, sagte sie und kniff die Augen zusammen, um Ian hinter der leicht getönten Scheibe zu erkennen. Als sie ihn entdeckte, winkte sie ihm freundlich zu. Doch er beachtete sie nicht – sein Blick war starr auf mich gerichtet.

Devon, formte er mit seinen Lippen und gab mir ein Zeichen, dass ich ins Auto steigen sollte.

Mein Herz schlug mir bis zum Hals. Scheiße. Das war ganz und gar nicht gut. Ich schloss Josie zum Abschied in die Arme und sah ihr nach, bis ihre schwarzen Locken um die nächste Ecke verschwunden waren. Dann nahm ich meine Tasche von der Schulter und öffnete die Tür zu seinem Wagen.

Durchatmen, dachte ich mir, während ich mir den Schnee von meinem Mantel klopfte und mich auf den Beifahrersitz aus weichem Leder setzte.

In dem Moment, als ich die Wagentür schloss, verstummten augenblicklich sämtliche Geräusche der Großstadt und ich hatte das dringende Bedürfnis, das Fenster zu öffnen und sie wieder hereinzulassen.

»Hey«, presste ich hervor und hoffte, dass er nicht merkte, wie fest ich die Halterung an der Tür umklammerte. »Was machst du hier?«

»Ich hole dich ab und fahre dich zum MCC«, sagte er so selbstverständlich, als hätten wir das abgesprochen. »Da wolltest du doch jetzt hin, oder?«, fragte er.

Meine Kehle war staubtrocken. »Ähm, ja. Aber musst du heute nicht ins Präsidium?«, krächzte ich, als der Motor zum Leben erwachte. Irgendetwas stimmte nicht. Hatte er herausgefunden, dass Patricia bereits seit einigen Tagen in Isolationshaft steckte?

»Doch. Ich fahre dich nur.«

Ich schluckte. Das war mehr als seltsam.

»Wie geht es meinem Dad?«, erkundigte ich mich, um die Stille zu durchbrechen. »Habt ihr einen Hinweis, wer den Anschlag verübt haben könnte?« Ich musterte sein Profil.

»Bisher haben wir nichts. Aber dein Vater konnte beweisen, dass er mit dem Mord an Louise nichts zu tun hatte, was ein Fortschritt ist.«

Ich nickte stumm. Bildete ich es mir nur ein oder war er abwesender als sonst? Und hatte es hier drin schon immer derart penetrant nach Leder gerochen? Ich hatte das Gefühl, nicht mehr richtig atmen zu können.

Eine Weile schwiegen wir, während die Straßen Chicagos an uns vorbeizogen. Der Schnee war nicht liegen geblieben und die letzten goldenen Sonnenstrahlen wurden von den Gebäudefronten reflektiert und warfen Licht und Schatten auf die breiten Straßen und Brücken. Doch weder das goldene Licht noch die Wärme der hereinstrahlenden Sonne konnten an der kühlen Atmosphäre im Wagen etwas ändern.

Wir fuhren bereits seit mehreren Minuten durch die Großstadt, als Ian an einer roten Ampel hielt und endlich die Stille durchbrach. »Wie du weißt, verbringe ich im Moment mehr Zeit im Präsidium als im MCC.«

Verwirrt sah ich zu ihm. »Ja, wegen der Sache mit meinem Dad.« *Worauf will er hinaus?*

Ganz langsam drehte er seinen Kopf zu mir und fixierte mich mit seinen eisblauen Augen. »Du triffst dich schon mit Patricia, richtig?«

Mein Herz setzte aus. Scheiße, scheiße, scheiße.

»Warum fragst du das?«, wollte ich wissen und es kostete mich all meine Kraft, meine Stimme nicht panisch klingen zu lassen.

Er musterte mich einen Moment, um abzuschätzen, ob ich ihm etwas verheimlichte. Dann schwang die Ampel von Rot auf Grün und er richtete seinen Blick zurück auf die Straße.

»Als ich gerade deinen Laptop vom Esstisch geräumt habe, ist ein Zettel herausgefallen.«

Bullshit, dachte ich. Wir wussten beide, dass er meine Sachen durchsucht hatte. Es hätte mich nicht wundern sollen, dass er jeden meiner Schritte kontrollierte, und dennoch versetzte es mir einen Stich ins Herz. Ich war noch nie so froh gewesen, dass ich den Code meines Laptops wöchentlich änderte.

»Ich wollte den Zettel nicht lesen, doch dann ist mir ein Name ins Auge gesprungen. Tyler Fox. Auf dem Zettel standen Informationen über seine früheren Verhaftungen.«

Ich schluckte. Den Zettel hatte ich vollkommen vergessen. Die Akte hatte ich entsorgt, doch die Notizen in meinem Block hatte ich seitdem nicht mehr angeschaut.

»Und weißt du, was ich mich dann gefragt habe?« Er umgriff das Lenkrad nun so fest, dass seine Knöchel weiß wurden. Als er nicht fortfuhr, ging mir auf, dass er tatsächlich eine Antwort von mir erwartete.

»Nein, was denn?«, presste ich hervor. Ich war es satt, seine Spielchen mitzuspielen. Wenn er etwas wusste, dann sollte er es mir einfach sagen.

»Warum interessiert sich meine Verlobte für eine Missgeburt wie Tyler Fox? Für den Insassen, der seit ein paar Tagen im MCC sitzt – der Ort, an den sie mehrmals die Woche geht.«

Bei dem Wort Missgeburt zuckte ich zusammen und es machte mir Angst, wie leicht es ihm über die Lippen ging. Die Ampel vor uns wurde gelb, doch anstatt zu bremsen, trat er so fest aufs Gas, dass ich tief in den Sitz gepresst wurde.

»Ich will es von dir hören, also frage ich dich ein einziges Mal.« Seine Stimme klang ruhig, doch sein Blick war eiskalt. »Triffst du dich wirklich mit Patricia oder hast du mich angelogen und triffst dich stattdessen mit Fox?«

Ich erbleichte. Das war's. Er hatte den Verdacht, dass ich gelogen hatte, und ich wünschte mir nichts sehnlicher, als die Lüge rückgängig zu machen. Doch es war zu spät. Die Lüge war ausgesprochen worden und saß nun wie ein unerwünschter Gast mit uns im Auto, grinste mich hämisch von der Rückbank aus an, rieb sich schadenfroh die Hände und erfreute sich an der sich entfaltenden Katastrophe.

»Also?«, bohrte er ungeduldig nach. »Triffst du dich mit ihr?« Seine Stimme war frei von jeglicher Wärme. Er redete in einer Tonlage mit mir, als würden wir uns gar nicht kennen. Diese Stimme benutzte er wahrscheinlich mit den Verdächtigen. So behandelte er mich nämlich gerade – als wäre ich die Verdächtige eines Mordfalls.

Was nun? Denk nach, Devon. Die Lüge konnte ich nicht mehr ungeschehen machen und die Wahrheit zu sagen wäre mein Ende. Das Einzige, was mir übrig blieb, war, weiterhin zu lügen. Was bedeutete, dass ich Tyler heute zum letzten Mal sehen würde. Plötzlich nur noch ein Treffen. Ich musste mich heute von ihm verabschieden und alles beenden, bevor Ian es auf anderem Wege herausfand.

Für meine Abschlussarbeit hatte das nichts zu bedeuten, da ich mich irgendwann zwischen unserem vierten und fünften Treffen entschieden hatte, Tyler darin nicht zu erwähnen. Stattdessen hatte ich lediglich mit den Interviews von Patricia gearbeitet. Zwar waren diese nicht vollständig, doch nachdem ich den Theorieanteil erhöht hatte, war ich dennoch auf die richtige Seitenzahl gekommen. Es hätte sich nicht richtig angefühlt, Tyler in der Arbeit zu erwähnen. Es war zu persönlich geworden und ich hatte nicht mehr gewusst, wie ich rational über ihn schreiben sollte. Außerdem würde es das real machen und bisher hatte es sich angefühlt, als gehörte er nur mir. Ein Geheimnis, das wie eine Seifenblase zerplatzen würde, gelangte es an die Außenwelt.

Mein Herz krampfte sich zusammen, als ich die Worte aussprach. Ob es wegen der Lüge war oder weil ich damit offiziell die Zeit mit Tyler beendete, wusste ich nicht genau. »Ich treffe mich mit Patricia«, log ich zugegebenermaßen nicht besonders gut, weshalb ich hinzufügte: »Tyler Fox ist interessant für meine Arbeit, aber nur zu Recherchezwecken. Das hättest du gewusst, wenn du dir den Zettel richtig angeschaut hättest.« Ich sah ihm tief in die Augen und hielt meine Hände ruhig. Wenn er herausfand, dass ich log, dann immerhin nicht anhand meiner Körpersprache.

Wir bogen an einer großen Kreuzung ab und überquerten eine Brücke. Die Sonne stand inzwischen so tief, dass sie direkt ins Auto strahlte und Ian die Sonnenblende herunterklappte. Ich nicht.

Seine Schultern sackten ein kleines bisschen nach vorn. »Okay«, sagte er tonlos.

Okay? Keine weiteren Fragen, keine Wut und kein Misstrauen? Irgendetwas stimmte nicht mit ihm. Auf der einen Seite hatte er die Vermutung, dass ich log, und auf der anderen fehlte ihm der Elan, die Wahrheit wirklich herauszufinden. Das halbherzige Ausfragen war lächerlich – wenn er es wirklich hätte wissen wollen, hätte er es bereits herausgefunden. Ein Anruf im MCC oder ein Blick in die Besucherakte hätten ihm alles verraten.

Ian tippte nervös mit seinem Finger gegen das Lenkrad, während er immer wieder kurze Blicke auf den von Fingerabdrücken übersäten Bildschirm seines Handys warf.

Er war bereits seit Wochen seltsam, doch heute stimmte etwas ganz und gar nicht mit ihm. »Ian«, sagte ich leise. »Was ist los mit dir?«

Er schüttelte kaum merklich den Kopf.

»Hat es mit meinem Dad zu tun?«, fragte ich weiter, als er mir keine Antwort gab. »Was musst du für ihn machen, das dich derart verändert hat?« Es war eine wilde Vermutung, doch anscheinend hatte ich damit einen Nerv getroffen.

Eine Furche bildete sich zwischen seinen Augenbrauen und ich sah, wie er mit sich rang. Er wog ab, ob er es mir erzählen sollte. Seine Kiefermuskeln zuckten und für einen kurzen Moment war ich mir sicher, dass ich seine Fassade durchbrochen hatte und er sich mir anvertrauen würde. Er wirkte beinahe verletzlich.

Doch als wir an der nächsten Ampel hielten und eine Gruppe von Menschen die Straße überquerte, waren sein Ausdruck und somit auch meine Hoffnung auf eine ehrliche Antwort verschwunden.

»Es ist einfach anstrengend im Moment, Devon«, sagte er, seinen Blick auf einen Windhund gerichtet, der mit seinem Besitzer die Straße überquerte. »Mach dir keine Gedanken um –«

»Dinge, die mich nichts angehen?«, schlug ich vor und zitierte damit seine eigenen Worte von vor wenigen Tagen. »Hab's verstanden, Ian.«

Eine Straße weiter stellte er seinen Wagen im Halteverbot vor dem MCC ab und drehte den Schlüssel, woraufhin der Motor erstarb.

Es gab viele Dinge, über die ich gern mit ihm gesprochen hätte. Über das Abendessen mit Mia und Jason und seine Hand an meinem Arm. Darüber, dass er nicht zu mir, sondern zu meinem Vater hielt und ich mich einsam fühlte. Und das Gespräch über das Verschieben der Hochzeit hatten wir auch noch nicht geführt.

All die ungesagten Dinge schwebten zwischen uns in der beheizten Luft des Wagens. Ich sah ihn ein letztes Mal an, doch er blickte starr nach vorn und mir wurde klar, dass er nichts mehr sagen würde. Er stieß mich jeden Tag ein bisschen mehr von sich weg, nur um mich gleichzeitig fester an sich zu ketten.

Und jetzt musste ich ins MCC gehen und Tyler Lebewohl sagen. Für immer. Es fühlte sich an, als würde ich die Kontrolle über mein Leben verlieren. Es entglitt mir, floss wie Wasser durch meine Hände, und es gab nichts, was ich dagegen tun konnte.

Tränen der Wut und Enttäuschung traten mir in die Augen. Ich stieg wortlos aus, knallte die Beifahrertür etwas fester zu als nötig und ließ ihn mit all den ungesagten Dingen und dem letzten Funken Hoffnung, den ich gehabt hatte, im Wagen.

Kapitel 13

Ich spielte nicht nur mit dem Feuer – ich war ringsum davon umgeben und es war nur eine Frage der Zeit, bis ich mich daran verbrannte.

Schnellen Schrittes ging ich auf das Gefängnis zu und versuchte so viel Abstand wie möglich zwischen Ian und mich zu bringen. Es dauerte eine gefühlte Ewigkeit, bis ich im Vorraum ankam und mich eine Polizistin mit blondem Zopf zur Tür brachte.

Das hier ist das letzte Mal, *dass ich Tyler* sehe, schoss es mir durch den Kopf. Ich war sicher gewesen, ihn noch mindestens ein weiteres Mal treffen zu können, und jetzt war dieses eine Mal schon zu riskant. Ian würde es früher oder später herausfinden und das … na ja. Das würde alles andere als schön enden.

Die Polizistin scannte mich, doch davon nahm ich kaum Notiz. Ich fühlte mich wie auf Entzug. Tyler war wie eine Droge. Durch ihn fühlte ich mich lebendiger, konnte meine Sorgen für einen Moment vergessen. Und wie das mit Drogen eben so war, wusste der Abhängige ganz genau, wie gefährlich sie waren, und hörte trotzdem nicht damit auf. Auch wenn man nie wusste, wie weit man mit dem Fuß noch vom Abgrund entfernt war.

In meinem Fall höchstens einen Fingerbreit.

Aber Droge hin oder her – ich wusste, dass es sinnlos war. Wir beide waren auf unsere eigene Art gefangen und am liebsten hätte ich mich dafür geohrfeigt, dass ich es so weit hatte kommen lassen. Wie unendlich dumm von mir.

Das Summen der Tür ertönte und ich warf einen letzten Blick über meine Schulter, ehe ich den Raum betrat, doch von Ian war keine Spur zu finden.

Als sich die Tür hinter mir schloss, spürte ich Tylers Blick bereits auf mir. Ich konnte es mir nicht erklären, aber als ich meinen Kopf zur Seite drehte, blickte ich geradewegs in seine Augen. Er lächelte mich an und erst jetzt fiel mir auf, wie ich es vermisst hatte, ihn zu sehen. *Hör auf*, schalt ich mich. *Es ist zu spät. Mach es nicht schlimmer, als es bereits ist.*

Ich folgte der blonden Polizistin zwischen den Tischen hindurch. Mit jedem Schritt, den ich ging, wich meine Unsicherheit einer Entschlossenheit. Dieses eine Treffen würde ich mir trotz der Angst nicht nehmen lassen.

Der Raum war heute außergewöhnlich voll und die Gespräche der Besucher dröhnten in meinem Kopf. Die Polizistin nickte dem Wärter neben Tyler zu, ehe sie den Raum verließ.

Tyler erhob sich, kam auf mich zu und schloss mich dann, ohne zu zögern, in eine feste Umarmung. Bildete ich es mir ein oder war er genauso erleichtert wie ich, dass wir uns endlich wiedersahen? Doch für ihn war es eine Begrüßung – für mich ein Abschied.

»Hey, Devon«, flüsterte er dicht an meinem Ohr und für einen kurzen Moment erlaubte ich mir, mich in seiner warmen Umarmung zu verlieren.

»Hey«, erwiderte ich und atmete einmal tief ein. Wie konnte er so gut riechen, obwohl er im Gefängnis saß?

Als wir uns voneinander lösten und ich mich auf den Stuhl ihm gegenüber fallen ließ, bemerkte ich den skeptischen Blick des Wärters. War er ein Freund von Ian? Erkannte er mich? Würde er ihn anrufen und erzählen, dass seine Verlobte sich mit Tyler Fox traf? Weder Alessandra noch Matt hatten Ian gegenüber auch nur ein Wort darüber verloren. Wahrscheinlich aus Angst, sie könnten entlassen werden, da sie mich zu ihm gelassen hatten. Aber was nicht war, konnte ja noch werden.

»Es ist wirklich erfrischend, zur Abwechslung mal ein schönes Gesicht zu sehen«, sagte Tyler grinsend. »Gerade wenn man den ganzen Tag von Männern wie One-Tooth-Patrick umgeben ist.« Er wies lachend mit dem Kinn in die Richtung eines Mannes am Nebentisch, doch als er meinen Gesichtsausdruck bemerkte, wurde er plötzlich ernst. »Du hast geweint«, stellte er fest. »Was ist passiert?«

Automatisch wischte ich mit meinem Finger unter meinem Auge herum, wodurch ich es mutmaßlich nur schlimmer machte. »Es ist ... viel Stress einfach.« Mein Flüstern drohte zwischen den Gesprächen der anderen im Raum unterzugehen.

Mein Blick wanderte zum Fenster in der Tür, durch welches man den Vorraum sehen konnte, und plötzlich fühlte ich mich von allen Seiten beobachtet. *Super,* dachte ich bitter. *Jetzt werde ich auch noch paranoid.*

Tyler folgte meinem Blick und sah dann wieder zu mir. »Das glaube ich dir nicht«, sagte er leise. »Was ist los?« Eine tiefe Furche zeichnete sich zwischen seinen Augenbrauen ab.

»Ich …« Ich räusperte mich und blinzelte die Tränen weg. »Ich stecke echt tief in der Scheiße, Tyler«, gab ich letztendlich zu und sah ihn durch Tränen hindurch an. Sein Gesicht war sogar dann schön, wenn er besorgt aussah.

»Erzähl mir, was passiert ist.« Er lehnte sein Bein unter dem Tisch leicht an meines, damit sich unsere Knie berührten. Eine lautlose Träne rollte meine Wange hinunter, doch ich machte mir nicht einmal die Mühe, sie wegzuwischen. Stattdessen musterte ich sein Gesicht, prägte mir alle Details ein, damit ich sie nie wieder vergaß: den Schwung seiner Lippen, die dichten Wimpern und die Lachfältchen, die man sogar dann sah, wenn er nicht lachte.

»Devon«, bat Tyler erneut. »Sag mir, was passiert ist, und ich tue alles, was in meiner Macht liegt, um dir zu helfen.«

Ich lächelte traurig. »Du kannst mir nicht helfen.« *Vor allem nicht, weil du mein Problem bist.*

Tyler war ein Verbrecher, ja. Doch er war so viel mehr als das. Es war diese Ambivalenz, die ihn besonders machte. Seine Dunkelheit, die strahlend leuchtete, und die Helligkeit, die ihre eigenen Schatten warf. Tyler, der niemals mein Tyler sein würde. Alles wäre um einiges leichter gewesen, wenn er nicht all das gewesen wäre, was ich mir wünschte.

Er legte seine Hände auf der Tischplatte ab. »Vor was rennst du davon? Was ist so schlimm, dass du im Gefängnis Trost suchst?«

»Trost?« Ich schnaubte. »Ich bin hier wegen meiner –«

»Abschlussarbeit?«, unterbrach er mich und legte den Kopf schief. »Ich glaube, wir wissen beide, dass es hier schon lange nicht mehr um deine

Abschlussarbeit geht. Du hast ja nicht einmal dein Aufnahmegerät dabei«, sagte er und wies auf den leeren Tisch.

Kurz zog ich in Erwägung, erneut alles abzustreiten, entschied mich dann aber dagegen. Was machte es jetzt noch für einen Unterschied?

Ich seufzte resigniert. »Du hast recht«, gab ich zu und hob meinen Blick. »Ich bin nicht wegen meiner Arbeit hier.«

Ich erwartete, Überraschung in seinen Augen zu sehen, doch stattdessen sah er mich wissend an. »Ich weiß, Devon. Nun, da wir nicht mehr so tun müssen, als wären die Treffen für deine Abschlussarbeit, kannst du mir sagen, was passiert ist.«

Ich schloss für einen kurzen Moment die Augen. Wenn ich den Raum in weniger als einer Stunde wieder verließ, würden wir uns nie wiedersehen. Es war meine letzte Chance, ihm die Wahrheit zu sagen. Meine letzte Chance, mein Herz auszuschütten und verstanden zu werden. »Okay«, seufzte ich. Und dann erzählte ich ihm alles.

Wirklich alles.

Ich erzählte ihm von Elliott: dass er sich nur für mich interessierte, wenn es ihm einen Vorteil für seinen Wahlkampf brachte und dass er mich zwingen wollte, Ian zu heiraten. Von seinen Drohungen, wenn ich es nicht tat.

Es kostete mich einiges an Überwindung, doch ich sagte ihm, dass ich Ians Antrag abgelehnt und er mich daraufhin geschlagen hatte. Von meinem fatalen Fehler, mich aus Angst vor ihm zu einem Ja drängen zu lassen. Himmel, ich verriet ihm sogar, dass ich Angst hatte, neben Ian einzuschlafen. Als Letztes erklärte ich ihm, dass ich Ian angelogen hatte und es nur eine Frage der Zeit war, bis dieser es herausfinden würde. Was dann passieren würde, konnte er sich denken.

Die ganze Zeit über blieb Tyler still und folgte meinen Worten mit ernster Miene. Als ich meinen Monolog beendet hatte, fühlte ich mich tatsächlich etwas besser. Es war das erste Mal, dass ich jemandem meine Ängste und Sorgen anvertraut hatte.

Ich strich mir eine dunkle Haarsträhne aus der Stirn. »Ich fühle mich an keinem verfluchten Ort auf der Welt zugehörig – sogar in meiner eigenen

Wohnung fühle ich mich, als wäre ich bloß ein Gast. Als meine Mom damals diese Brücke hinuntergestürzt ist, hat sie all die Wärme in meinem Leben mit sich genommen.« Ich stockte. »Und ... das erste Mal, dass ich diese Wärme wieder gefühlt habe, war, als ich dir begegnet bin. Ich kann es mir nicht erklären, Tyler. Wirklich nicht. Aber es ist so, als hätte ich in dir etwas gefunden, was ich vor langer Zeit verloren habe.«

Offenbar hielt er mich nicht für verrückt, da er nicht lachte und auch nicht einfach aufstand und ging. Für den Bruchteil einer Sekunde blitzte etwas in seinen Augen auf, doch er blieb still, dachte nach.

Ein Teil von mir war besorgt, zu viel preisgegeben zu haben. Ich war es schließlich gewohnt, von den Menschen um mich herum enttäuscht zu werden. Andererseits wusste ich, dass meine Geheimnisse bei ihm gut aufgehoben waren. Bisher hatte er mir stets zur Seite gestanden und nichts als Verständnis entgegengebracht. War ich verrückt, weil ich einem Gefängnisinsassen vertrauen wollte? Oder vertraute ich ihm vielleicht bereits und wollte es nur nicht wahrhaben, da ich Angst hatte, verletzt zu werden?

»Aber jetzt ist es zu spät. Das hier ist das letzte Mal, dass wir uns sehen können, und sobald Ian es herausfindet, bringt er mich um und dich wahrscheinlich gleich mit.« Ich knetete meine Hände. »Und das meine ich nicht im übertragenen Sinne«, fügte ich hinzu.

Die Stille zwischen uns dehnte sich aus und eine Sekunde nach der anderen verging, ehe er schließlich sagte: »Liebst du ihn?« Seine Stimme klang rau und ich konnte hören, dass er sich Mühe gab, seine Wut auf Ian unter Kontrolle zu halten. Er betrachtete mich konzentriert – als wollte er kein Wort von dem, was ich sagte, verpassen.

»Nein«, antwortete ich aufrichtig und schluckte schwer. »Ich denke nicht, dass man jemanden lieben kann, vor dem man sich fürchtet.«

Verschiedene Emotionen huschten über sein Gesicht, doch ich konnte keine davon zuordnen. Schließlich holte er einmal tief Luft und fuhr mit beiden Händen durch seine dunkelbraunen Haare. »Fuck, okay. Ich komme in die Hölle«, murmelte er so leise, dass ich es beinahe nicht verstanden hätte. Er seufzte und fügte etwas lauter hinzu: »Ich hätte nicht mehr zu unseren Treffen kommen sollen, als mir bewusst geworden ist, wie sehr ich dich mag. Das war verantwortungslos. Aber ganz ehrlich?«, fragte er und blickte mir auf die Lippen. »Dafür war ich zu egoistisch.« Er lächelte traurig. »Ich wollte nicht aufhören, dich zu sehen.«

O Gott. Er hatte die ganze Zeit über genauso empfunden wie ich. Mein Herz machte einen Hüpfer. Dummes Herz. Es ignorierte die Gefahren um sich herum und hüpfte einfach fröhlich weiter, als stünde es nicht am Rande eines Abgrunds.

»Mir war bewusst, dass wir uns nie wiedersehen würden, sobald ich entlassen werde, weshalb ich meine Entlassung etwas ... hinausgezögert habe.«

Er hatte ... bitte was?! Ich starrte ihn mit offenem Mund an. »Das meinst du nicht ernst. Du hast deine Entlassung verzögert?« Nur um mich weiterhin zu sehen?

Er verschränkte die Hände vor sich, wie um sich davon abzuhalten, sie nach mir auszustrecken. »Verrückt, ich weiß. Unter normalen Umständen hätte ich dir das niemals erzählt.« Er presste die Lippen aufeinander. »Aber ich denke, normale Umstände haben auf uns von Anfang an nicht zugetroffen. Ich habe meinen Dad darum gebeten, zwei weitere Wochen zu warten, ehe er mich rausholt. Du kannst dir sicher vorstellen, wie er das fand, aber schließlich hat er zugestimmt. Es war Selbstverstümmelung. Bis gerade eben bin ich mir sicher gewesen, dass du mich nicht mit denselben Augen siehst wie ich dich, und dennoch musste ich dich wiedersehen. Obwohl ich wusste, dass ich dich nicht haben kann.«

Ich hatte so viele Fragen, doch bevor ich auch nur eine davon in Worte fassen konnte, redete er bereits weiter.

»Menschen wie dein Vater und dein ... Verlobter brauchen Drohungen, um andere Menschen daran zu hindern, sie zu verlassen. Natürlich kann es sein, dass er seine Drohungen wahr macht, aber ist es das wirklich wert, weiterhin so zu leben?«

Ich schnaubte und rutschte auf dem Stuhl von links nach rechts. »Nein, aber –«

»Was willst du, Devon?«

»Frei sein«, antwortete ich, ohne nachzudenken. »Mich glücklich und lebendig fühlen.« *Dich.* Aber das sagte ich natürlich nicht.

Etwas blitzte in seinen Augen auf, als hätte er nur auf diese Antwort gewartet. »Vertraust du mir?«

»Ja«, hauchte ich, und als ich es ausgesprochen hatte, wusste ich, dass es stimmte. Ich vertraute ihm mehr als Ian und meinem Vater zusammen. Mein Puls raste und es fühlte sich an, als würde ich etwas unfassbar Verbotenes tun.

Tyler holte einmal tief Luft, als müsste er all seinen Mut zusammennehmen. Dann lehnte er sich näher zu mir und presste sein Bein etwas fester gegen meines. »Sobald ich wieder in meiner Zelle bin, werde ich Wes sagen, dass er deinen Namen aus meiner Besucherakte streichen soll. So kann Ian zumindest auf diesem Weg nicht herausfinden, dass du dich mit mir getroffen hast. Aber du sollst dich nicht weiterhin in Gefahr bringen.« Ein Muskel an seinem Kiefer zuckte.

»Devon.« Er unterbrach sich selbst und sah mir so tief in die Augen, als versuchte er mir allein mit seinem Blick etwas mitzuteilen. »Wenn du dir wirklich sicher bist, dass du das willst …« Er blickte sich einmal kurz um, ehe er zu meiner Überraschung mit seiner Hand über den Tisch griff und meine Hand in seine nahm. Sie fühlte sich rau und warm an. »Dann muss das hier nicht das letzte Mal sein, dass wir uns sehen. Ich will nicht, dass es das letzte Mal ist. Ich will dir die Angst nehmen und dich glücklich machen, wie du es verdient hast. Dich richtig kennenlernen und die Wärme in dein Leben zurückbringen, wie du es gesagt hast.«

Der Boden unter mir schwankte. Es gab nichts, was ich lieber wollte. Mein Herz schrie lauthals Ja und mein Kopf starrte es mit aufgerissenen Augen an und versuchte ihm den Mund zuzuhalten. »Aber wie soll das gehen? Ich kann nicht mehr offiziell herkommen.«

»Dann mach es inoffiziell«, entgegnete Tyler mit einem Leuchten in den Augen, meine Hand noch immer in seiner.

»Die Zeit ist um«, blaffte der Wärter plötzlich und stellte sich neben Tyler. »Hey, Hände weg!«, mahnte er etwas lauter, woraufhin Tyler meine Hand losließ und sich erhob.

Nein! Noch nicht jetzt!

Widerwillig erhob ich mich ebenfalls, Tyler kam einen Schritt auf mich zu und schloss mich fest in seine Arme. Dann senkte er seinen Kopf an mein Ohr und flüsterte: »Sei morgen um neunzehn Uhr hier in der Eingangshalle und warte dort, bis Wes dich abholt.«

»Fox, es reicht!«, bellte der Wärter, woraufhin Tyler herumfuhr und ihn mit einem Blick bedachte, bei dem mein Blut zu Eis erstarrte.

»Einen. Moment. Noch.« Mir wurde erst jetzt bewusst, dass ich zuvor noch nie erlebt hatte, dass er einen Wärter direkt ansprach. Dieser schien so erstaunt darüber zu sein, dass er innehielt. Mir fiel wieder ein, was Matt damals gesagt hatte: dass Tyler mit niemandem im Gefängnis redete. Es kam mir vor, als hätte dieses Gespräch vor mehreren Jahren statt vor einigen Tagen stattgefunden.

Tyler wandte sich wieder mir zu und seine Miene wurde augenblicklich weicher. Dann nahm er mein Gesicht vorsichtig in seine Hände. »Du hast mir so viel anvertraut und ich bin bereit, dasselbe zu tun. Mach dir bis morgen Abend Gedanken darüber, ob es dir das hohe Risiko wert ist, dich im Geheimen mit mir zu treffen. Wenn du nicht kommst, werde ich nicht wütend sein. Dann respektiere ich deine Entscheidung und lasse dich gehen. Vielleicht ist das sogar die klügere Entscheidung …« Er strich sanft mit seinem Daumen über meine Wange und sah mich an, als wäre ich das Kostbarste, was er jemals gesehen hatte. »Ziemlich sicher sogar. Aber wenn du doch herkommst, werde ich dir alles von mir erzählen, was es zu wissen gibt, und wenn du mich dann immer noch willst … können wir uns einen Ausweg überlegen. Zusammen.« Er beugte sich zu mir runter und küsste zart meine Stirn.

»Wo bringt Wes mich hin?«, fragte ich eilig, doch Tyler trat bereits von mir weg. Der Wärter griff in einer groben Bewegung nach seinen Händen und riss sie nach hinten, wo er die Handschellen befestigte.

Er sah mich entschuldigend an und ich wusste, dass er die Frage mit dem Wärter in Hörweite nicht beantworten konnte. Im Türrahmen drehte er sich ein letztes Mal zu mir um. Er musterte mich von oben bis unten, eine

Melancholie in seinem Blick, wie ich sie noch nie bei ihm gesehen hatte. *Halt durch,* formte er lautlos mit den Lippen. Dann schloss sich die Tür hinter ihm.

Ich atmete geräuschvoll aus. Mir schwirrte der Kopf. Ich hatte Tyler alles erzählt und ihm gesagt, dass ich ihn mochte. Und er hatte es erwidert. So, wie es geklungen hatte, hatte er sich tagelang Gedanken darüber gemacht. *Wenn du nicht kommst, werde ich nicht wütend sein.* Es war gefährlich und leichtsinnig und dennoch wusste ich bereits, dass ich morgen um neunzehn Uhr im MCC sein würde. Danach konnte ich immer noch entscheiden, was ich tun würde. *Bist du irre?*, schrie mein Kopf und seufzte verzweifelt. Mein Herz tanzte freudig um ihn herum.

Langsam drangen die Geräusche der anderen Gespräche wieder zu mir durch und ich nahm meine Umgebung wahr. Der Raum sah aus wie vorher und dennoch war alles anders. Ich zupfte meinen fliederfarbenen Pullover zurecht und ein leichtes Lächeln stahl sich auf meine Lippen. Es gab Hoffnung. Er ließ meinen Namen von der Besucherliste streichen, ich sah ihn wieder und vielleicht … ganz vielleicht würde das Treffen morgen eines von vielen weiteren sein. Ganz vielleicht konnte er mir helfen, einen Ausweg zu finden. Und ganz vielleicht könnte alles irgendwie … gut werden.

Es fühlte sich falsch an, das überhaupt zu denken. Beinahe, als verfluchte ich es damit.

Kapitel 14

Als ich aus dem Aufzug in den siebenundvierzigsten Stock trat, sprangen die Lampen im Flur automatisch an. Die Sonne war längst untergegangen und aus den Wohnungstüren, die ich passierte, drangen gedämpfte Geräusche wie das Klappern von Besteck auf Geschirr oder leise Musik.

Vor nur zwei Stunden hatte ich geglaubt, Tyler für immer Lebewohl sagen zu müssen, und nun war ein endgültiger Abschied vielleicht doch nicht der einzige Ausweg. Natürlich wusste ich nicht genug von ihm, um mich blind auf ihn einzulassen. Wir standen an einer Weggabelung und bevor es in irgendeine Richtung weitergehen konnte, musste ich mehr über ihn und auch seine Verbrechen erfahren.

Ich wusste, dass es uns niemals möglich sein würde, mehr zu sein. Doch allein die Tatsache, dass ich ihn weiterhin sehen konnte, stimmte mich positiver.

An der Haustür angekommen hielt ich die Schlüsselkarte an den Scanner. Ich sandte ein stilles Gebet aus, dass Ian noch mit meinem Dad im Präsidium war und ich ihn nach unserem Gespräch heute Nachmittag nicht sehen musste. Wenn er nicht hier war, konnte ich den Abend entspannt im Wohnzimmer ausklingen lassen.

Ich trat in die Wohnung und schloss die Tür hinter mir, während ich mit meiner freien Hand nach dem Lichtschalter tastete. Augenblicklich flutete Licht die Wohnung und ich ließ die Schlüsselkarte in die weiße Porzellanschale neben der Tür fallen.

Was ich niemals vergessen würde, waren diese letzten Sekunden Ruhe vor dem Sturm. Die letzten Sekunden, bevor sich alles für immer verändern sollte.

Ich drehte mich um und machte einen Schritt auf die Couch zu, als mir vor Schreck beinahe das Herz stehen blieb: Auf der Couch saß Ian. Er trug seine

Uniform, doch er hatte seine Krawatte etwas gelockert und vor ihm stand eine halb volle Flasche Whisky, deren goldenes Etikett zur Hälfte abgekratzt worden war.

»O Gott, Ian!«, rief ich und fasste mir ans Herz. »Du hast mich beinahe zu Tode erschreckt.« Ich trat etwas näher. Er sah mich nicht an, sondern hatte die Ellbogen auf seine Knie gestützt und starrte auf den Boden. »Warum sitzt du im Dunkeln?«, fragte ich in die Stille hinein.

Eine Weile rührte er sich nicht. Dann hob er langsam seinen Kopf und als mich sein hasserfüllter Blick traf, wusste ich augenblicklich, was Sache war.

Er wusste Bescheid.

Ich hätte ahnen müssen, dass er mit seinem Wagen nur einmal um den Block gefahren war, um mir dann ins Gefängnis zu folgen. Ich stellte mir vor, wie er mit geballten Fäusten am Fenster gestanden und alles beobachtet hatte. Unsere Umarmung, das Händehalten über dem Tisch, Tylers Lippen auf meiner Stirn.

Mein Puls schnellte in die Höhe, während er von der Couch aufstand, nach der Whiskyflasche griff und auf mich zukam. Instinktiv stolperte ich einen Schritt zurück.

Ian war noch nicht so betrunken, dass er beim Gehen schwankte, doch seine Augen waren bereits glasig. »Tyler Fox?«, brüllte er plötzlich und ich fuhr bei der Erwähnung seines Namens aus Ians Mund heftig zusammen.

Fuck.

»Willst du mich verdammt noch mal verarschen? Tyler Fox?«, schrie er erneut und eine Ader an seiner Stirn trat hervor. Dann stürmte er mit erhobenem Zeigefinger auf mich zu. Meine Tasche und mein Mantel fielen mir aus der Hand und kamen mit einem dumpfen Geräusch auf dem Boden auf.

»Du hast mich angelogen, verdammt!«, brüllte er und setzte seinen Zeigefinger auf meine Brust.

Eine bleierne Schwere erfasste Besitz von meinem Körper. »Spinnst du?«, rief ich mit zitternder Stimme und schob seinen Finger grob von mir.

Er roch nach Alkohol und blankem Hass. »Ich habe dich heute gefragt und du hast mir versichert, dass du dich mit Patricia triffst! Wie kannst du es wagen, mich anzulügen, du Miststück?«

Ich sog scharf die Luft ein. »Was fällt dir ein? So redest du nicht mit –«

In diesem Augenblick holte Ian aus und warf die Whiskyflasche mit voller Wucht gegen den Fernseher. Ich schrie auf, doch der Schrei ging in dem ohrenbetäubenden Knall unter, als die Flasche am Bildschirm zerbarst und Glassplitter in alle Richtungen flogen. Die braune Flüssigkeit tropfte vom kaputten Bildschirm auf den hellen Teppich.

Ich hatte mir hundert verschiedene Varianten ausgemalt, wie Ian reagieren würde, wenn er von meiner Lüge erführe, doch dieses Horrorszenario übertraf alles.

Weg. Ich musste hier weg, und zwar sofort.

»Ja, ich habe gelogen«, sagte ich dieses Mal etwas lauter. Ich wollte nicht schwach oder gar verängstigt klingen. »Aber das rechtfertigt deine Reaktion nicht.« Ich konnte vor lauter Angst um mein Leben kaum atmen. »Wir können über alles reden, sobald du wieder nüchtern bist.«

Doch wie üblich hörte er gar nicht, was ich sagte. »Weißt du überhaupt, wer er ist? Du bist wirklich dümmer, als ich dachte, wenn du glaubst, dass du ihm vertrauen kannst. Er ist *gefährlich*, verdammt noch mal!«, schrie er, während ich rückwärts einen weiteren Schritt in Richtung Tür machte. »Und das in meinem Gefängnis!«

»Patricia sitzt in Isolationshaft und Alessandra hat mir geholfen, jemand Neuen für die Befragung zu finden«, erklärte ich so ruhig wie möglich.

»Befragung nennst du das? Willst du mich für dumm verkaufen, Devon?« Er kam einen weiteren Schritt auf mich zu und Panik durchzuckte mich. Die Angst, er könnte mir wieder wehtun, war so präsent, dass sie beinahe greifbar war.

»Warum zur Hölle küsst dich Tyler Fox auf die Stirn und umarmt dich, als würdet ihr euch seit Jahren kennen?«

Ich blinzelte. Er hatte es tatsächlich gesehen.

Selbst schuld, Devon. Du hättest niemals lügen dürfen.

»Beantworte meine Frage! Oder hat er dich dermaßen manipuliert, dass du gar nicht weißt, wie das geschehen konnte?«

Verdammter Mistkerl. »Ich weiß genau, was ich tue. Warum interessiert dich überhaupt, dass ich mich mit ihm treffe, wo dir doch alles andere, was mich betrifft, auch am Arsch vorbeigeht?« Ich hielt seinem Blick stand. »Willst du die Wahrheit hören? Ich will dich nicht heiraten, wollte es nie und habe dich nur deshalb noch nicht verlassen, weil mein Vater mir droht!« Mein Mantra *Konflikt vermeiden* hatte ich über Bord geworfen und konnte all die angestaute Wut und Frustration nicht mehr länger für mich behalten. »Tyler ist gefährlich? Hörst du eigentlich, was du da sagst? Kannst du dich an letztes Jahr erinnern, als du mich ins Krankenhaus fahren musstest, nachdem du mir das Schlüsselbein gebrochen hast?«

»Hör auf.« Ian ballte die Hände zu Fäusten und schüttelte den Kopf. »Halt den Mund.«

Ich schnaubte. Ich hatte lange genug meinen Mund gehalten. »Ich habe dich gedeckt, weil ich nicht wollte, dass du deinen Job verlierst. Weißt du, wie oft ich die Geschichte erzählen musste, dass ich gegen die Kühlschranktür gelaufen bin? Der Arzt hat es mir nicht abgenommen und mich fünfmal gefragt, ob das wirklich so passiert ist. Ich habe fünfmal Ja gesagt.« Meine Augen brannten. »Ich habe es satt wegzuschauen, Ian. Ich kann das nicht mehr.«

Ian blinzelte. Nur das Geräusch des vom Fernseher auf das Lowboard tropfenden Whiskys drang zu uns. Bevor er noch etwas erwidern konnte, hob ich mit zitternder Hand meinen Mantel und meine Tasche vom Boden auf. »Ich werde jetzt gehen, Ian. Und du kannst mich nicht davon abhalten.«

Ich drehte mich auf dem Absatz um und ging auf die Tür zu. Ein Schritt. *Wird er mich zurückhalten?* Noch ein Schritt. *Ich kann nicht glauben, dass ich mich getraut habe, ihm meine Meinung zu sagen.* Schritt. *Gleich bist du an der Tür, kannst zum Aufzug rennen und ein für alle Mal von hier verschwinden.*

Als ich das kalte Metall der Klinke an meiner Handfläche spürte, dachte ich für einen kurzen Moment, ich hätte es geschafft – bis ich Ians Schritte hörte.

Und mit einem Mal ging alles ganz schnell.

Ich riss die Tür auf und stolperte in den Flur, doch Ian packte meinen Arm und zerrte mich gewaltsam zurück in die Wohnung.

»Nein!«, schrie ich verzweifelt und keuchte vor Schmerz auf. Er schlug die

Tür zu, die mit einem lauten Knall ins Schloss fiel, ehe er mich dagegen presste, seine Hände an meinen Hals legte und zudrückte.

Fest.

»Du gehst nirgendwo hin!«, schrie er nur wenige Zentimeter von meinem Gesicht entfernt. Seine Augen waren so hasserfüllt, dass sie nicht mehr blau, sondern schwarz wirkten. »Nach all den Jahren, die wir miteinander verbracht haben, wirst du mich nicht wegen Tyler Fox verlassen und vor allen anderen blamieren.« Seine Finger krallten sich mit solch purer Gewalt in meinen Hals, dass ich weder ein- noch ausatmen konnte.

Ich sah ihn stumm mit weit aufgerissenen Augen an, während mein Gehirn versuchte zu verarbeiten, was vor sich ging – doch ohne Sauerstoff konnte ich keinen klaren Gedanken fassen.

»Und? Kann ich dich immer noch nicht davon abhalten zu gehen? Was willst du machen, hm? Die Polizei rufen?« Er lachte einmal kurz auf. »Oder rufst du Tyler an? Ne, Moment. Er sitzt im Gefängnis. Ich glaube, du hast vergessen, wer von uns der Gefangene und wer der verdammte Polizist ist.«

Ians Gesicht wurde unscharf und schwarze Punkte tanzten vor meinen Augen.

Das war's, schoss es mir panisch durch den Kopf. Das hier war das Letzte, was ich jemals sehen würde. Mein Leben endete buchstäblich, bevor es richtig begann. Gerade als ich einen Weg gefunden hatte, es zu leben.

Meine Lunge brannte und mein ganzer Körper war in Alarmbereitschaft, schien nach Luft nur so zu lechzen.

Bitte, ich will noch nicht sterben. Bitte, bitte, bitte.

Mein ganzer Körper bestand aus Schmerz und zwischen den schwarzen Punkten sah ich Ians Mund, der sich bewegte, doch es kam kein Geräusch mehr bei mir an.

Ich versuchte seine Finger von meinem Hals loszubekommen. Ohne Erfolg.

Schließlich verließ mich die Kraft und mein Körper erschlaffte wie eine Hüpfburg, aus der man die Luft gelassen hatte. Ich zitterte am ganzen Körper. Erst als meine Augenlider flatterten und mein Kopf nach vorn kippte, ließ er von mir ab.

Die Schwerkraft zog an mir und der Boden neigte sich, doch ich konnte meine Augen nicht öffnen. Ich wusste nicht, wo oben und wo unten war, und schaffte es nicht mehr rechtzeitig, mich abzustützen …

… weshalb ich mit dem Gesicht als Erstes auf dem Boden aufkam. Ein stechender Schmerz breitete sich von meiner rechten Gesichtshälfte aus und sendete Wellen durch meinen ganzen Körper.

Doch schlimmer war, dass ich noch immer nicht atmen konnte. *Warum zur Hölle kann ich nicht atmen?* Panisch fasste ich an meinen Hals, öffnete meinen Mund wie ein Fisch an Land, doch ich konnte keine Luft holen.

»Devon?« Ians panikerfüllte Stimme drang verzerrt an mein Ohr. »Hey!« Ich spürte seine Hände an meinen Schultern und dachte bereits, dass er mir erneut wehtat, doch stattdessen schüttelte er mich und mir wurde klar, dass er Angst hatte, mich umgebracht zu haben.

Und für einen kurzen Moment dachte ich tatsächlich, er hätte es geschafft. *Es geschieht ihm recht, wenn ich jetzt sterbe,* schoss es mir durch den Kopf. *Dann verliert er seinen Job, kommt ins Gefängnis und muss einmal in seinem Leben die Konsequenzen für etwas tragen.*

Doch nach einer gefühlten Ewigkeit keuchte ich schlagartig auf und meine schmerzenden Lungen füllten sich mit Luft. Ich riss die Augen auf, nur um sie wieder zusammenzupressen, da das Licht um mich herum zu hell war.

Hustend wand ich mich auf dem Boden, ein metallischer Geschmack machte sich in meinem Mund breit. Die Schmerzen waren so allgegenwärtig, dass ich nicht mehr ausmachen konnte, woher sie kamen. Noch immer hustend öffnete ich meine Augen und blickte direkt in Ians Gesicht. Er kniete neben mir und ich hatte erwartet, dass er wuterfüllt auf mich hinunterblickte. Doch stattdessen war sein Blick voller Angst und seine Wangen tränenüberströmt.

»Fuck, Devon.«

Alles in mir schrie, dass ich sofort rennen musste, doch daran war nicht zu denken. Ich spürte, dass Ian seine Stirn auf meinen Arm legte. »O Gott. Es tut mir so leid! Bitte verzeih mir, bitte verzeih mir, verzeih mir.« Er wiederholte die Worte immer und immer wieder, wiegte seinen Körper dabei vor und zurück. Genau wie damals.

Erst jetzt spürte ich, dass mir etwas Warmes über meine Wange und in meine Haare auf dem Boden lief. Mein Blut.

Ian erhob sich schließlich und kam wenige Sekunden später mit einem feuchten Tuch wieder, welches er auf meine Wunde im Gesicht legen wollte. Abrupt drehte ich meinen Kopf auf die andere Seite. Er hatte sich geschnitten, wenn er dachte, dass er mich jemals wieder berühren durfte.

»Verschwinde«, presste ich undeutlich hervor.

»Was?«

»Verschwinde!«, sagte ich nun etwas lauter, gefolgt von einem heftigen Hustenanfall. »Hau verdammt noch mal ab!« Jedes Wort bereitete mir Schmerzen und meine Stimme klang wie das Kratzen von Metall auf Metall.

»Devon ...«, flehte er unter Tränen, doch ich schloss die Augen und drehte den Kopf weg. Nach einer gefühlten Ewigkeit erhob er sich und die Tür fiel endgültig hinter ihm ins Schloss.

Ich öffnete meine Augen und stellte überrascht fest, dass er das Licht ausgeschaltet hatte. Vielleicht, um zu verhindern, dass jemand von draußen hereinschauen konnte und mich so sah. Natürlich. Das Image war ihm stets das Wichtigste.

Als ich sicher war, dass er wirklich nicht mehr wiederkam, begann ich zu schluchzen. Ich wimmerte und krümmte mich gleichzeitig vor Schmerz, den die Tränen auf meiner Wange und die Schluchzer in meinem Hals verursachten.

Ich versuchte mich aufzusetzen, doch mein Kopf fühlte sich an, als hätte jemand einen großen Stein daran festgeknotet, der es mir unmöglich machte, ihn zu heben. Alles drehte sich und dennoch kämpfte ich mich durch den Schmerz und setzte mich auf.

Hilflos sah ich mich in der dunklen Wohnung um. Lediglich die blinkenden Lichter der Stadt erhellten den Raum und verliehen ihm einen bläulichen Ton.

Keuchend und auf Händen und Füßen zog ich mich bis zur Fensterscheibe, an die ich schließlich meine pochende Wange lehnte. Ich sog vor Schmerz scharf die Luft ein, doch das kühle Glas linderte das Pochen.

Die Zeit verging. Meine Tränen versiegten. Mehr Zeit verging. Die Wunde hörte auf zu bluten. Ich konnte leichter atmen, auch wenn bei jedem Atemzug ein beunruhigendes Rasseln ertönte.

Ich ließ meinen Blick über die unzähligen kleinen Lichter unter mir schweifen. Manche blinkten und glitzerten fröhlich, andere leuchteten beständig.

Wie viele Stunden waren vergangen? Jegliches Zeitgefühl hatte mich verlassen. Behutsam drehte ich meinen Kopf, um die digitale Uhr auf dem Bücherregal lesen zu können.

11:49 p.m.

Als ich mich wieder der Fensterscheibe zuwandte, zuckte ich vor Schreck zusammen: Meine blutunterlaufenen Augen blickten mir von der Reflexion der Scheibe entgegen und im ersten Moment erkannte ich mich selbst nicht wieder. Meine rechte Gesichtshälfte war von inzwischen getrocknetem Blut verschmiert und eine große Wunde prangte auf meiner Wange. Auf meinem Hals waren dunkle Spuren zu sehen, an denen man genau erkennen konnte, wo Ian zugedrückt hatte.

Rasend vor Wut ballte ich meine Hände zu Fäusten und kniff meine Augen fest zusammen.

Es reichte. Mein ganzes Leben lang hatte ich Ungerechtigkeiten aller Art erduldet – doch genug war genug.

Ich hatte genug von den Spendengalas, die veranstaltet wurden, um den Ruf zu wahren, obwohl das Geld am Ende in die eigene Tasche gesteckt wurde. Genug von Polizisten, die ihre Macht ausnutzten, und Bürgermeistern, die logen und betrogen.

Hinter den Fassaden der schönsten Häuser und Apartments befanden sich die hässlichsten Ruinen und Abgründe. Es waren die reichen Menschen, die am wenigsten gaben. Die mächtigsten Menschen, die die schlimmsten Verbrechen begingen, ohne je dafür bestraft zu werden. Die einflussreichsten Menschen, die die meisten Lügen erzählten.

Ich konnte keine Sekunde länger mehr ein Teil davon sein. Genau wie Mom wollte ich diesem scheinheiligen Leben den Rücken zukehren, ohne mich ein weiteres Mal umzudrehen. Ich wollte frei sein, leben.

Langsam hob ich den Kopf, sah meinem Spiegelbild in die Augen und versprach es mir.

Ich werde mein altes Leben hinter mir lassen – und wenn es das Letzte ist, was ich tue.

Denn die Tochter des Bürgermeisters ist heute Nacht gestorben.

Kapitel 15

Am nächsten Morgen wachte ich in der Badewanne auf. Benommen setzte ich mich auf und massierte meine Schläfen. Mein Kopf schmerzte, als hätte ich gestern eine Flasche Gin geleert, und mein Hals tat bei jedem Schlucken weh, als wären in dem Gin kleine Glassplitter gewesen.

Gestern hatte ich eine Packung Schmerztabletten und sämtliche Kissen und Decken ins Badezimmer getragen und die Tür von innen verriegelt. Dann hatte ich zwei Tabletten genommen und das Blut sowie das Gefühl von Ians Händen auf meiner Haut unter der Dusche abgewaschen. Das Blut hatte sich leicht abwaschen lassen. Das Gefühl war geblieben. Danach war ich offenbar eingeschlafen, obwohl es mir wahrlich ein Rätsel war, wie ich hatte schlafen können.

Vorsichtig stieg ich aus der bis obenhin mit Decken und Kissen gefüllten Badewanne, trat an das Marmorwaschbecken und riskierte einen Blick in den Spiegel.

O mein Gott. Ich keuchte auf. *Miss Petrowa wird mich umbringen*. Statt wie eine Ballerina sah ich nun wie jemand aus, der illegale Straßenkämpfe anstiftete. Auf meinem Hals prangten violette Fingerabdrücke, die farblich zu der Wunde auf meinem Wangenknochen passten. Es sah schrecklich aus und es würde eine Weile dauern, bis die Wunde verheilt war – wenn sie es überhaupt jemals vollständig sein würde. Bis zur Premiere garantiert nicht.

Elender Scheißkerl. Ich presste meine Lippen fest aufeinander und zwang mich dazu, gleichmäßig zu atmen. Rachepläne konnte ich noch zur Genüge schmieden, doch als Allererstes musste ich von hier verschwinden, bevor Ian zurückkam.

Ich band meine Haare zu einem Pferdeschwanz zusammen, ehe ich zur Badezimmertür schlich und mein Ohr dagegen presste. Ich hörte nichts, weshalb ich das Schloss so geräuschlos wie möglich entriegelte und ins Wohnzimmer trat. Innerlich bereitete ich mich auf den grässlichen Anblick von verschmiertem Blut und Scherben vor, doch als ich um die Ecke trat, war da – nichts. Kein Blut, keine Scherben, keine Beweise. Lediglich der scharfe Geruch des Whiskys hing in der Luft.

Ich lachte freudlos auf. Natürlich hatte er alle Beweise sorgfältig entfernt. Ganz der Polizist.

Für einen kurzen Moment hielt ich inne und sah mich in der Wohnung um. Die ersten Sonnenstrahlen des Tages färbten die weißen Wände und Möbel orange und fast wirkte der Raum friedlich. Aber nur fast. Weshalb ich mich von dem Anblick losriss und mich an die Arbeit machte.

Zuerst ging ich in das Ankleidezimmer, wo ich mir eine Jeans und einen dunkelgrünen Wollpullover anzog. Danach nahm ich einen der Stühle aus dem Esszimmer und zog ihn bis vor den Kleiderschrank. Ich stellte mich darauf und hob den größten Koffer vom Schrank. Nach kurzem Abwägen nahm ich die Reisetasche daneben ebenfalls aus dem Regal. Wie viel Platz brauchte man, um sein ganzes Leben zu verpacken?

Wie sich herausstellte, genau einen Koffer und eine halbe Reisetasche. Ich war mir ziemlich sicher, dass ich etwas vergessen hatte, doch dafür blieb keine Zeit. Bevor ich den Koffer schloss, ging ich im Kopf noch einmal alles durch. Ich hatte die nötigste Kleidung, meine Tutus und Ballettschuhe, zwei Paar Turnschuhe und eine Jacke eingepackt. Außerdem sämtliche Badezimmerartikel, meinen Laptop, mein Handy und Ladekabel. Zuletzt packte ich eine Kiste mit Fotos aus meiner Kindheit ein, zusammen mit zwei Ordnern, die meine wichtigsten Unterlagen enthielten.

Als ich fertig war, blickte ich auf den vollen Koffer hinab. Ich hatte Materielles noch nie geschätzt und dennoch wunderte es mich aufrichtig, wie wenig ich besaß.

Ich schloss den Reißverschluss des Koffers und hievte die Reisetasche darauf. Fester als nötig stellte ich die rote Schachtel mit dem Verlobungsring darin auf die Kücheninsel, ehe ich mich ein letztes Mal umsah.

Erst jetzt wurde mir bewusst, dass ich falschgelegen hatte. Weder Ian noch mein Vater waren für mein Glück verantwortlich. Sie waren nicht schuld daran, dass ich mich einsam und traurig fühlte. Sondern ich. Ich war diejenige, die sich um mein Glück kümmern musste. Und da ich unglücklich war, musste ich etwas tun, um das zu ändern. Wie hatte ich das übersehen können?

Ohne mich ein weiteres Mal umzublicken, zog ich die Tür des Apartments endgültig hinter mir zu. Wenn Ian nach Hause kam, würde ich bereits weg sein.

***

Das Hotel lag in der Nähe des Dearborn Parks im Zentrum der Stadt. Ich hatte es ausgewählt, da es bezahlbar war und sowohl das Chicago Ballet als auch das MCC von dort zu Fuß erreichbar waren.

Als Übergangslösung genügte es. Sobald ich meinen Abschluss hatte, konnte ich mir einen Job suchen und eine kleine Wohnung mieten, doch bis dahin musste ich mich mit dem Geld über Wasser halten, das ich als Ballerina verdiente.

Vorausgesetzt mein Vater machte mir keinen Strich durch die Rechnung, indem er mir den Abschluss oder den Vertrag beim Chicago Ballet nahm. Allein der Gedanke daran bereitete mir Bauchschmerzen.

Nein. Nicht nachdenken. Einfach weitermachen. Ich befand mich inmitten des Ozeans und um mich herum war meilenweit kein Land in Sicht. Es wirkte aussichtslos, doch wenn ich nicht ertrinken wollte, durfte ich nicht aufhören zu schwimmen. Auch wenn ich nicht wusste, an welcher Küste ich letzten Endes herauskommen würde.

Den Koffer hinter mir herziehend betrat ich die kleine, aber gepflegte Empfangshalle des Hotels und lief auf die Rezeption zu, wo ein Mann beschäftigt auf seiner Tastatur herumtippte. Er musste ungefähr fünfunddreißig sein, hatte rote Haare und Sommersprossen auf Gesicht und Hals. Als er von seinem Bildschirm aufsah, verrutschte sein Lächeln ein klein wenig, doch er versteckte seine Überraschung gekonnt hinter seiner Professionalität. Natürlich hatte ich mit dem Gedanken gespielt, die Wunde mit Make-up abzudecken, doch noch tat es zu sehr weh, um sie überhaupt zu berühren.

»Guten Morgen, Miss«, begrüßte er mich und zeigte seine Zähne, die beinahe so strahlend glänzten wie die polierten Knöpfe seiner Uniform. »Was kann ich für Sie tun?«

»Guten Morgen«, sagte ich lächelnd. »Ich habe online ein Zimmer gebucht.«

»Auf welchen Namen?«, fragte er, seine Hand bereits über der Tastatur schwebend.

»Mabel July«, antwortete ich. Für den Fall, dass Ian oder mein Vater nach mir suchten, hatte ich vorsichtshalber den Namen meiner Mutter angegeben.

Der Rezeptionist nickte und tippte für eine Weile auf der Tastatur herum. »Ah, Miss July, hier haben wir Sie.« Er zog seine Augenbrauen zusammen. »Oh, ich sehe gerade, dass das Zimmer noch nicht fertig ist«, sagte er und sah auf.

»Das ist kein Problem, ich –«

Er schüttelte den Kopf. »Nein, nein. Moment. Ich gebe Ihnen ein anderes. Dann können Sie es sofort beziehen.« Er musterte mich kurz und wandte sich wieder seinem Bildschirm zu. Wahrscheinlich hatte er Mitleid mit mir. Das, oder er wollte mich so schnell wie möglich aus der Lobby bringen, da ich furchterregend aussah und womöglich potenzielle Gäste verscheuchte.

»Ha!« Ein zufriedenes Lächeln machte sich auf seinem Gesicht breit. »Ich habe ein freies Zimmer im dritten Stock gefunden, das bezugsfertig ist. Zimmer neununddreißig. Soll ich Ihnen den Weg zeigen, Miss July?«

An den Nachnamen hätte ich mich gewöhnen können. Vielleicht sollte ich meinen alten Namen ablegen. »Nein, vielen Dank. Der Aufzug dort hinten?«, fragte ich und zeigte auf den Glasaufzug in der hinteren Ecke der Lobby.

Er nickte eifrig und schob mir die Schlüsselkarte zu. »Ich wünsche Ihnen einen angenehmen Aufenthalt. Die Rezeption ist vierundzwanzig Stunden besetzt, sollten Sie etwas brauchen, müssen Sie nur Bescheid geben.«

Ich bedankte mich und stieg in den Aufzug. »Es ist alles halb so schlimm«, murmelte ich zu mir selbst, als sich die Türen schlossen. Vielleicht, so hoffte ich, glaubte ich es mir eines Tages auch.

Ich schob den Koffer in das Zimmer und schloss die Tür hinter mir. Es war klein, hatte ein schmales Bett und ein noch schmaleres Badezimmer, und dennoch gab es keinen Ort, an dem ich gerade lieber gewesen wäre.

Ich quetschte mich an meinem Koffer vorbei und ließ mich rücklings auf das Bett fallen. Die Matratze war hart, doch von hier aus konnte man die im Wind hin und her schwingenden Baumkronen sehen, die nach und nach die letzten goldenen Blätter abwarfen.

Ich schloss die Augen. Es war ein gutes Gefühl, dass niemand wusste, wo ich war. Doch es war nur von kurzer Dauer, denn je länger ich stillsaß, desto lauter wurden meine Gedanken. Bilder von gestern tauchten vor meinem inneren Auge auf. Ians schwarze Augen, Scherben, Blut. Ich schüttelte den Kopf, als könnte ich die Bilder auf diese Weise loswerden.

Ich konnte es mir nicht erlauben, den Kopf in den Sand zu stecken und mich in Selbstmitleid zu suhlen. Nicht jetzt. Ich musste nach vorn blicken.

Doch was wartete dort auf mich? Wo früher ein Plan gewesen war, war nun nichts als grauer Nebel und Ungewissheit. *Wie wird meine Zukunft aussehen?*

Ohne es zu wollen, sah ich sofort Tylers Gesicht vor mir, hörte sein Lachen und spürte seine sanfte Umarmung. Ich hatte ihn gefunden, ohne zu wissen, dass ich nach ihm gesucht hatte. Gab es jetzt, nachdem ich mein altes Leben hinter mir gelassen hatte, eine Chance für Tyler und mich?

Aber der gestrige Abend hatte etwas in mir verändert und die Angst, erneut enttäuscht zu werden, war überwältigend. Sich ins Gefängnis zu schleichen, war leichtsinnig, doch nun, da Ian von mir und Tyler wusste, war es noch riskanter. Umso sicherer musste ich mir sein, dass ich Tyler blind vertrauen konnte. Gestern hatte er angedeutet, dass er mir heute alles über sich erzählen wollte. Was war, wenn er mir etwas von seiner kriminellen Vergangenheit anvertraute, über das ich nicht hinwegsehen konnte?

Vorsicht war besser als Nachsicht. Vielleicht sollte ich das zu meinem neuen Mantra küren. Deshalb fischte ich kurzerhand mein Handy aus der Hosentasche und wählte Tylers Nummer.

Ich möchte nicht mehr enttäuscht werden, dachte ich, als das Freizeichen ertönte. *Lieber erfahre ich es vorzeitig, damit ich mein Herz vor weiteren Bruchlandungen schützen kann.*

»Devon?« Tylers Stimme klang besorgt. »Alles in Ordnung?«

»Hey«, meinte ich schlicht. Und schon gingen mir die Worte aus. Dass alles in Ordnung war, konnte ich wohl kaum behaupten.

»Was gibt's?«

Sag *was, Devon.* »I-ich wollte dich was fragen. Bevor wir uns sehen.«

Ohne zu zögern, meinte er: »Natürlich. Frag mich.«

Geistesabwesend strich ich über das weiße Bettlaken. »Du hast gestern erwähnt, dass du mir mehr über dich erzählen willst, wenn wir uns sehen. Und na ja ... ich habe mich gefragt, ob du das vielleicht jetzt machen könntest?«

»Das klingt vernünftig. Dann weißt du, worauf du dich einlässt.«

Ich biss mir auf die Lippe. »Ich wollte nicht –«

»Nein, bitte. Ich bin nicht böse und außerdem bin ich es dir schuldig.«

Ich öffnete meinen Mund, um zu widersprechen, doch er hatte recht. Es war an der Zeit, mehr über ihn zu erfahren.

Kurz herrschte Stille. Dann: »Wie viel Zeit hast du?«

Ich schnaubte. »Alle Zeit der Welt.«

»Okay, dann fange ich ganz von vorn an, wenn das für dich in Ordnung ist.«

»Klar«, sagte ich, blickte an die Decke und betete, dass er nichts erzählte, was mich dazu zwingen würde, mich von ihm abzuwenden.

»Ach übrigens«, meinte er. »Wes hat deinen Namen aus meiner Akte gestrichen. Du brauchst also keine Angst mehr haben, dass Ian es auf diesem Weg herausfindet.«

Ich schluckte trocken. Wenn er wüsste. Doch davon würde ich ihm erst erzählen, wenn wir uns sahen. »Danke.«

»Also gut.« Er räusperte sich. »Alles hat damit begonnen, dass mein Großvater vor einigen Jahrzehnten für das Amt des Bürgermeisters von Chicago kandidiert hat. Die Menschen haben ihn geliebt und jedem war klar, dass er sich mühelos gegen seinen Konkurrenten durchsetzen würde. Er hatte alles – eine Frau, einen neugeborenen Sohn, ein Haus, Geld und Ansehen.« Mir entging nicht, in welcher Reihenfolge er die Dinge genannt hatte. Das sprach eindeutig für ihn.

»Sein Konkurrent, der Chef einer berüchtigten Gang, wollte seine Niederlage allerdings nicht einfach hinnehmen, weshalb er beschloss, die Wahl nicht länger dem Zufall zu überlassen. Und so sind seine Leute kurzerhand in das Haus meines Großvaters eingebrochen, haben meine Großmutter gefesselt und das Haus mit ihr darin in Brand gesteckt. Einzig und allein seinen neugeborenen Sohn – meinen Vater – haben sie zuvor an sich genommen. Als mein Großvater am selben Abend in der Asche seines Hauses stand, hatte er innerhalb eines Tages alles verloren.

Natürlich wusste er sofort, wer das getan hatte, und sein Verdacht bestätigte sich, als kurze Zeit später sein Konkurrent auf ihn zukam – mit seinem Sohn auf dem Arm. Mein Großvater ist in Tränen ausgebrochen, da er meinen Vater für tot gehalten hatte.« Er seufzte. »Dann wurde er vor die Wahl gestellt: Entweder er trat von der Wahl zurück und bekam seinen Sohn wieder oder er nahm an der Wahl teil und sein Sohn wurde hier vor seinen Augen erschossen. Du kannst dir denken, welche Entscheidung er getroffen hat.«

Unwillkürlich kam in mir die Frage auf, wie mein Vater entschieden hätte. Ich glaubte, die Antwort zu kennen.

»Eine Woche später wurde sein Konkurrent zum Bürgermeister ernannt, während mein Großvater vor dem Nichts stand. Er hatte kaum Geld, da seine Ersparnisse mit dem Haus abgebrannt worden waren. Er lebte auf der Straße und plötzlich wollte ihm keiner seiner zuvor so guten Freunde mehr unter die Arme greifen. Selbstverständlich fühlte er sich im Stich gelassen und von der Gesellschaft verstoßen. Er hatte Angst, wenn er auf den Straßen Chicagos unterwegs war, und die Gegenden, in denen die in Ungnade Gefallenen lebten, waren nicht sicher für ein Neugeborenes.

Nein«, unterbrach er sich. »Sie waren für niemanden sicher. Doch mein Großvater wollte sich mit seinem Schicksal nicht einfach abfinden. Er konnte – und wollte – nicht mehr zurück zur Oberschicht Chicagos, doch in den schlechten Gegenden wollte er auch nicht bleiben, weshalb er einen Plan fasste. Mit seinem letzten Geld erwarb er ein heruntergekommenes und äußerst baufälliges Hotel in der Innenstadt Chicagos. Sein Geld verdiente er damit, dass er Obdachlosen und Schutzbedürftigen gegen eine kleine Gebühr erlaubte, in dem großen Hotel unterzukommen. Doch was klein angefangen hatte, entwickelte sich über die Jahre zu etwas Großem. Immer mehr Menschen kamen zu ihm und baten um Hilfe oder Schutz. Mit diesem Geld renovierte er das Hotel und machte es zu einem sicheren Ort für die Verstoßenen und alle, die sich auf den Straßen nicht sicher fühlten.« Er atmete einmal tief durch. »Hole ich zu weit aus?«

»Nein, ich höre dir gern zu«, antwortete ich wahrheitsgemäß.

»Okay. Jedenfalls, je bekannter das Hotel wurde, desto schwieriger wurde es, ungebetene Gäste fernzuhalten. Seine Angst wurde immer größer und bald traute er sich nicht einmal mehr, das Hotel zu verlassen – weshalb er kurzerhand seine eigene Stadt erschuf: die Unterwelt. Unter dem Hotel befanden sich damals stillgelegte Bahnschienen, die davor benutzt worden waren, um den Präsidenten sicher durch die Stadt zu befördern. Diese unterirdischen Bahnhöfe gibt es in beinahe allen großen Städten. Er hat sich das zunutze gemacht, indem er diese Schienen ausgebaut und eine Stadt unter der Stadt geschaffen hat.«

Er holte tief Luft. »So viel zur Geschichte der Unterwelt. Als mein Großvater starb, ging die Leitung auf meinen Vater über. Du weißt, wie Gangs normalerweise agieren: Sie morden, betrügen, treiben Schutzgeld ein, erpressen und quälen. Doch die Gang meines Großvaters war auch damals schon auf etwas anderes fokussiert: den Schutz der Menschen. Es ging nie um Geld oder um Macht, sondern um Ordnung – wer Schutz in der Unterwelt suchte, musste sich an die Spielregeln halten.

Das Gangleben war und ist von Chaos und Regellosigkeit bestimmt. Mein Großvater jedoch war es, der Prinzipen an einen Ort gebracht hat, an dem dieser Begriff ein Fremdwort war. Denn dort, wo es weder ein Rechtssystem noch Polizei gab, mussten Regeln geschaffen werden, damit er nicht im Chaos versank.

Heute ist es nicht anders. Mein Vater Sebastian, meine Schwester Alec und ich leben im *Capital Hotel* – das Hotel, das mein Großvater damals erworben und wiederaufgebaut hat. Wie mein Vater sind auch Alecto und ich dort aufgewachsen.«

»Aber das ist doch etwas Gutes, oder?«, fragte ich. Bisher war daran nichts auszusetzen. Im Gegenteil. Ich hatte kein Problem damit, dass Tyler Teil einer »Gang« war. Das hatte ich bereits gewusst.

Er senkte seine Stimme. »Wir sind keine Unschuldsengel, Devon. Mein Vater macht die Regeln, meine Schwester ist seine rechte Hand und führt Aufträge in Form von ... Drohungen und Gebietsabgrenzungen aus. Und ich ... nun ja, ich bin dazu da, Informationen zu beschaffen und das Hotel zu managen. In den Zimmern und Wohnungen wohnen Menschen, die für uns arbeiten, Schutz suchen oder dort aufgewachsen sind und nichts anderes kennen ...« Er räusperte sich. »Ich schweife ab, sorry. Was ich sagen will: Die Stadt war schon immer zweigeteilt. Es gibt die Oberschicht und die Gangs. Wir sind der Kleber, der beide Seiten zusammenhält und sie davon abhält, gegeneinander in den Krieg zu ziehen.«

Ich nickte, auch wenn er das nicht sehen konnte. Langsam verstand ich es immer besser. »Ich nehme mal an, du bist nicht im Gefängnis, weil du wirklich beim Abbrennen einer Lagerhalle erwischt worden bist, richtig?«, fragte ich.

Tyler lachte. »Ganz genau. Die Wärter hier drinnen sind Idioten, wenn sie denken, ich wäre jemals unvorsichtig genug, um mich bei etwas erwischen zu lassen. Und dann auch noch bei etwas wie Brandstiftung.« Er schnaubte.

»Seit zwei Wochen sitzt ein Mann im MCC, der Informationen zum Mord eines Architekten hat, der in unserem Hotel erschossen wurde. Doch anstatt uns zu erzählen, welche Gang den Mord in Auftrag gegeben hat, hat er sich kurzerhand der Polizei gestellt und sich verhaften lassen. Wir hätten ihm nichts getan, aber du weißt ja bereits, wie das mit meinem Ruf ist. Der Ruf meiner Schwester und meines Vaters ist noch schlimmer. Die Menschen denken oft, dass ihnen im Gefängnis keiner mehr etwas anhaben kann. Aber als ich dann zusammen mit Wes in seiner Zelle gestanden habe, ist ihm das Lachen ziemlich schnell wieder vergangen.«

»Was habt ihr mit ihm gemacht?«, fragte ich.

»Ich habe ihn nicht umgebracht, falls du das denkst.« Dachte ich nicht. »Ehrlich gesagt habe ich gar nicht viel tun müssen, da er vor lauter Angst bereits auf dem Boden gekniet hat, bevor ich ihn auch nur mit dem kleinen

Finger berühren konnte. Deshalb war ich schon dreimal im Gefängnis – um an Informationen zu kommen. Das ist genau genommen der Großteil meines Jobs. Natürlich ist es nicht immer ganz so aufwendig.«

Ich konnte es nicht glauben. Er war tatsächlich absichtlich ins Gefängnis gegangen. »Du tust dir das wirklich freiwillig an? Das ist verrückt.«

»Ich kenne es nicht anders und mit Wes an meiner Seite ist alles halb so schlimm.«

Ich ließ den Blick durch das Zimmer schweifen. »Das war's? Das ist dein Geheimnis?«

Es blieb still am anderen Ende der Leitung. Lange. Mindestens eine Minute. Als ich schon dachte, er antwortete nicht mehr, sagte er: »Es gibt eine Sache, die du noch wissen solltest.«

»Okay?«

Stille.

»Tyler?«

»Irgendwie will ich es dir nicht sagen. Ich habe Angst, dass du mich dann mit anderen Augen siehst und ... du hast mich immer nur als Tyler gesehen. Ich will nicht, dass sich das ändert.«

»Für mich wirst du immer Tyler sein. Wir sind nicht nur die Fehler, die wir gemacht haben.«

Ich konnte ihn durch das Telefon atmen hören. Und dann: »Ich habe jemanden umgebracht.«

Ich blickte auf meine Hände. Er hatte jemanden umgebracht. Jeder Mensch war dazu fähig, einen Mord zu begehen. Ich hatte mich an den Gedanken gewöhnt, dass Mörder nicht gleich schlechte Menschen waren. Für Kriminologen war Mord nicht gleich Mord. Es kam immer auf den Grund an. Hatte er aus Notwehr gehandelt? Seine Familie beschützt? Das war eine Sache. Oder hatte er es aus Mordlust getan und verspürte keine Reue? *Das* wäre eine ganz andere. Also stellte ich die einzige Frage, die von Relevanz war: »Warum?«

Er senkte seine Stimme. »Rache. Ich habe die Mörder meiner Mutter erschossen.«

»Deine Mutter wurde ermordet?«, flüsterte ich.

»Ja. Die Frauen in der Familie Fox haben irgendwie kein Glück«, antwortete er und klang dabei plötzlich unfassbar müde. »Ich werde ehrlich sein – zuerst hat es sich gut angefühlt. Als hätte ich meine Mutter gerächt und das Gleichgewicht wiederhergestellt. Wie naiv zu glauben, dass es etwas wie ein Gleichgewicht tatsächlich gäbe. Na ja. Ich habe auf die beiden Männer hinuntergeblickt und das Schießpulver in der Luft riechen können. Doch je mehr der Schuss verhallt war, desto schwächer ist das gute Gefühl geworden, bevor es schließlich endgültig verschwunden ist. Mir ist bewusst geworden, dass ich meine Mutter nicht zurückbringen kann und es mir keine Genugtuung verschafft, dass die Männer ebenfalls tot sind.«

Ich kannte das Gefühl der blinden Wut, das einen überkam, wenn einem bewusst wurde, dass eine geliebte Person nie wieder zurückkommen würde. Damals gab es niemanden, der Schuld an dem Unfall gehabt hatte, doch wenn es bei mir so gewesen wäre wie bei Tyler ... Wer weiß, ob ich nicht dasselbe getan hätte. Trauer veränderte Menschen.

Und dann geschah das, womit ich am wenigsten gerechnet hatte: Mir traten Tränen der Erleichterung in die Augen. Es änderte rein gar nichts an meiner Meinung über ihn und die Tatsache, dass ich ihn nicht auch verlor, erleichterte mich enorm. Er war ehrlich zu mir gewesen und hatte mir die Wahrheit erzählt – etwas, das Ian oder Dad nie getan hatten.

»Weinst du?«

»Nein.«

»Du lügst. Habe ich dich verschreckt?« Er klang so unfassbar traurig, dass es mir einen Stich ins Herz versetzte.

Ich schüttelte den Kopf. »Es hat sich nichts geändert. Es tut mir leid, dass ich Zweifel hatte, aber ...«

Er lachte leise. »Ich sitze im Gefängnis. Etwas anderes erwarte ich nicht von dir.« Eine kurze Pause. »Also ... sehen wir uns heute Abend?«

»Wir sehen uns heute Abend.« Gedankenverloren berührte ich meinen verwundeten Hals. Ich wusste nicht, wie er reagieren würde, wenn er meine Verletzungen sah. »Es wird schon alles gut gehen«, versicherte ich ihm, dabei glaubte ich es mir selbst nicht richtig.

»So leid es mir tut, aber ich muss auflegen. Wes hat mir eine Nachricht geschrieben, dass sie gleich eine Routinedurchsuchung der Zellen machen werden, und davor muss er das Handy holen.«

Es war verrückt, doch manchmal vergaß ich beinahe, dass er vom Gefängnis aus telefonierte. »Danke, Tyler. Für alles. Wir reden heute Abend, okay?«

»Du bist mutig, weißt du das?«, sagte er plötzlich. Mutig? Bisher hatte ich mich eher als das Gegenteil gesehen. »Du schleichst dich heute Abend ins MCC, obwohl du nicht weißt, wie es ausgehen wird.« Mein Herz schwoll auf die doppelte Größe an.

»Irgendwann muss man aufhören, Dinge nur dann zu tun, wenn man weiß, wie sie ausgehen. Am Ende kommt sowieso alles anders.«

Ich hörte, wie Tyler schmunzelte. »Wo bist du nur mein ganzes Leben lang gewesen?«, flüsterte er.

Mein Gesicht wurde warm und ich vergrub es in den Händen. Wie war das noch gleich? Ich wollte mein Herz vor weiteren Bruchlandungen schützen? *Ha, dass ich nicht lache.* Als wäre es dafür nicht längst zu spät.

Kapitel 16

Als ich die Doppeltür des Gefängnisses aufdrückte, schob ich mir die Kapuze der Regenjacke etwas tiefer ins Gesicht. Am liebsten hätte ich den Schal bis unter die Augen gezogen, doch das wäre wohl keine besonders gute Idee gewesen. Zumindest wenn ich nicht innerhalb weniger Sekunden sämtliche Waffen auf mich gerichtet haben wollte.

Ein Blick auf die Uhr verriet mir, dass ich zehn Minuten zu früh war. Ich hatte nicht die geringste Ahnung, wie Wes mich bei den strengen Sicherheitsvorkehrungen unbemerkt in das Gebäude schleusen wollte.

Nervös sah ich mich in der Eingangshalle um. Offenbar hatte sich ganz Chicago dazu entschieden, seine Verbrecherverwandten heute Abend im Gefängnis zu besuchen. Es war so brechend voll, dass drei weitere Schalter besetzt waren, an denen Besucher gescannt wurden.

Tyler hatte gemeint, dass ich in der Eingangshalle auf Wes warten sollte, doch das war leichter gesagt als getan. Eine Weile stand ich neben der Tür, doch bereits nach kurzer Zeit spürte ich die neugierigen Blicke der Polizisten auf mir. Ich fluchte innerlich und bahnte mir einen Weg durch die in der Schlange stehenden Besucher, in der Hoffnung, mit der Menge zu verschmelzen.

Ich war mir nicht sicher, ob Ian heute hier war. Den ganzen Tag über hatte er versucht, mich zu erreichen. Als dann auf dem Weg ins MCC eine Nachricht von ihm eingegangen war – *Devon, wir müssen reden. Bitte ruf mich zurück* –, hatte ich für einen kurzen Moment mit dem Gedanken gespielt, das Handy in den nächstbesten Abfalleimer zu werfen.

Erneut blickte ich mich um und befürchtete, dass Ian jeden Moment hinter einer Säule hervorspringen würde. Doch nichts dergleichen geschah. Gerade als ich wieder zurück in die Mitte des Eingangsbereiches gehen wollte, entdeckte ich Wes. Er stand an dem äußersten Schalter und diskutierte mit einem Besucher, der seine Jacke nicht ausziehen wollte. Der Mann sagte etwas, woraufhin Wes seinen Kopf schief legte und ihn böse anfunkelte. Der Besucher zog als Antwort nur seinen Kopf ein und reichte ihm wortlos die Jacke.

Als Wes verstohlen zur Uhr schaute, wusste ich, dass er mich nicht vergessen hatte. Sein Blick streifte durch den Raum und für einen kurzen Moment sah er mich direkt an. Zuerst wanderte sein Blick weiter, ehe er wieder zu mir sah und mich schließlich erkannte. Mit einem knappen Nicken wies er auf die Schlange an seinem Schalter.

Ich zögerte nicht lange, nahm langsam die Kapuze ab und stellte mich dann hinter den anderen Besuchern in der Reihe an. Die Sonne war bereits untergegangen und jedes Mal, wenn sich die Tür öffnete, wehte ein kalter Wind durch die Eingangshalle. Ich wischte meine Handflächen an meiner Jeans ab. Mir war heiß und kalt zugleich und ich konnte das Blut in meinen Ohren rauschen hören.

Als ich nach einer gefühlten Ewigkeit Wes endlich gegenüberstand, warf er mir einen bedeutsamen Blick zu. »Guten Abend, Miss«, sagte er und wies mit einem kurzen Nicken auf die silberne Theke, die uns voneinander trennte. Zwischen seinen Fingern blitze ein metallischer Gegenstand auf.

Ich verstand sofort. Als ich meine Jacke über die Theke reichte, griff ich gleichzeitig nach dem Gegenstand und ließ ihn blitzschnell in meiner Hosentasche verschwinden. Er war in etwa so groß wie ein Bierdeckel und ich vermutete, dass es sich dabei um einen Magneten handelte. Nachdem er meine Jacke durchsucht hatte, winkte er mich durch den Körperscanner. Der leuchtete wie erwartet rot auf und gab ein lautes Störgeräusch von sich. *Himmel, ich hoffe, Wes weiß, was er da tut,* dachte ich, als sich mir sämtliche Augenpaare zuwandten. So viel dazu, unbemerkt zu bleiben.

Er seufzte theatralisch und kam mit einem Scanner auf mich zu. Er überragte mich bestimmt um einen halben Meter. »Führen Sie verbotene Gegenstände oder Substanzen mit sich?«, fragte er laut genug, um von den umstehenden Besuchern und Polizisten gehört zu werden.

Was sollte ich antworten? Ja? Wohl kaum. Also entschied ich mich für: »Ähm, nein. Natürlich nicht?« Es klang wie eine Frage.

Er fuhr mit dem Scanner über meine Jeans und als er erneut piepte, sagte er: »Es tut mir leid, Miss. Ich muss Sie in den Nebenraum bringen, wo eine weibliche Polizistin eine gründliche Untersuchung durchführen wird.«

Er blickte mich aus seinen dunkelbraunen Augen an und spielte seine Rolle so gut, dass sogar ich Schwierigkeiten hatte zu erkennen, ob er das ernst meinte oder nicht. Dann wandte er sich an die in der Schlange wartenden Besucher. »Alle an den Schalter nebenan gehen, das hier könnte etwas dauern«, rief er, woraufhin ich ein kollektives Stöhnen von den Besuchern hörte, die sich über mich ärgerten.

Wes legte seine riesige Hand auf meine Schulter, schnappte sich meinen Mantel von der Theke und führte mich um die Ecke bis vor eine Tür, bei der wir außer Sichtweite waren.

Erst dann wandte er sich an mich. »Devon – ist es okay, wenn ich dich so nenne?« Ein Grinsen breitete sich auf seinem Gesicht aus, als ich nickte. »Ich war mir nicht sicher, ob du kommst. Ian hat dich von allen Besucherlisten gestrichen und jedem einzelnen Mitarbeiter beigebracht, ihn sofort anzurufen, falls du dich an einem der Schalter anmelden willst«, sagte er. Ein goldener Kreuzanhänger baumelte von seinem Hals und reflektierte das grelle Licht der Deckenlampen.

»Ich weiß, er …« Ich seufzte und blickte auf meine Hände. »Er hat es rausgefunden«, sagte ich überflüssigerweise.

Er musterte mich eindringlich, deutete auf meine Wange und fragte: »Hat das zufällig was damit zu tun?«

Ich nickte. »Ja«, erwiderte ich bitter und ballte bei der Erinnerung an die Ungerechtigkeit des Ganzen die Hände zu Fäusten.

»Oje.« Er schnaubte. »Wenn Tyler das sieht …«, begann er und blickte finster drein. »Ich hab dich fast nicht erkannt, so schrecklich siehst du aus.«

Unwillkürlich lachte ich auf. »Danke.«

»Nicht doch«, sagte er ebenfalls lachend, dann räusperte er sich. »Eine Sache noch. Er ist heute Abend hier.«

Mein Gesicht wurde kreidebleich. »Ian?«, wisperte ich.

Er nickte. »Aber keine Sorge«, warf er schnell hinterher und berührte meine Schulter mit seiner buchdeckelgroßen Hand. »Ich habe alles unter Kontrolle.«

Ich schluckte. »Du denkst ernsthaft, es ist eine gute Idee, mich in das MCC einzuschleusen, während Ian im Gebäude ist?«

Wes kratzte sich am Kinn. »Davon, dass es eine gute Idee ist, war nie die Rede«, sagte er und zuckte entschuldigend mit den Schultern. »Aber mach dir nicht ins Hemd. Ich habe jahrelange Erfahrung.«

Erfahrung worin?, fragte ich mich. *Bestimmt nicht darin, Menschen in Gefängnisse zu schleusen.* Aber das sagte ich nicht laut und schluckte das Bedürfnis hinunter, auf der Stelle umzudrehen und aus dem Gebäude zu rennen wie der Feigling, der ich bekannterweise war.

Ich öffnete gerade meinen Mund, um etwas zu erwidern, als zwei Polizisten um die Ecke kamen. Wes verwandelte sich so schnell wieder zurück in die Rolle des strengen Polizisten, dass ich aufrichtig beeindruckt war.

»Es ist mir egal, was Sie sagen, Miss!«, rief er laut. »Ich habe Waffen schon aus ganz anderen Orten gezogen, das können Sie mir aber glauben!« Dann klopfte er unter dem wachsamen Blick der beiden Polizisten an die Tür, vor der wir standen, und rief: »Paula, wir haben hier jemanden, der genauer durchsucht werden muss!«

Die Polizisten warfen im Vorbeigehen neugierige Blicke auf mein Gesicht, blieben aber nicht stehen. Solche Verletzungen sahen sie hier wahrscheinlich täglich.

Die Männer waren gerade um die Ecke verschwunden, da schob mich Wes den Gang entlang. »Wir haben keine Zeit zu verlieren! Los, los, los.«

Für seine Körperstatur bewegte er sich ausgesprochen flink, und ehe ich mich's versah, hielt er die Tür eines Aufzuges für mich offen. Allem Anschein nach handelte es sich hierbei um einen für Mitarbeiter und ich fragte mich, was Wes sich wohl einfallen lassen würde, wenn mich jemand hier drin sah. Doch meine Frage beantwortete sich von selbst: Als Wes in den Aufzug stieg, der unter seinem Gewicht besorgniserregend ächzte, ertönte plötzlich eine männliche Stimme aus dem Gang. »Wes, halt die Türen für mich auf. Ich muss auch nach oben!«

Blitzschnell drückte Wes die Nummer einundzwanzig, während ich mich in die Ecke der Kabine stellte. Als würde das etwas bringen. Die Türen schlossen sich, doch die Schritte kamen immer näher.

O Gott. Das Blut sackte mir in die Beine. Das war eine idiotische Idee gewesen. Eine ganz miserable und leichtsinnige Idee. Ich zog mir meinen Schal tief ins Gesicht und sah panisch zu Wes, der zu meinem Erstaunen ruhig blieb und mir zuzwinkerte. Im Ernst. Er zwinkerte mir zu, als wären wir nicht im Begriff, jeden Moment aufzufliegen.

Dann drückte er eine Kombination aus drei verschiedenen Tasten: beide Pfeiltasten und die Nummer eins. Gleichzeitig steckte er seine freie Hand zwischen die sich schließenden Türen, die nun allerdings auf die Bewegung nicht mehr reagierten und sich schlossen.

»Hey, warum reagiert der Melder nicht?«, rief er empört und zog im letzten Moment seine Hand zurück. »Sorry, Kumpel«, sagte er durch die geschlossene Tür und schaffte es tatsächlich, aufgebracht zu klingen.

»Keine Ursache«, rief der Kollege noch, ehe sich der Aufzug ächzend in Bewegung setzte.

Erleichtert atmete ich aus. »Das ist ja ein wasserdichter Plan, den ihr da habt«, scherzte ich.

Wes lehnte sich an die verspiegelte Rückwand der Kabine. »Hey, beschwer dich bei Tyler. Das war sein Plan. Je offensichtlicher, desto leichter, hat er gemeint.« Er seufzte. »Wenn es nach mir gegangen wäre, hätte ich dich in den Wäschekörben reingeschmuggelt. Das wäre viel leichter gewesen.«

Ich lachte auf. »Warum glaube ich dir das sogar?«

»Weil es stimmt«, antwortete Wes grinsend. »Keine Sorge. Es wäre die frische Wäsche gewesen, die ins Gebäude reingeht. So schlimm wäre das nicht gewesen.«

»Und wie wäre ich wieder rausgekommen?«, fragte ich und hob amüsiert eine Braue.

Er rollte mit den Augen. »Jaja. Schon klar. Das hat Tyler dann auch gesagt.

Was ist schon ein bisschen Schmutzwäsche? Offenbar ist dir das hier ziemlich wichtig, sonst hättest du es nicht gemacht, habe ich recht?«

»Das stimmt wohl.« Tyler war mir wichtiger, als mir lieb war. Ich war nicht bereit, eine weitere Person zu verlieren, die mir etwas bedeutete.

»Tyler redet auf jeden Fall dauernd von dir. Früher wäre er ein solches Risiko niemals eingegangen, also musst du was ziemlich Besonderes sein.«

Ich konnte mir ein Lächeln nicht verkneifen. Mir war durchaus bewusst, in welcher Gefahr ich schwebte. Ich hatte mich buchstäblich in die Höhle des Löwen begeben, blind hoffend, dass alles glatt gehen würde. Und dennoch fühlte ich mich ... gut. Vielleicht lag es am Adrenalin. Oder daran, dass ich Tyler gleich sehen würde.

Der Aufzug wurde langsamer, als wir uns dem einundzwanzigsten Stock näherten. »Hoffentlich ist hier keiner, der blöde Fragen stellt«, bemerkte Wes und stieß sich von der Rückwand ab. »Notfalls muss ich dir Handschellen anlegen und so tun, als wärst du eine Verrückte, die einfach ins Gebäude gelangt ist.« Die Tür öffnete sich und er stieg aus.

Ungläubig starrte ich ihn an. »Ähm, ernsthaft?«, stieß ich hervor, bekam aber keine Antwort. Er war bereits drei Schritte weiter und ich musste mich beeilen, um mit ihm mithalten zu können.

Dieser Teil des Gefängnisses sah anders aus als der Gang, der zu den Besucherräumen führte. Abgeblätterter Putz und Wasserflecken wechselten sich an den Wänden ab und es roch nach Bleichmittel. Außerdem war es gefühlt zehn Grad kälter als in der Eingangshalle und jede zweite Deckenlampe flackerte. Dazu kam, dass es alles andere als still war – aus allen Ecken drangen unheimliche Geräusche. Wer hätte gedacht, dass sich sogar lautes Lachen im Gefängnis furchteinflößend anhören konnte?

Wir mussten durch drei große Metalltüren, die Wes mit seiner Schlüsselkarte öffnete, ehe wir schließlich vor einer Tür mit der Aufschrift *Books* zum Stehen kamen. Gut, streng genommen stand an der Tür nicht *Books*, sondern *Boobs*, da sich ein Witzbold die Mühe gemacht hatte, das k abzukratzen und mit einem schwarzen Marker durch ein b zu ersetzen.

Wes sah mich an. »Ich muss sichergehen, dass keiner mehr drin ist«, erklärte er mir, bevor er die Tür öffnete und im Raum verschwand. Wenige Sekunden später erklang seine tiefe Stimme aus dem Inneren. »Lesezeit ist um, Randy. Nimm das Buch und verzieh dich.«

»Uncool, Mann!«, rief eine raue Stimme, die höchstwahrscheinlich Randy gehörte. »Ich bin erst seit fünf Minuten hier!«, protestierte er lautstark.

»Und ich wollte mir gestern einen Bananenpudding in der *Spring Bakery* holen, doch sie hatten keine mehr. Das Leben ist unfair und jetzt verschwinde.«

Ich hörte Schritte und bevor Randy aus dem Raum treten konnte, lehnte sich Wes eilig vor mich an die Wand. Instinktiv duckte ich mich hinter ihm, auch wenn das durch seine Größe nicht einmal nötig gewesen wäre.

In diesem Augenblick hörte ich Randys Stimme keinen Meter von mir entfernt. »Wofür brauchst du die Bibliothek so plötzlich?«, fragte er.

Wes schnalzte ungeduldig mit der Zunge. »Um ein Rezept für Bananenpudding zu suchen. Nicht, dass dich das was angeht. Geh jetzt.«

Randy murmelte etwas Unverständliches, bevor sich seine Schritte im Gang verloren. Dann drehte sich Wes zu mir um. »Sorry dafür. Eigentlich war geplant, dass Tyler drinnen auf dich wartet, damit du nicht allein hier sein musst ... du weißt schon, mit all den Insassen, die jeden Moment reinkommen könnten.« Er klang gehetzt. »Aber falls das passieren sollte, versteckst du dich einfach unter einem Tisch. Ich bin in zwei Minuten wieder da.«

Um Himmels willen. Er lässt mich hier allein?

»Das meinst du doch nicht ernst«, brachte ich ungläubig hervor, doch als Antwort schob er mich sanft in den Raum.

»Es tut mir leid, okay? Aber es ging nicht anders.« Offenbar missinterpretierte er meinen Blick, weshalb er sagte: »Ich kenne Tyler wirklich lange. Wenn jemand das Risiko wert ist, dann er. Er ist ... er gehört wirklich zu den Guten. Versprochen.« Und dann zog er mit einem entschuldigenden Blick die Tür zu. Ich hörte noch, wie sich das Geräusch seiner Schritte im Gang verlor, und dann war alles still.

Ich atmete zitternd aus.

Bei meinem Glück hätte es mich nicht gewundert, wenn jeden Moment ein Insasse mit einem aus einer Zahnbürste geschnitzten Messer hier auftauchte.

Das entfernte Geräusch von Türen, die ins Schloss fielen, und Stimmen, die lauter und daraufhin wieder leiser wurden, drangen zu mir. Es war unheimlich und nicht zu vergleichen mit dem Gefühl, wenn man im bewachten Besucherraum war. Um mich von den Geräuschen vor der Tür abzulenken, sah ich mich in der Bibliothek um. Obwohl Bibliothek vielleicht ein zu hochgestochener Begriff war. Der Raum war kaum größer als mein Hotelzimmer, beherbergte fünf Bücherregale aus Stahl und zwei am Boden festgeschraubte Stühle.

Ich schüttelte ungläubig den Kopf. Normale Menschen in meinem Alter waren zu dieser Zeit in Bars, trafen sich in Restaurants oder luden Freunde in ihre Wohnung ein. Warum war mein Leben dermaßen chaotisch und verrückt? Letzte Woche war mein Vater mit einem Helikopter in den Lake Michigan gestürzt, gestern war ich von einem Polizisten beinahe erwürgt worden und heute stand ich im MCC und wartete darauf, einen Insassen zu treffen. Ich wollte gar nicht wissen, gegen wie viele Gesetze ich damit verstieß.

Ich wandte ich mich einem der Bücherregale zu und strich über die abgenutzten Einbände, doch meine Gedanken ließen sich wie üblich nicht abschalten.

Wie würde Ian reagieren, wenn er mich erwischte? Er war der Leiter des MCC – er konnte Tyler in Isolationshaft stecken, ihn ernsthaft verletzen oder seine Entlassung verzögern. Ich hasste es, dass er so viel Macht besaß. Und was war mit mir? Würde er mich verhaften?

Meine Gedanken wurden von dem Quietschen der Türklinke jäh unterbrochen und mein Herz rutschte mir in die Hose. Ich hatte keine Schritte kommen hören. Waren zwei Minuten schon um? War das Tyler oder doch ein anderer Insasse, mit dem ich hier allein in einem geschlossenen Raum am Ende des Ganges stehen würde?

Die Tür öffnete sich und all meine Anspannung und Sorgen fielen von mir ab, als ich direkt in Tylers Gesicht blickte.

»Ich warte vor der Tür«, hörte ich Wes' Stimme noch sagen.

Und als Tyler die Tür hinter sich schloss, waren wir plötzlich allein. Das erste Mal, seit wir uns kannten.

Ich wollte einen Schritt auf ihn zugehen, doch Tylers Augen weiteten sich beim Anblick meines Gesichtes. »Devon«, keuchte er und ich sah, wie sich seine Hände zu Fäusten ballten. Bei dem Anblick seines besorgten Blickes traten mir ungewollt Tränen in die Augen, und ohne etwas Weiteres zu sagen, kam er auf mich zu und schloss mich fest in seine Arme, als wollte er alle zerbrochenen Teile mit seiner Umarmung wieder zusammenfügen.

Ich schlang meine Arme um seinen breiten Rücken, vergrub die unverletzte Seite meines Gesichts an seiner Brust und schloss die Augen. Ich atmete seinen Geruch ein, während er mit seiner Hand vorsichtig über meinen Hinterkopf fuhr.

»Er hat es herausgefunden«, flüsterte er, und obwohl es keine Frage war, nickte ich.

Für eine Weile standen wir einfach nur so da: die Arme umeinandergeschlungen und dankbar, dass uns niemand sagte, dass die Zeit um war. Der Insasse und das Mädchen, das sich unerlaubt in das Gefängnis geschlichen hatte. Wir standen zwischen den Büchern – er in seinem orangefarbenen Overall und ich mit einem verletzten Gesicht – und sagten nichts. Weil unsere Gefühle lauter waren, als jedes Wort es jemals hätte sein können.

Schließlich lösten wir uns voneinander und Tyler fasste mich sanft an meinen Schultern, als hätte er Angst, mir wehzutun, wenn er mich fester berührte. »Was zur Hölle, Devon. Ich bringe dieses Arschloch eigenhändig um!« Seine Worte waren hart, doch sein Blick voller Sorge. »Wann ist das passiert?«

»Er hat gestern Abend in der Wohnung auf mich gewartet. Er muss uns gesehen haben«, erklärte ich.

Er blähte die Nasenflügel. Dann fiel sein Blick auf meinen Schal, er nahm das eine Ende davon in die Hand und sah mich fragend an.

Ich nickte langsam, woraufhin er meinen Hals behutsam von dem Schal befreite. Als er die Verletzungen darunter sah, schloss er die Augen und atmete einmal tief ein, wie um sich zu beruhigen. »Ich bringe ihn um. Ich … Es tut mir so leid.« Er öffnete seine Augen und schüttelte leicht den Kopf. »Das ist alles meine Schuld. Ich habe dich in diese verdammt beschissene Situation gebracht.«

»Spinnst du?« Ich zog die Augenbrauen hoch. »Du hast mir Hoffnung gegeben. Das hier«, sagte ich und zeigte mit meiner Hand auf mein Gesicht und meinen Hals, »ist nicht deine Schuld.«

Er legte seine Handfläche an meine unversehrte Gesichtshälfte und ich lehnte mich leicht dagegen. »Ich bin so froh, dass du gekommen bist.«

»Hattest du Zweifel?«, fragte ich.

Er zögerte. »Ich habe dich gebeten, dich in das Gefängnis zu schleichen, und dir danach erzählt, dass ich einen Mord begangen habe. Ich denke, du verstehst, wenn ich mir nicht sicher war, ob ich nicht zu viel verlangt habe.«

Ich legte meine Hand auf seine, die immer noch an meiner Wange lag. »Inzwischen glaube ich, dass das hier von dem Moment an, als wir uns das erste Mal getroffen haben, unausweichlich war.« Ich blickte auf seine Lippen. »Auch wenn ich es mir zuerst nicht eingestehen konnte.« Das Bedürfnis, meine Lippen auf seine zu legen, war überwältigend.

Sein Blick wurde zärtlich. »Ich hätte in tausend Jahren nicht gedacht, dass du so empfindest. Du hast ein Pokerface, weißt du das?« Er lachte leise und strich mit seinem Daumen sanft über meine Unterlippe. »Unausweichlich. Das Wort gefällt mir. Ich habe mich dafür gehasst, doch mit jedem Treffen habe ich dich immer mehr ins Herz geschlossen. Und du kannst mir glauben, dass ich mich normalerweise vor allen, die nicht zu meiner Familie gehören, sofort verschließe.« Er schüttelte den Kopf. »Der Gedanke, dass ich nicht bei dir sein kann, hat mich nachts nicht schlafen lassen. Vor allem dann nicht, als du mir von Ian erzählt hast und ich wusste, dass du jede Nacht neben ihm einschlafen musst.« Eine Falte bildete sich zwischen seinen Augenbrauen. »Ich hätte dich nicht gebeten herzukommen, wenn ich gewusst hätte, dass Ian Bescheid weiß.«

»Warum hast du mich überhaupt hergebeten?«

Er blickte auf den Boden. »Ich werde morgen entlassen.«

Das Blut gefror in meinen Adern. »Was?«

»Und da ich wusste, dass wir uns danach nicht mehr sehen, wollte ich dir meine Gefühle gestehen, ohne dass uns jemand beobachtet oder unterbricht. Doch dann kamen Zweifel auf. In einem Moment war ich sicher, dass ich dich nicht gehen lassen kann, im anderen wusste ich, dass ich es muss.« Seine Stimme war kaum mehr als ein Flüstern. »Du hast dich genug in Gefahr gebracht. Ich werde dich nicht bitten, Ian für mich zu verlassen. Du hast zwar eindeutig Besseres verdient, aber es wäre eine Lüge zu sagen, dass ich besser bin. Also sollte das hier ein Abschied sein, weil es dich gefährdet und –«

»Moment, Tyler«, unterbrach ich ihn. »Du denkst, dass ich noch mit Ian zusammen bin?«

Er wirkte überrascht. »Bist du nicht?«

»Nein!«, rief ich sofort. »Ich habe meine Sachen gepackt und bin in ein Hotel geflüchtet. Mit meinem alten Leben habe ich nichts mehr zu tun und es gibt nichts, was mich dort noch hält. Jetzt habe ich zwar kein Zuhause, aber das hatte ich ja davor auch nicht wirklich, also …« Ich ließ den Rest des Satzes in der Luft hängen, weil ich nicht wusste, was ich sagen sollte.

Tyler starrte mich an, als wären mir Flügel gewachsen. Und blieb stumm. Blinzelte nicht. Starrte nur.

»Tyler …?«

»Komm mit mir.« Er sagte die Worte so, als hätte er sie sich gerade erst überlegt und wollte sie aussprechen, bevor er es sich anders überlegte.

»Was?«

»Komm mit mir«, wiederholte er dieses Mal bestimmter und sah mir tief in die Augen. »Bitte. Ich bin ein Egoist und komme dafür in die Hölle, doch ich will dich an meiner Seite haben.«

Mein Herz blieb stehen. *Komm mit mir.* Wenn mir jemand vor wenigen Wochen erzählt hätte, dass das passieren würde, hätte ich laut gelacht und den Kopf geschüttelt. Doch so irrsinnig und impulsiv es auch war – das waren die schönsten drei Worte, die ich in meinem Leben je gehört hatte.

»Ja«, sagte ich mit Nachdruck und sah zu ihm hoch. Nie war ich mir sicherer gewesen.

Seine Augen leuchteten vor Freude auf und ein Lächeln zupfte an seinen Mundwinkeln. »Sag das noch mal«, flüsterte er.

Ich musste lachen. »Ja!«, rief ich, als die Angst der letzten Tage von mir abfiel.

Und dann beugte er sich zu mir herunter, fuhr mit seiner Hand vorsichtig von meiner Wange an meinen Hinterkopf und küsste mich. Er schmeckte süß – nach Hoffnung und Zuversicht. Eine einzelne Träne löste sich aus meinem Augenwinkel, rollte meine Wange hinunter und vermischte sich mit unserem Kuss.

Das Gefühl, seine Lippen nach all den Treffen auf Abstand auf meinen zu spüren, fühlte sich an, als spränge ich nach einem langen Marsch durch die Wüste in einen kühlen See.

Tyler hatte diese Dunkelheit in sich. Narben und Schmerz. Doch genau das hatte ich auch: Narben der Vergangenheit, dunkle Erinnerungen und noch dunkleren Schmerz. Doch wenn ich bei ihm war, musste ich mich nicht verändern oder so tun, als wäre ich jemand, der ich gar nicht war. Bei ihm musste ich meine Narben nicht verstecken und meine Dunkelheit nicht rechtfertigen. Und erst jetzt begriff ich, dass es genau das war, wonach ich mich schon immer gesehnt hatte.

Als wir uns voneinander lösten, lehnte er seine Stirn an meine und sagte: »Das wollte ich schon tun, seit ich dich das erste Mal gesehen habe.«

Ich lächelte. »Du hast auch ein Pokerface«, erwiderte ich.

Ein Schatten huschte über sein Gesicht. »Du musst dir darüber im Klaren sein, dass du – wenn du diese Grenze einmal überschreitest – nie wieder zurückkehren kannst. Dort, wo wir hingehen, gelten andere Regeln, und ich will, dass du weißt, worauf du dich einlässt.« Er schnaubte. »Du hättest echt jeden haben können und suchst dir den Mann aus, der am gefährlichsten lebt. Für den du am meisten hinter dir lassen musst.«

Kopfschüttelnd steckte ich mir eine lose Strähne hinter mein Ohr. »Ich habe doch bereits alles hinter mir gelassen. Es ist Zeit, die richtigen Entscheidungen zu treffen. Dieses Mal wirklich, egal wie risikoreich sie sind. Ich weiß, was ich tue.«

Er küsste mich. »Versprich mir, dass du dir sicher bist. Ich muss wissen, dass du dir bewusst bist, worauf du dich einlässt. Ich muss es von dir hören.«

Ich sah in seine goldenen Augen, legte meine Hand auf mein Herz und lächelte ihn an. »Ich verspreche dir, dass ich weiß, worauf ich mich einlasse.«

Denn wenn ich eines mit Sicherheit wusste, dann, dass ich von Ian und Elliott wegmusste. Eine Flucht aus diesem Leben war unvermeidlich, das hatte ich mir geschworen. Ich würde eine Lösung finden, mein Studium zu beenden und weiterhin Ballett zu tanzen, doch gerade hatte das Überleben Priorität.

Er nahm meine Hände in seine. »Es wird nicht einfach, aber wir können es schaffen. Wes wird dich heute bis zu deinem Hotel begleiten. Und morgen Abend um fünf Uhr treffen wir uns am Navy Pier, genau unter dem Riesenrad. Ich hole dich dort ab, ist das in Ordnung?«, fragte er mit einer tiefen Furche zwischen seinen Augenbrauen.

»Das ist perfekt«, antwortete ich. »Ich warte dort mit meinem Koffer auf dich und schaue nie wieder zurück. Das fällt mir nicht besonders schwer, glaub mir.«

Er atmete erleichtert auf, als könnte er kaum glauben, dass das hier wirklich passierte. Und mir ging es nicht anders. Es war schnelllebig, voller Emotion und Leben, und … es fühlte sich richtig an.

Tyler öffnete seinen Mund, um etwas zu sagen, doch in dem Moment riss Wes die Tür auf. »Raus hier.« Sein Gesicht war beunruhigend ernst. »Sofort.«

Kalter Schweiß brach mir aus und ich sah Hilfe suchend zu Tyler, der einen Blick mit Wes wechselte, ehe er meine Hand nahm und wir gemeinsam aus dem Raum eilten.

»Was ist passiert?«, fragte Tyler und klang dabei ruhig und besorgt zugleich.

Wes wirkte aufgelöst. Ich kannte ihn zwar noch nicht lange, aber die Tatsache, wie locker er zuvor mit Krisensituationen umgegangen war, gab mir nun Grund zur Sorge. Wenn er auf diese Weise reagierte, musste es etwas Schlimmes sein.

Er sah gehetzt zu Tyler. »Frag mich nicht wie, aber Ian weiß, dass Devon hier ist. Er hat eine wütende Durchsage an alle Einheiten gemacht, dass sie in das Gebäude gelangt ist.« Er zeigte nervös auf sein Funkgerät, welches an seinem Gürtel befestigt war.

Eine lähmende Kälte breitete sich in meinem Inneren aus. Das konnte nicht wahr sein. Das passierte gerade nicht wirklich.

Tyler legte seine Hand an meinen unteren Rücken und wir eilten den Gang entlang. Wes sperrte die Metalltüren auf, die sich vor uns auftaten. »Wie zur Hölle hat er mich unter den vielen Menschen ausmachen können?«, fragte ich panisch.

»Er muss die Kameras kontrolliert und auf dich gewartet haben. Anders kann ich es mir nicht erklären.« Wes rannte zum Aufzug und drückte den Knopf. Als mir klar wurde, dass sie mich nach unten schicken wollten, blieb ich abrupt stehen.

»Nein!«, rief ich. »Tyler, ich bleibe hier. Wenn er mich nicht findet, wird er wütend und steckt dich in Isolationshaft und …«

Tyler nahm mein Gesicht in seine Hände. »Devon, bitte. Ich komme klar, das verspreche ich dir. Aber du musst sofort hier weg«, sagte er mit einem flehenden Ausdruck. Mein Herz klopfte mir bis zum Hals und Übelkeit stieg in mir hoch.

Wes nickte energisch. »Jetzt, Devon«, stimmte er ihm zu.

Eine weitere Durchsage kam durch das Funkgerät von Wes.

»Ebene zehn gesichert.«

Panik kroch in mir hoch. Das war mein persönlicher Albtraum. »Versprich mir, dass wir uns morgen um fünf am Navy Pier treffen. Bitte!«, flehte ich mit Tränen in den Augen. Aufgelöst darüber, dass wir uns schon wieder trennen mussten, und ängstlich darüber, was Ian mit ihm machen würde.

Der Aufzug kündigte sich mit einem lauten *Ping* an.

»Ich verspreche es dir, Devon. Und jetzt geh«, sagte Tyler und drückte meine Hand. Er biss seine Zähne fest aufeinander und ich konnte beinahe spüren, wie schwer es ihm fiel, meine Hand loszulassen und mich gehen zu lassen.

Ich ging auf den Aufzug zu, doch als sich die Türen öffneten, blieb ich abrupt stehen.

Die Zeit verlangsamte sich.

Mein Herz setzte aus.

Ich bekam keine Luft.

Und blickte geradewegs in das hasserfüllte Gesicht von Ian.

Kapitel 17

»Keiner bewegt sich auch nur einen Zentimeter vom Fleck«, brüllte Ian, der mit vorgehaltener Waffe aus dem Aufzug trat. Mit weit aufgerissenen Augen stolperte ich zwei Schritte zurück, bis ich mit dem Rücken gegen Tylers Brust stieß. Er griff nach meinem Arm und zog mich hinter sich – raus aus der Schusslinie.

Wie ein gehetztes Tier blickte Ian von Tyler zu Wes und schließlich zu mir, während er versuchte nachzuvollziehen, was vor sich ging. »Scheiße, Devon!«, rief er schließlich und sah mich kopfschüttelnd an. »Das kann doch nicht dein Ernst sein!« Ein leichter Bartschatten bedeckte sein Gesicht, was ich bei ihm in den ganzen drei Jahren nie zuvor gesehen hatte. Er wirkte blass um die Nase und seine Augen rot unterlaufen. »Komm sofort hier rüber«, schrie er und hielt mir seine Hand hin, als wollte er mich aus einem sinkenden Boot retten.

Dabei war er das sinkende Boot.

Als Antwort schob mich Tyler weiter hinter sich, ergriff meine Hand und verschränkte seine Finger mit meinen. Er drückte sie einmal leicht, wie um mir zu versichern, dass alles gut werden würde.

Im Moment fiel es mir etwas schwer, das zu glauben.

»Nimm erst einmal die Waffe runter«, bat Wes und hob beschwichtigend die Hände. »Wir regeln das zivilisiert und ohne Gewalt.«

»Fick dich!«, rief Ian und richtete die Waffe auf ihn.

»Okay.« Wes seufzte tief. »Dann eben nicht zivilisiert.«

»Du bist mit sofortiger Wirkung gefeuert.« Er wandte sich an Tyler. »Und du«, knurrte er und ging mit erhobener Waffe einen Schritt auf ihn zu. »Nimm deine dreckigen Finger sofort von meiner Verlobten, sonst erschieße ich dich an Ort und Stelle.«

Ich zog erschrocken die Luft ein, doch Tyler lachte nur. »Mach das.« Er breitete die Arme aus. »Das passt so verdammt gut zu dir. Du bist der Typ Mann, der einen anderen lieber erschießt, als etwas zu klären.« Er machte einen Schritt auf ihn zu, sodass sie nun beinahe Stirn an Stirn standen. »Der Typ Mann, der seine Verlobte schlägt«, sagte Tyler mit immer lauter werdender Stimme. »Du glaubst doch nicht wirklich, dass sie noch deine Verlobte, geschweige denn deine Freundin ist!« Ein böses Funkeln trat in seine Augen.

»Sag das noch mal«, warnte Ian mit gefährlich leiser Stimme und setzte seine Waffe auf Tylers Brust.

Mein Herz blieb stehen.

»Nimm die Waffe runter habe ich gesagt!«, schrie Wes nervös und zog seine eigene aus der Halterung, bevor er sie auf Ian richtete. »Sofort!«

Tylers Brust hob und senkte sich gleichmäßig. Er wirkte – wie immer – wie die Ruhe in Person. »Wenn das hier nicht so erbärmlich wäre, könnte das der Anfang eines Witzes sein«, scherzte er. »Ein Polizist, ein Verbrecher und eine Ballerina treffen sich in einem Gefängnis –«

»Halt dein Scheißmaul!«, brüllte Ian, als wäre jedes Wort von Tyler mehr, als er ertragen könnte. Und das war der Moment, in dem ich begriff, was Tyler tat: Er provozierte Ian absichtlich. Er wollte ihn so wütend machen, dass er nicht mehr klar denken konnte – denn die Person, die ruhig blieb, war stets im Vorteil.

Tyler seufzte schwer und ließ meine Hand los. »Du lässt Devon in diesen Aufzug einsteigen«, warnte er mit ruhiger Stimme. »Und danach reden wir.«

Ian lachte bitter. »Nur über meine Leiche.«

Tyler schnaubte. »Wenn es nur das ist …«

Ian entsicherte die Waffe.

»Stopp!«, rief ich und trat neben Tyler. Uns war allen bewusst, dass Ian Tyler ohne Probleme erschießen konnte. Tyler war der Insasse und Ian der Polizist. Er konnte buchstäblich alles tun, ohne eine Begründung abgeben zu müssen. »Wenn du schießt, erzähle ich allen, dass du mich gestern beinahe umgebracht hast. Dann ist das dein letzter Tag als Polizist und Leiter des MCC.«

Ian blinzelte einmal, als hätte er nicht damit gerechnet, dass ich ihm drohen würde, und dann ging alles sehr schnell. Tyler griff in einer flinken Bewegung mit seiner linken Hand nach Ians Waffe, nahm sie ihm ab und warf sie Wes zu, der sie mit seiner freien Hand auffing.

Und bevor Ian auch nur blinzeln konnte, holte Tyler aus und schlug ihm mit der Faust mitten ins Gesicht.

Ian stöhnte vor Schmerz auf, taumelte nach hinten gegen die Wand und ging leicht in die Knie. »Fuck!«, brüllte er und spuckte Blut auf den Boden. »Du dreckiger Abschaum! Du hast Devon manipuliert! Getan, als könnte sie dir vertrauen, und sie war dumm genug, darauf reinzufallen.«

»Hör auf, Ian«, rief ich. »Hör auf, so zu tun, als wäre ich nicht hier! Ich weiß ganz genau, was ich tue. Ich wusste es, als ich ausgezogen bin, und auch, als ich ins Gefängnis zu Tyler gegangen bin. Du kannst nur die Wahrheit nicht ertragen.« Als ich ihn mir ansah, wie er an seine blutende Nase fasste, hatte ich auf einmal das große Bedürfnis, selbst zuzuschlagen. Gewalt war nie eine Lösung, doch gerade juckte es mich in den Fingern, ihm etwas von dem Schmerz zurückzugeben, den er mir zugefügt hatte. Sowohl innen als auch außen.

Tyler drehte sich zu mir um und hielt mich an den Schultern fest. »Devon, du musst jetzt gehen.«

Ich schüttelte energisch den Kopf. »Ich bleibe hier und sorge dafür, dass Ian euch nichts tut. Ich bin die Einzige, die das kann. Ich bin das Druckmittel und wenn ich weg bin, kann er buchstäblich alles mit dir machen.«

Ein Muskel an Tylers Kiefer zuckte. »Wir haben das unter Kontrolle. Wes, Ian und ich haben mehr oder weniger eine Berechtigung hier zu sein – du nicht. Wenn du nicht gehst, wirst du womöglich selbst festgenommen.« Er sah mich flehend an. »Vertrau mir, bitte.«

»Sie geht nirgendwo hin«, unterbrach ihn Ian, dessen Nase noch immer blutete. »Wenn auch nur einer von euch glaubt, dass er ohne Konsequenzen davonkommt …« Er griff nach seinem Funkgerät, doch Wes hielt ihm die Waffe an den Kopf.

»Das würde ich lieber lassen«, drohte er und griff stattdessen nach seinem eigenen Funkgerät. »Einundzwanzigster Stock gesichert«, murmelte er hinein.

»Devon, bitte geh jetzt.« Tyler legte seine freie Hand auf sein Herz. »Ich verspreche dir, dass ich dich holen komme. Ich schwöre es bei allem, was mir etwas bedeutet«, flüsterte er so leise, dass nur ich es hören konnte, und sah mich eindringlich an.

In diesem Augenblick kündigte ein leises Ping den zweiten Aufzug an. Wes, Ian, Tyler und ich hielten inne und wandten die Blicke zum Aufzug. Die Türen öffneten sich und Alessandra trat mit erhobener Waffe in den Flur. Ihre mandelförmigen Augen weiteten sich. »Was zum …?« Sie blickte zu Ian, der unbewaffnet und mit blutendem Gesicht neben Wes stand, der ihm eine Waffe an den Kopf hielt. Dann blickte sie zu Tyler, der seine Hand auf meiner Schulter hatte.

Ohne eine weitere Sekunde zu verschwenden, rannte sie zu Tyler, den sie offenbar als größte Gefahr einschätzte, ergriff seine Arme und fixierte sie mit Handschellen hinter seinem Rücken. Er wehrte sich nicht, wies stattdessen mit dem Kinn zum Aufzug, dessen Türen noch immer offen standen. Wie ein Portal, das in eine andere Welt führte.

»Verstärkung im Einundzwanzigsten, sofort«, rief Alessandra in ihr Funkgerät, während sie mit der freien Hand ihre Waffe zückte und sie auf Wes hielt. »Sofort die Waffe runter.«

Sie zog eine zweite, etwas kleinere Pistole aus einer Halterung und warf sie Ian zu.

»Nein«, schrie ich und Alessandra sah verwundert auf. Doch es war zu spät. Ian fing die Waffe auf, entsicherte sie und kam damit direkt auf mich zu.

Alessandras Augen weiteten sich. »Ian, stopp«, rief sie. »Was zum …«

Tyler versuchte nun doch, sich aus Alessandras Griff zu befreien. »Wenn du sie auch nur mit dem kleinen Finger berührst, sorge ich dafür, dass du nächste Woche nicht mehr erlebst«, warnte Tyler, doch Ian ignorierte ihn.

»Das hättest du nicht tun sollen«, sagte Ian und bedachte mich mit einem Blick, der mir das Blut in den Andern gefrieren ließ. »Nicht in meinem Gefängnis.«

»Was zur Hölle geht hier vor sich?«, wollte Alessandra wissen und konnte Tyler nur mit Mühe zurückhalten. »Ian!«

Die Türen des Aufzuges begannen sich zu schließen. »Jetzt, Devon«, schrie Tyler plötzlich. »Renn!«

Und dieses Mal brauchte ich keine weitere Aufforderung. Ich hechtete in den Aufzug und sah im darin befestigten Spiegel, wie Ian auf mich zukam. Er streckte seinen Arm nach mir aus, doch sein Griff ging ins Leere. Hinter ihm sah ich weitere Polizisten mit erhobener Waffe auftauchen.

Eilig drückte ich die Taste, die mich ins Erdgeschoss brachte. Sie leuchtete weiß auf, doch Ian brauchte nur seinen Fuß zwischen die Türen zu stellen und sie öffneten sich wieder.

Moment, welche Tasten hat Wes vorhin gedrückt, um den automatischen Sensor zu deaktivieren? Hektisch drückte ich die beiden Pfeiltasten und die mit der Nummer eins gleichzeitig. Und die Türen schlossen sich.

»Stopp!«, schrie Ian und hielt seinen Arm in den Spalt. Ich kniff die Augen zusammen, doch die Türen öffneten sich nicht mehr. Er fluchte laut und zog seinen Arm im letzten Moment heraus.

Ich fuhr herum und bevor sich die Türen endgültig schlossen, fing ich über den Tumult von Polizisten und erhobenen Waffen hinweg für eine Sekunde Tylers Blick auf. Er sah mich an, als sähe er mich zum letzten Mal. Als wäre das ein Abschied für immer. Die Hindernisse, die uns in den Weg gelegt wurden, waren zu groß.

Ich atmete so schwer, als wäre ich gerade einen Marathon gelaufen, und mit zitternden Händen stützte ich mich an der Wand des Aufzuges ab. »Fuck!«, rief ich und trat einmal gegen die Innenwand, woraufhin der Aufzug besorgniserregend wackelte. Ian hatte gewusst, dass ich ins Gefängnis kommen würde, und jetzt hatte er die Oberhand und konnte mit Tyler machen, was immer er wollte. Gerade als Tyler und ich einen Weg gefunden hatten, wurden wir erneut voneinander getrennt.

Ich versuchte tiefe Atemzüge zu nehmen, doch viel Zeit blieb mir nicht, da sich die Türen im Erdgeschoss bereits öffneten.

Und dann ging der Alarm los.

Der schrille Ton klingelte in meinen Ohren, als ich die Eingangshalle so schnell wie möglich durchquerte. Jegliche Gedanken wurden von meinem Fluchtinstinkt verdrängt. Ich musste so weit von Ian weg wie nur möglich.

Menschen rannten verängstigt durcheinander und Polizisten versuchten die Menge zu beruhigen. Verzerrte Stimmen drangen aus den Funkgeräten der Polizisten.

»Eine Person ist ins Gebäude gelangt. Alles abriegeln.«

»Sind alle Insassen in ihren Zellen?«

Niemand beachtete mich, obwohl ich aus dem Mitarbeiteraufzug kam. Niemand sah mich, als ich mich an den Besuchern vorbeidrängte. Ich war unsichtbar. Keiner hielt mich auf. Doch ich wusste mit einer hundertprozentigen Gewissheit, dass es eine Person gab, die mir folgte.

Ich erkämpfte mir einen Weg ins Freie, ohne auch nur einmal Luft zu holen.

Und dann begann ich zu rennen.

Kapitel 18

Ich wartete bereits seit vierzig Minuten am Navy Pier, doch von Tyler war weit und breit keine Spur. Das Riesenrad blinkte fröhlich vor sich hin und die Rufe der Verkäufer hinter den Essensständen mischten sich mit den jubelnden Schreien der Kinder auf dem kleinen Karussell. Menschen in dicken Jacken zückten ihre Handys, um die Sonne zu fotografieren, die hinter der Skyline unterging und ihre letzten orangefarbenen Strahlen auf das Wasser warf.

Doch ich konnte mich an dem Sonnenuntergang nicht erfreuen, da ich mit meinen Gedanken woanders war. Gestern war mir nichts anderes übrig geblieben, als zurück zum Hotel zu gehen. Ich würde niemals vergessen, wie hilflos ich mich gefühlt hatte. Eine Weile hatte ich angezogen auf dem Bett gelegen und war erst dann in einen unruhigen Schlaf gefallen, als die Sonne aufgegangen war. Und jetzt stand ich auf der Seebrücke und musste darauf hoffen, dass Tyler an unserem vereinbarten Treffpunkt auftauchen würde.

Ich bezweifelte es.

Er hatte gegen sämtliche Gesetze verstoßen und saß höchstwahrscheinlich gerade in Isolationshaft. Er hätte heute entlassen werden sollen, doch nach gestern musste er die Details seiner Freilassung vermutlich neu verhandeln. So oder so würde er heute nicht auftauchen.

Komm mit mir. Wieder und wieder ging ich das Gespräch von gestern Abend durch und spürte seine Hand auf meiner Wange, seine weichen Lippen auf meinen. In dem Kuss hatten so viel Leidenschaft und Verzweiflung gesteckt, als hätten wir gewusst, dass unser Glück nicht von Dauer sein würde.

Eine sanfte Brise wehte mir den Geruch von Zimt in die Nase. Ich sah über meine Schulter und entdeckte einen Essensstand am Zaun zum Wasser, auf dessen rot-weiß gestreiftem Schild das Wort *Churros* stand. Unweigerlich knurrte mein Magen. Ich hatte den ganzen Tag vor Nervosität nichts essen können, was mir absolut nicht ähnlichsah. Doch wahrscheinlich war es normal, dass einem der Appetit verging, wenn man innerhalb von zwei Tagen zweimal um sein Leben fürchten musste.

Ich blickte auf das Wasser und beobachtete, wie der Himmel seine Farben wechselte – von kräftigem Orange zu hellem Rosa und dann zu einem blassen Pfirsichton. Als das Dunkelblau die bunten Farben nach und nach verschluckte und der letzte Hinweis der Sonne ein dünner rosafarbener Streifen am Himmel war, wusste ich, dass er nicht mehr kommen würde.

Wie so oft an diesem Tag warf ich einen Blick auf mein Handy, ob er nicht doch eine Nachricht geschrieben hatte. Nichts. Sie hatten höchstwahrscheinlich seine Zelle durchsucht und sein Handy konfisziert.

Ich hatte bereits vermutet, dass er es nicht schaffen würde, und dennoch machte sich Enttäuschung in mir breit. Ich rieb mir mit beiden Händen übers Gesicht – meine Nasenspitze war eiskalt.

Entmutigt ging ich geradewegs auf den Churro-Stand zu. Wenn ich schon hier war, sollte ich wenigstens etwas essen. Zwei kleine Fahnen, die jeweils rechts und links am Stand angebracht worden waren, wehten im Wind. Eine Verkäuferin mit rot-weiß gestreifter Schürze und blondem Bob wandte sich mir lächelnd zu. »Hey, was kann ich dir anbieten?«

Ich räusperte mich, da ich mir nicht sicher war, ob meine Stimme funktionierte – ich hatte den ganzen Tag noch kein einziges Wort gesagt. »Die Churros mit der Schokoladensoße, bitte.«

»Aber sicher.« Sie zog sich Handschuhe an und steckte das längliche in Zimt und Zucker bedeckte Gebäck in eine Papiertüte. Als sie die Schokoladensoße darüber goss, glitzerte ihr Bettelarmband im Licht.

Ich bezahlte und als sie mir die warme Papiertüte über die Theke reichte, sagte sie: »Hat dich dein Date versetzt?«

Überrascht blickte ich zu ihr hoch. »Was?«

»Weil du lange am Pier gestanden und gewartet ... Es tut mir leid, das geht mich wirklich nichts an. Ich bin immer viel zu neugierig.«

»Nein, es ist in Ordnung«, meinte ich. »Aber er hat mich nicht versetzt, er ist nur … verhindert.« Ich räusperte mich. Es war eine Spur komplizierter als das, aber ich konnte ihr wohl kaum erklären, dass er wahrscheinlich noch in Isolationshaft saß, da ich mich gestern zu ihm ins Gefängnis geschlichen hatte.

Sie hob eine Braue. »Na ja. Aber hey – ich habe extra viel Schokoladensoße drauf gemacht. Fürs Herz«, entgegnete sie augenzwinkernd.

Während ich mich auf den Weg nach Hause machte, versuchte ich die negativen Gedanken beiseitezuschieben und an das Gute zu glauben. *Tyler und ich werden einen Weg zueinander finden.* Ich biss in das knusprige Gebäck und schöpfte neue Hoffnung. *Er wird mich nicht im Stich lassen,* dachte ich. *Das weiß ich einfach. Tyler wird sich in den nächsten Tagen bei mir melden.*

***

Er meldete sich nicht. Acht Tage waren seit dem Vorfall im Gefängnis vergangen und ich hatte noch immer nichts von ihm gehört. Nachts lag ich stundenlang wach und malte mir die schlimmsten Szenarien aus, und je mehr Tage verstrichen, desto mehr Fragen kamen auf. War Tyler noch immer im Gefängnis? Wenn ja, war er in Isolationshaft? Und was war mit Wes geschehen?

Tyler hatte meine Nummer und wusste ganz genau, wo er mich finden konnte. Die Tatsache, dass er mich nicht kontaktiert hatte, zeigte mir also, dass er noch im Gefängnis sein musste … oder?

Auch weder Dad noch Ian hatte ich in den letzten Tagen gesehen. Dad und ich hatten noch nicht die Gelegenheit gehabt, über die Trennung zu reden, und ich war mir nicht sicher, was er inzwischen alles wusste. Doch das würde eine Weile so bleiben – zumal ich sowohl seine als auch Ians Nummer blockiert hatte. Die Premiere war in neun Tagen, weshalb ich jeden Tag im Theater verbrachte. Doch so viel Kraft mich das auch kostete – zwischen den Kostümproben und dem Training blieb mir leider immer noch genügend Zeit zum Nachdenken. Meine Abende verbrachte ich allein im Hotelzimmer oder – wenn ich es nicht mehr länger aushielt – draußen im Park oder am Pier.

Doch als ich am zehnten Tag immer noch nichts von Tyler gehört hatte, war ich mit meiner Geduld am Ende. Nachdem ich Josie zu ihrer Haltestation gebracht hatte, setzte ich mich auf eine Bank vor einem Starbucks. Der Geruch von Kaffee stieg mir in die Nase, als ich mein Handy auf anonym stellte und die Nummer des Gefängnisses wählte. Es war zu viel Zeit vergangen. Was war, wenn Tyler nicht mehr lebte? Wenn einer der Polizisten ihn erschossen hatte? Ich schüttelte den Kopf. *Hör auf, immer gleich das Schlimmste zu denken,* schalt ich mich.

Nach zweimaligem Klingeln meldete sich ein Mann am Telefon. »*Metropolitan Correctional Center Chicago,* was kann ich für Sie tun?«

»Guten Tag, können Sie mich mit der Polizistin Alessandra Delgado verbinden?«, fragte ich so gleichgültig, wie meine Stimme es zuließ.

»Sekunde«, nuschelte der Mann ins Telefon, ehe ein Knacken ertönte.

Kurze Zeit später hörte ich Alessandras unbeschwerte Stimme an meinem Ohr. »Officer Delgado am Apparat, wie kann ich Ihnen helfen?«

»Alessandra«, sagte ich. »Ich bin's, Devon.«

Stille.

Als sie wieder das Wort ergriff, klang sie weitaus weniger heiter als zwei Sekunden zuvor. »Devon? O mein Gott. Geht es dir gut?«, zischte sie mit gesenkter Stimme. »Ian redet nicht über das, was passiert ist, und ich verstehe gar nichts mehr.«

Ich seufzte leise. »Ich weiß, es ...« Ich verstummte.

»Was zum Teufel hast du da oben mit Tyler Fox gemacht? Wie bist du da überhaupt hingekommen? Und warum hat Ian eine Waffe auf dich gerichtet?« Den letzten Satz flüsterte sie.

Doch da ich nichts davon beantworten konnte, fragte ich: »Was hat Ian mit Tyler gemacht? Ist er noch in Isolationshaft? Oder auf ... ich weiß nicht, der Krankenstation vielleicht?«

Wieder herrschte Stille. Lediglich das Geräusch eines klingelnden Telefons im Hintergrund war zu hören. »Ich glaube, du gerätst gerade ein bisschen vom richtigen Weg ab«, sagte sie schließlich.

Ich seufzte innerlich. »Du kennst Tyler nicht.« Doch es war die Mühe nicht wert, ihr das zu erklären. Menschen sahen so oder so immer nur das, was sie sehen wollten.

»Er ist ein Verbrecher.«

Ich schnaubte. »Und deshalb ist er schlecht? Und Ian ist gut, weil er ein Cop ist?«

Die Überraschung in ihrer Stimme war nicht zu überhören. »Du nimmst Fox in Schutz?«

»Du kennst weder Tyler noch Ian. Tyler ist genauso wenig nur ein Verbrecher, wie Ian nur ein Polizist ist.«

»Was willst du damit sagen?« Inzwischen klang sie beinahe wütend.

»Ian ist nicht der Unschuldsengel, für den du ihn hältst.«

»Sag mal ... was genau läuft da zwischen dir und Fox?«

Ich sagte nichts.

»O. Mein. Gott. Nicht dein Ernst. Das ist alles meine Schuld«, seufzte sie. »Ich habe dir das Treffen mit ihm überhaupt erst ermöglicht.«

»Alessandra«, unterbrach ich sie. »Bitte tu mir den Gefallen und beantworte mir nur diese eine Frage.«

Sie seufzte tief. »Wenn Ian wüsste, dass ich mit dir telefoniere –«

»Ist Tyler in Isolationshaft?«, fragte ich erneut. »Wie läuft das mit seiner Entlassung, weil er eigentlich vor mehreren Tagen –«

»Was? Von was redest du?«, unterbrach sie mich. »Er war kurz in Isolationshaft, das stimmt.«

»Kurz? Und jetzt?«

»Devon. Er wurde vor über einer Woche entlassen.«

Kapitel 19

»Man sieht diese hässliche Narbe immer noch!«, rief Miss Petrowa etwas zu nah an meinem Ohr. Sie hatte die Hände in die Hüften gestemmt und beäugte kritisch mein Gesicht. Trotz ihres lauten Organs und des rauen Akzents ging ihr Ruf beinahe im Stimmengewirr des überfüllten Maskenraumes unter. »Wo ist das helle Make-up? Wir brauchen mehr davon.« Sie nahm mein Gesicht zwischen Daumen und Zeigefinger und drehte es von links nach rechts. »Bring die ganze Tube!«

Die Maskenbildnerin, die zuvor meine Schminke aufgetragen und meine Haare zu einem strengen Knoten gebunden hatte, sprang auf der Suche nach dem Make-up nervös zwischen den vielen Ballerinen hin und her. Wie immer am Tag der Premiere vibrierte die Luft nur so vor Anspannung. Die jüngeren Tänzerinnen tummelten sich am Eingang des Maskenraumes und übten ein letztes Mal ihre Figuren, während sich die älteren im hinteren Teil des Raumes befanden und geschminkt wurden.

Die Maskenbildnerin mit den kurzen blauen Haaren und großen hellgrünen Augen wischte mit dem Pinsel erneut über meine Narbe. »Es tut mir leid, Liebes, aber das geht einfach nicht besser.«

»Das ist völlig in Ordnung so, danke«, erwiderte ich. Es war schließlich nicht ihre Schuld, dass ich so aussah.

Sie verzog mitfühlend den Mund. »Ich denke, die Narbe wird bleiben«, stellte sie fest.

Ja. Das würde sie. Doch damit würde ich mich von nun an wohl oder übel abfinden müssen. Miss Petrowa bestand zwar auf absolute Perfektion in jedweder Hinsicht, doch man würde die Wunde auf diese Entfernung und zwischen den vielen Papierschnipseln, die von der Decke rieselten, wohl kaum bemerken.

Die Papierschnipsel.

Sofort hatte ich Tyler in seinem orangefarbenen Overall vor Augen, wie er den Schnipsel grinsend zwischen seinem Daumen und Zeigefinger drehte. Mein Magen krampfte sich bei der Erinnerung heftig zusammen. Heute waren seit seiner Entlassung exakt zwei Wochen vergangen. Gestern hatte ich mein Zeugnis an der Uni abgeholt und stand damit offiziell vor einem Neubeginn. Ein Neubeginn, den ich mit Tyler an meiner Seite hatte starten wollen.

Ich schloss die Augen und erinnerte mich an das Gefühl von Tylers Lippen auf meinen, seiner Hand an meiner Wange. Ich erinnerte mich an das Gefühl, mich frei zu fühlen und zu lachen. Tyler hatte meinen Schmerz verstanden wie kein anderer. Mich verstanden. Die Dunkelheit, die in mir wohnte. Ich hatte in meinem Leben stets alles unter Kontrolle gehabt und dennoch hatte sich die kurze Zeit mit Tyler, in der ich das erste Mal von meinem Plan abgewichen war, richtiger und besser angefühlt als alles andere in meinem Leben zuvor. Und jetzt war es vorbei, bevor es überhaupt begonnen hatte.

Manchmal, ganz selten, erlaubte ich mir, mir vorzustellen, dass er mich doch noch holen kam. Dass ich mich nicht in ihm getäuscht hatte.

Was war an jenem Abend geschehen, das seine Meinung verändert hatte? Es passte nicht ins Bild, dass er sich nicht mehr gemeldet hatte. Gleichzeitig hatte ich die Befürchtung, dass ich ihn nie wiedersehen würde, und mir blieb nichts anderes übrig, als mich damit abzufinden und nach vorn zu blicken. Was leichter gesagt war als getan. Vor allem nachts, wenn ich mich von einer Seite auf die andere drehte und versuchte zu verstehen, was passiert war. Er hatte geschworen, dass wir uns wiedersehen würden, und ich hatte ihm geglaubt – dabei war ich wirklich nicht leichtgläubig. Ich wusste, nach was es aussah, doch ich konnte mich einfach nicht damit abfinden, dass ich mich in ihm getäuscht hatte. Dass Ian mit seiner Meinung über Tyler recht gehabt hatte – denn Tyler war kein schlechter Mensch. Er war zuverlässig und ehrlich und … nicht hier.

Unsere gemeinsamen Momente fühlten sich nun an wie ein Traum. Die Art von Traum, aus dem man nicht aufwachen wollte und nach dem man versuchte, wieder einzuschlafen, falls man es doch tat. Doch wie es schien, würde es das von nun an bleiben: ein Traum, eine Erinnerung – Vergangenheit.

»Was hast du denn mit deinem Gesicht gemacht?« Die Stimme von Sara riss mich aus meinen Gedanken. Das Mädchen, das zuvor in dem Stuhl neben mir gesessen hatte, war offenbar aufgestanden, ohne dass ich es bemerkt hatte.

Sara setzte ein falsches Lächeln auf und lehnte sich etwas näher zu mir. »Hat dich eine deiner zehnjährigen Freundinnen geschubst? Hast du es deiner Mommy schon erzählt?« Dann griff sie sich theatralisch an die Brust. »Ach nein, es tut mir leid. Du hast es sicher deinem Daddy, dem Bürgermeister, erzählt, der alles für dich regelt und bezahlt, stimmt's?« Sie lächelte selbstzufrieden und ihre Freundin, die im Spiegel ihren Kopfschmuck zurechtrückte, grinste hämisch.

Ich biss fest die Zähne aufeinander und verengte meine Augen. Die alte Devon hätte nichts gesagt und die kindische Anmerkung einfach ignoriert. Doch irgendwann zwischen Gefängnisbesuchen, Waffen und Nahtoderlebnissen hatte sich etwas in mir verändert. Zusammengefasst: Ich war nervlich am Ende und hatte es satt, Konflikten aus dem Weg zu gehen. Weshalb ich mich, anstatt sie zu ignorieren, kurzerhand aus meinem Stuhl erhob und dicht vor sie trat. Eine Falte bildete sich zwischen ihren Augenbrauen und sie wich leicht zurück, als ich meine Hände auf den Armlehnen ihres Stuhls ablegte. Innerlich freute ich mich darüber, dass ihr das selbstgefällige Grinsen aus dem Gesicht wich. Es war offensichtlich, dass sie geglaubt hatte, ich würde nichts erwidern. Ich ging mit meinem Gesicht nah an ihres und lächelte kühl.

»Ich habe mich in einem Straßenkampf verletzt, kurz bevor ich jemandem eine Rippe gebrochen habe. Und wenn du mich noch einmal blöd von der Seite anredest, obwohl dich keiner nach deiner Meinung gefragt hat, mache ich dasselbe mit dir.«

Eine vollkommen übertriebene Reaktion, das war mir mehr als bewusst, doch nach all den Dingen, die ich wortlos eingesteckt hatte, konnte ich meine Gefühle nicht mehr verbergen. Wenigstens tat meine kleine Drohung ihren

Zweck. Sara sah mich mit einem solch entgeisterten Blick an, dass mein Lächeln etwas breiter wurde.

»Dann haben wir uns ja verstanden«, fügte ich hinzu, ehe ich mich aufrichtete und mich an den Tänzerinnen und Tänzern vorbei durch die Menge schlängelte. Ich war mir ziemlich sicher, dass mich Sara von nun an in Ruhe lassen würde. Vielleicht nicht, weil sie Angst hatte, dass ich sie verletzte, sondern eher, weil sie dachte, dass ich den Verstand verloren hatte, doch mir war beides recht – Hauptsache sie ließ mich in Frieden.

Die Flure waren so voll und laut, dass man beinahe hätte meinen können, hier fände eine Party statt. Es roch nach Haarspray und Filterkaffee, Gelächter wurde von Glückwünschen übertönt und andersherum. Wenn ich nicht bereits gewusst hätte, wo sich der Raum mit den Kostümen befand, wäre ich ohne Hilfe aufgeschmissen gewesen.

Die Tür des Zimmers stand bereits offen und eine Reihe von Mädchen in Josies Alter kam kichernd mit ihren bunt gestreiften Kostümen heraus. Ich klopfte an die offen stehende Tür.

»Einfach reinkommen«, rief die Kostümbildnerin, ohne von dem Saum hochzusehen, den sie am Kostüm des Ballerinos umnähte. Ihre schwarzen Haare standen in alle Richtungen ab und in jedem ihrer – ebenfalls schwarzen – Kleidungsstücke, steckten Nadeln in allen Größen. Als sie sich zu mir umdrehte, hellte sich ihr gehetztes Gesicht auf. »Devon!« Sie winkte mich aufgeregt zu sich. »Wie schön, dass du dieses Jahr wieder dabei bist!«

Sie fasste mich an den Armen und lächelte zu mir hoch. Ich hatte Suki an meinem ersten Tag vor zwölf Jahren kennengelernt. Sie hatte mich damals aufgemuntert, als mein Dad nicht zur Premiere gekommen war. So änderten sich die Dinge: Damals hätte ich alles dafür gegeben, dass mein Vater sich die Premiere ansah, und heute betete ich, dass er mir fernblieb.

»Es freut mich, dich zu sehen, Suki«, sagte ich und erwiderte ihr Lächeln.

Sie zwinkerte mir zu, ehe sie sich der Kleiderstange hinter sich zuwandte. Ich hätte nicht sagen können, welche Farbe die Wände des Raumes hatten, da jeder Quadratmeter der Wand von Regalen bedeckt war, in denen Stoffe, Kleiderreste und Kisten voller Applikationen und Strumpfhosen waren.

»Turner, Turner, Turner …«, murmelte sie, ehe sie ein in Plastikfolie eingeschweißtes Tutu von der Stange zog. »Hier.«

Sie riss die Plastikfolie auf und reichte mir das Kleid. Mir blieb der Mund offen stehen und ich blickte abwechselnd vom Kleid zu Suki und wieder zurück. Es war hellblau und der knielange Tüllstoff war über und über mit silbernen Schneeflocken und Sternen bestickt. Vorsichtig strich ich über das enge Korsett. »Ich hab gar keine Worte dafür. Das ist wirklich wunderschön, Suki.«

Sie lachte. »Ich weiß, mein Herz.« Dann tippte sie sich auf ihr linkes Handgelenk, obwohl da keine Uhr, sondern ein kleines Nadelkissen war. »Und jetzt zieh es an, wir haben wenig Zeit.«

Ich zog mir das Kleid behutsam über den Kopf und Suki stellte sich vor mich, um den Ausschnitt zurechtzurücken. Dann lächelte sie beinahe mütterlich zu mir hoch und sagte: »Du siehst aus wie ein *hakuchō*. Wie heißt das Wort noch gleich auf Englisch?«

Sie trat beiseite, damit ich mich in dem von grünen Federboas umrahmten Spiegel betrachten konnte. Ich erkannte mich kaum wieder. Was vielleicht auch daran lag, dass ich die letzte Woche ausschließlich ungeschminkt und in Jogginghose herumgelaufen war. Mit den hochgesteckten Haaren, dem glitzernden Kopfschmuck, dem Make-up und dem Kleid sah ich aus wie eine der Ballerinen, die ich als Kind bewundert hatte.

Schließlich schnippte Suki mit den Fingern und sah mich mit großen Augen an. »Schwan. Das ist das Wort. Du siehst aus wie ein Schwan.«

Ich betrachtete mich wehmütig im Spiegel. Ich war kein bisschen wie ein Schwan. Ich wünschte, es wäre so gewesen. Denn wenn sich Schwäne in die Enge getrieben fühlten, griffen sie entweder an oder sie flohen. Zwei Dinge, die ich längst hätte tun sollen, doch ich war entweder zu feige oder zu ängstlich dazu gewesen. Wahrscheinlich beides.

Der Raum füllte sich und immer mehr Schneeflocken trudelten ein, um ihre Kostüme anzuziehen. Mit dabei waren Sara und ihre Freundin, die beide meinem Blick auswichen.

Suki hatte sich bereits den anderen Tänzerinnen zugewandt, weshalb ich den Raum verließ, um am Treffpunkt hinter der Bühne auf Miss Petrowas letzte Anweisungen zu warten.

Doch ich kam nicht weit. Gerade als ich die Glastür aufstieß, durch die man in den hinteren Bühnenbereich gelangte, kam mir mein Vater entgegen.

Scheiße. Ich spielte kurz mit dem Gedanken, umzudrehen und so zu tun, als hätte ich ihn nicht gesehen, doch es war bereits zu spät. Ich seufzte und stieß widerstrebend die Tür auf.

Bei ihm hatte sich eine blonde und außergewöhnlich schöne Frau eingehakt. Ihr bodenlanges Kleid aus pflaumenfarbener Seide fiel ihr in Falten um die Beine. Der obere Teil ihres Kleides war von schwarzen Federn bedeckt, die ihr Dekolleté umrahmten, und ihr Lippenstift hatte denselben Farbton wie das Kleid. Ich schätzte sie um die zehn Jahre jünger als meinen Vater, was mich wunderte. Normalerweise waren seine Freundinnen nur wenig älter als ich, was schon zu der ein oder anderen unangenehmen Begegnung geführt hatte.

»Devon.« Mein Vater marschierte auf mich zu. Ich hatte keine Ahnung, wie er ohne Weiteres in den Backstagebereich gekommen war, doch bei seiner Rücksichtslosigkeit war es kein Wunder. Er tat alles mit einer solchen Selbstverständlichkeit, dass ihm nie jemand sagte, dass er etwas nicht durfte.

»Es ist so schön, dich kennenzulernen, Devon. Noch hatten wir nicht die Gelegenheit. Ich bin Catherine«, stellte sich die Frau vor und gab mir lächelnd die Hand. »Du siehst wirklich toll aus«, sagte sie entzückt und betrachtete mein Kleid. »Ich freue mich sehr auf die Vorstellung.«

Dafür, dass sie wahrscheinlich die Freundin meines Vaters war und er bis auf meine Mom einen schrecklichen Frauengeschmack hatte, war sie wirklich sympathisch.

Ich lächelte. »Das ist lieb von dir, Catherine.« Dann freute sich wenigstens eine von beiden auf meine Performance.

»Was tust du hier?«, fragte ich an meinen Vater gerichtet und seine kalten Augen trafen meine. Eigentlich hatte er heute meine Hochzeit verkünden wollen, erinnerte ich mich. Ich hatte Dad seit beinahe drei Wochen nicht mehr gesehen. Hatte seine Nummer blockiert und war unerreichbar gewesen.

Wie würde er nun reagieren? Angesichts seines strengen Blickes war ich der festen Überzeugung, dass ich es gleich erfahren würde.

»Ich muss mit dir reden«, begann er ohne Begrüßung oder sonstige Einleitung. Stets der Geschäftsmann – niemals wertvolle Zeit verschwenden.

Ich schluckte. »Ich habe nicht viel Zeit, also –«

»Ian hat mir erzählt, was passiert ist«, unterbrach er mich barsch. »Dass ihr euch getrennt habt und du ausgezogen bist. Du hättest es mir sagen sollen, doch stattdessen hast du mich einfach hängen lassen. Bis vor einer Woche habe ich in dem Glauben gelebt, heute eure Hochzeit zu verkünden!« Mit jedem Wort wurde seine Stimme ein wenig lauter und Catherine warf meinem Vater einen kurzen Blick zu.

»Und dann ist da das mit dir und Tyler Fox.«

Ich erstarrte bei der Erwähnung von Tylers Namen aus seinem Mund. »Ja, du hast richtig gehört. Ich weiß davon. Lass mich dir eines sagen: Du kannst von Glück reden, dass niemand Wind davon bekommen hat. Eine Sache wie diese kann jederzeit meine Karriere zerstören. Du bist vielleicht volljährig, aber als Tochter des Bürgermeisters kannst du nicht einfach alles tun, worauf du gerade Lust hast, ohne darüber nachzudenken, was für Konsequenzen das für mich hat. Trenn dich meinetwegen von Ian und zieh aus der Wohnung aus, aber eine Dummheit wie diese wirst du dir nicht mehr erlauben.«

Irgendetwas in der Ernsthaftigkeit seiner Stimme machte es mir schwer zu atmen. Der Knoten in meiner Lunge schnürte mir die Luft ab. »Es ist –«

»Lass mich ausreden«, unterbrach er mich erneut. »Ich kenne Tyler Fox, seinen Vater und die gesamte Sippe, die meint, sie könne die Stadt an sich reißen, als gehöre sie ihnen. Dass du dich ausgerechnet mit diesem Mann abgegeben hast, hat mich tief verletzt. Du bist eine Turner, um Himmels willen.«

Wenn die Situation nicht so ernst gewesen wäre, hätte ich laut losgelacht. Ich hatte ihn verletzt? Um verletzt zu werden, brauchte man ein Herz. Oder eine Seele. Er hatte keins von beidem.

Mein Vater senkte seine Stimme. »Wenn du dich noch einmal auch nur in die Nähe dieses Mannes oder dieser … Welt begibst, dann bist du für mich als

Tochter gestorben.« Er verengte die Augen. »Und damit meine ich gestorben. Ich werde jegliche Verbindung zu dir leugnen.«

Ich hielt seinem Blick stand und wartete, bis er endlich fertig war. Das Korsett drückte auf meine Lunge und ich brauchte dringend frische Luft.

Mein Vater wartete geduldig darauf, ob ich dem, was er gesagt hatte, widersprechen würde. Als von mir nichts mehr kam, sagte er: »Du hast heute Abend die einmalige Chance, alles wiedergutzumachen. Obwohl wir nun nicht eure Hochzeit verkünden können, ist Ian mit seiner Mutter hier.«

Er hielt kurz inne, als ein Mann mit einem Anzug an uns vorbeilief, und nickte ihm lächelnd zu, ehe er sich wieder mir zuwandte und denselben ernsten Blick von gerade eben aufsetzte. »Ich habe eine Reporterin von der *Chicago Tribune* eingeladen, die während der Vorstellung ein Bild von dir machen wird.«

Ganz toll. Noch mehr Aufmerksamkeit und Druck von außen. Und das, obwohl ich sowieso kaum atmen konnte.

»Nach der Premiere wird sie sich zu dir, mir, Ian und seiner Mutter gesellen, um einen Artikel über mich und mein neues Projekt zu verfassen. Ich leite diese Stadt, ich muss Stabilität ausstrahlen. Es geht um ein sicheres Chicago und wenn meine Tochter sich mit dem verdammten Abschaum Chicagos trifft, dann wirkt das nicht mehr besonders glaubwürdig!« Seine Stimme war mit jedem Wort immer weiter angeschwollen, weshalb ihm Catherine eine Hand auf den Arm legte, um ihn zu beruhigen.

Er atmete einmal durch, ehe er hinzufügte: »Du wirst dich von deiner besten Seite zeigen und so glücklich aussehen, wie nie zuvor in deinem Leben. Danach ziehst du wieder in eine der Wohnungen im oberen Bereich des Gebäudes, weil meine Tochter sicher nicht in einem heruntergekommenen Hotel unterkommt. Ich habe mit der Abteilung gesprochen – bis zur Wahl wirst du an meiner Seite als Kriminologin für die Stadt Chicago arbeiten.« Er schnaubte. »Vielleicht bringt dich das wieder auf die richtige Bahn.«

Ich blickte zu Catherine, die mitfühlend den Mund verzog.

»Haben wir uns verstanden?«, fragte er und sah mich eindringlich an.

»Ja«, presste ich hervor, da ich wusste, dass es nichts half, ihm zu widersprechen. Je schneller ich zustimmte, desto schneller war ich ihn wieder los.

Mein Vater nickte knapp. »Wir sehen uns nach der Vorstellung. Streng dich an.«

Ich schluckte das nervöse Lachen hinunter, das in meiner Kehle emporstieg. Mein Vater, der mir sagte, ich solle mich beim Tanzen anstrengen, war wirklich die Höhe. Alles, was er hier abzog, war so dermaßen dämlich, dass ich mich das erste Mal ernsthaft fragte, ob er überhaupt wusste, was er tat.

Er zerrte Catherine an der Hand zurück die Treppe nach oben, wo sie sich ein letztes Mal zu mir umdrehte und ein tonloses *Viel Glück* mit ihren Lippen formte.

Ich war mir nicht sicher, ob sie damit die Premiere meinte oder alles, was danach kam. Ich schloss meine Augen und lehnte mich an die kühle Glastür. Am liebsten wäre ich an einem Ort ganz weit weg von hier gewesen. Bei dem Gedanken daran, dass dies mein Leben war, zitterten meine Hände. Mit oder ohne Ian – solange ich meinen Dad in der Nähe hatte, war ich gefangen. In meinem persönlichen Gefängnis. Doch so schrecklich er auch war – wenn ich ihn nicht mehr hatte, wen hatte ich dann überhaupt noch? Ich grub meine Fingernägel in meine Handflächen, um nicht laut loszuschreien.

»Devon, ist alles gut?«

Josies zögerliche Stimme ließ mich zusammenfahren. Sie trug ein beiges Kleid mit roten Verzierungen und blickte mich aus ihren dezent geschminkten Augen sorgenerfüllt an.

»Josie, du siehst toll aus!«, sagte ich und bemühte mich, meine Stimme so fröhlich wie möglich klingen zu lassen. Ich stieß mich von der Glastür ab, legte meinen Arm um ihre Schulter und ging mit ihr die Treppe nach oben zum hinteren Bühnenbereich. Meine Beine zitterten. Mal sehen, wie lange ich es aushielt, ehe ich zusammenbrach. Denn leider machte genügend Druck nicht immer einen Diamanten.

Sie schien mir meine gespielte Fröhlichkeit nicht abzunehmen, da sie fragte: »Ist sicher alles in Ordnung?«

Ich stupste mit dem Finger gegen ihre Nase und lächelte. »Natürlich«, log ich. »Das ist nur die Aufregung vor der Aufführung. So geht es mir jedes Mal vor der Premiere. Was ist mit dir? Schon nervös?«

»Nein.« Sie senkte plötzlich ihren Blick. »Aber meine Mom hat mir versprochen, dass sie heute kommt und …«

Sie brauchte den Satz nicht zu Ende zu sprechen. Ich kannte das nur allzu gut und es versetzte mir einen Stich ins Herz, dass sie dasselbe durchmachen musste. Ich zog sie schweigend in eine Umarmung. Was konnte ich sagen, damit sie sich besser fühlte? Den Schmerz darüber, dass ihre Mutter nicht hier war, konnte ich ihr nicht nehmen.

Schließlich hob ich ihr Kinn mit dem Finger an und sah ihr in die traurigen Augen. »Ich freue mich so sehr, dich gleich auf der Bühne zu sehen«, meinte ich. »Du bist heute der Star und hast dir das alles selbst erarbeitet – genieß jede Sekunde davon! Ich bin so unfassbar stolz auf dich.«

»Rory, Josie, Tim«, rief eine helle Stimme. »Kommt bitte zu mir und stellt euch auf.«

»Viel Glück, Josie«, hauchte ich, als sie mich ein letztes Mal umarmte, ehe sie zu ihrer Trainerin ging, die neben einem großen Scheinwerfer stand und den Kindern finale Anweisungen gab.

Das falsche Lächeln rutschte von meinem Gesicht, als ich mich auf den Weg zum Treffpunkt der Schneeflocken machte. Hinter dem meterhohen Samtvorhang befanden sich riesige von Bühnenbildnern angefertigte Kulissen wie der winterliche Wald und der große Weihnachtsbaum, der bis zur Decke reichte. Stimmengewirr, glitzernden Kostüme, aufgeregte Tänzer und Tänzerinnen, Kabel in allen Farben und Scheinwerfer verschwommen und wurden eins. Auf der anderen Seite angekommen nahm ich wie betäubt meine blassblauen Ballettschuhe aus der Box mit meinem Namen darauf und band sie mir um.

Bevor ich zu Miss Petrowa und den anderen Schneeflocken ging, schob ich den Stoff des Vorhanges zur Seite und blickte in den sich füllenden Saal des Theaters. Ränge über Ränge von Menschen in Abendkleidung, die sich das Stück ansehen wollten. Mein Blick wanderte von der verzierten Decke zu den opulenten Kronleuchtern und wieder zurück zu den goldenen Verzierungen an den Seiten.

Dann sah ich zu den Personen in der ersten Reihe und entdeckte meinen

Vater und Ian. Catherine saß bereits auf ihrem Stuhl und tippte auf ihrem Handy herum, während sich mein Vater und Ian mit einem Mann unterhielten, bei dem es sich wahrscheinlich um einen Investor handelte. Ian trug einen Anzug, den ich noch nie zuvor an ihm gesehen hatte, und warf wegen etwas, das der Mann gesagt hatte, vor Lachen den Kopf in den Nacken. Mein Vater tat es ihm nach, ehe er ihm freundschaftlich auf die Schulter klopfte.

Alles Heuchler, dachte ich bitter. Mein ganzer Körper spannte sich an, als ich darüber nachdachte, dass ich mich später zu ihnen gesellen musste. Inzwischen hatte sich zu meinem Vater und Ian eine Frau in einem beigen Trenchcoat gestellt. Sie hatte eine Spiegelreflexkamera um ihren Hals gehängt und schüttelte allen geschäftsmäßig die Hand. Die Reporterin von der *Chicago Tribune.*

Ich seufzte tief, ließ den Vorhang fallen und versuchte sie alle – wenigstens für die Zeit der Vorstellung – aus meinen Gedanken zu verbannen. Menschen mit Headsets und Klemmbrettern teilten die Tänzer in Gruppen ein und als das Stück begann, stand ich mit den anderen Schneeflocken links hinter der Bühne.

Für mich war das Aufregendste nie das Tanzen auf der Bühne, sondern der Moment kurz davor, bei dem die Anspannung in der Luft greifbar war. Das Mädchen neben mir bekreuzigte sich mit geschlossenen Augen, ein anderes zählte leise von hundert rückwärts, um ihre Aufregung unter Kontrolle zu bekommen.

Ich versuchte mich ebenfalls zu fokussieren, konnte aber mein Gedankenkarussell nicht stoppen. Ich hatte genauso viel geübt wie in den Jahren zuvor, war bestens vorbereitet und tanzte sogar auf exakt derselben Bühne. Alles war wie sonst und dennoch fühlte ich mich, als wäre ich jemand anderes.

Tschaikowskys Musik erfüllte den Saal und sanftes rosafarbenes und weißes Licht schimmerte durch die Kulissen hindurch in den hinteren Teil der Bühne. Ich hätte in Gedanken meine Schritte noch einmal durchgehen oder Atemübungen machen sollen, doch alles, was ich denken konnte, war, wie mir alles genommen worden war. Dass mein Leben in Trümmern lag. Ich dachte an meine Mutter und ihr Gesicht, bevor sie den Rahmen des Autos losgelassen hatte, um mich zu retten. Ich dachte an Ian und wie er neben mir geschluchzt hatte, nachdem er mich beinahe umgebracht hatte. Ich dachte an meinen Vater, der mir nie auch nur einen Funken Liebe entgegengebracht hatte und mich für seinen Erfolg ausnutzte. Doch vor allem dachte ich an Tyler. Seinen Blick, als ich ihn das letzte Mal gesehen hatte.

Meine Atmung ging zu schnell und ich war mir meines Herzschlages viel zu deutlich bewusst. Zitternd atmete ich aus und blickte nach oben, wo nichts als schwarzer Stoff zu sehen war, über den Lichtreflexe tanzten.

Ich hatte in dem Moment aufgehört, an einen Gott zu glauben, in dem meine Mutter gestorben war. Doch jetzt, als ich mich fühlte, als kämen die Wände immer näher auf mich zu, schloss ich flehend meine Augen.

Bitte. Was auch immer da oben ist. Hilf mir. Gib mir ein Zeichen, damit ich weiß, in welche Richtung ich gehen soll. Bitte.

Ich wischte mir vorsichtig die Tränen von den Wangen, um mein Make-up nicht zu verschmieren, und straffte meine Schultern. *Bring es einfach hinter dich,* dachte ich und atmete tief aus. *Danach kümmerst du dich um alles, was noch kommt.*

Ich hörte, wie sich die Musik veränderte, und im nächsten Moment vernahm ich Miss Petrowas Flüstern: »Schneeflocken, jetzt.«

Dank des jahrelangen Trainings spannte sich mein Körper automatisch an und ging in die korrekte Haltung. Gefolgt von den anderen Tänzerinnen schritt ich in das gleißende Licht der Bühne. Die Kulisse des winterlichen Waldes ragte hinter mir auf – die gemalten schneebedeckten Bäume hoch wie echte Tannen. Ich erinnerte mich daran, ein Lächeln aufzusetzen, und vollführte meine erste Drehung, gefolgt von zwei schnellen Figuren hintereinander. Mein Blick wanderte rasch über die erste Reihe, wo ich die Gesichter all der Menschen sehen konnte, die mir am meisten hätten bedeuten sollen. Wie oft hatte ich mir gewünscht, dass mein Vater bei einer Aufführung dabei sein würde, doch nun, da es so weit war, brachte sein Anblick nur mein Blut zum Kochen. Ich hob meine Hände über den Kopf und während ich meine Schritte ausführte, fiel mein Blick auf die Fotografin, die ihre Linse auf mich hielt und offensichtlich auf den perfekten Moment wartete, um abzudrücken.

Meine Kehle schnürte sich zu und ich fühlte mich plötzlich wie eine Ballerina in einer Schmuckschatulle. Wenn man die Box öffnete, ertönte Musik und sie tanzte. Sie war immer perfekt und abrufbar, wenn man sie tanzen sehen wollte. Doch sobald die Box geschlossen wurde, war sie gefangen und lebte allein in Dunkelheit. Keiner dachte daran, wie es der Figur dann ging.

Und keiner dieser Menschen kann meine düsteren Gedanken sehen, dachte ich, als ich eine weitere Pirouette machte.

Bei diesem Stück waren insgesamt sechzehn Schneeflocken involviert. Die Schritte waren anspruchsvoll und es erforderte eine perfekte Synchronisation mit den anderen. Viele der Mädchen hassten das Stück, da es mit sieben Minuten außergewöhnlich lang und war und man stets aufpassen musste, dass man nicht auf den Papierschnipseln ausrutschte, wenn man nach einem Sprung wieder auf dem Boden aufkam, doch ich liebte alles daran – normalerweise.

Mein Tüllrock hob und senkte sich bei jedem meiner Sprünge und ich hielt meine Körperspannung, während ich die fließenden Bewegungen ausführte. Die dramatische Musik trieb mich dazu weiterzumachen, während ich in dem Stück versank und mich anstrengte, die schweren Schritte leicht aussehen zu lassen.

Die Lichter der Bühne verschwommen mit den Gesichtern der Zuschauer, den glitzernden Kostümen der Tänzerinnen und den unzähligen weißen Schneeflocken, die von der Decke rieselten.

Genau hier auf der Bühne fühlte ich mich am einsamsten. Weil jeder seine Augen auf mich gerichtet hatte und mich dennoch nicht sah.

Mit dem falschen Lächeln noch immer auf meinem Gesicht tanzte ich zum vorderen Bereich der Bühne, als ich ihn plötzlich sah und die Zeit stehen blieb.

Ich traute meinen Augen nicht. Mitten im Gang zwischen den beiden vorderen Sitzblöcken stand Tyler.

Die Papierschneeflocken schienen bewegungslos neben mir in der Luft zu schweben, als ich seinen Blick auffing.

Er trug ein weißes Hemd, das locker in seiner schwarzen Hose steckte. Sein Blick war ernst, beinahe traurig, doch dann hob sich sein linker Mundwinkel und er streckte ganz selbstverständlich eine Hand aus, wie um zu fragen: *Kommst du?*

Mein Herz blieb stehen, genau wie ich – bewegungslos mitten während der wichtigsten Aufführung des Chicago Ballet –, und starrte Tyler an.

Die Gewissheit, dass ich mich doch nicht in ihm getäuscht hatte, breitete sich in mir aus. Ich dachte an die letzten zwei Wochen und wie sehr ich mich danach gesehnt hatte, ihn wiederzusehen. An sein Versprechen, dass er mich rausholen würde. Ich dachte an all die Menschen in der ersten Reihe und vor allem an meinen Vater, den ich – falls ich das tun sollte – nie wiedersehen würde. Doch vor allem dachte ich daran, wie einsam und eingesperrt ich mich in den letzten Jahren gefühlt hatte. Und Tylers glänzende Augen erinnerten mich daran, wie er die schlechten Gefühle von mir genommen und ich mich gefühlt hatte, als wäre ich endlich angekommen.

Es war kaum eine Sekunde vergangen, als mir klar wurde, dass es das war. Mein Zeichen.

»Devon, um Himmels willen!«, zischte eine der Tänzerinnen. Ich hatte die ganze Vorstellung durcheinandergebracht. »Devon!«, kreischte Miss Petrowas Stimme fassungslos. Ich hörte, wie ein Raunen durch das Publikum ging, und konnte alle Blicke auf mir spüren. Die des Publikums, das sich wunderte, was ich tat. Den meines Vaters, der mich gewarnt hatte, mir keinen Fehltritt zu erlauben. Den von Ian, der keine meiner Bewegungen unbeobachtet ließ. Doch der einzige Blick, der zählte, war Tylers.

Mein falsches Lächeln verschwand aus meinem Gesicht, eine Träne der Erleichterung löste sich aus meinem Augenwinkel und lief meine Wange hinab. Am Rande nahm ich ein helles Aufblitzen wahr, ehe ich das Undenkbare tat.

Ich setzte einen Fuß auf die schmale Treppe, die von der Bühne hinunterführte. Erst zögerlich, dann schneller stieg ich hinab und lief geradewegs auf Tyler zu. Er lachte breit, nahm meine Hand und gemeinsam flohen wir rennend aus dem Saal.

Ich hatte gedacht, mein Leben wäre bereits zu Ende. Jetzt sah ich, dass es von Neuem begann – ich musste es nur selbst in die Hand nehmen.

Kapitel 20

Meine Hand lag fest in Tylers, als wir zwischen den Reihen hindurch zum Ausgang rannten. Das Orchester spielte unbeirrt weiter das Stück von Tschaikowsky, als wäre nichts geschehen. Dabei waren sämtliche Augen auf uns gerichtet. Die Tänzerinnen standen reglos auf der Bühne und sahen uns mit entgeisterten Blicken nach.

Er hat sein Versprechen gehalten. Ich drehte meinen Kopf zu Tyler und sah sein breites Grinsen. Auch ich konnte einfach nicht anders, als lauthals zu lachen. Mit jedem Schritt, den wir auf den Ausgang zuliefen, lockerte sich die Spannung in meinen Schultern, der Knoten in meiner Lunge, die Angst in meinem Herz.

Als wir am Ende des Saales ankamen, öffnete Tyler die schwere Doppeltür, die in die Eingangshalle des Theaters führte.

Floh ich gerade wirklich mit Tyler aus der laufenden Vorführung? Meine Gedanken überschlugen sich, doch das Einzige, was zählte, war, dass ich seine warme Hand in meiner spürte. Als wir durch den Eingangsbereich zum Ausgang liefen, drehten sich mehrere verwunderte Blicke zu uns um. Die Mitarbeiter der Garderobe, der Bar und des Kartenschalters hielten in ihren Bewegungen inne. Sie sahen wohl nicht alle Tage, wie eine Ballerina während der laufenden Vorstellung aus dem Saal flüchtete.

Wir waren gerade an der Drehtür angekommen, als das Geräusch von Schritten hinter uns ertönte. Ich fuhr herum und sah Ian und meinen Dad aus dem Saal stürmen.

»Sofort stehen bleiben!«, rief mein Dad.

»Im Namen der Polizei Chicagos«, fügte Ian hinzu und das Blut sackte mir in meine Beine. Unsere Blicke trafen sich für den Bruchteil einer Sekunde, ehe ich meinen Kopf wieder nach vorn richtete.

»Tyler«, entfuhr es mir nervös, doch er zog mich einfach weiter, das Lächeln unverändert auf seinem Gesicht.

»Keine Sorge«, sagte er ruhig, kramte seinen Autoschlüssel aus seiner Hose und drückte einen Knopf, woraufhin die Lichter eines schwarzen BMWs aufleuchteten, der direkt vor den schneebedeckten Stufen des Einganges im absoluten Halteverbot stand. »Dieses Mal kriegen sie uns nicht.«

Er öffnete die Beifahrertür, um mich einsteigen zu lassen, und seine Ruhe versetzte mich nur noch mehr in Panik. »Beeil dich!«, rief ich nervös, doch da hatte er die Beifahrertür bereits geschlossen und sich neben mich auf den Fahrersitz gesetzt.

Panisch drückte ich die Zentralverriegelung des Wagens, im selben Moment, in dem Ian und mein Dad auf den Stufen des Theaters erschienen. Ein nervöses Lachen sprudelte aus meiner Kehle, als mir bewusst wurde, was ich mich getraut hatte.

Vielleicht war ich ja doch ein Schwan, der endlich mutig genug war zu fliehen.

Tyler streckte seinen Finger aus, um den Wagen zu starten, nur um dann in der Bewegung innezuhalten. »Bist du dir wirklich sicher?«, fragte er und sah mich eindringlich an. »Es dauert Jahre, ein Gebäude zu errichten und nur wenige Sekunden, um es unwiederbringlich niederzubrennen.«

Ich warf einen nervösen Blick zur Seite. Jetzt war nicht der richtige Moment, um zu zögern. Mein Dad hielt sich sein Telefon ans Ohr und kam direkt aufs Auto zu, während Ian wie versteinert oben auf der Treppe stand und mit großen Augen zu mir blickte.

»Ich war mir nie sicherer«, antwortete ich ernst.

»Versprichst du es?« Er zögerte noch immer. »Wenn du das machst, kannst du nicht wieder zurück und es wird nie wieder so sein, wie es einmal war«, erwiderte er und sah mich besorgt an. »Du wirst deinen Vater und Ian nie wiedersehen und das Leben an meiner Seite ist gefährlich. Ich will nicht, dass du das später bereust, denn dann gibt es kein Zurück mehr.«

Statt einer Antwort drückte ich auf den Startknopf, vor dem seine Hand verharrte, woraufhin der Wagen mit einem leisen Schnurren zum Leben erwachte.

Er lächelte schief, als könnte er sein Glück nicht fassen, ehe er den Fuß auf das Gaspedal legte und losfuhr.

Meine Atmung ging schnell, als ich beobachtete, wie mein Dad und Ian im Seitenspiegel immer kleiner wurden. Ich sah noch, wie mein Dad lauthals schimpfte und gegen eine der Stufen trat. Ian hingegen stand nach wie vor regungslos da und blickte uns nach, als könnte er nicht verstehen, was hier gerade passierte.

»Du bist doch gekommen«, stellte ich atemlos fest, während Tyler rasant auf eine breite, von Straßenlampen und Wolkenkratzern gesäumte Straße abbog. Sein weißes Hemd war bis zu seinen Ellbogen hochgekrempelt und mir wurde bewusst, dass ich ihn das erste Mal ohne seinen orangefarbenen Overall sah. Er sah noch besser aus als davor, was ich nicht für möglich gehalten hätte.

Er griff nach meiner Hand und küsste meinen Handrücken. »Du klingst überrascht«, stellte er fest. »Ich habe es dir versprochen, Devon.«

Die Art, wie er meinen Namen betonte, ließ mir einen Schauer über den Rücken laufen.

Ich atmete tief aus, blickte an meinem Kostüm hinunter und musste laut auflachen. »Du bist verrückt, Tyler.«

Sein Grinsen wurde breiter. »Ich dachte, wir waren uns einig, dass du diejenige bist, die verrückt ist?«, fragte er und bog auf eine der vielen Brücken ab, die über den Chicago River führten. Er fuhr wirklich außerordentlich schnell, aber das erste Mal in meinem Leben machte es mir nichts aus. Je schneller wir das Theater und mein altes Leben hinter uns ließen, desto besser.

Ich schnaubte. »Das muss ich wohl sein, wenn man bedenkt, dass ich gerade meine Aufführung abgebrochen habe, um mit dir durchzubrennen.«

Er schmunzelte, doch dann blickte er zu mir und ein ernster Schatten huschte über seine Miene. »Es tut mir leid, dass ich erst jetzt gekommen bin. Als ich freigelassen wurde, wollte ich sofort zu dir fahren und dich da rausholen, aber mein Vater wollte zuerst mit mir reden.« Er seufzte. »Er hat mich gefragt, ob ich es mir verzeihen könnte, der Auslöser dafür zu sein, dass du deine Familie nie wieder sehen wirst. Dass du eventuell in Gefahr gerätst und dir wegen mir etwas passiert.« Er stockte. »Ich wollte nicht, dass dich dasselbe Schicksal wie meine Mutter und meine Großmutter ereilt.« Er rieb sich über den Kopf. »Es kamen Zweifel auf und plötzlich war ich mir nicht mehr sicher, ob ich aus bloßem Egoismus oder aus einem besseren Motiv handelte. Ich dachte an den Ärger, den ich dir in der kurzen Zeit bereits eingebracht hatte, und mir wurde bewusst, dass ich es mir nicht verzeihen könnte, wenn dir etwas geschehen würde.«

Er hielt an einer roten Ampel und der Motor schaltete sich durch die Start-Stopp-Automatik ab, wodurch wir plötzlich von Stille umgeben waren. Doch es war nicht unangenehm, eher beruhigend. Wie die Ruhe, nachdem der letzte Donnerschlag eines Gewitters abgeklungen war.

Sein Blick huschte kurz zur Ampel und als er wieder zu mir sah, funkelten seine Augen. »Ich habe darüber nachgedacht, was ich schlimmer fände: unglücklich, aber dafür risikofrei zu leben oder ein Risiko einzugehen und glücklich zu sein. Außerdem konnte ich nicht mehr aufhören, an dich zu denken, und bei dem Gedanken, dass Ian und dein Vater über dich bestimmen, konnte ich nächtelang nicht schlafen.« Er lächelte. »Und dann war da noch Egoismus im Spiel, weil ich dich einfach bei mir haben wollte.«

Ich wollte nicht einmal daran denken, wie mein Leben in den nächsten Wochen ausgesehen hätte, wäre ich ihm nicht begegnet. Wäre er heute nicht aufgetaucht.

»Was ist an dem Tag passiert, nachdem ich gegangen war? Und wie geht es Wes?«, fragte ich, was Tyler zum Lächeln brachte.

»Wes geht es gut. Er arbeitet wieder Vollzeit für meinen Vater. Er hat mich mehr als einmal gefragt, wann er dich wiedersieht.« Langsam fuhr er mit seiner Hand über das lederne Lenkrad. »Nachdem du weg warst, hat man Wes und mich stundenlang befragt. Da aber weder er noch ich etwas gesagt haben und meine Entlassung bereits angeordnet war, konnten sie nichts tun. Unser Anwalt hat sich darum gekümmert, dass Wes und ich das Gefängnis ohne rechtliche Konsequenzen verlassen konnten.«

»Und Ian?«

»Er wurde nicht einmal in meine Nähe gelassen, weil er wieder auf mich losgehen wollte.« Ein stolzer Ausdruck huschte über seine Miene. »Ich hoffe, es schreckt dich nicht ab, wenn ich dir sage, dass mich Ians Verletzungen ziemlich glücklich gemacht haben.«

Ich musste lachen. »Genau den Gedanken hatte ich auch«, gab ich zu. »Ich bin froh, dass du dich so entschieden hast.« Meine Stimme war kaum mehr als ein Flüstern. »Es gibt nichts mehr, was mich in meinem alten Leben hält. Ich bin bereit für ein neues Leben – so außergewöhnlich es auch sein wird.«

Tyler legte seine Hand an meine Wange und öffnete seinen Mund, wie um etwas zu sagen, als er plötzlich innehielt und sich ein breites Grinsen auf seinem Gesicht ausbreitete.

Ich runzelte die Stirn. »Was ...?«

Er fuhr mit seiner Hand sanft meine Wange entlang weiter nach oben. Dann hielt er sie vor mein Gesicht. Zwischen seinem Daumen und seinem Zeigefinger drehte er wie damals im Gefängnis eine Papierschneeflocke. »Ich habe die Schneeflocke immer noch«, flüsterte er.

Ich stutzte. »Die Schneeflocke, die ich im Gefängnis in den Haaren hatte? Du hast sie behalten?«

Er nickte und augenblicklich veränderte sich etwas in der Atomsphäre um uns herum. Vielleicht, weil uns beiden in diesem Moment bewusst wurde, dass wir frei waren. Wir waren beide das erste Mal frei und keiner konnte uns mehr trennen.

Tyler senkte seinen Blick auf meine Lippen, ehe er seine Hand an meinen Hinterkopf legte, mich zu sich zog und küsste. Seine weichen Lippen trafen meine und es fühlte sich an, als holte ich das erste Mal seit einer sehr langen Zeit wieder Luft. Ich legte alles in den Kuss: die Einsamkeit der letzten Tage und Jahre, die Unsicherheit darüber, ob ich ihn wiedersehen würde, die Wut darüber, dass es er mich hatte warten lassen, und vor allem die Zuneigung, die meinen ganzen Körper erfüllte. Der Kuss war intensiver, fester und verlangender als unser erster Kuss im Gefängnis. Er fühlte sich beinahe verzweifelt an – als wären wir die Rettungsboje des jeweils anderen in einem dunklen und schwankenden Meer.

Erst als ein lautes Hupen ertönte, da die Ampel wieder auf Grün umgeschaltet hatte, löste sich Tyler von mir. Er hatte ein seliges Lächeln auf den Lippen, als er aufs Gaspedal trat und beschleunigte.

»Heute Nacht werden sie uns nicht folgen«, meinte Tyler. Automatisch warf ich einen Blick in den Seitenspiegel, doch hinter uns war weder Ians Wagen noch der meines Dads zu sehen. »Sie wissen, dass wir in die Unterwelt fahren. Dort können sie uns nichts anhaben, das wissen sie ganz genau.«

»Heute Nacht?«, wiederholte ich. »Du meinst also, sie werden uns suchen kommen?«

Tyler verstärkte seinen Griff um das Lenkrad. »Sie werden nicht aufgeben, bis du wieder auf der anderen Seite der Stadt bist. Das heute Nacht war eine Demütigung für deinen Vater.« Er griff nach meiner Hand. »Aber keine Angst. Wir sind eine große Familie und wenn du einmal dazugehörst, beschützen dich die anderen wie ein Neugeborenes. Ohne Fragen zu stellen.«

»Hm«, machte ich. »Du denkst also nicht, sie werden annehmen, dass ich die verwöhnte Tochter von Bürgermeister Turner bin? So war es mein ganzes Leben lang, weshalb ich nie die Chance hatte, meinen eigenen Eindruck zu hinterlassen.«

»Außer bei den Insassen im Gefängnis«, fügte Tyler grinsend hinzu. Dann schüttelte er den Kopf. »Aber nein, keine Angst. In der Unterwelt werden keine Fragen gestellt. Außer vielleicht von meiner Schwester und meinem Vater, aber auch nur, weil sie übervorsichtig sind. Du gehörst zu mir.« Er zog meine Hand zu seinen Lippen und küsste sie vorsichtig. »Und das bedeutet, dass dir all der Respekt zusteht, der mir zusteht.«

Ich war mir nicht so sicher wie Tyler, dass sie mich mögen würden. Und als könnte er meine Gedanken lesen, fügte er hinzu: »Hör auf, dir Sorgen zu machen. Sie werden dich mögen!«

Er verschränkte die Finger mit meinen und wir schossen durch die von Straßenlampen und Hochhäusern erleuchteten Straßen Chicagos.

Es fühlte sich wie der Auftakt eines aufregenden Filmes an. Die Tatsache, dass wir uns auf der West Van Buren Street befanden, regte meine Fantasie an. Ein großer Teil des Films *The Dark Knight* war in Chicago und unter anderem auf genau dieser Straße gedreht worden.

Irgendwann erreichten wir eine hell erleuchtete Straße. »Siehst du das hohe Gebäude auf der rechten Seite?«, fragte er und zeigte auf einen gläsernen Wolkenkratzer.

»Ja.« Ich nickte. »Ich glaube, ich bin hier schon einmal gewesen.«

»Das ist der Eingang«, verkündete Tyler und Stolz schwang in seiner Stimme mit.

Ich sah mich um. »Der Eingang? Zur Unterwelt?« Ich wusste nicht, was ich erwartet hatte. Eine große Leuchtreklame, auf der stand: *Achtung, Sie betreten die andere Seite der Stadt*?

Tyler lachte leise. »Der Eingang zur Unterwelt«, wiederholte er. »Ganz genau. Gleich sind wir offiziell auf sicherem Boden.« Er versuchte es wie einen Witz klingen zu lassen, doch mir entging der ernste Unterton seiner Stimme nicht.

Tyler bog von der breiten Hauptstraße in eine kleine, unscheinbare Gasse ein, die so eng war, dass gerade ein Auto hindurchpasste. Wir fuhren zwischen den Hintereingängen zweier Wolkenkratzer hindurch. Es gab keine Straßenlampen und überquellende Mülltonnen standen auf den Gehwegen. Es hätte mich nicht gewundert, wenn jeden Moment ein Waschbär daraus hervorgekrochen gekommen wäre.

»Gleich sind wir da«, sagte Tyler.

»Hier?«, fragte ich skeptisch. Ich hatte mir die Unterwelt … größer vorgestellt. Nicht, dass ich mich beschwerte.

»Warte ab«, sagte Tyler und zwinkerte mir zu. »Es wird dir gefallen, vertrau mir einfach.«

Am Ende der Gasse bog Tyler erneut rechts ab und ich sah, dass der Bereich dahinter viel heller war.

»Willkommen in der Unterwelt, Devon«, verkündete Tyler im selben Moment, in dem er um die Ecke bog.

Heilige Mutter Gottes. Mir blieb mein Mund offen stehen. Vor uns lag eine breite, von hohen, leuchtenden Wolkenkratzern gesäumte Straße. Bei genauerem Hinsehen sah ich, dass die Straße zwar breit und lang war, es sich allerdings um eine Sackgasse handelte, die mit dem hinteren Gebäude abschloss. Die Straße pulsierte nur so vor Leben: Personen standen in Grüppchen vor den Bars und Restaurants, rauchten und lachten gemeinsam. Wenn man an den Gebäuden nach oben sah, fand man die ein oder andere Dachterrasse sowie weitere Restaurants und Bars.

»Das …«, begann ich. Es hatte mir buchstäblich die Sprache verschlagen. »Das ist die Unterwelt?«

Tyler nickte stolz. »Willkommen zu Hause«, sagte er und grinste.

Zuhause. Bei dem Wort wurde mir warm ums Herz. Wie lange hatte ich mich danach gesehnt?

Tyler fuhr langsam die Straße entlang, damit ich mir alles genau ansehen konnte. »Das hier ist der Mittelpunkt der Unterwelt. Genauer gesagt der Mittelpunkt der oberirdischen Unterwelt. Was du links und rechts siehst, sind Restaurants, Bars und Wohnungen.«

»Ist hier immer so viel los?«, fragte ich erstaunt und blickte auf eine lachende Gruppe Menschen vor einem Restaurant.

»Ausschließlich.«

Die Straße wirkte abgeschottet vom Rest der Stadt, da außer dem Zugang über die kleine Gasse keine andere Straße hinein- oder hinausführte. Sie wurde sozusagen von einer soliden Wand aus Gebäuden umgeben. In der Mitte lag ein breiter Grünstreifen, auf dem Bänke standen.

»Und wenn du nach vorn blickst, siehst du das *Capital Hotel*: Herz der Unterwelt und ab heute dein Zuhause.« Er drückte meine Hand im selben Moment, in dem mir Tränen in die Augen traten.

Das Hotel war ziemlich hoch und wurde von sämtlichen Seiten und Ebenen beleuchtet. Es war eine Mischung aus Alt- und Neubau: In das ursprüngliche Gebäude waren hier und da große Glasfronten eingebaut worden. Es war nicht symmetrisch wie die meisten Wolkenkratzer, sondern hatte Ecken, Kanten und unterschiedliche Bereiche, die ihm einen eigenen Charme verliehen. Es sah aus, als wären nach und nach verschiedene Bereiche angebaut worden – und das in unterschiedlichen Jahrzehnten, sodass sich die Baustile voneinander unterschieden. Gruppen von Menschen tummelten sich vor dem opulenten überdachten Eingang des Hotels. Links konnte ich im Erdgeschoss ein Restaurant erkennen, das voll besucht war. Doch auch wenn man weiter nach oben blickte, sah man Dachterrassen, Restaurants und sogar Swimmingpools.

»Gefällt es dir?«, fragte Tyler, als er weiter auf das Hotel zufuhr.

»Es ist wunderschön«, hauchte ich. »Einzigartig.«

»Früher war das eine verlassene Straße. Es herrschte Gewalt und die Gebäude waren heruntergekommen. Niemand wollte hier sein, bis mein Großvater es *dazu* gemacht hat«, sagte er und wies mit seiner Hand über die Straße.

Am Ende der Straße angekommen sah ich, dass es keine Sackgasse, sondern eine U-förmige Straße war. Man konnte einmal die Straße hinunter- und auf dem anderen Weg zurückfahren. Ganz hinten angekommen parkte Tyler seinen Wagen direkt unter dem überdachten Eingang.

Als der Motor erstarb, nahm er meine Hände in seine. »Bist du bereit?«

Ich nickte, woraufhin Tyler mir einen Kuss gab und wir aus dem Wagen stiegen.

Sofort drangen Gelächter und Musikfetzen zu mir. Erst als ich die Tür des Wagens schloss, fiel mir auf, dass ich immer noch das Tutu und die Ballettschuhe trug und aussah, als würde ich auf eine Kostümparty gehen.

»Ähm, Tyler«, begann ich, doch er legte nur seinen Arm um meine Schultern und ging selbstbewusst auf den Eingang zu.

»Glaub mir, hier verurteilt dich niemand. Du könntest auch nur mit einem Cowboyhut auf dem Kopf das Hotel betreten und keiner würde dich blöd anschauen. Hier gelten andere Regeln.«

»Wenn du das sagst«, entgegnete ich zögerlich und schüttelte lachend den Kopf. Mein Aussehen und die Meinungen anderer waren mir noch nie wichtig gewesen und dennoch wollte ich seine Familie nicht in einem glitzernden Tutu und Ballettschuhen kennenlernen. Das würde meinem Ruf nicht unbedingt helfen.

»Aber jetzt, wo du es ansprichst: In was für einer Zimmernummer hast du deine Sachen gelassen?«, fragte er.

Ich runzelte die Stirn. »In dem anderen Hotel? Neununddreißig«, antwortete ich. »Warum?«

Tyler zog sein Handy aus seiner Tasche und schickte eine kurze Nachricht ab. »Ich sag Wes Bescheid, dass er deine Sachen dort holen und in unsere Wohnung bringen soll.«

Ich schmunzelte. *Unsere Wohnung*. Passierte das hier wirklich? Es fühlte sich an, als wäre das ein verrückter, aber wunderschöner Traum.

In diesem Augenblick rief eine der Personen, die vor dem Restaurant standen: »Ty! Was geht?«

Tyler blickte auf und winkte jemandem in der Menge zu.

»Hier kennt dich wirklich jeder, oder?«, fragte ich.

Er lachte. »Ohne Ausnahme. Aber keine Angst – der Abend heute gehört nur uns. Du hast genug Aufregung für einen Tag gehabt – meine Familie und Freunde will ich dir da nicht auch noch zumuten«, sagte er, als wir vor der Drehtür standen. »Aber bevor wir in die Wohnung gehen, will ich dir meinen Lieblingsort zeigen.«

Tyler machte eine Geste und gab mir zu verstehen, dass er mir den Vortritt ließ. »Nach dir«, meinte er augenzwinkernd.

Das ließ ich mir nicht zweimal sagen. Ich war unfassbar gespannt, wie das Hotel von innen aussah.

Ich drückte mit beiden Händen gegen das kühle Glas, woraufhin die Tür nach innen aufschwang. Dann setzte ich einen Fuß in die Lobby – und geradewegs in eine Parallelwelt.

Ich wünschte, ich hätte das Hotel mit etwas Ähnlichem vergleichen können, doch das war unmöglich. Es war zugleich der ungewöhnlichste und schönste Ort, an dem ich je gewesen war. Die Lobby sah aus, als wären zehn verschiedene Hotels aus unterschiedlichen Jahren und Stilrichtungen auseinandergeschnitten und zu einem zusammengeklebt worden. Tyler legte seine Hand auf meinen Rücken und mir stand immer noch der Mund offen, während ich versuchte, all die Eindrücke in mich aufzunehmen.

»Fangen wir mal links an«, sagte Tyler und zeigte auf eine gläserne Doppeltür, die in das moderne Restaurant führte, welches ich bereits von außen gesehen hatte. Es hatte bodentiefe Fenster, schwarze Stühle und gedimmte Lampen, die tief von der Decke hingen. »Das Restaurant ist nach meinem Großvater benannt: *Preston*.« Tyler strahlte übers ganze Gesicht und man sah ihm an, wie glücklich und gelöst er war. »Rechts von dir ist eine der drei hauseigenen Bars: das *Mary*. Benannt nach meiner Großmutter.«

Ich warf einen Blick durch den stuckverzierten Torbogen und sah dunkles Holz, eine Wand voller Spirituosen, dicke Teppiche und farbige Sessel. Zigarettenrauch vernebelte die Sicht. »Das ist mal eine wilde Mischung von Stilrichtungen«, murmelte ich.

Tyler lachte. »Das ist eine Beschreibung, die auf alles in der Unterwelt zutrifft. Sogar auf die Menschen.«

Ich ließ meinen Blick weiter durch die Lobby schweifen. Und konnte mich nicht sattsehen. Am hinteren Ende des Raumes befand sich der Empfang, der aus einer breiten, beleuchteten Theke bestand, auf der fünf Computer standen. Hinter der Theke war eine von Graffiti besprühte Wand, auf der bestimmt fünfzig handgroße silberne Bilderrahmen hingen. Links daneben waren Aufzüge aus Glas und rechts ...

»Moment«, sagte ich. »Ist das ein Paternoster?«

»Jap. Er funktioniert sogar noch. Mit dem kommt man bis hoch in den zwanzigsten Stock, danach muss man auf einen der neueren Aufzüge umsteigen. Cool, oder? Mein Großvater hat diese Dinger geliebt.«

Als wir auf den Empfang zugingen, erkannte ich, was darüber in den Bilderrahmen an der Wand hing. »Schusshülsen?«, fragte ich verwundert.

»Mein Großvater hat die gesammelt«, erklärte Tyler und zog eine Schulter hoch. »Das ist verrückt, ich weiß«, fügte er hinzu, als er meinen Gesichtsausdruck sah. »Er hat sogar das Datum darunter notiert.«

»Schade, dass ich ihn nicht kennenlernen konnte. Er klingt wirklich außergewöhnlich.«

Tyler griff meine Hand. »Glaub mir, mein Vater ist kein bisschen weniger exzentrisch als er. Von meiner Schwester ganz zu schweigen. Mit denen wirst du alle Hände voll zu tun haben.«

»Ich finde es schön, dass ihr so ein gutes Verhältnis habt.« Ich sah mich in der vollen Eingangshalle um. »Und dass du hier niemals allein bist.«

»Apropos exzentrisch – siehst du die Kerbe in der Wand dort drüben? Dort steckt immer noch die Kugel von der Schießerei mit Al Capone.«

Ich riss die Augen auf. »Was?«, fragte ich überrascht. »Al Capone ist schon hier gewesen?«

»Nur einmal. Er hat das Hotel nicht besonders gemocht, wollte es immer loswerden.« Tyler grinste schief. »Was ironisch ist, da das Gebäude bereits vor vielen Jahren durch seine Kugel in der Wand zu einem Kulturgut der Stadt ernannt worden ist. Es darf nicht abgerissen werden.« Er seufzte. »Hach, die Ironie des Schicksals«, sagte er, während er mich an der Hand bis vor einen der Glasaufzüge führte.

Als sich der Aufzug öffnete, bemerkte ich den beinahe kindlich aufgeregten Ausdruck in seinen Augen.

»Ich habe schlechte Erfahrungen mit Aufzügen gemacht, wenn ich ehrlich bin«, merkte ich an und dachte an den schrecklichen Tag vor zwei Wochen zurück, als ich Tylers Blick durch die sich schließenden Türen des Aufzuges aufgefangen hatte. Tyler schien dasselbe zu denken, denn er verstärkte unwillkürlich seinen Griff um meine Hand, als sich die Türen schlossen. »Es wird vielleicht nicht einfach, aber jetzt können wir uns allem gemeinsam stellen.«

Ich schüttelte ungläubig den Kopf. »Ich kann es noch immer nicht glauben, dass ich vor nicht einmal dreißig Minuten noch auf der Bühne im Theater gestanden habe und mir sicher gewesen bin, dass mein Leben zu Ende ist. Und jetzt bin ich hier, mit dir, und könnte nicht glücklicher sein.«

»Du warst übrigens mit Abstand die schönste und talentierteste Tänzerin von allen«, raunte er in meine Haare.

Ich sah zu ihm hoch. Seine Augen wirkten in dem grellen Licht der Neonröhren beinahe beige. »Du hast mich gleich erkannt? Hast du von Anfang an zugeschaut?«

»Ich habe das ganze Stück gesehen.« Er grinste. »Natürlich bis zu dem Teil, in dem der freigelassene Verbrecher eine der Tänzerinnen stiehlt.«

Ich legte scherzhaft meinen Finger an mein Kinn. »Ich kann mich gar nicht erinnern, dass diese Szene im Skript stand.«

»Du bist ein Improvisationstalent.« Tyler lachte leise. Das Geräusch ließ mein Herz auf das Doppelte anschwellen.

»Wie weit fahren wir noch nach oben?«, wollte ich wissen.

»Du hast keine Geduld, oder?«, fragte er lächelnd.

»Mein ganzer Körper besteht aus Adrenalin. Wie viele Stockwerke hat das Gebäude?«

»Siebzig«, sagte Tyler in dem Moment, in dem die Anzeige ebendiese Zahl anzeigte und sich die Türen öffneten.

Wir traten in einen langen Flur und gingen zu einer Tür, auf der *Personal* stand. Tyler fischte eine Karte aus seiner Hosentasche, hielt sie an den Scanner und öffnete die Tür. »Nach Ihnen.«

»Muss ich als Erste gehen, weil da oben irgendetwas Gefährliches ist? Ein Riesenkrake in einem Aquarium oder ein weißer Löwe? Inzwischen traue ich diesem Hotel alles zu.«

»Woher ...« Er schüttelte gespielt enttäuscht den Kopf. »Jetzt hast du meine Überraschung verdorben.«

Ich schmunzelte und erklomm, dicht gefolgt von Tyler, die Treppe. Eigentlich war es mehr eine Leiter als eine Treppe.

Oben angekommen standen wir in einem zwei Quadratmeter großen Raum mit einer einzigen Tür. Tyler legte seine Hand auf die abgenutzte schwarze Klinke und hielt dann inne. »Ich werde niemals dein Gesicht vergessen, als du mich in der Menge entdeckt hast. Als dir das aufgesetzte Lachen wie eine Maske vom Gesicht gefallen ist und du einfach am Rand der Bühne stehen geblieben bist.« Er sah mir mit solch einer Intensität in die Augen, dass meine Knie weich wurden. »Deine Erleichterung war beinahe spürbar. Und spätestens da wusste ich, dass ich die richtige Entscheidung getroffen habe.«

Das hatte er. Meine Kehle fühlte sich zu eng an, um etwas zu erwidern, doch statt auf eine Antwort zu warten, stieß er die Tür auf.

Ich hielt den Atem an. Wir standen direkt auf dem Dach und unter uns glitzerte die Skyline Chicagos. Es gab verschiedene Arten von Dachterrassen: die Art, die für Besucher errichtet wurden, und die, die nur für technische und logistische Zwecke gedacht waren. Dieses Dach gehörte eindeutig zu Letzterem. Mir entging nicht, dass es weder Licht noch eine Art Begrenzung gab, mit der sichergestellt wurde, dass niemand vom Dach fiel. Genau in der Mitte des großen Daches befanden sich rot leuchtende Buchstaben: *The Capital*.

»Mein Lieblingsort der Stadt«, meinte Tyler, als er die Tür hinter uns schloss, seinen Mantel auszog und ihn mir über die Schultern legte. »Von hier aus kann man die Unterwelt und den Rest Chicagos überblicken. Es ist ein anderes Gefühl, die Stadt von hier aus zu sehen als von einer vollen Dachterrasse in Downtown Chicago. Man ist ein Teil davon, aber auch irgendwie nicht. Man ist unsichtbar für den Rest der Welt und sieht dennoch ihre Schönheit.«

Ich ließ meinen Blick über die leuchtenden Punkte schweifen. Tyler trat näher an den Rand des Daches, als mir lieb war, und winkte mich zu sich. »Komm her, du musst dir das von hier ansehen.«

Ich zögerte kurz. Doch das Adrenalin, welches wie eine Droge durch meine Adern rauschte, ließ mich näher an den Abgrund gehen. Ich blieb mehrere Meter von der Kante entfernt stehen, an der es steil in die Tiefe ging. Tyler bemerkte, dass ich zögerte, ging auf mich zu und legte seine Hand an meine Taille. »Vertraust du mir?« Seine Stimme war beinahe ein Flüstern.

Ich nickte.

»Du hast doch immer gesagt, dass du dich eingesperrt fühlst und als ob andere Menschen über dein Leben entscheiden, habe ich recht?«, fragte er, während er mit mir einen weiteren Schritt auf die Kante des Gebäudes zuging. Seine Hand lag warm in meiner und der Wind spielte mit dem Stoff meines Tutus, wodurch sich kleine Papierschneeflocken aus dem Stoff lösten und hinunter in die Stadt getragen wurden.

»Ich will dir deine Freiheit wieder zurückgeben und dir zeigen, dass du selbst über dein Leben bestimmst.«

Mit jedem Schritt, den wir näher auf die Kante zugingen, zweifelte ich daran, dass mir das hier dabei half.

Er stellte sich hinter mich, legte seine Arme vorsichtig an meine Taille und ging einen weiteren kleinen Schritt vorwärts. Ich zögerte. »Tyler, d-das ist wirklich hoch.«

Die Geräusche der Stadt drangen zu uns und sein Atem streifte meinen Hals. Er war entspannt. Entspannt, obwohl wir an der Kante eines Hochhauses standen. »Vertrau mir, Devon«, flüsterte er.

Ich wusste nicht, ob es das Adrenalin oder die Tatsache war, dass ich heute mein ganzes Leben hinter mir gelassen hatte, doch ich ging einen weiteren Schritt nach vorn. Und noch einen.

Wir standen nun nur etwa einen Meter von der Kante entfernt. Verkrampft griff ich nach seiner Hand und versuchte vergeblich meine Atmung zu beruhigen. »Das ist wirklich verrückt ...«

Statt einer Antwort ließ er meine Taille los und fuhr mit seinen Fingerspitzen vorsichtig über meinen Arm, bis hin zu meinem Hals. Seine Berührung ließ mich erschaudern. Dann legte er seine Hand sanft über meine Augen. Ich lachte nervös auf. Da ich nichts mehr sah und somit auch nicht einschätzen konnte, wie weit die Kante von mir entfernt war, schlug mein Herz umso schneller in meiner Brust.

Zittrig atmete ich aus, als er sich einen Schritt nach vorn bewegte. Ich versuchte mich darauf zu konzentrieren, was ich spürte. Seinen warmen Körper, der nah an meinen gepresst war. Das Kleid, welches an meinen Knien kitzelte, seinen Atem an meinem Hals und seinen Herzschlag, den ich durch den dünnen Stoff seines Hemdes spüren konnte.

Und noch ein Schritt nach vorn. Mein Magen machte Purzelbäume und mein Kopf sendete Alarmsignale aus, da wir uns dem Abgrund näherten. Doch so groß meine Angst auch war – ich vertraute Tyler.

Offenbar sogar mit meinem Leben.

Die Geräusche der Stadt wurden lauter, je weiter wir auf die Kante zusteuerten.

Noch ein Schritt. Und noch einer.

Schließlich hörte ich sein leises Lachen an meinem Ohr. Er nahm seine Hand von meinen Augen und legte seinen freien Arm um meine Taille.

Ich öffnete die Augen, sah nach unten und zog scharf die Luft ein: Die Kante des Daches schloss genau mit meinen Schuhen ab. Vor uns glitzerte Chicago und die Lichter der vielen Gebäude spiegelten sich im Fluss. Genau unter uns lag das rege Treiben der Unterwelt – ich blickte über erleuchtete Dachterrassen, Wohnungen, Bars und Restaurants auf verschiedensten Ebenen.

Ich keuchte überrascht auf und ein Lächeln trat auf meine Lippen. »O mein Gott«, wisperte ich. Die Stadt pulsierte wie eh und je, und zum ersten Mal tat ich es ihr nach. Mein Herz schlug im Takt der glänzenden Lichter und mein Blut lief wie die Autos auf den Straßen Chicagos durch meine Adern. Ich spürte am ganzen Körper, dass ich lebte. Dass ich nicht nur funktionierte oder eine Schachfigur im Leben eines anderen war – ich lebte.

Sprachlos griff ich nach Tylers Hand und drückte sie fest. Mir war bewusst, dass die kleinste Bewegung von ihm, dass das kleinste Schwanken ausreichte, um in die Tiefe zu stürzen. Und da ging mir auf, was er mir damit zeigen wollte: Das Risiko war das, worum es im Leben ging. Denn wenn man nur lebte, um zu atmen – warum lebte man dann überhaupt?

Chicago lag mir zu Füßen und es war allein meine Entscheidung, was mein nächster Schritt im Leben war. Während meine Möglichkeiten vor wenigen Stunden mehr als begrenzt gewesen waren, schienen sie nun unendlich.

Ich war frei.

Tyler lehnte sich zu mir und seine Lippen streiften mein Ohr. »Willkommen in deinem neuen Leben«, sagte er leise, bevor er mein Kinn hob und seine weichen Lippen direkt an der Kante des Hochhauses auf meine legte.

Kapitel 21

»Mit siebzehn bin ich in meine eigene Wohnung im Hotel gezogen«, erklärte Tyler, als wir das zweiundsechzigste Stockwerk erreichten. »Davor habe ich bei meinem Vater gewohnt, nur wenige Stockwerke über uns. Vor vier Jahren habe ich meine Wohnung dann renoviert und umgestaltet. Du kannst dir nicht einmal ansatzweise vorstellen, was für einen grauenvollen Geschmack ich mit siebzehn hatte.«

Bei dem Gedanken an den siebzehnjährigen Tyler musste ich grinsen. »Ich hätte dich liebend gern mit siebzehn gesehen. Hattest du eine rebellische Phase, in der du deine Haare bunt gefärbt hast?«

Er schnaubte belustigt. »Nein, du etwa?«

Stirnrunzelnd griff ich nach einer dunklen Strähne, die sich aus meiner Hochsteckfrisur gelöst hatte. »Nein, aber mit zwanzig wollte ich mir unbedingt die Haare schulterlang abschneiden lassen. Rate mal, wie mein Vater das fand.«

»Scheiß Kontrollfreak«, brummte Tyler.

»Es war meine Schuld, dass ich mir von ihm alles gefallen lassen habe. Ich habe mir nie auch nur einen Fehltritt erlaubt und bin stets die brave Vorzeigetochter gewesen.« Ich schnaubte belustigt. »Na gut, bis heute Abend vielleicht.« Vor meinem geistigen Auge sah ich den entsetzten Gesichtsausdruck meines Vaters und musste überrascht feststellen, wie gut sich das anfühlte.

»Es wundert mich, dass dein Vater dir überhaupt erlaubt hat, Kriminologie zu studieren«, sagte Tyler.

Ich lachte. »Glaub mir – bis ich ihn dazu überredet hatte, hat es lange gedauert.«

Tyler schüttelte den Kopf. »Hattest du wenigstens in deinem Studium ein bisschen Spaß?«, fragte er, während wir nebeneinander den Flur entlangliefen.

»Nicht wirklich, nein. Alle wussten, wer mein Vater war, weil er direkt am ersten Tag eine Rede gehalten hat. Danach wollte keiner mehr etwas mit mir zu tun haben.«

Er sah zu mir. »Das ist das Gute an der Unterwelt: Keiner verurteilt dich für deine Herkunft, dein Aussehen oder deinen Beruf. Du kannst hier völlig neu anfangen«, meinte er, als wir bei der nächsten Abzweigung rechts gingen. Dann griff er nach meiner Hand. »Gleich sind wir da.«

»Wie soll ich die Wohnung jemals alleine finden?«, fragte ich. »Mein Orientierungssinn ist eine Katastrophe.«

Tyler lachte. »Dann gehst du einfach so lange weiter, bis du die rote Tür siehst«, meinte er in dem Moment, in dem ich sie entdeckte. Am Ende des Flures war eine breite weinrote Eingangstür, vor der wir nun zum Stehen kamen. Er drehte sich einmal zu mir um, als wollte er sichergehen, dass ich auch wirklich neben ihm stand. Ein kleines Lächeln stahl sich auf seine Lippen, ehe er die Tür öffnete.

Das Erste, was mir ins Auge fiel, war ein langer, von Bilderrahmen gesäumter Flur. Die Wände waren allesamt in Dunkelgrün und Anthrazit gehalten und der Boden war aus dunklem Walnussholz.

»Oh, siehst du?«, meinte Tyler. »Wes ist zuverlässig.«

Ich drehte mich zu ihm um und spürte eine Welle der Erleichterung. Neben einem Schuhschrank standen mein Koffer und meine Reisetasche. »Wow, wie hat er das so schnell geschafft?«, fragte ich. »Ich muss mich unbedingt bei ihm bedanken.«

Tyler hob eine Braue und wies auf den Koffer. »Ist das etwa alles, was du hast?«

Ich zuckte mit den Schultern. »Eigentlich ja.«

»Aus deiner alten Wohnung brauchst du nichts? Sonst könnte ich –«

Ich riss die Augen auf. »Nein, du gehst auf keinen Fall in meine alte Wohnung. Ein weiteres Aufeinandertreffen mit Ian wird bestimmt nicht gut ausgehen.«

Tyler nickte. »Wie du möchtest. Falls dir etwas fehlt, kaufen wir es einfach nach«, sagte er und streckte mir seine Hand hin. »Und jetzt komm, ich will dir unbedingt den Rest zeigen.«

Ich schnürte die Ballettschuhe auf, deren Bänder bereits rote Striemen auf meiner Haut hinterlassen hatten, und folgte Tyler durch den Flur. Die schwarz-weißen Bilder an den Wänden zeigten verschiedene Personen aus den unterschiedlichsten Jahrzehnten. Auf einem Foto war der junge Tyler mit einer großen, elegant gekleideten Frau zu sehen. Auf einem anderen war das Hotel zu einer Zeit abgebildet, als es deutlich heruntergekommener ausgesehen hatte. Davor stand ein Mann, der sein rechtes Bein auf einen Berg Ziegelsteine gestellt hatte und ernst in die Kamera blickte. Er strahlte solche Macht und Autorität aus, dass ich Gänsehaut bekam.

Ich hätte Stunden damit zubringen können, mir die Bilder im Flur anzusehen, doch als ich einen Blick auf den Rest der Wohnung am Ende des Flurs warf, blieb mir beinahe der Mund offen stehen. Links von mir befand sich das Wohnzimmer mit einer dunkelgrünen Couch, einem Fernseher und einem digitalen Kamin, der die Räume voneinander abtrennte. Um den Fernseher herum war ein dunkles Bücherregal, in dem sich Bücher, Schallplatten und Bildbände kreuz und quer stapelten.

Der ganze Raum strahlte keine sterile Ordentlichkeit, sondern Charakter aus. Genau wie Tyler selbst.

Rechts vom Wohnzimmer führten drei Stufen in die Küche und das Esszimmer. Alles war von großen Fenstern umgeben, durch die das sanfte Licht der Skyline schien. Neben dem Esstisch lag eine beleuchtete Theke, vor der drei Barhocker standen. Ich drehte mich zu Tyler um, der mir ermunternd zulächelte. Dann stieg ich die Treppe nach oben. Und erst als ich hier stand, sah ich es.

»Tyler«, entfuhr es mir. »Du hast einen Pool?«

»Komm«, sagte er grinsend. »Ich zeig ihn dir.«

Er lotste mich durch eine Tür, die auf eine breite Terrasse führte, auf der Gartenmöbel und Pflanzen in großen Kübeln standen. Und rechts davon war tatsächlich ein dezent beleuchteter, L-förmiger Pool, von dem aus man über die Dächer Chicagos blicken konnte.

»Okay, das habe ich mir unter deiner Wohnung nicht vorgestellt«, gab ich zu und drehte mich zu ihm um.

Er zog mich an sich und gab mir einen sanften Kuss. »Was hast du denn gedacht? Dass es hier aussieht wie in einem Gefängnis, weil ich mich dort so wohlfühle?« Er grinste. »Ich bin voller Überraschungen.«

»Das kannst du wohl laut sagen.«

Als Tyler die Terrassentür wieder hinter uns schloss, zeigte er mir das ans Schlafzimmer angrenzende Badezimmer, das aus dunklem Stein und warmem Licht bestand. Darin stand sogar eine Badewanne mit goldenen Löwenfüßen, die offenbar bereits im Hotel gewesen war, als sein Großvater es damals gekauft hatte.

Die Wohnung war sowohl offen als auch verschachtelt, sowohl hell als auch dunkel, und ich fühlte mich von der ersten Sekunde an wohl.

Als wir schließlich im Schlafzimmer standen, dessen Fenster einen Blick auf den Willis Tower boten, schlang Tyler von hinten seine Arme um meine Taille. »Ich kann verstehen, wenn dir alles ein bisschen zu viel wird. Das ist jede Menge Veränderung auf einmal.«

Ich drehte mich zu ihm um. Hinter ihm war ein Kerzenhalter an einer Backsteinwand befestigt, auf dem eine Kerze brannte. Das Bett war aus dunklem Holz und darüber hing ein abstraktes Gemälde in ebenfalls dunklen Tönen. Ich sah Tyler in die Augen und strich ihm vorsichtig seine Haare aus dem Gesicht. Die Stille, die uns plötzlich umgab, war anders als zuvor im Auto. Es fühlte sich an, als wären wir endlich angekommen. Obwohl das Gebäude voller Menschen, Bars und Restaurants war, war es in der Wohnung vollkommen still.

Als ich sprach, flüsterte ich, um die Stille nicht zu durchbrechen. »Glaub mir, wenn ich dir sage, dass es keinen Ort gibt, an dem ich lieber wäre. Keine Person, bei der ich mich wohler fühlen würde.«

Tyler gab mir einen Kuss auf die Nasenspitze.

»Obwohl, es gibt tatsächlich eine Sache, die mir fehlt«, meinte ich, woraufhin er sofort innehielt und mich ernst ansah.

»Und die wäre?«

Ich rümpfte die Nase. »Eine Dusche«, erklärte ich. »Meine Haut klebt vor Schweiß und Glitzer und das ist wirklich … eklig.«

»Eklig?«, wiederholte Tyler grinsend. »Dann solltest du mal eine Dusche im Gefängnis nehmen. Das Wasser ist so braun, es könnte genauso gut Kaffee sein. Oder ...«

Ich hielt mir lachend die Hände auf die Ohren. »Stopp! Das will ich gar nicht hören«, rief ich.

Tyler schüttelte sich. »Geh duschen. Das Wasser ist sauber, ich verspreche es dir. Ich bringe deinen Koffer ins Schlafzimmer, dann kannst du dir was Frisches zum Anziehen raussuchen.«

Ich nickte. »Danke.«

»Und ich bestelle uns etwas zu essen.«

»Ich glaube, das ist das Schönste, was du jemals gesagt hast«, erwiderte ich und Tylers Grinsen wurde breiter. Er wollte gerade gehen, als er sich noch einmal zu mir umdrehte. »Oh, und, Devon?«

»Ja?«

»Fühl dich bitte wie zu Hause. Denn das ist es ab jetzt.«

Ein warmes Gefühl breitete sich in meinem Brustkorb aus.

Mein Zuhause.

***

Nachdem ich das aufwendige Make-up entfernt hatte, nahm ich eine warme Dusche und zog mir etwas Bequemes an. Jedes Mal, wenn ich aus einem der Fenster auf Chicago hinunterblickte, überraschte es mich aufs Neue, wie hoch Tylers Wohnung lag.

Als ich aus dem Schlafzimmer trat, konnte ich das Essen bereits riechen. Ein Lächeln breitete sich auf meinem Gesicht aus und mein Magen knurrte zustimmend.

Ich fand Tyler – und natürlich das Essen – im Wohnzimmer. Ein Servierwagen stand neben dem Couchtisch, auf dem mehrere große Teller standen, die einen betörenden Duft verströmten. Anscheinend hatte Tyler mich nicht kommen gehört, denn er saß mit dem Rücken zu mir auf der Couch. Sein weißes Hemd spannte sich über seine Rückenmuskeln und seine dunklen Haare waren vom Wind auf dem Dach und dem vielen Rennen durcheinander.

»Das riecht fantastisch«, sagte ich, woraufhin er sich zu mir umdrehte und lächelte.

»Ich wusste nicht, worauf du Lust hast, also habe ich einfach mal eine Auswahl der Gerichte aus dem *Preston* nach oben bringen lassen«, meinte Tyler, als ich mich neben ihm auf die weiche Couch fallen ließ. Er zog mich an sich und gab mir einen Kuss auf die vom Duschen feuchten Haare. »Ich kann es immer noch nicht glauben, dass du hier bist und ich dich berühren kann.«

»Ich auch nicht.« Ich sah zu ihm hoch. Seine Augen blitzten auf und die kleinen Lachfältchen erschienen. Mein Blick fiel auf die dünne Narbe, die sich durch seine rechte Augenbraue zog. Ich fragte mich seit unserem ersten Treffen, was es damit auf sich hatte. »Wie ist das passiert?«, erkundigte ich mich und fuhr sanft mit der Fingerspitze über seine Augenbraue.

»Die Narbe? Die stammt aus meinem dunkelsten Kapitel nach dem Tod meiner Mutter. Ich hatte so viel Hass und Wut in mir, dass ich gar nicht wusste, wohin damit. Also bin ich auf die Straße gegangen und habe Kämpfe angezettelt. Doch eines Abends bin ich an die Falschen geraten – sie wussten, wer mein Vater ist, und wollten sich an ihm rächen, da er ihren eigenen Vater ins Gefängnis gebracht hatte. Sie hätten sich niemals getraut, mich umzubringen, weshalb sie mir kurzerhand eine Wunde zufügen wollten, die man für immer sehen würde.« Er sah mich durch seine dichten Wimpern hindurch an. »Sie hatten gerade erst angefangen. Wenn meine Schwester nicht gekommen wäre, hätten sie mein gesamtes Gesicht verunstaltet.«

Ich ließ meine Hand sinken. »Wie alt warst du da?«

»Fünfzehn.«

»Fünfzehn?!« Ich riss die Augen auf. »Und deine Schwester war …?«

Tyler grinste. »Zwölf.«

Ich starrte ihn an. »Deine Schwester hat – mit zwölf – mit Messern bewaffnete Typen verjagt?«

Sein Grinsen wurde breiter. »Die Typen waren nicht die Einzigen mit einem Messer.« Er stand auf und ging zu dem Servierwagen, wo er die Hauben von den Tellern nahm.

»Ich bin gespannt auf deine Familie«, war das Einzige, was ich herausbrachte. Und ich meinte es so.

»Hast du Hunger?«, fragte er, woraufhin ich energisch nickte. »Und wie.«

Erst als Tyler die Teller auf dem Tisch vor uns abstellte, bemerkte ich die Musik. Als ich mich umsah, entdeckte ich, woher sie kam: Neben einem großen Philodendron – an dem erstaunlicherweise nicht ein einziges gelbes Blatt zu finden war – stand ein Plattenspieler.

»Simon and Garfunkel«, sagte ich mehr zu mir selbst als zu Tyler, während er eine beachtliche Zahl an Tellern auf dem Wohnzimmertisch abstellte.

»*Bridge Over Troubled Water*«, ergänzte Tyler. »Du kennst den Song?«

»Ich *liebe* diesen Song«, erklärte ich und summte leise mit.

»Also, auf was hast du Lust?«, fragte Tyler, als er den letzten Teller auf dem Tisch abgestellt hatte. Wie sich herausstellte, meinte Tyler mit »eine Auswahl der Gerichte« alle. Neben einer Lasagne, einer Paella und einem Meeresfrüchteteller befanden sich ein Clubsandwich, eine Chicago-Style-Pizza und ein Cheeseburger.

»Was zum ...?« Ich lachte auf. »Wer soll das denn alles essen?«

»Alles, was wir nicht essen, nimmt Wes morgen mit.« Er sah mich eindringlich an. »Glaub mir – er isst alles.«

»Was ist das für eine Küche?«, wollte ich wissen, als Tyler mir einen sauberen Teller in die Hand drückte. »Das ist wirklich eine wilde Mischung.«

Tyler gab mir eine Gabel und setzte sich dann neben mich. »Das sind alles Lieblingsgerichte meines Großvaters. Mein Vater isst jeden Mittag dort – entweder im Restaurant oder er lässt es sich in sein Büro bringen.«

»Wo genau ist sein Büro?«, fragte ich, während ich mir Safranrisotto und Meeresfrüchte auf meinen Teller lud.

»Sein Büro ist über der Lobby und seine Wohnung ist nur ein Stockwerk über uns. Genau wie die meiner Schwester. Wes und seine Freundin wohnen übrigens auch hier«, sagte er und schob den Cheeseburger auf seinen Teller.

»Wirklich? Das hört sich wundervoll an. Wenn alle Menschen, die einem wichtig sind, stets im selben Gebäude sind.«

Er sah auf und griff nach meiner freien Hand. »Erst seit heute sind wirklich alle Menschen hier, die mir wichtig sind.«

Ich strich sanft mit meinem Daumen über seine Hand.

»Es wird kein leichter Weg, aber zusammen können wir alles schaffen«, fuhr er fort.

Ich seufzte. »Es ist beinahe, als wollte die Welt uns auseinanderhalten. Warum muss es so schwer sein?«

Tyler grinste schief. »Sonst wäre es doch langweilig, oder etwa nicht? Das hier ist kein normales Leben, sondern der Stoff, aus dem Filme und Bücher gemacht sind.«

Ich schnaubte. »Ich könnte auf das Drama verzichten.« Nachdenklich schob ich eine Garnele auf dem Teller umher. »Was denkst du, was mein Dad und Ian jetzt machen? Sie werden mich sicher nicht ohne Weiteres gehen lassen.«

»Hm«, machte Tyler. »Ich denke, dass wir erst dann Ruhe haben, wenn die Wahl vorbei ist. Und nein – dein Vater wird nicht kampflos aufgeben. Ich kann nur noch nicht einschätzen, was er tun wird.«

Ich versuchte die Gedanken an mein altes Leben wegzuschieben und den Moment zu genießen. Wer wusste schon, wie viele dieser ruhigen Momente wir haben würden, bevor das Chaos wieder losging?

»Du hast gesagt, dass ich mir den Mann ausgesucht habe, mit dem es am schwierigsten wird.« Tyler nickte. »Aber bei dir gilt doch dasselbe. Du hast dir genau die Frau ausgesucht, die am meisten Ballast mitbringt und womöglich die Unterwelt in Gefahr bringt.«

»Wie gesagt: Sonst wäre es doch langweilig.« Sein Grinsen wurde schief.

Doch dieses Mal wollte ich eine genaue Antwort, weshalb ich fragte: »Gab es denn hier keine Frauen? Musstest du dir unbedingt eine im Gefängnis aussuchen?«

Tyler lachte. »Das sagt die Richtige.« Dann räusperte er sich. »Nein, mal im Ernst. Es gab Frauen, allerdings nichts Ernstes. Die Frauen aus der normalen Welt hatten Angst vor mir und die aus der Unterwelt ... na ja. Meine Mutter hat immer gesagt, dass man nie suchen soll. Das habe ich nicht. Und dann kamst du ins Gefängnis reinspaziert und ich wusste, dass ich gar nicht suchen musste.«

Ich räusperte mich. »Sind wir … also, sind wir offiziell zusammen, oder …?« Ich schob mir eine Garnele in den Mund, um nichts mehr sagen zu müssen. Wir hatten bereits so viel erlebt und dennoch war es mir unangenehm, diese Frage zu stellen.

Tylers Augen funkelten. »Das hoffe ich doch!«, rief er lachend. »Außer ich soll dich ganz offiziell fragen?«

Ich schüttelte energisch den Kopf, doch er rutschte bereits näher. »Devon«, raunte er in meine Haare. »Willst du meine Freundin Schrägstrich Komplizin Schrägstrich Prinzessin der Unterwelt werden?«

Ich musste laut lachen. »Prinzessin der Unterwelt? Das impliziert, dass du ein Prinz bist.«

Er kam ein Stück näher. »Teufel trifft es wohl eher«, murmelte er, als er mich küsste.

Den restlichen Abend probierten wir uns durch die Gerichte und sprachen über die Unterwelt, Chicago und alles, was dazwischen lag.

Irgendwann hob Tyler sein Wasserglas und gab mir ein Zeichen, es ihm nachzutun.

»Unser Leben ist nicht einfach. Das können wir nicht ändern. Das Einzige, was wir tun können, ist, es zu akzeptieren und das Beste draus zu machen.« Er hielt mir das Glas hin. »Das Leben ist hart.«

»Aber wir haben uns«, fügte ich kurz entschlossen hinzu und stieß mein Glas gegen seines.

***

Am liebsten wäre ich die ganze Nacht wach geblieben und hätte mit Tyler geredet – jetzt, da wir es endlich ungestört konnten. Doch je später es wurde, desto schwerer wurden meine Lider.

»Du musst ins Bett, Devon. Sonst schläfst du mir hier jeden Moment auf der Couch ein«, bemerkte Tyler, nachdem ich mich an seine Brust gekuschelt hatte und mir langsam die Augen zufielen.

»Ich ruhe nur kurz meine Augen aus«, protestierte ich, doch meine Stimme klang schläfriger, als ich es wollte.

Tylers Brust bebte leicht, als er lachte. »Es ist in Ordnung, Dev. Es war ein harter Tag.«

»Du musst mir aber versprechen, dass du noch da sein wirst, wenn ich morgen früh aufwache.« Den Satz meinte ich ernster, als ihm bewusst war. Die Angst, erneut alleine zu sein, war größer als alles andere.

»Ich verspreche es dir«, murmelte er in meine Haare. »Heute, morgen und für immer.«

Als ich schließlich neben Tyler im Bett lag, gab er mir einen sanften Kuss und zog mich dann an sich heran.

Mein letzter Gedanke, bevor ich in einen tiefen und entspannten Schlaf fiel, war, dass ich mich nie zuvor so sicher und frei gleichzeitig gefühlt hatte.

Ich konnte endlich wieder atmen.

Kapitel 22

Als ich am nächsten Morgen die Augen öffnete und die goldene Morgensonne in Tylers Schlafzimmer schien, atmete ich erleichtert auf.

Es war kein Traum gewesen – ich hatte mich tatsächlich getraut, alles hinter mir zu lassen, und war noch immer bei Tyler. Die freudige Aufregung, die durch meinen Körper fuhr, machte mich schlagartig wach.

Langsam richtete ich mich auf und streckte mich ausgiebig. Tyler lag nicht neben mir, nur seine Decke lag verknittert im Bett.

Als ich die Schlafzimmertür öffnete, strömte mir der Geruch von Kaffee in die Nase, und als ich um die Ecke bog, sah ich Tyler am Esstisch sitzen. Er trug hellblaue Boxershorts, ein weißes Shirt und hatte ein Buch in der einen und einen Kaffee in der anderen Hand. Bei dem Anblick des Mannes, der meine Gegenwart und Zukunft war, wurde mir warm ums Herz. Ich war glücklich. Das erste Mal seit einer sehr, sehr langen Zeit, und am liebsten wollte ich nach dem Gefühl greifen und es mit Sekundenkleber an mich kleben, damit es mich nie wieder verlassen konnte.

Als er mich bemerkte, hob er überrascht eine Braue. »Du bist schon wach?«, fragte er. »Ich habe dir Frühstück gemacht«, erklärte er und machte eine ausladende Geste über den Esstisch, auf dem mehrere Schachteln Frühstücksflocken, eine Obstschale, ein aufgeschnittenes Brot, ein Glas Erdnussbutter und Marmeladen sowie eine große Platte Pancakes standen.

Ich ging auf ihn zu und gab ihm zur Begrüßung einen Kuss. »Das ist lieb von dir. Danke«, sagte ich an seinen Lippen. Als Antwort zog er mich auf seinen Schoß und vertiefte unseren Kuss. Ich legte meine Hand auf den dünnen Stoff seines Shirts und spürte seinen Herzschlag in meiner Handfläche.

»Willst du heute meine Familie kennenlernen? Ich verstehe, wenn du damit noch ein paar Tage warten willst. Wir können Thanksgiving auch einfach an einem anderen Tag feiern, wir nehmen das mit dem Datum nicht so genau.« Er steckte sich eine Traube in den Mund.

Ich horchte auf. »Heute ist Thanksgiving?«

Tyler runzelte die Stirn. »Bist du Amerikanerin oder habe ich mich doch irgendwie getäuscht?« Ein schiefes Grinsen breitete sich auf seinem Gesicht aus.

Ich hob beide Augenbrauen. »Wirfst du mir etwa mangelnden Patriotismus vor? Meine Mutter war Engländerin, das darfst du nicht vergessen.«

»Habt ihr nie gefeiert?«

Ich überlegte kurz. »Eigentlich nicht wirklich. Meine Mom hat die Aufregung um das Fest nie verstanden und da mein Vater nie da war, waren es meistens nur sie, ich und ein großer Becher Ben&Jerry's-Eiscreme.«

Tyler sah aus, als wäre es das Traurigste, was er jemals gehört hatte.

»Aber kann ich deine Familie wirklich an Thanksgiving kennenlernen?«, gab ich zu bedenken. »Ist das nicht ... ich weiß nicht. Ich will nicht stören.«

»Spinnst du?«, fragte Tyler. »Natürlich kannst du meine Familie an Thanksgiving kennenlernen.«

Ich erhob mich und setzte mich auf den Stuhl neben ihn.

Tyler schob mir eine dampfende Tasse Kaffee zu, die ich dankend entgegennahm. »Leider sind wir kein gutes Vorbild für ein normales Thanksgiving-Dinner«, gab Tyler zurück. »Wahrscheinlich ist es nur gut, dass du nicht weißt, wie so ein Dinner normalerweise ablaufen sollte. Dann bist du nachher nicht enttäuscht.«

Tyler versuchte stets meine Bedenken bezüglich seiner Familie im Keim zu ersticken, doch ganz so sorgenfrei wie er war ich nicht. Ich war eine Fremde. Noch dazu die Tochter des – wohlbemerkt außerordentlich erzürnten – Bürgermeisters. Dazu kam, dass er durch mich im Gefängnis in eine gefährliche Situation geraten war und ... ich wusste nicht, wie ich es gefunden hätte, wenn ich seine Schwester oder sein Vater gewesen wäre.

Ich nahm einen Schluck des Kaffees, ohne Milch und Zucker hinzuzugeben. »Wann geht es los? Und was soll ich mitbringen?«

»Du kannst anziehen, was du möchtest, und mitbringen musst du nichts.

Um acht Uhr geht es los, wir feiern in der Wohnung meines Vaters«, sagte er und trank ebenfalls einen Schluck seines Kaffees.

Als ich nach den Frühstücksflocken griff, fiel mir das erste Mal der Kühlschrank ins Auge. Er war grau und hatte einen silbernen Griff, doch das war nicht das, was meine Aufmerksamkeit erregte. Es war die Tatsache, dass er über und über mit kleinen weißen Zetteln beklebt war. Ich kniff die Augen zusammen, um sie besser erkennen zu können. Als ich erkannte, was es war, musste ich lachen. »Sind das etwa Gefängnisfreikarten? Von Monopoly?«

Tyler folgte meinen Blick und lachte. »Ja. Meine Schwester schenkt mir vor jedem unserer Aufträge eine. Falls ich geschnappt werde.« Er schüttelte den Kopf. »Es sollte nur ein blöder Scherz sein, doch irgendwann entwickelte es sich zu einer Tradition.«

Ich hielt inne. »Das ist so ziemlich das Coolste, was ich jemals gehört habe. Ich freue mich echt, sie kennenzulernen.«

Er schnaubte. »Ich erinnere dich danach daran, dass du diesen Satz gesagt hast«, sagte er lachend und griff nach der Zeitung, die neben ihm lag. Wie konnte es sich nach solch einer kurzen Zeit so normal anfühlen, mit ihm zu frühstücken?

Ich blickte auf die Cornflakes auf meinem Löffel, die aussahen wie kleine farbige Donuts. »Weißt du, was ich immer schon wissen wollte?«, fragte ich, ohne aufzusehen. »Wie werden die hier gemacht? Glaubst du, die haben eine ganz kleine Donut-Maschine, mit der sie …«

Ich hielt inne, als ich Tylers Gesicht sah. Er war plötzlich ganz blass um die Nase und schluckte schwer.

»Was ist?«, krächzte ich alarmiert.

Tyler räusperte sich und drehte wortlos die Zeitung mit dem Titelblatt nach vorn zu mir …

… und mein Herz blieb stehen.

Ich musste zweimal hinsehen. Auf der Titelseite der *Chicago Tribune* prangte mein Gesicht. Darüber stand in Großbuchstaben: *Tochter von Bürgermeister Turner verantwortlich für Mord an Louise Ryan?*

Mein Mund blieb mir offen stehen. Was zum Teufel?!

Ich ließ meinen Löffel in die Müslischüssel fallen und griff nach der Zeitung. »Das ist … das Bild ist von gestern!«, rief ich entrüstet. »Das muss die Reporterin gemacht haben, die mein Dad eingeladen hat.« Auf dem Bild sah man mein Gesicht und meine Schultern vor dem Hintergrund der verschneiten Tannen. Meine Augen waren weit aufgerissen und eine einzelne Träne glitzerte auf meiner Wange. Es sah aus wie eine Szene aus einem dramatischen Arthouse-Film.

Tyler stand auf und stellte sich hinter mich. »Das ist genau in dem Moment gemacht worden, in dem du mich in der Menge gesehen hast.«

Ich war so fassungslos, dass mir die nächsten Worte beinahe im Hals stecken blieben. »Will mein Vater mir ernsthaft einen Mord anhängen?«

Tyler legte mir eine Hand auf die Schulter und sah mich fragend an. »Willst du den Artikel vorlesen?«, fragte er, woraufhin ich heftig den Kopf schüttelte. Ich war nicht in der Lage zu sprechen. Dazu brauchte man Luft und die war mir gerade restlos aus den Lungen gepresst worden. Stattdessen drückte ich Tyler die Zeitung in die Hand.

Er warf mir einen besorgten Blick zu, stellte sich ans Fenster und las vor: »Gestern Abend ereignete sich ein unüblicher Zwischenfall während der Premiere der Ballettvorstellung des *Nussknackers* in Downtown Chicago. Devon Turner, die Tochter des vor wenigen Wochen mit dem Helikopter abgestürzten Bürgermeisters Elliott Turner, verließ während der Vorstellung unerwartet die Bühne. Augenzeugen bestätigten, dass sie mit dem in Chicago berüchtigten Gangmitglied Tyler Fox aus dem Saal flüchtete.« Tyler unterbrach sich.

»Und so weiter und so fort«, murmelte er, während er den Artikel überflog. »Nun kommt die Frage auf, ob eine neue Verdächtige im Mordfall Louise Ryan ins Spiel gekommen ist. Bestätigt wurde bereits, dass der versuchte Mord an Bürgermeister Turner mit dem Mord an Louise Ryan zusammenhängt. War es eine politische Tat oder doch ein Mord aus Leidenschaft?« Tyler stockte, legte die Zeitung auf die Seite und ballte die Hände zu Fäusten. »Es ist total irrelevant, was sie schreiben. Du musst dir diese Scheiße nicht anhören.«

Ich vergrub mein Gesicht in den Händen. »Das ist eindeutig das Werk meines Vaters. Das ist seine Art, sich an mir zu rächen«, stellte ich fest. »Ganz Chicago denkt, ich bin eine Mörderin!«

»Hey.« Tyler drehte mein Gesicht so, dass ich ihn ansah. »Und wenn er dir den Mord an John Lennon anhängen will – er hat nichts gegen dich in der Hand. Sein Ego ist gekränkt, aber wir wissen beide, dass bellende Hunde nicht beißen. Außerdem«, sagte er, griff nach der Zeitung und riss die Titelseite in Streifen, bis nur das Bild von mir übrig blieb, »finde ich, dass du auf diesem Bild fantastisch aussiehst.« Dann ging er zu einer Kommode vor dem Fenster, kramte darin herum, holte etwas hervor und ging damit zur Wand neben dem Esstisch.

»Die können uns mal«, knurrte Tyler, während er das Bild von mir mit einem Reißnagel fester als notwendig an der Wand befestigte. »Wir lassen uns nicht einschüchtern.« Er nahm die Reste der Zeitung, stopfte sie in den Müll in der Küche und sah dann zu mir. »Du hast genug Manipulation ertragen.«

Ich senkte meinen Blick. Es war naiv gewesen, auch nur für den Bruchteil einer Sekunde zu glauben, dass ich nun frei war und meine Vergangenheit ein für alle Mal hinter mir gelassen hatte. »Er wird uns nie in Ruhe lassen, oder?«

Tyler kam zu mir, nahm mein Gesicht in seine Hände und fuhr vorsichtig mit seinem Daumen über die Narbe an meiner Wange, als könnte er sie allein durch seine Berührung verschwinden lassen. »Du darfst kein Happy End erwarten, Devon. Das gibt es nicht, denn das würde ja bedeuten, dass unsere Geschichte schon vorbei ist. Wir müssen die schönen Momente als solche erkennen und voll auskosten.«

Womit hatte ich jemanden wie ihn verdient?

»Lass uns das alles heute Abend mit meinem Vater besprechen, er weiß immer, was zu tun ist.«

Ich seufzte. Wirklich sympathisch, dass ich seine Familie mit Problemen belastete, bevor sie mich überhaupt kennenlernen konnten. Und als könnte Tyler meine Gedanken lesen, fügte er hinzu: »Wir sind eine Familie und bekommen das gemeinsam hin. Versprochen.«

Ich fuhr mir durch die Haare, atmete einmal tief durch und fühlte, wie mich eine ungewohnte Ruhe überkam. »Ich weiß«, erwiderte ich und drückte seine Hand. Denn plötzlich wusste ich es tatsächlich. Dass alles wieder gut werden würde – ganz egal, was auch passieren sollte. »Einfach wäre ja langweilig, stimmt's?«, sagte ich lächelnd.

Tyler grinste schief. »Von wem stammt das Zitat? Klingt, als hätte das ein unfassbar weiser Mensch gesagt. Ghandi vielleicht?«

Ich fuhr ihm durch seine weichen dunklen Haare und lachte auf. »Das hättest du wohl gern.«

***

Als ich hörte, wie die Dusche abgedreht wurde, hatte ich gerade den gesamten Inhalt meines Koffers auf dem Boden vor dem Schrank im Schlafzimmer verteilt. Um mir einen Überblick zu verschaffen, verstand sich. Vielleicht würde alles realer werden, sobald ich meine Kleiderstücke im Schrank neben Tylers sah.

Gerade als ich ein dunkelblaues Kleid aufhängte, erschien Tyler im Türrahmen. »Stör ich?«

»Nein, du ...« Der Rest des Satzes blieb mir im Hals stecken, als ich ihn sah. Dunkle Strähnen hingen ihm ins Gesicht, von denen in regelmäßigen Abständen Wasser auf den Parkettboden tropfte. Bis auf das Handtuch, das er sich um die Hüften gewickelt hatte, trug er nichts. Außer das Tattoo, von dem ich bis gerade nicht gewusst hatte, dass er es hatte. Es bedeckte seine Seite und einen kleinen Teil seines Bauches. »Ich will dich gar nicht lange stören, ich muss mir nur schnell etwas überziehen, weil ich gleich zu meinem Vater muss.«

Ich schluckte hart. Wann hatte ich mich jemals so zu einer anderen Person hingezogen gefühlt? Nicht nur seelisch, sondern rein körperlich?

»Du hast mir nie erzählt, dass du ein Tattoo hast.«

Er legte ein Hemd auf dem Bett ab, trat vor mich und sah auf das Tattoo hinunter. Er roch nach Nadelwald und warmem Sand.

»Ich habe es mir stechen lassen, nachdem ich ...« Er stockte. »Nachdem ich meine Mom gerächt hatte und danach neben dem Schmerz auch noch Schuld in mir getragen habe.«

Ich löste meinen Blick von seinen Augen und sah zurück zum Tattoo. Es war äußerst detailliert gestochen und zeigte einen dunklen Wald. Zuerst dachte ich, dass das alles war, bis ich den Adler entdeckte, der von einer dunklen Hand vom Himmel gepflückt und in den Wald gezogen wurde.

Ich streckte meine Hand aus, um das Motiv zu berühren. Seine Bauchmuskeln spannten sich unter meiner Berührung an und wenn ich mich nicht irrte, erschauderte er leicht. Seine Haut war warm und feucht von der Dusche.

Vorsichtig strich ich über die feinen Federn des Adlers, der den Schnabel weit aufgerissen hatte, dann ließ ich meinen Finger weiter nach unten wandern und fuhr die Rinde eines Nadelbaumes nach. Das hier war kein Tattoo, das für die Augen anderer bestimmt war. Er hatte es sich nicht stechen lassen, um attraktiver zu wirken, sondern um seinen Schmerz zum Ausdruck zu bringen. Um ihn nach außen zu tragen.

»Was bedeutet es?«, hauchte ich.

Als Tyler wieder sprach, klang seine Stimme heiser. »Es symbolisiert, dass man nicht immer einen Weg aus seiner eigenen Dunkelheit finden muss. Anstatt zu versuchen, der Dunkelheit und dem Schmerz davonzurennen, kann man anhalten und sich darin ein Zuhause erschaffen.«

Ich ließ meinen Finger weiter auf seiner Haut wandern, legte meine Hand flach auf seinen harten Bauch und erkundete die Bereiche über die Ränder seines Tattoos hinaus. Er zog kaum hörbar die Luft ein.

»Die Dunkelheit kann etwas Tröstliches haben, wenn man sie akzeptiert. Sie gehört nur einem selbst und sie ist konstant.« Seine Stimme war nun kaum mehr als ein Flüstern. »Begleitet einen überall hin.«

Ich legte beide Hände auf seiner Brust ab und spürte, wie sie sich langsam hob und senkte. »Darf ich mich zu dir setzen? In deiner Dunkelheit?«

Er schluckte. »Das hast du doch längst.« Er legte seine Hände an meine Hüften und zog mich näher an sich, ehe er meine Haare aus meiner Halsbeuge strich und mir einen sanften Kuss auf die empfindliche Stelle hinter meinem Ohr gab. Dann küsste er meinen Hals immer weiter nach unten, bis er mein Schlüsselbein erreicht hatte – genau jenes, das Ian mir damals gebrochen hatte.

Gerade als ich meinen Kopf etwas zur Seite gedreht und meine Hände in seinen nassen Haaren vergraben hatte, drang eine weibliche Stimme durch das Apartment.

»Tyler!«

Er erstarrte in seiner Bewegung und ich zuckte heftig zusammen.

»Ich weiß, dass sie hier ist, ich habe es in der Zeitung gelesen.«

Tyler seufzte tief und legte kurz seine Stirn gegen meine. »Shit.« Er schnappte sich sein Hemd vom Bett und warf es sich über, ehe er in den Flur eilte.

Ich strich mir eine lose Strähne hinter mein Ohr und zupfte meinen Pullover zurecht. Irgendwie drehte sich noch immer alles.

»Sie ist nicht mal einen ganzen Tag hier, warte doch einfach bis heute Abend«, hörte ich Tyler sagen.

»Warum stellst du dich so an, verdammt?«, schimpfte die weibliche Stimme, die nun immer näher kam. Das konnte nur Tylers Schwester sein.

Ich ging einen Schritt aus dem Schlafzimmer heraus und da sah ich sie. Sie stand keine zwei Meter von mir entfernt und lächelte breit, als sie mich entdeckte. Sie musterte mich aus Augen, die exakt dieselbe Farbe und Form hatten wie Tylers. Ich musste zweimal blinzeln, um ihre Erscheinung vollkommen in mich aufzunehmen. Mir kamen zwei Wörter in den Sinn: außergewöhnlich und wunderschön. Ihre kinnlangen Haare waren auf der rechten Seite schwarz und auf der linken Seite rot gefärbt. Was mir sofort ins Auge sprang, war der große Drachenkopf, der auf ihren Hals tätowiert worden war – die Augen des Drachen leuchteten mir in roter Tinte entgegen.

»Du bist also Devon.« Ein schelmisches Grinsen breitete sich auf ihrem Gesicht aus. »Das Mädchen, für das mein Bruder länger im Gefängnis geblieben ist, obwohl der feine Herr sich immer über die mangelnde Hygiene und den ekligen Kaffee beschwert.«

Tyler rollte mit den Augen. »Devon, das ist –«

»Alecto«, unterbrach sie ihn und streckte mir ihre Hand entgegen. Auf ihrem Handrücken stand in roter Tinte das Wort *Tyler* geschrieben und sie trug einen Drachenring, der sich um drei ihrer Finger wand. »Ich kann für mich selbst reden, danke, Ty.«

Ich streckte ebenfalls meine Hand aus, die sie so fest drückte, dass es mir beinahe Tränen in die Augen trieb. »Devon«, stellte ich mich vor, obwohl sie bereits wusste, wer ich war. »Freut mich, dich kennenzulernen, Alecto.«

Sie machte eine abwinkende Geste. »Bitte, nenn mich Alec. Meine Mutter hat darauf bestanden, mich nach einer der Rachegöttinnen zu nennen. Sie hatte ein Faible für Götter und Sagen.« Sie schnaubte.

Tyler lachte, woraufhin sie ihn böse anfunkelte. »Du lachst nur, weil du einen normalen Namen hast. Aber nein, mal im Ernst. Ich hätte mir keinen besseren Namen wünschen können. Ich bin nicht nur nach der Rächerin des Bösen benannt – ich *bin* die Rächerin des Bösen. Wir befreien die Stadt von ihrem Abschaum. Natürlich versuchen wir, dabei niemanden umzubringen, aber manchmal ist es einfach der letzte Ausweg. Außer für unseren kleinen Tyler hier, der das natürlich nicht mehr macht«, sagte sie grinsend und versuchte ihm durch die Haare zu fahren.

Tyler griff blitzschnell nach ihrer Hand und drehte sie hinter ihren Rücken. »Zu viel. Zu schnell, Alec«, mahnte er, doch mir entging die Andeutung eines Lächelns auf seinem Gesicht nicht.

»Also«, begann sie erneut, nachdem sie ihren Arm losgerissen hatte. »Ich bin Alec, das ist Tisiphone«, sie zeigte auf den Drachen auf ihrem Hals, »die auch eine der Rachegöttinnen ist, so bin ich damit wenigstens nicht allein. Außer du willst dich Megaira nennen, dann sind die drei komplett.« Sie lachte laut, doch es war kein unangenehmes Geräusch.

Tyler stöhnte und fuhr sich über das Gesicht. »Ja. Also … das ist Alec. Sie ist ein bisschen … viel«, sagte er und sah sie dabei warnend an. »Anscheinend will sie dich an deinem ersten Tag verschrecken.«

»Eigentlich verschreckt sie mich gar nicht«, gab ich zu. Sie war eine der interessantesten Personen, die ich jemals getroffen hatte. Direkt nach Tyler natürlich.

»Siehst du?«, sagte sie und legte ihren Zeigefinger auf seine Brust. »Deine Freundin mag mich.« Sie legte lächelnd einen Arm um mich und gemeinsam gingen wir in Richtung Wohnzimmer. Aus meinem Augenwinkel sah ich, wie Tyler sich nervös durch die Haare fuhr, was mich zum Lächeln brachte. Er machte sich tatsächlich Sorgen, dabei war ich erleichtert, dass sie mich mochte. Natürlich wusste ich nicht, wie sie insgeheim wirklich über mich dachte, doch da ich noch keine Bekanntschaft mit ihrer Messersammlung gemacht hatte, deutete ich das als gutes Zeichen.

»Also, Devon«, begann sie. »Du bist zweiundzwanzig und er achtundzwanzig. Was willst du von einem alten Mann wie ihm?«

Ich lachte auf. Nun wusste ich, woher Tyler seine direkte Art hatte. Gerade als ich antworten wollte, stellte sie bereits ihre nächste Frage. »Jetzt, da du hier bist, muss ich einfach fragen: Weißt du, wie man sich verteidigt? Wie man schießt?«

Tyler seufzte. »Komm schon, Alec. Sie muss nicht wissen, wie man –«

»Ich weiß, wie man schießt«, antwortete ich.

»Wirklich?«, sagten Tyler und Alecto wie aus einem Mund.

»Ja. Mein Vater hat darauf bestanden, dass ich es lerne. Und mein Ex-Freund ist Polizist.«

Alecto klatschte in die Hände. »Na, dann haben wir ein Problem weniger!« Ihre Kleidung war genau wie ihre Boots schwarz, lediglich die Tattoos an ihren Armen wiesen hier und da rote Farbtupfer auf. »Wenigstens eine gute Entscheidung, die unser Bürgermeister richtig getroffen hat.« Sie setzte sich auf die Lehne der Couch und stützte ihr Kinn auf ihr Knie. »Sag mal, Devon, hast du Louise Ryan umgebracht oder war das nur eine Lüge, damit dein Vater besser dasteht?« Sie wollte mich damit nicht aufziehen, es klang mehr wie eine ernsthaft interessierte Frage.

Tyler seufzte tief. »O Mann.«

»Nein, ich habe sie nicht umgebracht. Er ist wütend, weil ich mit Tyler durchgebrannt bin. Und weil ich ins Gefängnis eingebrochen bin.«

Alecto nickte und ein beinahe stolzer Ausdruck breitete sich auf ihrem Gesicht aus. »O Tyler. Ich mag dieses Mädchen!« Dann sprang sie von der Couch auf. »Was machst du noch hier? Du sollst zu Dad.«

Tyler, der sich inzwischen eine Hose angezogen hatte, sah von mir zu Alecto und wieder zurück. »Es ist surreal, euch nebeneinander zu sehen, und ich bin mir grade nicht sicher, ob ich Devon an ihrem ersten Tag mit dir allein lassen kann.«

Als Antwort gab Alec Tyler einen Schubs in Richtung Tür. »Geh. Wir sehen uns heute Abend beim Thanksgiving-Dinner.«

Tyler sah zu mir und hob eine Augenbraue, wie um mich zu fragen, ob es in Ordnung war. Ich nickte lächelnd. Wenn ich es drei Jahre lang mit Ian und ein ganzes Leben mit meinem Vater ausgehalten hatte, wurde ich ja wohl mit Alecto fertig.

Bevor er die Tür hinter sich schloss, drehte er sich noch einmal zu uns um. »Vielleicht kannst du Devon ein paar Geschäfte hier zeigen und mit ihr ein neues Handy kaufen gehen.«

Alec nickte. »Wird gemacht.«

»Ein neues Handy?«, fragte ich. »Glaubst du, sie werden es orten?«

»Ziemlich sicher sogar«, gab er zurück und eine tiefe Falte trat auf seine Stirn. »Wir sollten dir zusätzliche Sicherheitsprogramme installieren.«

Alecto schob Tyler weiter zur Tür, was mich ehrlich beeindruckte, da sie wirklich stark sein musste. »Geh jetzt, Mann. Ich brauche Zeit mit meiner Schwägerin.«

Tyler seufzte schwer und sah zu mir. »Wenn sie dir zu viel wird, dann lass sie einfach stehen und komm ein Stockwerk nach oben.«

»Kein Problem, wird gemacht«, antwortete Alecto und ich musste lachen.

»Ich habe nicht mit dir ger –«, setzte Tyler an, doch da hatte sie ihm schon die Tür vor der Nase zugeschlagen.

Sie drehte sich zu mir um und ihre Augen funkelten wie die einer Raubkatze. »Sollen wir etwas zum Anziehen für heute Abend aussuchen, während ich dir deine gesamte Lebensgeschichte aus der Nase ziehe?«

Ich lachte. »Das klingt nach einer guten Idee. Ich habe nämlich nicht die geringste Ahnung, was ich tragen soll«, erwiderte ich.

Keine Minute später standen wir vor dem Kleiderschrank, umgeben von den wenigen Kleidungstücken, die ich besaß. »Das ist *alles*?«, fragte Alecto und klang enttäuscht und entsetzt zugleich.

Ich zuckte entschuldigend mit den Schultern. »Es hat mir nie Spaß gemacht, Kleidung zu kaufen, und den Rest habe ich in meiner alten Wohnung gelassen.«

Sie nahm eine kornblumenblaue Bluse von einem der Kleiderbügel und ließ sie auf den Boden fallen, als wäre sie giftig. »Ja, weil du nie die Sachen gekauft hast, die du wirklich wolltest, richtig?«

»Da ist was dran.«

Plötzlich gab sie einen schrillen Laut von sich und ich fiel beinahe vom Bett. »Was zum heiligen Lucifer ist denn das?!« Alec nahm das beige Blusenkleid vom Bett, das ich gerade noch in der Hand gehabt hatte. Ich hatte es nie besonders gemocht, aber es war eines der wenigen eleganten Kleider, die ich besaß. Nein – das einzige, nachdem ich den Rest in der alten Wohnung gelassen hatte.

»Das Kleid hatte ich auf Events mit meinem Vater an ...« Ich hielt inne, als ich Alecs angewiderten Blick sah. »Ich weiß, es ist hässlich«, fügte ich resigniert hinzu.

»Okay, also du brauchst eine vollständig neue Garderobe und vor allem ein neues Kleid, bevor du den Rest heute Abend triffst. Etwas, das mehr nach Devon und weniger nach Tochter des Bürgermeisters aussieht.«

»Bin dabei«, sagte ich, ohne zu zögern, dabei war ich mir gar nicht sicher, wie das aussehen sollte.

Sie wies auf die wenigen Kleidungsstücke im Schrank. »Das hier ist nicht das, was du wirklich bist.«

Ich nickte zögerlich. »Das stimmt, aber ich weiß gar nicht, was eigentlich zu mir passt.«

Sie trat zu mir und klopfte mir so fest auf die Schulter, dass ich beinahe nach vorn fiel. »Das lässt sich ändern.«

Kapitel 23

»Dein Dad will dir also einen Mord anhängen?«, fragte Alecto, als wir die Straße vor dem Hotel entlangschlenderten. Tatsächlich gab es hier alles, was man sich wünschen konnte: von kleinen Boutiquen und Schuhläden bis zu Lebensmittelgeschäften und Blumenläden.

Die Henkel der zwei vollen Tüten schnitten in meine Handinnenflächen. Ich hatte bereits mehrere neue Jeans, Pullover, Shirts und sogar eine Lederjacke gekauft. Sie erinnerte mich an meine Mutter und daran, wie mein Vater es verabscheut hatte, wenn sie die Jacke getragen hatte. Seiner Meinung nach war Kleidung aus schwarzem Leder nur etwas für Prostituierte und Mitglieder von Rockbands. Sie hatte sie dennoch angezogen.

»Wie es aussieht, ja.« Ich zog die Nase kraus. Natürlich war mir von Anfang an bewusst gewesen, dass ich nicht einfach verschwinden und mit Tyler wie im Märchen glücklich bis ans Ende unserer Tage leben konnte. Aber dass ich die Verdächtige in einem Mordfall werden würde, hatte ich nicht erwartet. »Vor der Premiere hat er mir damit gedroht, dass ich für ihn gestorben wäre, sollte ich Tyler wiedersehen. Anscheinend hat er es sich anders überlegt und will mich statt tot lieber im Gefängnis sehen.«

Alecto runzelte die Stirn. »Aber ist es dir denn wichtig, ob er dich hasst? Ich meine – er ist ein Arschloch«, entgegnete sie schlicht und machte eine Blase mit ihrem hellblauen Kaugummi.

»Meine Mom ist gestorben, als ich fünf war, und seitdem habe ich nur noch ihn«, erklärte ich. »Auch wenn es blöd ist, an etwas festzuhalten, obwohl es einem wehtut.«

Alecto ließ die Kaugummiblase platzen, griff nach einer der Tüten und nahm sie mir wortlos ab, ehe sie mir den Arm um die Schultern legte. »Wir sind ab sofort deine Familie. Es werden keine Fragen gestellt und je schneller du dich hier einlebst, desto besser. Dein Dad wird schon merken, dass er dir hier nichts mehr tun kann.« Sie schnaubte. »Schau mich an: Ich habe einige Morde begangen und niemand kommt mich suchen. Dabei wissen sie genau, dass ich es war.«

»Wie kommst du damit zurecht?«, fragte ich und musterte ihr Profil. »Jemanden umzubringen, meine ich.«

Im vierten Semester meines Studiums hatte ich mich beinahe ausschließlich mit der Frage beschäftigt, warum Menschen mordeten und wie sie die Tat danach verarbeiteten. Das Warum kannte ich: Alecto wollte das Gleichgewicht wiederherstellen und dafür sorgen, dass die Regeln eingehalten wurden. Sie war selbstbewusst, keine Frage, aber wie erging es ihr abends, wenn sie allein in ihrem Bett lag und an die Decke starrte?

Alecto blieb vor einem Laden stehen, dessen Eingang von zwei kleinen Bäumen gesäumt wurde. »Ich kann damit besser leben, wenn bestimmte Menschen nicht mehr durch die Straßen laufen – auch wenn ich der Grund dafür bin, dass sie nicht mehr hier sind.« Sie zuckte mit den Schultern. »Wenn die Mörder meiner Mutter verurteilt worden wären, wäre sie heute noch da. Sie waren bekannte Vergewaltiger und Auftragskiller und ...« Sie sah zu mir. »Wenn jemand die Gerechtigkeit wiederhergestellt hätte, so wie ich es tue, dann wäre das alles nie passiert.«

Ich sah den Schmerz in ihren Augen aufblitzen, doch er verschwand so schnell, wie er gekommen war.

»Es tut mir leid, Tyler würde ausrasten, wenn er wüsste, was ich mit dir alles bespreche. Aber ich habe das Gefühl, dass du ganz gut zurechtkommst«, sagte sie und musterte mich aus zusammengekniffenen Augen.

»Ich verurteile grundsätzlich nicht«, stellte ich klar. »Ich hatte keinerlei Berührungsängste mit den Insassen im MCC. Das war einer der Gründe, weshalb ich mich auf Tyler einlassen konnte.«

»Das spricht für dich.«

Ich hob meine Augenbrauen. »Tut es das?«, fragte ich. »Mein Dad und Ian wollten mir immer weismachen, dass das etwas Schlechtes ist.«

»Im Gegenteil. Du denkst nicht, du wärst besser als die Menschen im Gefängnis.« Sie hielt kurz inne, als dachte sie über etwas nach. »Ich denke, morden macht mir nichts aus, da ich nicht mit dem normalen Rechtssystem aufgewachsen bin. Du weißt schon: Ein Mord ist gleich eine böse Tat. Hier ist es anders. Hier wird nicht gefragt, *ob* du einen Mord begangen hast, sondern an wem. Es wird nicht wahllos gemordet. Wenn du einen bösen Menschen tötest, ist es eine gute Tat.« Sie legte den Kopf schief. »Okay, vielleicht nicht gut, aber zumindest nicht schlecht.«

Für einen kurzen Moment sagte keiner von uns etwas. Dann legte Alecto die Hand auf die Türklinke des Ladens, vor dem wir standen. »Wenn Tyler dir vertraut, dann tue ich das auch. Ich habe nicht viele Erfahrungen mit Freundinnen.« Sie legte den Kopf schief. »Außer mit festen Freundinnen, aber das ist etwas anderes.«

»Ist bei mir nicht anders«, erwiderte ich. »Also das mit den Freundinnen, nicht mit den Liebschaften«, beeilte ich mich zu sagen.

»Dann haben wir ja was gemeinsam«, entgegnete Alecto augenzwinkernd und drückte die Tür des Ladens auf. Warme Luft strömte mir entgegen, als ich über die Schwelle trat. An den schwarzen Kleiderstangen hingen nur wenige ausgewählte Kleider und die Decke des Ladens bestand aus einem einzigen großen Spiegel.

»Der Laden gehört Lori, einer Freundin der Familie. Wenn wir irgendwo ein Kleid für heute Abend finden, dann hier«, erklärte sie.

Kurz darauf ertönte das Geräusch von High Heels auf dem Betonboden, ehe eine große Frau vor uns erschien. Ihre Kleidung war weiß – genau wie ihre kurzen Haare.

»Alec!«, rief sie entzückt, als sie uns entdeckte. »Wie schön, dass du hier bist. Und du hast eine Freundin mitgebracht?« Ihr Lächeln war breit.

Ich erwiderte es. »Ich bin Devon, hi«, stellte ich mich vor.

»Die Freundin von Tyler«, fügte Alecto hinzu und wackelte vielsagend mit den Augenbrauen. Ich hätte ihr am liebsten meinen Ellbogen in die Seite gerammt.

»Hör. Auf.« Lori grinste noch etwas breiter und musterte mich von oben bis unten. »Wurde ja auch mal Zeit. Wo hat er dich denn aufgegabelt?«

»Im Gefängnis«, antwortete ich trocken und Lori nickte, als wäre das eine legitime und völlig normale Antwort auf diese Frage. Hier war es das wahrscheinlich auch.

»Was kann ich für euch tun?«, fragte sie, und als ich mich zu Alecto umdrehte, stand sie gar nicht mehr hinter mir.

»Devon, ich hab es gefunden!«, rief sie aus den Tiefen des Ladens. Lori zuckte mit den Schultern und gemeinsam gingen wir zu der Stelle, von der ihre Stimme ertönt war.

Als ich sah, auf welches Kleid sie zeigte, wurde mir flau im Magen. Die dunkelgrüne Seide reichte bis zum Boden. Es war wunderschön, doch der Schlitz am Bein und der Ausschnitt waren gewagter als alles, was ich jemals getragen hatte.

»Nein«, sagte ich schlicht und schüttelte den Kopf. »Keine Chance.«

»Warum?«

»Ich will nicht auffallen«, erklärte ich. »Außerdem bin ich das einfach nicht, also –«

»Bist das nicht du oder ist das nicht die Tochter des Bürgermeisters?«, fragte Alecto und tippte mit dem Fuß auf den Boden. »Du hast eine letzte Chance, dir einen Grund auszudenken, warum du es nicht tragen kannst. Wenn dir nichts einfällt und es trotzdem nicht anprobierst, ziehe ich es dir gewaltsam über den Kopf«, drohte sie.

Mist. Wie ich sie inzwischen einschätzte, war das keineswegs eine leere Drohung. Ich warf Lori einen Hilfe suchenden Blick zu, doch sie schien ebenso wenig verstehen zu können, warum man nicht auffallen wollte. Kein Wunder, wenn man sich den Kleidungsstil der beiden ansah. Natürlich wäre ich gern ebenso selbstbewusst gewesen, aber das Gewagteste, was ich je getragen hatte, war ein Top ohne Träger.

Ich verzog das Gesicht. Tatsächlich fiel mir kein anderer Grund ein, außer dass ich Angst davor hatte, was andere sagten. Nein – was mein Vater und Ian sagten. Dabei waren sie nicht einmal mehr in meinem Leben. Und wenn ich mein altes Leben hinter mir lassen wollte, musste ich wohl auch meine alte Denkweise zurücklassen.

Ich seufzte resigniert. »Von mir aus«, sagte ich, obwohl ich mich insgeheim darauf freute, es anzuprobieren.

Alecto schnalzte mit der Zunge. »Wir gehen hier nicht ohne dieses Kleid raus. Und mindestens zwei weitere dieser Art, da du ab jetzt nicht mehr nur einmal im Jahr ausgehen wirst, dafür werde ich sorgen. Und in deinem hässlichen beigen Blusenkleid nehme ich dich nirgends mit hin.«

Lori schnalzte mit der Zunge. »Alec«, mahnte sie.

Alecto zuckte nur mit den Schultern. »Du müsstest es sehen! Es ist die Wahrheit.«

»Geh doch schon mal in die Umkleide, ich bringe dir das Kleid in deiner Größe«, meinte Lori zu mir und zeigte in den hinteren Bereich des Ladens.

»Ich probiere auch was an«, verkündete Alecto. »Vielleicht fühlst du dich dann besser.«

Während ich in der Umkleide darauf wartete, dass Lori mir das Kleid brachte, setzte ich mich auf den kleinen silbernen Hocker, kramte mein neues Handy aus der blauen Einkaufstasche und verfasste eine Nachricht an Tyler.

> Hey. Das ist meine neue Nummer. Haben fast alles und schauen nur noch nach Kleidern.

Nur ein paar Sekunden später kam eine Antwort.

> Ist eingespeichert. Wir können morgen das Handy zu Cairo bringen, um es vor Hackerangriffen zu schützen. Ich bin noch bei meinem Dad. Hoffe, Alec strapaziert deine Nerven nicht zu sehr.

Ich vermutete, dass Cairo ein Freund von Tyler war. Der Gedanke, dass mein Handy dann sicher wäre, beruhigte mich. Ich traute meinem Vater und Ian alles zu. Und wenn ich nun tatsächlich die Verdächtige in einem Mordfall war, war es umso besser, sich abzusichern. Denn ich wusste besser als jeder andere, dass mein Vater nicht fair kämpfte.

> Mach dir keine Gedanken, ich komme gut zurecht. Freue mich auf heute Abend.

Ich steckte das Handy zurück in die Tasche, als das Klappern von Loris Schuhen näher kam. »Das müsste dir passen, Liebes.« Sie hängte mir das Kleid in die Umkleide.

Es hatte keinen Reißverschluss, also zog ich es mir vorsichtig über den Kopf. Die weiche Seide fühlte sich kühl auf meiner Haut an und der leichte Stoff umspielte meine Beine.

»Hier«, sagte Lori von der anderen Seite des Vorhangs. »Probier die dazu an.« Sie stellte mir unter den Vorhang ein Paar offener schwarzer High Heels.

Ich betrachtete sie kurz, ehe ich sie, ohne viel nachzudenken, einfach anzog. Mochte ich wirklich keine hohen Schuhe und auffallende Kleider oder hatte ich mich nur angepasst und mir eingeredet, dass es so war? Es war Zeit, das herauszufinden.

Als ich die Schuhe nach einem Kampf mit den Verschlüssen endlich anhatte, schob ich den Vorhang beiseite und trat aus der Umkleide. Zugegebenermaßen fiel es mir etwas schwer, auf den Schuhen zu laufen. Ich ging auf den großen Spiegel am Ende des Raumes zu, doch als ich Alecto davorstehen sah, hielt ich inne.

Der Ausschnitt ihres Kleides aus roter Seide schloss direkt mit ihrem unteren Rücken ab und legte den Blick auf ihre restlichen Tattoos frei. Wie sich herausstellte, gehörte der Drachenkopf auf ihrem Hals tatsächlich zu einem ganzen Drachenkörper, der sich über ihren Rücken schlängelte. Schwarze und rote Tinte wechselten sich ab und es wirkte von Weitem beinahe, als schimmerten die Schuppen des Drachen. Die Spitze des Drachenschwanzes konnte ich nicht mehr erkennen, da sie unter dem Stoff des Kleides verschwand. Wahrscheinlich war sie auf ihrem Bauch.

Wie lange hatte es wohl gedauert, dieses Tattoo zu stechen? Wochen? Monate?

Gerade als ich einen Schritt auf Alecto zumachte, drehte sie sich zu mir um. Ihre Augen weiteten sich. »Na, das ist mal ein Kleid.« Sie grinste breit und trat vom Spiegel weg, um Platz zu machen. »Wenn ich dich so getroffen hätte, hätte ich dich auch genommen.«

Zögerlich trat ich an den Spiegel und erkannte mich kaum wieder.

Unfassbar, was ein Kleid und ein Paar Schuhe mit einem Menschen machen konnten. So hatte ich mich nie zuvor gesehen. Als passte sich mein Äußeres nach und nach meinem Inneren an. Ich strich über die zarte dunkelgrüne Seide. Der Schlitz an meinem Bein war ungewohnt hoch und es fühlte sich an, als trüge ich buchstäblich nichts auf der Haut, doch es saß perfekt.

»Wow!«, rief Lori, als sie mit zwei Kleidern in der Hand aus dem Lager kam. »Das ist wie für dich gemacht.«

Alecto wandte sich grinsend an Lori. »Wir nehmen es. Jetzt brauchen wir noch drei weitere und dann sind wir für heute fertig.«

Ich wollte protestieren, aber Alecto legte mir die Hand auf meinen Mund, um mich zum Schweigen zu bringen. »Hör auf zu reden. Die Kleider gehen auf mich.«

***

Als ich die Einkaufstüten mit einem Seufzer im Eingangsbereich von Tylers – nein, unserer – Wohnung abstellte, war ich erschöpft, aber überglücklich. Alecto hatte mir einen Schlüssel für die Wohnung nachmachen lassen und mich nach oben gebracht. Dieses Mal hatte ich mir die vielen Abzweigungen bis zur roten Tür gemerkt und war mir sicher, dass ich sie das nächste Mal selbst finden würde.

Bevor wir zurück zum Hotel gelaufen waren, war ich in einen Supermarkt gegangen, um die Zutaten für eine Pumpkin Pie zu kaufen. Ich brachte es nicht übers Herz, mit leeren Händen bei dem Dinner aufzukreuzen. Außerdem hatte ich noch mindestens drei Stunden Zeit.

Nachdem ich die Tüte mit den neuen Kleidungsstücken in das Schlafzimmer gestellt und die Kleider aus der Boutique aufgehängt hatte, ging ich in die Küche, um die Pie zu backen.

Als meine Mom und ich damals den Teig für die Pie angerührt hatten, hatte sie unbedingt gewollt, dass sie eine stärkere orangefarbene Färbung bekam, weshalb Mom kurzerhand eine Packung mit verschiedenen Lebensmittelfarben gekauft hatte. Doch anstatt Gelb mit Rot zu mischen, um

Orange zu bekommen, hatte sie aus Versehen Gelb mit Blau gemischt. Da sie die Farbe direkt in den Teig gegeben und ich so gelacht hatte, dass ich beinahe von der Küchentheke gefallen wäre, hatte sie es kurzerhand grün gelassen. Wahrscheinlich hatte ich es mir eingebildet, doch die Pie hatte nie besser geschmeckt.

Ich stellte mir gern vor, dass es – wenn sie nicht gestorben wäre – unsere Tradition geworden wäre. Also hatte ich es schlichtweg zu meiner Tradition gemacht. Seit meinem zehnten Lebensjahr backte ich jedes Jahr an Thanksgiving eine grüne Pumpkin Pie. Für Mom.

Es dauerte seine Zeit, bis ich mich in der Küche zurechtfand und die verschiedenen Utensilien beisammenhatte, doch offenbar kochte Tyler in seiner Küche, anstatt sie nur zur Dekoration zu verwenden. Er hatte sämtliche Grundzutaten in den Schränken und sogar eine passende Backform.

Als ich die Form mit dem Boden im Ofen hatte und mich an die Füllung machte, wog ich zuerst alle Zutaten ab. Wie gut, dass ich braunen Zucker gekauft hatte – Tyler hatte nämlich nur weißen. Ich öffnete drei verschiedene Schubladen, ehe ich eine Küchenschere fand, um die Verpackung zu öffnen. Ich schnitt das knisternde Plastik auf und schüttete den Zucker in einen leeren Behälter. Doch als ich die Schere wieder zurück in die Schublade legen wollte, zögerte ich.

In den letzten zwei Tagen hatte ich das erste Mal in meinem Leben all die Dinge getan, die ich mich zuvor nie getraut hatte. Ich dachte an die schockierten Gesichter der Menschen im Saal und das befreiende Gefühl auf dem Dach des *Capital Hotels*. Langsam drehte ich die Schere in meinen mit Mehl bedeckten Händen. Dann blickte ich auf die Wand gegenüber und sah das schwarzweiße Foto von mir auf der Bühne. *Mein Vater will mir einen Mord anhängen*, dachte ich und ein hysterisches Lachen sprudelte in mir hoch. Für den Fall, dass die Polizei mich suchen kam, sollte ich nicht mehr so aussehen, wie mich die Menschen aus meinem alten Leben in Erinnerung gehabt hatten.

Ohne weiter nachzudenken, nahm ich die Schere mit ins Badezimmer und stellte mich vor den Spiegel. Mein Blick war nicht verunsichert, sondern bestimmt.

Die Schere schnitt durch meine Haare, als wären sie aus Seide. Lange Strähne für lange Strähne landete im Waschbecken. Und keine drei Minuten später hatte ich ein weiteres Band durchtrennt, welches mich an mein altes Leben gebunden hatte.

Kapitel 24

»Du darfst nicht lachen, okay?«, rief ich Tyler durch die geschlossene Schlafzimmertür zu. Ich blickte an meinem Kleid hinunter und atmete tief aus. Warum war ich derart nervös? Es war nur ein Kleid. Und eine neue Frisur. Wenn man es denn so nennen konnte. Es waren keine weltbewegenden Veränderungen. Doch wenn ich daran dachte, wie Ian auf das Kleid und meine Haare reagiert hätte, wurde mir ganz flau im Magen. Aber Tyler war nicht Ian – genau das war ja der springende Punkt.

»Warum sollte ich denn lachen?«, fragte er verwirrt. »Hat Alec dir irgendein Drachenkostüm aufgezwungen oder so? Das wäre nicht das erste Mal.« Er schnaubte. »Das war vielleicht ein seltsames Weihnachten.«

Ich lachte. »Nein, das ist es nicht.«

»Devon. Es gibt wirklich nichts, was du tun könntest, wobei ich dich auslachen würde.« Seine Stimme klang nun näher, als hätte er sich an die Tür gelehnt. »Außer wenn du ein Drachenkostüm tragen würdest«, fügte er nach kurzem Überlegen hinzu.

Ein letztes Mal fuhr ich mir durch meine Haare, deren Enden nun an meinen Schultern kitzelten, ehe ich die Tür öffnete.

»Oh«, machte er und sein Mund blieb ihm buchstäblich offen stehen. Dann starrte er mich einfach nur an.

Ich versteifte mich. Was hatte das zu bedeuten? Es konnte alles heißen.

»Wie findest du es?«

Tyler schluckte. »Du siehst unglaublich aus!« Er zog mich grinsend in seine Arme. »Ihr wart zusammen beim Friseur?«, fragte er und berührte sanft die weichen Enden meiner Haare.

»Eigentlich habe ich sie mit deiner Küchenschere geschnitten«, gab ich zu. »Wenn du hier genauer draufschaust, siehst du es.« Ich drehte mich, damit er die Haare am Hinterkopf sehen konnte.

»Es steht dir noch besser als das davor«, sagte er, zog mich an sich und gab mir einen langen Kuss. »Vor allem, weil es dir besser gefällt, und das merkt man.« Er hielt mich eine Armbreite von sich entfernt. »Und das Kleid«, raunte er und schloss die Augen. »Dafür habe ich keine Worte.«

Ich grinste. Zum ersten Mal in meinem Leben hatte es mir tatsächlich Spaß gemacht, mich zu schminken und mir etwas Schönes anzuziehen. Und von nun an musste ich mir keine Sorgen mehr darum machen, dass mich jemand zwang, mir etwas anderes anzuziehen.

»Ich ziehe mich schnell um und dann können wir zusammen hochgehen«, meinte er und nahm mein Gesicht sanft in seine Hände. Sie rochen nach Mandarinen. »Ich kann einfach immer noch nicht glauben, dass du hier bist.« Er schüttelte lächelnd den Kopf. »Wenn Thanksgiving vorbei ist, möchte ich mehr Zeit nur mit dir allein verbringen. Wir müssen all die Treffen, bei denen wir uns nicht berühren durften, wiedergutmachen.« Er gab mir einen kurzen Kuss, ehe er im Badezimmer verschwand.

Während sich Tyler umzog, packte ich meinen Geldbeutel und mein Handy in die Tasche, ehe ich in die Küche ging, um Puderzucker auf die fertige Pie zu streuen. Wie jedes Jahr war sie moosgrün.

»Bist du bereit?«, fragte Tyler hinter mir. Ich roch das Parfum, das er aufgetragen hatte, bevor ich ihn sah. Ich drehte mich zu ihm um. Er trug ein weißes Hemd, über das er einen dunkelgrünen Blazer gezogen hatte. »Ich dachte, ich ziehe mich farblich passend an.«

»Passend zu mir oder zur Pie?«, fragte ich grinsend und hob sie in die Luft.

Seine Augen weiteten sich. »Ist das ...« Er lachte. »Okay, ich habe keine Ahnung, was das ist. Es riecht wie Kürbis und sieht aus wie mein Tod.«

Ich boxte ihm sanft gegen den Arm. »Komm schon.«

Abwehrend hob er die Hände in die Luft. »Ich weiß, dass meine Familie anstrengend ist, aber musst du sie deshalb gleich am ersten Abend vergiften?«

»Warte ab, bis du es probiert hast«, sagte ich, als wir gemeinsam zur Tür gingen. »Und danach darfst du dich beschweren.« Ich wollte gerade nach meiner Jacke greifen, als mir einfiel, dass ich sie gar nicht brauchte. Obwohl wir Tylers Dad besuchten und danach in eine Bar gingen, war alles im selben Gebäude – beziehungsweise darunter.

Die Wohnung von Tylers Dad lag nur ein Stockwerk über uns, und dennoch waren wir nach fünf Minuten immer noch nicht am Ziel. Wir waren bereits so oft abgebogen, dass ich komplett den Überblick verloren hatte.

»Das Gebäude ist wirklich ein Labyrinth«, stellte ich bei der gefühlt einhundertsten Abzweigung fest.

Tyler sah zu mir. »Das ist Absicht. Mein Vater wohnt in der Wohnung, die damals meinem Großvater gehört hat. Um sich zu schützen, hat er die versteckteste Wohnung ausgewählt, die er finden konnte. Bis ein Feind sie gefunden hätte, hätte er längst mit gezückter Waffe hinter der Tür gestanden. Oder wäre verschwunden, kommt ganz auf den Feind an.«

Seine Familie hatte viel getan, um ihr Zuhause zu beschützen. Und jetzt brachte ich es durch meinen Vater in Gefahr. Was wäre, wenn er rechtliche Schritte gegen Tyler, seinen Dad oder das Hotel einleitete? Natürlich hatten schon viele Personen vergeblich versucht, die Unterwelt zu Fall zu bringen, aber wenn es jemandem doch gelingen würde, wäre es mein Vater. Seine Skrupellosigkeit war durch nichts zu überbieten.

»Glaubst du, dein Vater wird mich überhaupt mögen?«, fragte ich, als wir an einem dunklen Gemälde vorbeiliefen, auf dem eine altertümliche Schlacht zu sehen war. Über das Gemälde war mit drei dicken Pinselstrichen in Neonfarben gestrichen worden, wodurch nur die Ränder des ursprünglichen Bildes zu sehen waren. »Du weißt schon. Weil ich so viele Probleme mitbringe.«

Er runzelte die Stirn. »Was meinst du damit?«

»Mein Vater will mir einen Mord anhängen und macht vor nichts und niemandem halt. Du weißt ganz genau, dass er wahrscheinlich auf die Unterwelt losgehen wird. Jetzt noch mehr als zuvor.«

Nun blieb Tyler stehen. »Devon.« Er sah zu mir. »Wenn du untergehst, gehen wir gemeinsam unter. Und das gilt für alle hier. Wir halten zusammen. Du bist ab jetzt ein Teil von uns. Außerdem«, sagte er und grinste. »Wenn es

Al Capone nicht geschafft hat, die Unterwelt und meinen Großvater zu stürzen, dann schafft es dein Vater sowieso nicht.«

Ich nickte und hoffte, dass ich meine Vergangenheit bald ein für alle Mal hinter mir lassen konnte und sie nicht wie einen zu schweren Rucksack mit mir überallhin mitschleppen musste. Erleichtert atmete ich auf. »Danke.«

»Du bist ein Teil der Familie. Für solch selbstverständliche Dinge brauchst du dich nicht bedanken«, bemerkte er und zog mich weiter. »Und jetzt hör auf, dir ins Hemd zu machen. Dir fällt es leichter, dich in ein Gefängnis zu schmuggeln, als meinen Dad kennenzulernen?«, fragte er lachend.

»Wie schön, dass dich das amüsiert«, bemerkte ich, konnte mir aber ein Lächeln nicht verkneifen. Dafür war ich viel zu glücklich. Kaum zu glauben, dass es nicht lange her war, dass er mit orangefarbenem Overall im Gefängnis vor mir gestanden hatte, während Ian uns mit einer Waffe bedroht hatte. Es fühlte sich an, als wäre das in einem anderen Leben geschehen. Wenn ich es mir genau überlegte, stimmte das sogar. Es war in meinem alten Leben geschehen.

An einer großen schwarzen Tür am Ende eines Ganges blieb er schließlich stehen. Zu meiner Überraschung waren links und rechts von der Tür zwei Fenster, durch diese man ohne die dunkelroten Vorhänge, die drinnen daran befestigt worden waren, direkt in die Wohnung hätte blicken können.

»Hier wären wir«, sagte er, hob den antiken Türklopfer und klopfte damit dreimal laut. Amüsiert hob ich eine Augenbraue und wies mit einem Nicken auf den Türklopfer. »Ist das ein …«

»Fuchs«, beendete Tyler meinen Satz. »Anstelle des Namensschilds.«

In diesem Augenblick ertönten Schritte hinter der Tür und bevor ich mich's versah, wurde die Tür energisch aufgerissen. Vor uns stand ein Mann mit schwarzen schulterlangen Haaren und dunkelblauen Augen. Unerwarteterweise sah er Tyler und Alecto nicht im Geringsten ähnlich. Dennoch konnte man seine offensichtliche Attraktivität nicht leugnen.

»Ihr seid hier!«, rief er und sein Gesicht hellte sich auf. Er trug ein schwarzes Hemd, dessen Ärmel er bis zu den Ellbogen hochgekrempelt hatte, und seine Unterarme waren genau wie Alectos mit Tattoos bedeckt.

»Du kannst dir nicht vorstellen, wie ich mich freue, dich endlich kennenzulernen«, sagte Tylers Dad mit einem strahlenden Lächeln und zog mich so lebhaft in eine feste Umarmung, dass mir beinahe die Pie auf den Boden gefallen wäre. Das hatten alle Mitglieder der Fox-Familie gemeinsam: Sie scheuten keineswegs vor Berührungen zurück. »Ich bin Sebastian.«

»Devon«, brachte ich – noch immer an seine Brust gepresst – hervor. Er ließ mich los und betrachtete mich mit freundlichen Augen. »Kommt rein, ihr seid die Ersten.« Meine Zweifel lösten sich auf der Stelle in Luft auf und ich verspürte allen gegenüber eine Welle der Dankbarkeit, weil sie mich, ohne Fragen zu stellen, in ihrer Familie aufnahmen. Das war nicht selbstverständlich.

Als er beiseitetrat, konnte ich das erste Mal die Wohnung in Augenschein nehmen. Die Räume waren ganz anders verteilt als in Tylers Wohnung und hatten weniger Fenster. Alles in allem war diese hier größer, wirkte aber durch die verschachtelten Räume geschlossener. Wie bereits in der Lobby gab es hier an jeder Ecke etwas zu sehen: pinke und grüne Neonschilder sowie bunte abstrakte Gemälde schmückten die ansonsten dunklen Wände. Neben einem Torbogen, der in das geräumige Esszimmer führte, stand sogar ein echtes Motorrad.

»Viel Glück mit dem nächsten Verrückten dieser Familie«, flüsterte mir Tyler ins Ohr, doch ich konnte ihm ansehen, wie sehr er seinen Vater mochte. Inzwischen vermutete ich, dass die Bezeichnung »verrückt« hier keine Beleidigung, sondern ein Kompliment darstellte.

Wir folgten Sebastian ins Wohnzimmer, das keine Couch, dafür aber sechs komplett unterschiedliche Sessel aufwies.

»Setz dich, Devon«, bat er. Tyler nahm mir die Pie ab und verschwand damit im Esszimmer, während ich auf einem gelben Sessel Platz nahm, auf dessen Rückenlehne ein großes schwarzes X prangte, das aussah, als wäre es mit Graffiti aufgesprüht worden. Wenn ich es mir genauer überlegte, war es das wahrscheinlich auch.

Sebastian trat an einen Barwagen und schenkte mir ein Glas Weißwein ein, reichte es mir wortlos und setzte sich in einen ledernen Sessel mir schräg gegenüber.

»Ich hoffe, du hast dich so weit gut hier eingelebt? Es kann das erste Mal ein bisschen wie ein Kulturschock sein.« Er zwinkerte. »Habe ich zumindest gehört.«

»Ich habe mich sofort wohlgefühlt«, erwiderte ich wahrheitsgemäß und nahm einen Schluck von dem Wein. Das süße Aroma entfaltete sich in meinem Mund und umspielte meine Zunge.

Als er das nächste Mal sprach, war seine Stimme ernster als wenige Sekunden zuvor. »Ich habe den Artikel in der *Chicago Tribune* heute gesehen«, meinte er. »Dein Vater wird uns nicht so leicht wieder vom Haken lassen.« Er lehnte sich etwas zu mir. »Ich werde ehrlich mit dir sein: Zu Beginn hatte ich Bedenken. Nachdem Tyler aus dem Gefängnis freikam und mir alles erzählt hat, wusste ich zunächst nicht, was ich denken sollte. Zum einen war mir klar, dass du etwas Besonderes sein musstest. Du kannst dir vorstellen, wie blöd ich geschaut habe, als Tyler mir am Telefon gesagt hat, dass er länger im Gefängnis bleiben wolle.« Er lachte bei der Erinnerung und schüttelte den Kopf. »Zum anderen aber weiß ich, wie Männer wie dein Vater sind. Es wird vielleicht nicht einfach werden, aber er hat offensichtlich nichts gegen uns in der Hand.«

Noch nicht, dachte ich bitter. Sebastian stand auf und trat an den Barwagen. Er schenkte sich ebenfalls ein Glas Wein ein, wobei die Flüssigkeit an die Seiten des Glases spritzte.

Tyler war inzwischen wieder aus der Küche zurück und ließ sich in den blauen Sessel neben mir fallen, der im holländischen Delfter-Muster bedeckt war. »Du hast ihn gedemütigt, also will er dich in den Dreck ziehen, um dich wieder auf seine Seite zu bringen.« Er ballte die Hände zu Fäusten.

»Aber das macht doch keinen Sinn. Warum sollte ich wieder zurückgehen, wenn er mir einen Mord anhängt?«, fragte ich.

Sebastian strich über sein Kinn. »Er will dich schwächen. Und dann, wenn alle Beweise gegen dich sprechen, stellt er dich vor eine Wahl: Gefängnis oder der Unterwelt den Rücken kehren.«

Das ergab leider tatsächlich Sinn. Das ganze Ausmaß der Drohung wurde mir gerade erst bewusst. Es war nur der Anfang gewesen. Sebastian schien meinen grimmigen Blick zu bemerken, weshalb er hinzufügte: »Er will dich fallen sehen, aber wir halten dagegen. Er hat absolut keinen Beweis für seine an den Haaren herbeigezogene Schuldzuweisung.«

Ich wusste, dass er es einfacher klingen ließ, als es wirklich war, um mir die Angst zu nehmen. Und dennoch beruhigte mich seine Gelassenheit. Es war wie im Flugzeug: Solange bei den Turbulenzen die Flugbegleiter ruhig blieben, war alles im Lot. Erst wenn sie hektisch nach den Telefonen griffen und ihre Rosenkränze unter ihren Blusen hervorholten, gab es Grund zur Panik.

Die Freude darüber, dass sie mein Problem wie ihr eigenes behandelten, überdeckte den Schock, den ich darüber empfand, was mein Vater höchstwahrscheinlich getan hatte. Nie zuvor hatte ich einen solchen Rückhalt erlebt. War es so, eine Familie zu haben?

»Ich weiß nicht, was deine Pläne sind, und denke, dass du erst einmal ein bisschen Zeit brauchst, um dich an die neuen Umstände zu gewöhnen«, sagte Sebastian und strich sich seine Haare hinters Ohr. »Aber wenn du uns helfen und mit uns zusammenarbeiten willst, bist du herzlich eingeladen. Eine Kriminologin können wir immer gebrauchen. Ich verstehe, wenn du nicht mit uns zusammenarbeiten –«

»Doch, das möchte ich«, unterbrach ich ihn. »Absolut.«

Tyler lehnte sich zu mir. »Bist du dir wirklich sicher?«, fragte er. Zwischen seinen Augenbrauen hatte sich eine Falte gebildet.

»Ihr habt noch Zeit, das zu entscheiden«, wandte Sebastian ein und klopfte sich mit beiden Händen auf die Oberschenkel. »Und jetzt lassen wir diese belastenden Themen für heute Abend gut sein. Hört ihr? Darum kümmern wir uns nach den Feierlichkeiten. Es wird Zeit, dass wir Devon offiziell in der Unterwelt willkommen heißen.«

Ich lächelte ihn dankbar an.

»Devon hat Pumpkin Pie mitgebracht«, warf Tyler ein und grinste. »Sieht aus wie etwas, was der Grinch ausgekotzt hat.«

»Sag mal!«, rief ich und warf ihm einen empörten Blick zu. »Was ist es denn mit dir und meiner Pumpkin Pie? Was hat sie dir getan?« Ich sah zu

Sebastian, der uns belustigt betrachtete. »Ich habe sie grün eingefärbt, weil meine Mom und ich das früher so gemacht haben«, erklärte ich ihm.

Sebastian grinste. »Solange dir Alecto nicht beim Backen geholfen hat, ist alles gut.«

In diesem Augenblick klingelte es an der Tür. »Wenn man vom Teufel spricht«, murmelte Tyler und ging zur Tür.

»Wirklich«, sagte Sebastian und blickte ernst drein. »Falls Alecto etwas mitbringt, solltest du es auf gar keinen Fall essen. Das ist kein Scherz.«

Ich lachte. »Ich werde dran denken. Wer wird heute Abend zum Dinner kommen?«, fragte ich.

»Neben Alecto eigentlich nur Wes und seine Freundin Mai-Lin. Mein Bruder und seine Frau sind gerade für ein halbes Jahr in England, sonst wären sie auch hier.« Er lehnte sich zurück. »Schade. Du würdest sie mögen. Seine Frau Vee hat genau wie du ihre Vergangenheit in dem Moment abgelegt, in dem sie das Hotel betreten hat. Und keiner hat sie je danach gefragt. Ist eine inoffizielle Regel.«

Ich blickte auf das Glas in meinen Händen. »Bei mir wird das nicht ganz so einfach werden, schätze ich.«

Vom Eingang wehten laute Stimmen und Gelächter zu uns ins Wohnzimmer.

Sebastian erhob sich aus seinem Sessel, trat zu mir und legte mir seine Hand auf die Schulter. »Auch wenn es sich so anfühlen mag: Du bist niemals die Person, die andere Menschen aus dir machen. Es ist irrelevant, was andere Personen in dir sehen oder von dir denken. Ich war schon vieles: ein Mörder, der Leiter einer Gang, ein Gesetzloser und der Abschaum der Stadt. Ich weiß nicht, was du in den Augen der anderen Menschen alles warst, aber wenn ich mir deinen Vater und die Menschen um ihn herum ansehe, dann wahrscheinlich nicht immer Gutes. Aber lass mich dir eines sagen: Am Ende kommt es nur darauf an, wen du siehst, wenn du in den Spiegel blickst.«

Er hielt mir seine Hand hin und ich ließ mich von ihm aus dem Sessel ziehen. Dankbar lächelte ich ihn an, unfähig, etwas zu erwidern. Ich musste aufpassen, dass mir nicht die Tränen kamen.

»Und jetzt geh den Rest deiner Familie kennenlernen«, sagte er und klopfte mir – deutlich sanfter als Alecto – auf den Rücken, während wir in Richtung Eingang gingen. Ich war mir bereits sicher gewesen, dass ich alles an Tyler und um ihn herum wollte, bevor ich von seiner Familie gewusst hatte. Doch nun, da ich seine Schwester und seinen Vater kannte, war ich mir umso sicherer. Diese Menschen hatten die größten Herzen in ganz Chicago, und wenn man mich nicht hier wieder gewaltsam wegzerrte, würde ich niemals weggehen.

»O nein, Alecto«, rief Sebastian plötzlich. »Ich habe dich gebeten, nichts mitzubringen.«

Alecto drehte sich um und warf ihm einen warnenden Blick zu. Sie trug das rote Seidenkleid, welches wir heute gemeinsam gekauft hatten, und hatte ihre Haare in einen unordentlichen Knoten gesteckt, wodurch ihre beiden Haarfarben durcheinandergewirbelt waren wie bei einem Schokoladen-Kirsch-Softeis.

»Ich habe es gekauft«, erklärte sie und rollte mit den Augen. »Du bist selber schuld daran, dass du mir nie beigebracht hast, wie man kocht, alter Mann. Selbstverteidigung und Spurenverwischen bringen mir an Thanksgiving nämlich rein gar nichts.« Als sie ihm einen Kuss auf die Wange gab, trafen sich unsere Blicke über seine Schulter hinweg.

»Devon!«, rief sie. »Deine Haare.« Sie kam auf mich zu und schloss mich in eine feste Umarmung, bei der mir fast die Luft wegblieb. Vielleicht sollte ich ihr mal einen Kurs geben, wie man umarmte, ohne anderen Menschen Quetschungen zuzufügen. »Find ich gut«, sagte sie. »Auch wenn es aussieht, als hätte es ein Pirat mit zwei Augenklappen und einer stumpfen Schere geschnitten.«

Ich funkelte sie amüsiert an, als eine Stimme hinter ihr sagte: »Das ist nichts, was man nicht retten kann.« Ich trat einen Schritt zur Seite. Eine Frau mit einem schwarzen Pferdeschwanz, der ihr bis zum Po reichte, und einem ebenso schwarzen Kleid, kam lächelnd auf mich zu und gab mir die Hand. »Hi, du musst Devon sein. Ich bin Wes' Freundin Mai-Lin.« Erst jetzt bemerkte ich ihren weißen Lidstrich, der auf ihrer blassbeigen Haut kaum zu erkennen war.

Ich erwiderte ihren Händedruck und war erleichtert, dass sie im Gegensatz zu den anderen anscheinend genau wusste, wie fest man zudrücken konnte.

»Freut mich, dich kennenzulernen«, antwortete ich und erwiderte ihr warmes Lächeln.

»Wes hat nicht mehr aufgehört, über dich zu reden«, erklärte sie, während ihr Tyler eine Auflaufform abnahm. Ihr ganzer rechter Arm war von kleinen, nicht zusammenhängenden Tattoos bedeckt.

Tyler lachte. »Ich glaube das ganze Hotel weiß inzwischen von Devon«, murmelte er.

»Wie wahr. Wes müsste jeden Moment –«

»Eyyy, Devon!«, tönte plötzlich Wes' Stimme durch das Apartment, ehe der Hüne mit einem Grinsen im Türrahmen erschien. Dann kam er mit offenen Armen auf mich zu und umarmte mich fest. »Wer hätte gedacht, dass wir uns nach allem, was im MCC passiert ist, so schnell wiedersehen«, meinte er und tätschelte mir den Rücken.

»Um Himmels willen, Wes«, drang Alectos Stimme an mein Ohr. »Lass sie los, sonst erstickt sie noch.«

Das sagte genau die Richtige.

Wes ließ mich los, meinte aber: »Kümmere du dich lieber um den ekligen Auflauf, den du da mitgebracht hast, und wirf ihn gleich in den Müll, bevor wir alle wieder Thanksgiving mit einer Lebensmittelvergiftung im Krankenhaus verbringen.«

Ich hob eine Augenbraue. »Wieder?«

Alecto rollte mit den Augen. »Warum sagt das jeder? Ich habe ihn gekauft. Haben das alle verstanden? Ihr könnt ihn essen.«

Sowohl Tyler als auch Wes schüttelten hinter ihrem Rücken gleichzeitig den Kopf und gaben mir gegenteilige Zeichen, was mich zum Lachen brachte.

Gemeinsam gingen wir durch den Bogen in das Esszimmer. Es war – genau wie der Rest der Wohnung – ein einziger Mix aus Stilrichtungen. Die Stühle hatten nicht nur verschiedene Farben, sondern sahen so unterschiedlich aus, dass sie eigentlich gar nicht hätten zusammenpassen dürfen. Und dennoch funktionierte es. Ein dicker cremefarbener Teppich lag unter dem ovalen Tisch aus dunklem Holz, der bereits gedeckt war.

»Setzt euch«, bat Sebastian, der sich gerade ein Paar Küchenhandschuhe überzog. Dann verschwand er im Nebenraum, in dem ich die Küche vermutete. Tyler zog mir einen weißen Stuhl zurück, ehe er neben mir Platz nahm. Gegenüber von uns saßen Wes und Mai-Lin. Alecto ließ sich neben mir in den Stuhl fallen und griff direkt nach einem Stück Brot aus dem Korb, der in der Mitte des Tisches stand.

Tyler lehnte sich zu mir und ich spürte seinen Atem an meinem Hals. »Wenn du das hier überlebst und immer noch mit mir zusammen sein willst, haben wir das Schlimmste überstanden.«

Ich sah zu ihm. Seine Augen leuchteten und man merkte ihm an, wie entspannt und glücklich er war. Ich ergriff seine Hand unter dem Tisch. »Wenn das hier wirklich unsere größte Hürde wäre, würde ich einen Freudentanz aufführen.«

»Mai-Lin, hast du einen freien Termin nächsten Dienstag?«, wollte Alecto wissen.

Mai-Lin zuckte mit den Schultern. »Du kommst doch eh immer dann, wenn es dir passt. Lass doch die falsche Höflichkeit«, sagte sie lachend.

»Darf ich fragen, was du machst?« Ich sah zu ihr und umfasste mit meiner freien Hand das Weinglas.

»Natürlich! Entschuldige bitte«, sagte sie und schlug, ohne den Blick von mir abzuwenden, Wes' Hand weg, die gerade mit der Gabel über meinem Kürbiskuchen verharrt hatte. »Ich bin Malerin und Tätowiererin und habe hier einen Laden. Unter dem Hotel.«

»Sie hat meinen Drachen gestochen«, fügte Alecto mit vollem Mund hinzu.

»Wow!«, stieß ich hervor und war ehrlich beeindruckt. Ich kannte mich nicht sonderlich mit Tattoos aus, aber ich stellte es mir noch schwieriger vor, ein Motiv mit einer Nadel unter die Haut zu stechen, als es auf eine Leinwand zu malen. »Und der Laden ist wirklich unterirdisch?«, fragte ich begeistert. Vor meinem inneren Auge sah ich einen dunklen Laden mit Neonreklamen an den Wänden.

»Das ist er«, erwiderte sie. »Komm doch gerne mal vorbei – Familie bekommt Tattoos aufs Haus.«

Ich nickte. »Ich würde es mir wirklich gerne mal anschauen, danke«, sagte ich. Ich schlug die Beine übereinander und bemerkte Tylers Blick, der auf die nackte Haut an meinem Bein gerichtet war. Die Stellen, auf die er blickte, schienen warm zu werden – als würde die Sonne darauf scheinen. Röte kroch meinen Hals hoch. Ich war es nicht gewohnt, auf diese Weise angesehen zu werden.

Ich zuckte zusammen, als Alecto plötzlich ein Stück Brot über den Tisch warf, das Wes' Kopf traf.

Tyler seufzte. »Und schon geht es los«, murmelte er.

Wes reagierte schnell und fing das Brot mit einer Hand auf, bevor es auf den Boden fallen konnte. »Wenn du meinen Auflauf nicht probierst, dann lernst du meine Messersammlung kennen«, zischte sie, doch Wes lachte nur. »Wenn du ihn zuerst probierst, habe ich kein Problem. Dann warte ich zwei Stunden und wenn du dich bis dahin nicht im Badezimmer verriegelt hast, probiere ich«, meinte er, riss ein Stück des Brotes ab und katapultierte es in hohem Bogen in seinen Mund.

Alecto sah verzweifelt zu Tyler. »Ty?«

»Du hast mir versprochen, dass du mir das nicht mehr antust. Ich bin derjenige, der sich im Gefängnis einsperren lässt und den Fraß dort ertragen muss –, das brauche ich nicht auch noch in meinem eigenen Zuhause.«

Statt einer Antwort warf sie ebenfalls ein Stück Brot in seine Richtung, das er jedoch auffing, bevor es ihn treffen konnte.

Schließlich wandte sie sich an mich. »Devon«, begann sie und klimperte mit ihren dichten Wimpern. »Wenn ich deinen Kürbiskuchen probieren soll, der aussieht, als wäre er aus altem Laub gemacht, musst du zuerst den Auflauf probieren.«

Ich blickte zu Tyler und dann zu Wes, ehe ich einknickte. »Von mir aus.« Wenn es ihr so wichtig war, probierte ich ihn eben. Immerhin war sie mit mir einkaufen gewesen.

Alecto warf einen triumphierenden Blick in die Runde. »Wurde auch Zeit, dass wir hier in der Familie eine weitere Frau haben«, meinte sie. »Jetzt ist es wieder ausgeglichen.«

In diesem Augenblick kam Sebastian mit einem Bräter in den Raum. »Und? Habt ihr Devon schon verschreckt?«, fragte er, als er ihn in die Mitte des Tisches stellte. Darin befand sich der größte Truthahn, den ich jemals gesehen hatte.

Alecto nickte anerkennend. »Das sieht wirklich gut aus, Dad.«

»Danke noch mal für die Einladung«, sagte ich.

Sebastian schüttelte den Kopf. »Familie braucht keine Einladung.« Als er sich gesetzt hatte, hob Tyler sein Glas. »Ich weiß, das machen wir normalerweise nie, aber ich möchte auf etwas anstoßen.«

Wes ließ enttäuscht seine Gabel wieder sinken und hob ebenfalls das Glas. Wir taten es ihm nach.

»Wir sind ein merkwürdiger Haufen Menschen. Wir leben in unserer eigenen Parallelwelt und machen viele Dinge anders als die restlichen Menschen«, begann er und blickte in die Runde.

»Was soll das für eine Rede sein?«, murmelte Alecto scherzhaft, woraufhin sie kurzerhand ein Stück Brot am Kopf traf – dieses Mal aus Sebastians Richtung. Vielleicht war das eine Art Tradition? Oder warum warf hier jeder mit Brot?

»Und dennoch hat sich Devon dafür entschieden, hier bei mir zu bleiben. Bei uns. Nicht viele Menschen hätten den Mut, das zu tun, was Devon getan hat. Und mit diesem Mut, den Devon in den letzten Tagen bewiesen hat, könnte sie gar nicht besser in unsere Familie passen.« Wes nickte und Alecto murmelte etwas Zustimmendes. »Deshalb möchte ich heute auf Devon anstoßen.« Er sah zu mir. »Darauf, dass du zu uns gehörst.«

Meine Augen brannten und mein Herz fühlte sich an, als wäre es auf das Doppelte angewachsen. Ich hatte keine Worte und legte deshalb alles in meinen Blick – darauf hoffend, dass er Tyler alles mitteilte, was Worte in diesem Moment nicht vermochten.

»Auf Devon«, sagte er, doch ehe die anderen es ihm nachsagen konnten, schüttelte ich leicht den Kopf.

»Nein«, meinte ich lächelnd und drückte seine Hand. »Auf die Familie.« Inzwischen konnte ich es nicht mehr verhindern, dass sich eine einzelne Träne aus meinem Augenwinkel löste, doch im Gegensatz zu früher schämte ich mich nicht mehr dafür. Ich würde keine Seite von mir verstecken und mich verstellen.

»Auf die Familie!«, riefen die anderen im mehr oder weniger gleichmäßigem Chor, ehe Sebastian sich erhob, um den Truthahn anzuschneiden.

Ich lehnte mich zu Tyler. »Danke«, brachte ich hervor.

Sanft wischte er die Träne mit seinem Daumen fort.

»Was zur Hölle ist denn das?«, meinte Wes plötzlich und wir blickten auf. Sebastian hatte ein Messer in der Hand, das weniger einem Küchenmesser, sondern eher einem enorm großen Schlachtermesser glich.

»Schneidest du das erste Mal einen Truthahn an?«, meinte Mai-Lin lachend.

»Muss der erst geschlachtet werden?«, setzte Alecto an.

»Schuldet dir der Truthahn Geld?«, fragte Tyler, woraufhin alle in Gelächter ausbrachen.

Sebastian ließ sich nicht beirren, sondern wischte das Messer an einem Küchentuch ab, ehe er kopfschüttelnd zu mir blickte. »Familienzusammenhalt ist schön und gut, aber manchmal können die einem ziemlich auf den Sack gehen.«

Sebastian schnitt den Truthahn an, während Mai-Lin die Beilagen herumreichte.

Ich fühlte mich das erste Mal wie ein Teil einer Familie, da mich jede einzelne Person behandelte, als würde sie mich bereits seit Jahren kennen. Ich bemühte mich augenblicklich, die Tränen der Freude wegzublinzeln, die beim Gedanken daran hochstiegen. Ich sah zu Tyler, der über eine Sache lachte, die Alecto gesagt hatte. Dann drückte ich seine Hand und betete, dass mir das hier nie wieder genommen wurde. Denn nun wusste ich, was es bedeutete, wahrhaftig glücklich zu sein.

Kapitel 25

Ich war nie ein Freund davon gewesen, mir die Nächte in überfüllten Bars und Clubs um die Ohren zu schlagen, doch wer konnte schon ablehnen, wenn einem angeboten wurde, eine unterirdische Stadt zu besichtigen?

Es war bereits halb eins gewesen, als wir die Wohnung von Sebastian verlassen hatten, um uns auf den Weg zu machen. Wir hatten gemeinsam die Küche aufgeräumt – was beinahe in Chaos geendet wäre, da sich Alecto und Tyler um den letzten Rest meiner Pumpkin Pie gestritten hatten. Danach hatte sich Mai-Lin verabschiedet. Sebastian war ebenfalls nicht mitgekommen, wodurch letzten Endes Wes, Alecto, Tyler und ich übrig geblieben waren.

»Der Eingang im Hotel ist nicht der einzige, der in die Unterwelt führt«, erklärte Tyler, als wir den Aufzug auf der dreiundsechzigsten Etage betraten. »Es gibt versteckte Eingänge an den unterschiedlichsten Orten in Chicago. Jeder davon wird natürlich rund um die Uhr bewacht.«

Himmel. Offenbar war die Unterwelt größer, als ich gedacht hatte. »Wie groß ist denn der unterirdische Bereich?«, fragte ich also.

»Das weiß keiner so genau«, entgegnete Tyler. »Manche behaupten, die Unterwelt hätte die Fläche des Hotels – nur horizontal über die Stadt verteilt. Andere sagen, sie ist so groß wie eine Kleinstadt.«

»Wow«, machte ich. »Unfassbar, dass ich davor nie etwas davon gehört habe.«

Alecto entfernte einen Fussel von ihrem Kleid. »Ist ein bisschen wie bei dem Film *Fight Club.* Man redet nicht darüber. Aber natürlich kann man es nicht gänzlich verhindern und so ist es zu einem offenen Geheimnis geworden.«

Als sich die Türen des Aufzuges schlossen, stieß mir Wes den Ellbogen in die Seite. »Ich bekomme Flashbacks im Aufzug«, meinte er amüsiert.

»Übrigens war ich beeindruckt, dass du dir die Tastenkombination gemerkt hast, damit sich die Türen nicht mehr öffnen.«

»Das war reine Verzweiflung«, antwortete ich und lachte. »Ich könnte dir heute nicht einmal mehr sagen, welche Tasten das waren.«

»Ist bei jedem Aufzug anders. Aber es sagt viel aus, dass du in einer solchen Stresssituation so schnell gehandelt hast. Die meisten wären in eine Schockstarre verfallen.«

Im zwanzigsten Stock hielt der Aufzug an. Verwundert blickte ich zu Tyler. »Warum halten wir hier?«, fragte ich. »Muss man für die Unterwelt nicht, na ja ... bis ganz nach unten?«

Tyler ließ mir den Vortritt, als wir aus dem Aufzug traten. »Wir steigen hier um«, erklärte er. »Es gibt keinen direkten Weg zu dem Ort, den es gar nicht geben soll«, sagte er mit demselben breiten Lächeln, das er den ganzen Abend im Gesicht gehabt hatte.

Die zwanzigste Etage hatte den Charakter eines typischen Hotelflurs: beige Wände, Lampen an den Wänden und ein flauschiger Teppich, der unsere Schritte dämpfte. Aus dem Fenster gegenüber von uns konnte man über die Straße blicken.

Alecto ging voraus und stellte sich vor den Paternoster, den ich zwei Tage zuvor in der Lobby das erste Mal gesehen hatte. Die Kabinen fuhren im Sekundentakt daran vorbei nach unten – links daneben fuhren sie nach oben.

Tyler, Alecto und Wes blickten relativ unbeeindruckt drein, mir allerdings blieb beinahe das Herz stehen, als ich das Rattern des Aufzuges hörte. Irgendwie hatte ich mir den Paternoster langsamer vorgestellt, aber jetzt sah ich, dass die Kabinen mit einer beunruhigenden Geschwindigkeit an einem vorbeirauschten. Besonders sicher konnte das nicht sein. Was wohl passierte, wenn man seinen Fuß noch dazwischen hatte? Ich wollte es gar nicht wissen.

»Ich liebe dieses Teil«, meinte Wes. »Man muss nie warten, weil man einfach in eine freie Kabine einsteigen kann. Platzangst bekommt man auch keine, weil ...« Er zuckte mit den Schultern und wies auf die nur von drei Seiten geschlossene Kabine. »Na ja, ist ja offensichtlich.«

»Du darfst nicht mit dem Einsteigen zögern, sonst schaffen wir es nicht alle in einen«, erklärte Alecto und grinste amüsiert, als sie meinen schockierten Gesichtsausdruck sah.

»Sieht nicht aus, als wäre der für vier Personen gemacht«, merkte ich an und trat nervös von einem Fuß auf den anderen.

Sie hob die Schultern. »Ist er auch nicht.«

Ich blinzelte perplex.

»Also, seid ihr bereit?«, fragte Tyler und ich sah zu ihm auf. »Es ist halb so schlimm, versprochen«, versicherte er mir und nahm meine Hand.

»Drei«, zählte Alecto und wir stellten uns nah hinter sie und Wes.

»Zwei.« Mein Herz pochte und plötzlich war da wieder dieses mir noch immer neue Gefühl. Das Gefühl der Freiheit. Ich spürte es trotz der Angst, die meinen Körper erfüllte. Und das, obwohl es nur ein verdammter Aufzug war.

»Eins«, rief sie und sprang hinein. Ohne viel nachdenken zu können, da alles viel zu schnell ging, hüpften Tyler und ich hinterher. Sofort begann die Reise nach unten.

Tyler und ich mussten uns dicht an Alecto und Wes pressen, da wir sonst eine Hand oder einen Arm verloren hätten. Als ich nach rechts zu Tyler und Wes blickte, musste ich mir auf die Lippe beißen, um nicht laut loszuprusten.

Wes sah aus, als atmete er nicht, um Tyler nicht ungewollt aus dem Aufzug zu katapultieren. Tyler hingegen stand so dicht an ihm dran, dass es wirkte, als kuschelten sie.

»Du brauchst mich nicht festhalten, weißt du«, presste Tyler angespannt hervor.

»Aber sonst fällst du noch raus«, bemerkte Wes trocken.

Alecto lachte und ihr Atem streifte meinen Nacken. »Moment, Moment«, rief sie und fischte ihr Handy aus ihrer Tasche. »Das muss für die Ewigkeit festgehalten werden.«

Tyler und Wes protestierten lautstark und spätestens jetzt konnte ich auch mein Lachen nicht mehr zurückhalten. Tyler hatte recht gehabt: Es war tatsächlich halb so schlimm. Es war sogar ziemlich interessant, einen Einblick in jede der Etagen zu bekommen, die allesamt unterschiedlich gestaltet waren. Wie ein Querschnitt des Gebäudes.

Wes' Körper verdeckte die Anzeige, mit der man sah, in welcher Etage man sich befand, doch plötzlich tauchte die Lobby vor uns auf. Ich wollte gerade einen Schritt nach vorn machen, als Tyler mich sanft am Arm festhielt. »Es geht noch weiter runter«, sagte er. »Wie du gesagt hast, man muss bis ganz nach unten.«

Ich spürte die Wärme seines Körpers neben mir und bei jedem Ruckeln berührten sich unsere Arme leicht. Mein Kleid saß nicht mehr ganz so gut wie zu Beginn des Abends, da ich bestimmt ein ganzes Kilo Füllung gegessen hatte, aber es war mir egal. Vielleicht war es doch nicht das Kleid, das mir Selbstbewusstsein verlieh.

Während zuvor alle paar Sekunden eine weitere Etage vor uns aufgetaucht war, blieb nun für eine Weile alles dunkel. Der Aufzug ratterte immer weiter nach unten, doch keine Etage kam mehr.

Gerade als ich nachfragen wollte, wurde die Kabine in schummriges Licht getaucht.

»Jetzt«, rief Tyler und wir beeilten uns lachend, aus dem Paternoster auszusteigen. Er ächzte dabei beunruhigend und ich war froh, wieder festen Boden unter meinen Füßen zu haben.

Der Raum, in dem wir standen, sah auf den ersten Blick vollkommen gewöhnlich aus. Er war höchstens zehn Quadratmeter groß und an den Wänden standen Regale mit unterschiedlichen Kisten darauf.

»Zuerst wirkt das Zimmer unspektakulär«, sagte Tyler, während Alecto bereits auf das Ende des Raumes zuging.

»Aber wenn man weiß, wonach man suchen muss …« Sie legte ihre beiden Hände auf die hinterste Wand. Erst jetzt fiel mir auf, dass es keine Wand war, sondern eine Tür.

Sie schob sie auf die Seite und vor uns lagen fünf Tunnel. Über unseren Köpfen hing ein Schild mit der Aufschrift: *Zutritt verboten.*

»Welchen Gang nehmen wir?«, fragte ich neugierig und konnte mich kaum auf meinen Füßen halten. Außer dem Geräusch unserer Schritte war es vollkommen still.

»Nur einer der Gänge ist der richtige«, erklärte Alecto. »Die anderen führen meilenweit ins Nichts. Wenn man nicht gesagt bekommt, dass es der zweite von rechts ist, ist es Glückssache, ob man den richtigen findet.«

Staunend folgte ich den anderen durch den dunklen Tunnel. Kaum zu glauben, dass wir uns noch immer in Chicago befanden. Es fühlte sich an wie ein fremdes Land. Nachdem wir zwei Minuten gelaufen waren, wurde der Tunnel plötzlich in farbiges Licht getaucht. Ein paar Schritte weiter sah ich, woher es kam: Ein bisschen weiter vorn war der Tunnel komplett mit Neonröhren ausgeleuchtet. Sie waren an den Seiten und an der Decke befestigt und wechselten fröhlich die Farbe, wodurch der Tunnel immer in einer anderen Farbe erstrahlte.

Die Neonröhren wechselten gerade die Farbe von Lila zu Pink, als Tyler meine Hand ergriff. »Sei vorsichtig hier unten, okay? Normalerweise ist es ziemlich sicher und man kann eine Menge Spaß haben, aber hin und wieder gibt es Zwischenfälle.«

Ich nickte.

»Bleib einfach immer bei uns, dann bist du sicher.«

Nach einer Weile endete der Tunnel vor einer großen Tür. Wir gingen hindurch und es folgte eine weitere und noch eine. Mit jeder Tür, die wir hinter uns ließen, drangen mehr und mehr Geräusche zu uns. Der dumpfe Bass eines Songs, gedämpfte Stimmen und das Klirren von Gläsern.

Als wir vor einer schwarzen Tür zum Stehen kamen und Tyler mit einer Hand auf der Klinke innehielt, klopfte mir mein Herz bereits bis zum Hals. Die Musik war inzwischen so deutlich zu hören, dass ich Schnipsel des Textes verstand. »Das hier ist die letzte«, sagte er. »Hier legt man alles ab, was man sein soll, und ist der Mensch, der man sein möchte.«

Er zwinkerte mir zu, ehe er die Tür aufstieß. Augenblicklich dröhnte Musik in meinen Ohren. Ich hatte mich auf einiges vorbereitet und war mir sicher gewesen, dass mich nichts mehr überraschen konnte, doch da hatte ich eindeutig falschgelegen.

Ich ging einen Schritt nach vorne und traute meinen Augen nicht. Vor uns lagen kein Zimmer oder ein weiterer Gang, sondern der größte Raum, den ich jemals gesehen hatte. Wir standen auf einer ungefähr fünf Quadratmeter großen umzäunten Plattform, von der auf jeder Seite eine Treppe nach unten führte. Ich trat mit offenem Mund bis an den Zaun. Die Mitte des Raumes war ein gigantisches Loch im Boden, das weiter in die Tiefe reichte, als ich es auf dieser Ebene erwartet hätte. Um das Loch herum waren Hunderte kleine eingezäunte Bereiche, auf denen Menschen standen, lachten, tanzten und sich unterhielten. Ganz unten schien eine Art Club zu sein. Lichtreflexe in verschiedenen Farben tanzten über die sich zur Musik bewegende Menge. Der ganze Raum erinnerte mich ein bisschen an eine Konzerthalle, von deren hohen Rängen wir in die Mitte auf die Menge blickten.

»Das ist das Herz der Unterwelt«, erklärte Alecto und atmete tief ein, als hätte sie gerade einen Fuß in den Wald gesetzt, obwohl die Luft hier stickig und schwer war. »Von hier aus gehen in alle Richtungen andere Türen ab, die zu verschiedenen Bereichen führen«, sagte sie. »Dort hinten beispielsweise ist der Kasino-Bereich und da unten links«, sie zeigte auf eine weit entfernte Milchglastür, durch die blaues Licht schien, »ist die Grotte. Meine Lieblingsbar.« Sie musste beinahe schreien, um gegen den Lärm der Musik anzukommen.

»Direkt hier rechts kommen wir zum Laden von Mai-Lin«, fügte Wes hinzu. »Hier findest du alles, was das Herz begehrt. Klar, nachts verwandelt es sich in einen Club, aber auch tagsüber ist es belebt.«

Tylers warme Hand lag auf meinem Rücken. Der Stoff war so dünn, dass es sich anfühlte, als würde seine Hand auf meiner nackten Haut liegen. »Wenn du wieder gehen willst, sag mir einfach Bescheid«, meinte er, seine Lippen aufgrund der Lautstärke nah an meinem Ohr. »Das alles kann manchmal ein bisschen viel werden.«

Ich nickte und streckte beide Daumen nach oben, ehe wir gemeinsam die Treppe hinabstiegen. Je näher wir dem Boden kamen, desto mehr Details entdeckte ich um mich herum.

Etwas weiter unten sah ich zwei Torbögen, die den Blick auf eine gigantische Spielhalle freigaben. An einem Tisch in der Nähe des Eingangs stand eine Gruppe Männer in Anzügen, die laut jubelten. Einer der Männer nahm eine Flasche Champagner aus einem silbernen Kühler und setzte sie an die Lippen, wodurch der Schaum keine Sekunde später durch seinen Mund und seine Nasenlöcher wieder herauskam. Die Menge grölte.

Viele der Menschen, an denen wir vorbeikamen, grüßten Tyler und Alecto herzlich. Oftmals kam es mir so vor, als wäre Wes von seiner Rolle als bester Freund in die des Beschützers gerutscht, da er vor Tyler und mir lief und angespannt Ausschau hielt. Ich konnte mir zwar nicht vorstellen, dass Tyler und Alecto sich nicht selbst verteidigen konnten, aber was wusste ich schon, mit was für einer Art von Feinden Wes hier rechnete.

Ich sah zu Alecto. Die Anspannung, die von Wes ausging, schien an ihr abzuprallen. Sie sah aus, als wäre dieser Ort der Lottogewinn und sie die Gewinnerin. Sie hatte einen blauen Lollipop im Mund – wo auch immer sie den plötzlich herhatte – und winkte hin und wieder Leuten von der Treppe aus zu, als wäre sie die Königin der Unterwelt. Obwohl, wahrscheinlich war sie das auch.

Nun, da wir dem Boden etwas näher waren – was ironisch war, da wir bereits zu Beginn weit unter der Erde gewesen waren –, konnte ich die unterste Ebene genauer betrachten.

Ich kniff meine Augen zusammen. Erst jetzt erkannte ich zwischen den feiernden Menschen Schienen, die sich an diesem Punkt trafen wie bei einer Bahnschnittstelle. Mir fiel ein, was mir Tyler damals erzählt hatte: Dass das Hotel Zugang zu einem geheimen Bahnschienensystem gehabt hatte, das früher dazu genutzt worden war, den Präsidenten durch die Stadt zu befördern.

Tyler fuhr sich durch die Haare und entfernte das silberne Konfetti, das darin gelandet war. »Von hier aus«, er blieb stehen und ließ eine Frau an sich vorbei, die die Treppe heraufgerannt kam, um einen Freund zu begrüßen, »hat unser Großvater die Unterwelt in alle Richtungen erweitert«, erklärte er und wich einem Mann aus, der blaue Engelsflügel über seinem nackten Oberkörper trug und den Text des Songs, der gespielt wurde, laut mitsang. Vielleicht sollte er mir lieber später die Einzelheiten erklären. Sich hier drinnen zu unterhalten, war, als unterhielte man sich unter Wasser miteinander.

Schließlich kamen wir auf einer Plattform relativ weit unten zum Stehen, wo uns Wes eine eiserne Tür aufhielt. Als sich die Tür hinter uns schloss, verstummte augenblicklich die Musik des Hauptraumes und wurde durch etwas leisere Rockmusik ersetzt.

»Das hier ist der Bereich, in dem wir meistens sind.« Tyler atmete einmal tief durch und fuhr sich erneut durch die dunklen Haare, die inzwischen zu allen Seiten abstanden. Ich war mir nicht sicher, doch es kam mir vor, als wäre er froh, dass wir den Hauptbereich hinter uns gelassen hatten. Seine zuvor angespannten Schultermuskeln wirkten nun etwas lockerer.

»Du bist nicht oft hier, oder?«, fragte ich, als wir unsere Finger ineinander verschränkten.

»Nicht wirklich«, gab er zu. »Es ist mir oft einfach zu viel. Alecto ist eher diejenige, die jeden Abend hier verbringt und sich in den Menschenmengen wohlfühlt.« Alecto und Wes liefen vor uns und diskutierten lebhaft über das letzte Spiel der Chicago Bears. »Ich mag es hier, bin aber lieber in einer der Bars im Hotel. Die zeig ich dir auch noch«, sagte er.

Wir bogen links ab und befanden uns plötzlich mitten in einem Restaurant. Zwischen den runden Tischen standen Hunderte von Zimmerpflanzen in allen Größen und Formen, die von violett leuchtenden Pflanzenlampen angestrahlt wurden. Verwirrt sah ich zu Tyler.

»Die Räume hier sind aneinandergereiht wie Bienenwaben. Und um in einen Raum zu kommen, musst du durch einen anderen hindurch. Gleich sind wir da.«

Ich wusste nicht einmal, wo wir überhaupt hingingen, sondern ließ mich einfach durch die Räume führen. Da so viele Eindrücke auf mich einprasselten, hörten meine Gedanken für den Moment auf, sich zu drehen. Ich lebte im Jetzt.

Als wir schließlich am Ende des Restaurants durch eine schwere Tür in eine zweistöckige Bar mit in die Wände eingelassenen Aquarien kamen, wusste ich, dass wir angekommen waren. Die Musik war leiser und kleine Grüppchen saßen auf den dunklen Ledercouchen beisammen.

»Wenn ich mit Tyler unterwegs bin, gehen wir hierhin«, erklärte Alecto, als wir uns an einen Tisch in der Nähe der Bar setzten. Die meterhohe Wand hinter den Getränken war ein einziges Aquarium. Fische in allen Formen und Farben schwammen darin umher. Ich fragte mich, wie man sie wohl fütterte. »Und dann, wenn ich wieder allein bin, gehe ich in die richtigen Clubs«, sagte sie augenzwinkernd, biss auf ihren Lollipop und winkte den Kellner zu uns.

»Also, so habe ich mir die Unterwelt nicht vorgestellt.« Ich strich den Stoff meines Kleides glatt. »Es ist so unfassbar groß! Und wirklich wie eine Stadt unter der Stadt!« Ich konnte die Begeisterung in meiner Stimme hören. »Was gibt es außer Tattoostudios für Läden hier?«, fragte ich.

»Stripclubs«, warf Alecto ein.

»Kampfkunststudios«, sagte Wes.

»Es gibt sogar ein Kino«, ergänzte Tyler. »Alles, damit mein Großvater die Stadt nicht mehr betreten musste. Es ist faszinierend, was für Wege sich der Mensch schafft, wenn die Angst einem den anderen versperrt.«

Der Unterton in seiner Stimme ließ mich von der Cocktailkarte aufsehen. Etwas sagte mir, dass er damit nicht nur seinen Großvater gemeint hatte.

»Hallo, ihr Nerds«, ertönte plötzlich eine Stimme hinter uns. »Was macht ihr denn hier?«

»Cairo!«, rief Alecto überrascht und sah zu der blonden Frau, die an unseren Tisch getreten war. Mir entging der Blick nicht, den Alecto mit Tyler wechselte. »Wir sind heute nur hier, weil Tyler und seine Freundin Devon dabei sind«, erklärte sie und wies auf mich.

Doch Cairo tat so, als hätte sie mich gar nicht gesehen. Sie trug einen edlen Hosenanzug und rückte ihre goldene Brille zurecht, ehe sie ihren Blick auf Tyler richtete. »Dass du mal wieder hier bist, überrascht mich.«

Ein Muskel an Tylers Kiefer zuckte. »Ich hatte einen Auftrag im MCC, aber das weißt du ja bereits.«

Cairo ließ sich neben mich auf die Ledercouch sinken. Seufzend stellte sie eine Flasche Champagner ab, die keine Sekunde den Tisch berührt hatte, als Alecto sie bereits in ihrem Schoß hatte. »Devon, richtig?«, fragte sie und streckte mir ihre Hand hin. »Ich bin Cairo.«

»Freut mich.« Ich erwiderte ihren Händedruck, was mir aufgrund des Ortes, an dem wir uns befanden, zu förmlich erschien. Sie musterte mich eingehend.

»Cairo arbeitet für unseren Vater«, fügte Tyler hinzu.

Sie zog ihren cremefarbenen Blazer aus. »Professorin für Informationstechnik an der University of Chicago bei Tag, Hackerin für Sebastian Fox bei Nacht.«

»Oh«, machte ich. »Da habe ich auch studiert! Ich habe dieses Jahr meinen Abschluss gemacht.«

Sie musterte mich mit gespitzten Lippen. »Ach so? Wie alt bist du denn?«

Ich biss mir auf die Wangeninnenseite. Ich merkte, wenn mich jemand nicht ausstehen konnte. »Zweiundzwanzig«, antwortete ich und hielt ihrem Blick stand.

Sie lächelte kühl. »Ach, na so was«, sagte sie und warf Tyler einen kurzen Blick zu. Und da ging es mir auf. Die Art, wie sie ihre Haare zurückwarf und wie kühl sie mir gegenüber war: Tyler und Cairo hatten mal etwas miteinander gehabt. Ich hätte schwören können, dass es so war. Und wie es aussah, war sie noch nicht darüber hinweg.

Wes räusperte sich. »Ich glaube, wir brauchen dringend Alkohol.«

Die nächste Stunde verging ohne besondere Vorkommnisse. Zugegebenermaßen war die Stimmung nicht mehr ganz so entspannt, seit Cairo mit uns am Tisch saß, doch ich versuchte sie einfach so zu behandeln, als merkte ich von ihrer offensichtlichen Abneigung mir gegenüber gar nichts. Tatsächlich war das schwieriger als gedacht. Sogar Alecto schien von der Spannung Notiz zu nehmen und warf mir entschuldigende Blicke zu. Ich nahm es Cairo nicht übel. Es war schlimm, wenn man nicht mit der Person zusammen sein konnte, in die man verliebt war. Allerdings sollte sie klug genug sein zu verstehen, dass ich dafür nicht der Grund war.

Jedes Mal, wenn Tyler seinen Arm um mich legte oder seine Hand auf meinem Bein platzierte, spürte ich Cairos Blick. Tyler schien das nicht weiter zu interessieren.

Nach einer Weile beugte sich Tyler zu mir herunter und sagte: »Magst du bleiben oder sollen wir langsam wieder zurück?«

»Ich bin ziemlich erschöpft«, gab ich zu und war dankbar, dass ich Cairos Blicken gleich nicht mehr ausgesetzt sein würde.

Tyler stand auf und ging zur Bar, um die Rechnung zu bezahlen. Dann sagte er an alle gewandt: »Wir werden mal wieder nach oben gehen.«

Ich erhob mich und umarmte Alecto fest. »Sorry«, flüsterte sie mir ins Ohr. »Ich hatte keine Ahnung, dass sie kommt.«

»Mach dir keine Gedanken«, erwiderte ich.

»Soll ich euch begleiten?«, fragte Wes, der aussah, als wäre er lieber woanders.

»Brauchst du nicht«, versicherte Tyler und Wes wirkte enttäuscht. Sie schlugen ein. »Wir sehen uns morgen.«

Wes umarmte mich zum Abschied, doch Cairo blieb sitzen.

Wir hatten uns bereits zum Gehen gewandt, als Tyler stehen blieb und sich noch einmal umdrehte. »Ach, Cairo?«, fragte er.

Ihr Kopf schoss nach oben und ihr Blick hellte sich auf. »Ja, Ty?«

Ich zwang mich, nicht mit den Augen zu rollen.

»Kannst du bitte bis morgen Devons Handy sicher machen? Lass es einfach im Büro von meinem Dad, ich hole es dann dort ab«, entgegnete er. Man konnte buchstäblich sehen, wie ihr das Lächeln aus dem Gesicht rutschte. Was hatte sie denn erwartet? Dass er ihr seine Liebe gestand?

Ich kramte das Handy aus meiner Tasche hervor und reichte es ihr. »Danke«, sagte ich, als sie es leise murmelnd fester als notwendig aus meiner Hand riss.

Tyler legte seinen Arm um meine Taille und führte mich aus der Bar.

»So, und wir gehen jetzt in einen richtigen Club«, hörte ich Alecto noch sagen, doch auch sie klang nicht mehr so enthusiastisch wie zuvor.

Ich weiß nicht, ob es am Alkohol lag oder daran, dass ich den Weg nun kannte, doch der Rückweg ging schneller als der Hinweg. Als die Apartmenttür hinter uns ins Schloss fiel, atmete ich erleichtert auf.

»Ich glaube, so viel habe ich in nur wenigen Tagen noch nie erlebt«, meinte ich und streifte meine Schuhe ab. Die Riemen der Schuhe hatten in meine weiße Haut eingeschnitten, die an jenen Stellen nun rot leuchtete.

»Die nächsten Tage lassen wir alles ein bisschen ruhiger angehen.« Tyler zog ebenfalls seine Schuhe aus, ehe er sich den Blazer abstreifte. »Die letzten Wochen waren sogar für mich ereignisreich. Wir sollten uns ein paar Tage nur für uns nehmen.«

Ich nickte stumm. Für einen Moment sagte keiner von uns etwas. Wir standen uns einfach gegenüber und betrachteten einander. Aus irgendeinem Grund wollte ich die Stille nicht durchbrechen. Ich blickte auf Tylers leicht geöffnete Lippen. Als ich wieder in seine Augen sah, merkte ich, dass sich die Atmosphäre um uns herum verändert hatte. Es fühlte sich an wie die aufgeladene Luft nach einem warmen Sommertag, wenn ein Gewitter kurz bevorstand. Wenn die Vögel aufhörten zu zwitschern und diese Stille in der Luft lag, bevor das erste Grollen ertönte.

Er streckte seine Hand aus und fuhr mit seinem Daumen leicht über meine Unterlippe.

»Ich zerbreche nicht, weißt du«, wisperte ich so leise, dass ich es selbst kaum hörte. »Du berührst mich immer so, als hättest du Angst, mir wehzutun.«

Er schluckte schwer. »Das habe ich irgendwo auch«, flüsterte er und strich sanft über meine Wange. Ich spürte es am ganzen Körper.

Wie von selbst bewegten sich meine Hände zu seinem Körper. Langsam strich ich an seinen muskulösen Schultern entlang. Ich war außer mit Ian mit keinem anderen Mann zusammen gewesen, hatte keinen anderen Mann jemals auf diese Weise berührt.

»Ich zerbreche nicht«, wiederholte ich und blickte in seine goldenen Augen, über die für den Bruchteil einer Sekunde etwas Dunkles flackerte. Es war beinahe, als hätte er darauf gewartet, denn keine Sekunde später spürte ich seine weichen Lippen auf meinen. Seine Hände wanderten an meine Taille und er zog mich fest an sich, während wir uns küssten.

Ich hörte, wie meine Tasche mit einem dumpfen Geräusch auf dem Boden aufkam, als Tyler mich hochhob, ohne aufzuhören, mich zu küssen. Ich vergrub meine Hände in seinen weichen Haaren, während er mich ins Schlafzimmer trug. Dieses starke Verlangen, das ich spürte, hatte ich so nie zuvor erlebt.

Vor dem Bett ließ mich Tyler wieder runter und nahm mein Gesicht in seine Hände. Seine Atmung ging schnell und seine Lider waren gesenkt. »Bist du dir sicher, dass du das willst?«, fragte er mit rauer Stimme.

Statt einer Antwort knöpfte ich sein weißes Hemd auf und streifte es ihm ab. Plötzlich war ich gar nicht mehr erschöpft und müde. Er beobachtete mich mit einem solch intensiven Blick, dass mir schwindelig wurde. Sein trainierter Oberkörper hätte sich hart anfühlen müssen, doch seine Haut war weich, als ich über seine Bauchmuskeln strich.

Tyler erschauderte, packte mich an der Taille und hatte mich in einem Ruck gedreht und auf das Bett gelegt. Sein Körper lag auf meinem, als er mich küsste. Nicht langsam und vorsichtig, sondern leidenschaftlich und fordernd. Ich verlor mich zwischen seinen Händen. Wir lernten uns neu kennen und nahmen uns alle Zeit der Welt.

Doch genau das war das Problem. Denn wenn man sich sicher fühlte und es schien, als wäre die Zeit stehen geblieben, lief sie am schnellsten. Und die Zeit war uns immer – absolut immer – einen Schritt voraus.

Kapitel 26

Die nächsten sieben Tage verbrachten Tyler und ich in unserer eigenen kleinen Blase, in der die Realität Hausverbot hatte. Tyler hatte mir jedes Restaurant, jedes Café und jeden Laden in der Unterwelt gezeigt. Wir hatten gemeinsam gekocht, Filme geschaut und waren sogar bei Schnee in Tylers Pool gesprungen. Mir war nicht einmal aufgefallen, dass ich die Unterwelt nicht mehr verlassen hatte, seit ich sie das erste Mal betreten hatte. Es fehlte mir hier an nichts.

Noch hatte ich Sebastian nicht gesagt, dass ich das Angebot annahm, für ihn zu arbeiten. Tyler hatte mich gebeten, mir eine Woche Zeit zu nehmen und darüber nachzudenken. Er gab es nicht zu, aber es war offensichtlich, dass er sich Sorgen machte. So schön dieser Ort auch war – man durfte niemals vergessen, dass er gleichzeitig nicht ungefährlich war. Im Moment war das nur etwas schwer zu glauben.

Wenn Tyler sich mit seinem Vater traf oder etwas bezüglich des Hotels managen musste, verbrachte ich Zeit mit Alecto.

Wie sich herausgestellt hatte, hatten Cairo und Tyler tatsächlich mal etwas miteinander gehabt. Tyler hatte mir eines Abends erzählt, dass er sie über seinen Vater kennengelernt hatte. Er hatte sie damals in dessen Büro getroffen, wo sie gerade die E-Mails des Finanzministers gehackt hatte. Sie hatten sich drei Monate lang regelmäßig getroffen, waren jedoch offiziell nie ein Paar gewesen. Als Tyler es dann vor zwei Jahren beendet hatte, war für sie eine Welt zusammengebrochen. Offenbar hatte sie sich in Tylers Familie genauso wohlgefühlt, wie ich es tat. Für ihn hatten die Gefühle aber nicht ausgereicht.

Alecto hatte mir an einem verschneiten Nachmittag erzählt, dass Cairo eine Woche später betrunken vor ihrer Tür erschienen war und ihr ihr Herz ausgeschüttet hatte. »Sie kam einfach rein, obwohl ich Besuch hatte«, hatte sie mir erklärt. »Die Art von Besuch, bei der du nicht von der heulenden Ex deines Bruders unterbrochen werden willst, wenn du weißt, was ich meine.«

Danach hatte sich die Lage beruhigt und Alecto war sich sicher gewesen, dass Cairo über Tyler hinweg war. Bis zu dem Abend an Thanksgiving. »Ich glaube, eine andere Frau mit ihm zu sehen, hat alles wieder hochgebracht«, hatte sie gesagt. »Wie das halt immer ist.«

Wie das halt immer ist. Ich wusste tatsächlich nicht, wie das war. Ian war mein erster Freund gewesen, und wenn ich ihn mir mit einer anderen Frau vorstellte, fühlte ich rein gar nichts. Nein, das war gelogen. Ich empfand der Frau gegenüber aufrichtiges Mitleid und Sorge. Manchmal fragte ich mich, ob Ian wohl um mich trauerte. Wie er seine Tage in der Wohnung verbrachte oder ob mein Vater ihn rausgeworfen hatte. Ich bezweifelte es stark, denn nun war ich diejenige, die einen Schatten über sein Image geworfen hatte – und damit auch über die schlimmen Taten, die Ian begangen hatte.

Es fühlte sich seltsam an, freizuhaben. Zuerst hatte ich mich in der Schule angestrengt und direkt danach – ohne auch nur eine Woche dazwischen – im Studium. In den Momenten, in denen ich nicht in der Uni gewesen war, war ich im Ballett gewesen. Und jetzt? Die Uni war vorbei und das Balletttraining war wohl vorerst auch Geschichte. Oftmals dachte ich an Josie und fragte mich, ob sie wütend auf mich war. Ich hatte die Premiere ruiniert und somit auch ihren großen Auftritt. Ich wollte sie wiedersehen, doch empfand sie dasselbe? Würde ich sie je wiedertreffen? Zeitgleich wusste ich, dass ich einen Weg finden musste, wieder Ballett tanzen zu können. Es war noch immer mein Traum und ich würde trotz allem nicht aufgeben. Und dennoch genoss ich die Zeit, die ich nun das erste Mal seit Jahren für mich hatte.

Ich war wahrhaftig glücklich. Doch das Wissen, dass es mit der Ruhe jederzeit vorbei sein konnte, schwebte über mir wie eine schwarze Gewitterwolke. Es war zu schön, um wahr zu sein. Das Happy End, nach dem ich mich stets gesehnt hatte. Und aus Erfahrung wusste ich, dass das Leben so nun mal nicht funktionierte. Der Platzregen kam immer dann, wenn man es am wenigsten erwartete.

Als ich an einem Nachmittag im Dezember zu unserer Wohnung lief, hatte ich diese dunkle Vorahnung. Ein schlechtes Gefühl, dass diese friedvolle Zeit nicht mehr lange anhalten würde. Denn es war ruhig geworden. Zu ruhig. Es war leicht, sich zwischen all diesen wunderschönen Momenten zu verlieren, aber ich kannte meinen Vater. Und tatsächlich sollte ich recht behalten.

»Ich hab dir was mitgebracht«, verkündete Tyler fröhlich, als er ins Wohnzimmer kam, wo ich an meinem Laptop auf der Couch saß.

Ich drehte mich um und als ich ihn im Türrahmen erblickte, schlug mein Herz wie jedes Mal ein bisschen höher. Seine dunklen Haare fielen ihm ins Gesicht und der erste Knopf seines grauen Hemdes war geöffnet. Eine Hand hinter seinem Rücken versteckt kam er auf mich zu. Lächelnd stand ich auf und stellte mich auf die Zehenspitzen, um ihm einen Kuss zu geben.

»Ich wollte es dir eigentlich erst heute Abend geben, aber ich kann nicht warten, also gebe ich es dir jetzt«, meinte er und zog seinen Arm hinter seinem Rücken hervor. In seiner Hand lag eine weiße viereckige Schachtel.

»Öffne es«, sagte er, nickte mir aufmunternd zu und drückte sie mir in die Hand.

Ich nahm die Schachtel entgegen und schüttelte sie leicht. Ein Klimpern ertönte. »Wofür ist das?«

Er lachte. »Ich brauche keinen Grund, um dir etwas zu schenken. Und falls du doch einen brauchst, dann sieh es als verspätetes Geburtstagsgeschenk. Oder verspätetes Willkommensgeschenk. Such dir etwas aus.«

Ich lächelte. »Dann sag ich ... verspätetes Willkommensgeschenk.« Ich zog am Deckel der Schachtel und als ich sah, was darin war, breitete sich ein Grinsen auf meinem Gesicht aus.

In der Schachtel lag eine filigrane silberne Kette, die vorn zwei kleine Handschellen hatte, die ineinandergriffen.

»Ist das eine Drohung?«, fragte ich nur aus dem Grund, um ihn zu ärgern. »Ich lege dich in Ketten?«

Tyler schüttelte lachend den Kopf. »Ja. Das nächste Mal bekommst du einen Käfiganhänger. Der bedeutet dann wiederum: Ich bringe dich hinter Gitter.«

Ich strich sanft über den Anhänger. Das Silber war eiskalt. »Sie ist wunderschön und einzigartig.« Ich sah in seine Augen. »Sie bedeutet etwas.« Lächelnd drückte ich mir die Kette an meine Brust und fiel ihm um den Hals. »Danke«, flüsterte ich.

Seufzend ließ er sich auf die Couch sinken. »Mein Vater hat mich gebeten, dass ich dich morgen zu ihm ins Büro schicke.«

Das Wort »Büro« war wirklich äußerst unpassend. Darunter stellte man sich ein Arbeitszimmer mit Drucker und PC vor. Bisher war ich nicht dort gewesen, doch ich hätte meine Hand dafür ins Feuer legen können, dass es nicht aussah wie ein Büro. »Es geht um sein Jobangebot. Hast du darüber nachgedacht?« Er streckte seine Hand aus und ich setzte mich neben ihn.

»Ich will es annehmen. Ich will meinen Teil beitragen. Außerdem kann ich mein Wissen einsetzen. Zwar nicht für das Gericht, wie ich es ursprünglich geplant hatte, aber das hier ist sogar besser!«

Tyler sah nicht überzeugt aus. »Ich werde dir niemals sagen, was du tun sollst, aber das ist ein gefährlicher Job. Es geht nicht nur um Analysen und Statistiken. Nicht um Was-wäre-wenn. Mein Dad hat keine genauen Jobbeschreibungen. Es kann gut sein, dass du in einem Moment Daten zusammenträgst und im nächsten Moment von ihm gebeten wirst, mit ihm zu kommen und ihn bei einem Auftrag zu unterstützen. Oder mit mir und Alecto –«

»Wenn du denkst, dass du mich damit abschrecken kannst …«, begann ich und grinste. Doch er erwiderte mein Lächeln nicht. Stattdessen hatte sich eine Falte zwischen seinen Augenbrauen gebildet und mit seinem Zeigefinger malte er kleine Kreise auf meinen Handrücken.

Ich senkte meinen Blick auf unsere Hände. »Ist es wegen deiner Mom?«, fragte ich vorsichtig. »Du willst nicht, dass mir etwas zustößt.«

»Ich bin mir nicht sicher. Vielleicht.« Eine Weile blieb er still und ich gab ihm die Zeit, darüber nachzudenken. »Das ist möglicherweise der Grund, warum ich so lange keine Frau an mich herangelassen habe. Weil ich Angst davor hatte, sie wieder zu verlieren. So wie mein Großvater und mein Vater ihre Frauen verloren haben.« Er schüttelte den Kopf, als wollte er sich zur

Vernunft bringen. »Aber du bist anders. Du weißt dir zu helfen, bist mutig und –«

»Ich bin mutig? Im Ernst? Wenn ich dich nicht getroffen hätte, wäre ich heute noch bei meinem Dad und Ian.«

»Weil du Angst hattest«, stellte er fest.

»Eben.«

Er sah mir in die Augen. »Mutig zu sein, heißt nicht, keine Angst zu haben, Devon.«

So hatte ich das noch nie gesehen. Ich blickte auf die beiden ineinandergreifenden Handschellen, als mir eine Idee kam. »Und was ist, wenn wir alles gemeinsam machen?«, fragte ich. »Wenn ich Alecto und dich gelegentlich begleite, soweit ich euch helfen kann?« Ich hielt ihm die Kette hin. Er setzte sich aufrechter hin, legte sie mir um den Hals und schloss sie.

»Das klingt gut.« Er küsste die Stelle unter meiner Haarlinie. »Als Team. Lass uns morgen gemeinsam zu meinem Vater gehen und die Einzelheiten besprechen, okay? Ich will, dass du glücklich bist.«

Ich nickte.

»Apropos glücklich sein«, sagte er. »Zufälligerweise weiß ich, dass du immer dann glücklich bist, wenn wir etwas essen – wo möchtest du heute Abend hin?«

Ich räusperte mich. »Ich wollte fragen, ob du mich bei etwas begleiten kannst.«

»Ja.«

Ich lachte. »Du weißt doch noch gar nicht, was ich sagen will.«

»Das ist für die Beantwortung der Frage irrelevant, aber dann frage ich eben. Wohin soll ich dich begleiten?«

Ich senkte den Blick auf meine Finger. In den letzten Tagen hatte ich viel Zeit damit verbracht, an Mom zu denken. Die Bilder des Traumes gingen mir noch immer nicht aus dem Kopf und die Ereignisse der letzten Wochen hatten mir wieder vor Augen geführt, wie sehr sie mir fehlte. Gerade hier, wo ich mich ihr ironischerweise näher fühlte als im Apartment meines Vaters.

»Zum Grab von meiner Mom«, antwortete ich leise und atmete tief durch.

»Natürlich«, erwiderte er. »Wann bist du das letzte Mal dort gewesen?«

Ich wich seinem Blick aus. Schuldgefühle krochen aus ihrem dunklen Versteck und bahnten sich ihren Weg durch meinen Körper. »Zur Beerdigung. Ich … habe das Grab nie wieder besucht. Ich hatte niemanden, der mit mir gegangen ist, und auch wenn das wie eine schlechte Ausrede klingt, habe ich es allein nie fertiggebracht.«

Außerdem hatte ich nie eingesehen, dass ich ein Grab besuchen sollte, an dem das einzig Persönliche ihr in den Stein eingravierter Name war.

Doch in den letzten Tagen hatte ich gehofft, dass ich mich ihr nach einem Besuch näher fühlen würde. Vielleicht kam das Bedürfnis, das Trauma zu verarbeiten, erst jetzt auf, da ich Abstand von meinem Vater hatte und der Trauer mehr Raum geben konnte.

Er schüttelte den Kopf. »Das ist keine schlechte Ausrede, Devon.« Eine Weile war er still, ehe er hinzufügte: »Meine Mom hat kein Grab. Mein Vater hat ihre Asche von seinem Boot in den Lake Michigan gestreut.«

Ich griff nach seiner Hand, verkniff mir aber den Kommentar, dass unsere Mütter so gesehen dasselbe Grab hatten. Ein kaltes, dunkles, das sie sich mit geschätzt dreißigtausend anderen teilten, die im Lake Michigan ertrunken waren. Bei dem Gedanken schüttelte es mich.

»Na dann«, sagte er, stand auf und zog mich auf meine Füße. »Lass uns gehen.«

»Jetzt?«, fragte ich und sah ihn verwundert an.

»Außer du fühlst dich nicht bereit? Wenn du möchtest, können wir danach in der Stadt etwas essen gehen.«

Wenn ich daran dachte, durch Chicagos Straßen zu schlendern, wurde mir mulmig zumute. Die Stadt war riesengroß, aber die Möglichkeit, dass ich Ian, Dad oder der Polizei über den Weg lief, bestand immer. Doch ich hatte mich von Dad und Ian genug einschränken lassen – ich würde mich bestimmt nicht den Rest meines Lebens verstecken.

Weshalb ich sagte: »Das hört sich gut an.«

»Schließlich hast du die Unterwelt seit einer Weile nicht mehr verlassen. Nicht, dass es dir noch schadet.«

Ich grinste breit. »Dann müsstest du ja erst recht geschädigt sein«, warf ich ein.

»Bin ich ja auch«, erwiderte Tyler und ergriff den Schlüssel seines Wagens, der in einer grauen Schale inmitten des Bücherregals lag. »Massiv geschädigt.«

***

Man konnte einen Friedhof gestalten, wie man wollte – mit Rosenbüschen in allen Farben, römischen Säulen am Eingang oder einem Fluss, der hindurchlief –, sie hatten alle etwas Trostloses. Man gestaltete sie schön, um von der Tatsache abzulenken, dass hier Leichen lagen.

Obwohl sich der Graceland Cemetery in einer großen Parkanlage mit eigenem See befand, hatte der Ort etwas Bedauernswertes. Hand in Hand liefen Tyler und ich an den von Schnee bedeckten Grabsteinen vorbei. Der Kies knirschte unter meinen Schuhen und die blätterlosen Weiden bogen sich im Wind.

»Weißt du noch, wo es ist, oder soll ich jemanden fragen?« Tyler hatte den Kragen seines dunklen Mantels nach oben geschlagen und sah aus wie ein Schauspieler eines alten Mafiafilms.

Ich schüttelte den Kopf. »Ich weiß es noch.« So sehr ich versucht hatte, die Erinnerung an diesen traumatischen Tag zu verdrängen, hatte ich sie nie ganz loswerden können. Damals hatte alles viel größer auf mich gewirkt: die Gräber furchteinflößender und die Bäume höher. Insekten hatten in der Luft geschwirrt und die Hitze war unerträglich gewesen. Zahllose Trauernde hatten sich an diesem Tag versammelt, um meiner Mutter die letzte Ehre zu erweisen. Ehre. Indem sie vor ihrem leeren Sarg gestanden hatten, obwohl sie zu Lebzeiten nichts für sie getan hatten. Ich erinnerte mich, dass ich jeden Einzelnen beobachtet hatte, der an ihr Grab getreten war, und mir gedacht hatte: *Du hast ihr nicht geholfen. Du kannst Mom nicht zurückbringen.*

Doch auch jetzt, beinahe zwei Jahrzehnte später, merkte ich, dass ich schwerer Luft holen konnte, je näher wir kamen. Als würden unsichtbare Hände aus der Erde emporsteigen und mir den Hals abdrücken.

»Es ist dämlich«, murmelte ich und umklammerte die kleine Tanne, die wir auf dem Weg hierher in einem Blumenladen gekauft hatten, etwas fester. »Sie liegt nicht einmal hier begraben. Ich komme mir vor wie eine Hochstaplerin«, flüsterte ich, als ich die anderen Menschen sah, die mit gesenkten Köpfen vor Gräbern standen.

»Jeder Schmerz ist echt«, sagte Tyler schlicht. Er hatte recht. Warum fühlte es sich dann falsch an?

Ich nahm all meine Kraft zusammen, straffte meine Schultern und biss die Zähne aufeinander, doch als ich den Stein schließlich von Weitem entdeckte, fühlte es sich an, als würden die unsichtbaren Hände zudrücken und die restliche Luft aus meiner Lunge pressen.

Vor dem Grab kamen wir zum Stehen. Es lag unter einer Weide, zwischen zwei anderen äußerst gepflegten Grabsteinen. Als ich auf die überwachsene Erde blickte, fühlte ich nur eines: Schuld. Ich hatte es verwahrlosen lassen, nur weil ich zu egoistisch gewesen war, um mich meinem Schmerz zu stellen.

Tyler blieb stehen und gab mir meinen Freiraum, als ich näher trat und den Stein mit meiner Hand vom Schnee befreite.

Mabel Turner, geborene July. Dann das Geburtsdatum, mit dem Ort dahinter: Plymouth. Und darunter das Sterbedatum, ebenfalls mit dem Ort: Chicago. Neben ihrem Namen war eine kleine Ballerina in den Stein eingraviert worden.

»Erzähl mir etwas über sie«, sagte Tyler und ich war dankbar, dass er die vom Schnee verstärkte Stille mit seinen Worten füllte.

Ich nickte und versuchte die Tränen zurückzuhalten. »Sie war Engländerin. Nach dem Tod ihrer Eltern kam sie in die USA, um Abstand von den schmerzhaften Erinnerungen zu gewinnen, die sie mit ihrer Heimat Devon verband. Erst als sie meinen Vater kennengelernt hatte und mich bekam, wollte sie ein Stück ihrer Heimat nach Chicago bringen. Deshalb mein Name.« Ich schluckte. »Sie war eine Primaballerina«, sagte ich, wobei meine Stimme nicht so fest klang, wie ich es gern gehabt hätte. »Ich wollte immer so sein wie sie.«

Ich kniete mich hin und stellte die kleine Tanne neben den von Moos bedeckten Grabstein. Es sah vernachlässigt aus und ich hasste mich dafür, dass ich mich nicht besser um das Grab gekümmert hatte.

Eine Weile standen wir wortlos nebeneinander. Ich war dankbar, dass er mich unterstützte. Vor Ian hätte ich meine Verletzlichkeit nie zeigen können. Ich durchbrach die Stille, indem ich sagte: »Sie hätte dich richtig gemocht.«

Tyler gab mir einen Kuss auf den Kopf. »Ist doch klar – jeder mag mich.«

Ich merkte, wie sich ein leichtes Lächeln auf meine Lippen schlich. Dann schnaubte ich. »Erzähl das mal dem Rest von Chicago. Die würden etwas anderes sagen.«

»Aber nur, weil wir unterschiedliche Interessen haben«, stellte er klar. »Mein Charakter allerdings ist unwiderstehlich.« Dann zog er eine Kerze aus seinem Mantel hervor. Wo hatte er die denn her?

Als könnte er meine Gedanken lesen, sagte er: »Hab ich vorhin an der Tankstelle mitgenommen. Willst du …?«

Ich nickte, woraufhin er mir die Kerze und ein gelbes Feuerzeug in die Hand drückte. Ich drehte den Deckel ab, entzündete den Docht und stellte sie dann neben die Tanne. Das flackernde Kerzenlicht tauchte die Spitzen des Baumes in warmes Licht und beleuchtete den Grabstein schwach.

Bevor wir wieder zum Auto zurückgingen, drehte ich mich ein letztes Mal um. Mir wurde bewusst, dass Trauer nicht verschwand, wenn man sie verdrängte. Man musste sie zulassen und ihr einen Platz geben. Auch wenn es siebzehn Jahre gedauert hatte – es war niemals zu spät.

Tyler drückte meine Hand. »Das Leben ist hart«, sagte er.

Ich lächelte zu ihm hoch, ehe ich den Satz vervollständigte: »Aber wir haben uns.«

Kapitel 27

»Ich bin mir ziemlich sicher, dass ich zugenommen habe«, stellte ich fest, als ich meine Serviette neben den leeren Teller legte. Wir waren direkt nach dem Friedhofsbesuch eine Weile durch die Straßen gefahren, ehe wir in das nächstbeste Restaurant gegangen waren, vor dem ein Parkplatz frei gewesen war. Es war Freitagabend, weshalb es brechend voll war und wir nur einen Platz an der Bar bekommen hatten, an der wir auf Hochstühlen aus grünem Samt saßen. Wir waren die Einzigen, die an der Bar etwas aßen – alle anderen hatten ihre Cocktailgläser vor sich stehen.

Tyler legte sein Besteck ab. »Du bist genau richtig, wie du bist. Ich hoffe, du zweifelst daran nicht?«

Ich lehnte mich zurück. »Nein, es macht mir nichts aus, nur da das Training wegfällt, setzt es schneller an.«

Auf dem Weg hierher waren wir am Theater vorbeigefahren, was gemischte Gefühle in mir hatte hochkommen lassen. Zum einen die Freude darüber, dass ich mich von allem losgelöst hatte, und zum anderen die Trauer, weil ich nun nicht mehr tanzte. Abwesend strich ich über den Rand meines Weinglases.

»Du vermisst es, oder?«, fragte Tyler. »Das Tanzen.«

Der Kellner kam, um unsere Teller abzuräumen. Als er wieder weg war, schlug ich meine Beine übereinander und nahm das Glas in die Hand. »Ein bisschen«, gab ich zu. »Es ist das Einzige, was ich aus meinem alten Leben vermisse.«

»Du kannst das Tanzen mit deinem neuen Leben ganz einfach verbinden. Wenn du willst, baue ich dir ein eigenes Studio, in dem du tanzen kannst.«

Ich lächelte. Tyler war so herzensgut, dass ich mich jeden Tag fragte, womit ich jemanden wie ihn verdient hatte. »Das musst du wirklich nicht. Aber ich schaue mich mal in der Nähe um, ob es ein Studio gibt, das man sich vielleicht mieten kann.« Ich musterte Tyler. »Kannst du tanzen?«, fragte ich und es hätte mich nicht gewundert, wenn er es konnte.

Ein Grinsen breitete sich auf seinem Gesicht aus. »Ein bisschen.«

Ich verengte die Augen. »Warum glaube ich, dass du maßlos untertreibst?«

»Ich zeig es dir, dann kannst du selbst entscheiden«, sagte er und stand plötzlich auf.

Ich warf einen hektischen Blick durch das beengte und vollgepackte Restaurant. »Du meinst doch wohl nicht ... hier und jetzt?«, stotterte ich, doch als ich es ausgesprochen hatte, wusste ich, dass er genau das meinte.

Tyler knöpfte einen Knopf seines Hemds auf. »Du denkst immer noch wie eine normale Bürgerin Chicagos«, sagte er.

»In der Unterwelt fällt es mir leichter, so etwas zu machen. Aber hier ...« Ich ließ meinen Blick über die Gesichter der Menschen schweifen.

»Hier denkst du wieder daran, was andere von dir denken könnten.«

Ich verzog das Gesicht. »Vielleicht.«

»Du kannst auch außerhalb der Unterwelt du selbst sein. Wie kann es dir nach dem, was im Theater war, noch wichtig sein, was andere von dir denken?«, fragte er lachend. »Du hast dein Leben als Mitglied der Gesellschaft hinter dir gelassen. Du wusstest, dass du danach nicht mehr beliebt sein würdest, und das war das Mutigste, was ich jemals jemanden habe tun sehen.« Eine kurze Pause. Er kam näher zu mir. »Mach das, was du wirklich willst.«

Ich schnaubte. »Außerhalb der Unterwelt gibt es gewisse Regeln und gesellschaftliche Normen ...«

Seine Augen blitzten schelmisch auf. »Regeln gelten nur, wenn man sich an sie halten will.«

»Darum geht es gar nicht«, versuchte ich mich rauszureden. »Es gibt Dinge, die gehen einfach nicht. Also mal ganz allgemein gesehen.«

Er zog die Mundwinkel amüsiert nach oben. »Alles geht.«

Ich hob lachend die Hände in die Luft. Er stand immer noch vor mir. »Wenn du in Unterwäsche durch die Straßen rennst, wäre es dir bestimmt auch nicht egal«, sagte ich. »Du kannst nicht«, ich blickte mich um, auf der Suche nach etwas, was mein Argument stützen könnte, als mein Blick auf der spiegelnden Oberfläche der Bar hängen blieb, »auf dieser Bar tanzen, nur weil es dir vielleicht Spaß macht, weil ...«

Tyler hielt in der Bewegung inne und sein Grinsen wurde breiter. Meine Augen weiteten sich, als mir bewusst wurde, was ich gesagt hatte. »Nein, nein, nein!«, rief ich, als er sein Glas abstellte und seinen Hemdkragen lockerte. Fabelhaft. Daran war ich aber auch wirklich selbst schuld.

»Habe ich das richtig gehört?«, erkundigte er sich. »Du willst also auf der Bar tanzen?«

Ich merkte, wie mir allein beim Gedanken daran das Blut in die Wangen schoss. »Nein, genau das will ich nicht.«

»Aber nur, weil die anderen etwas über dich denken könnten. Wenn hier niemand außer uns wäre, würdest du es nämlich tun, habe ich recht?«

Ich wich seinem Blick aus. »Na ja, also das ist ja was anderes, weil ...«

Tyler lachte, während ich energisch den Kopf schüttelte und versuchte, ihn am Arm festzuhalten, als er an seinen Stuhl trat.

»Das machst du jetzt nicht«, keuchte ich.

Er stieg auf den Stuhl. »Du weißt genau, dass ich es tue.«

Er hatte recht. Das wusste ich. Ich war unfähig, mich zu bewegen. Ich spürte die Blicke der sich zu uns drehenden Köpfe. Gespräche verstummten. Und Tyler sah mich unentwegt an. Auch als er vom Stuhl auf die Bar stieg, wo zuvor unsere Teller gestanden hatten.

»Hey, runter von meiner Bar!«, ertönte es hinter ihm, doch er blickte weiterhin nur mich an. »All in oder am Rand leben, erfüllt von unerfüllten Wünschen?«, fragte er und hielt mir seine Hand hin.

Es war wie damals im Theater. Seine Hand, die mir alle Möglichkeiten eröffnen konnte. Ich sah das Funkeln in seinen bernsteinfarbenen Augen und die Kerzen, die sich darin spiegelten.

Die Blicke der anderen, die nun erwartungsvoll auf mir lagen, blendete ich aus. Stattdessen dachte ich an all die Male, bei denen ich am Rand geblieben war. Ich hatte Freunden abgesagt und stattdessen meinen Vater zu Galas begleitet. Ich hatte mit Ian am Rand der Eislaufbahn gestanden und nur zugesehen, weil er es für kindisch gehalten hatte.

Die alte Devon tanzte nicht auf einer Bar inmitten eines vollen Restaurants, während alle dabei zusahen. Was genau der Grund war, weshalb ich meine Schuhe auszog und nach seiner Hand griff. In einer fließenden Bewegung zog er mich mühelos zu sich auf die Bar.

»Die Sicht ist so viel besser von hier oben«, flüsterte er, legte eine Hand an meine Taille und nahm mit der anderen meine Hand.

Und dann begannen wir zu der Musik zu tanzen, die aus den Lautsprechern an der Decke kam, und alles um mich herum verschwamm. Alles außer seinem warmen Blick, der mich keine Sekunde lang aus den Augen ließ. Ich hörte kein einziges Wort mehr, obwohl die Bar wenige Momente vorher so laut gewesen war, dass man die Musik kaum verstanden hatte. Jedes einzelne Augenpaar war auf uns gerichtet. Ausnahmslos. Doch mit der Zeit nahm ich auch das nicht mehr wahr. Es gab ein Oben und ein Unten. Die normale Welt unter uns und die hier oben, in der alles möglich war.

Tyler wirbelte mich vorsichtig herum, legte seine Hand auf meinen unteren Rücken, und ich lehnte mich dagegen, legte meinen Kopf in den Nacken, bis die Welt kopfstand. Die Menschen, die an der Bar saßen, nahmen nach und nach die Gläser und Flaschen von der Oberfläche, als wir immer weiter nach vorn tanzten. Mit einer geschickten Bewegung zog er mich an sich und ließ seine Hand von meiner Wange bis zu meiner Taille streichen.

Langsam. Und alle konnten es sehen. Doch es machte mir nichts aus.

Er legte seinen Daumen auf meine Unterlippe und hielt inne. Dann nahm er meine Hand und drehte mich. Ich machte eine, zwei, drei Pirouetten und hörte ein »Ah« und ein »Oh« von irgendwo unter uns. Meine Schultern entspannten sich und langsam, aber sicher breitete sich ein Lächeln auf meinen Lippen aus. Ich erinnerte mich daran, was ich am Tanzen so geliebt hatte. Ich drehte mich um und tanzte die Strecke, die nun zwischen mir und ihm lag, wieder zurück. Ich war in meinem Element. Das Tanzen fühlte sich zum ersten Mal seit ewigen Zeiten wieder befreiend an.

Ich tanzte geradewegs in Tylers Arme und blickte zu ihm hoch. Unsere Nasen berührten einander und ich spürte seinen sanften Atem. Dann zog er mich an sich und küsste mich. Nicht sanft, nicht zögerlich, sondern leidenschaftlich. Ernst. Als wäre ich das Einzige auf dieser Welt, was ihn am Leben erhalten konnte. Als wir uns voneinander lösten und ich ihm in die Augen blickte, wischte er eine Träne von meiner Wange.

Ich zuckte zusammen, als die gesamte Bar in Applaus und Zurufe ausbrach. Ich musste grinsen. Er nahm meine Hand und hielt sie in die Luft, als hätten wir auf einem Wettkampf getanzt und nicht auf der Theke einer vollen Bar. Dann beugte er seinen Kopf zu mir herunter und flüsterte, damit ich ihn trotz des Applauses verstehen konnte. »All in also.«

Ich strahlte. »All in.«

***

Der Anruf von Sebastian erreichte uns, als wir auf dem Rückweg zum *Capital Hotel* waren. Tylers Handy war per Bluetooth mit dem Auto verbunden, weshalb ich alles mithören konnte.

»Tyler?«, tönte Sebastians Stimme blechern durch den Wagen. Inzwischen war es dunkel und lediglich die Lichter der Straßenlaternen beleuchteten das Innere des Autos. Dicke Schneeflocken legten sich auf die Scheibe, nur um wenige Sekunden später vom Scheibenwischer weggewischt zu werden. »Wo seid ihr?«

Ich runzelte die Stirn, da Sebastian ungewohnt angespannt klang.

»Wir sind in zehn Minuten wieder zu Hause. Warum?«, fragte Tyler. Ich sah zu ihm, um abzuschätzen, was er dachte. Er schien die Anspannung in der Stimme seines Vaters ebenfalls zu bemerken, denn zwischen seinen Augenbrauen bildete sich eine tiefe Falte.

Eine kurze Pause entstand. Ich meinte, Alectos Stimme im Hintergrund zu hören. »Beeilt euch und fahrt nicht über die Hauptstraßen. Wir reden, wenn ihr wieder hier seid. Treffpunkt im Büro.« Der Anruf wurde beendet.

Die Euphorie verließ meinen Körper so schnell, als hätte jemand den Stöpsel einer Badewanne gezogen. An ihre Stelle trat blanke Panik. Mein Körper versteifte sich und mein Herz raste.

»Was, denkst du, ist passiert?«

Ich konnte seinen Gesichtsausdruck nicht deuten. Ohne den Blinker zu setzen, bog er von der Hauptstraße auf eine weniger befahrene Seitenstraße ab. Aus irgendeinem Grund machte mir das eine Heidenangst. Wenn sich Sebastian sorgte, war es ernst zu nehmen. Die Frage war nur: Wer war hinter uns her?

»Vielleicht hat es etwas mit einem Geschäft meines Vaters zu tun, das schlecht gelaufen ist«, sagte er lahm, doch wir wussten beide, dass er das selbst nicht glaubte. Er sagte das, damit ich mich besser fühlte.

»Es hat etwas mit meinem Dad zu tun«, stellte ich fest. Es war nämlich ruhig gewesen. Zu ruhig. War das nun der unvermeidbare Lärm, der auf die Stille folgte?

»Ganz egal, was es ist: Es gibt immer eine Lösung. Hörst du?« Er legte seine Hand auf meinen Oberschenkel, um mich zu beruhigen, doch er fuhr schneller als wenige Minuten zuvor.

Wir sprachen nicht viel und ich versuchte meinen Herzschlag zu verlangsamen, aber als Tyler und ich das sogenannte Büro betraten, warf ich meine guten Vorsätze über Bord und ließ der Angst freien Lauf. Allein die Tatsache, dass um fast zwölf Uhr nachts noch Mitarbeiter von Sebastian an ihren Tischen saßen und wie wild auf der Tastatur tippten oder lautstark telefonierten, war wohl kein gutes Zeichen.

Der längliche Raum befand sich im vierten Stock. Von der Lobby aus hatten wir Treppen genommen, die mitten ins Gebäude geführt hatten. Auf der linken Seite des Raumes befanden sich Fenster, die einen Blick auf die belebte Straße der Unterwelt boten. Da wir so weit unten waren, konnte ich genau sehen, wer das Hotel betrat und wer es wieder verließ. Wahrscheinlich war das der ganze Sinn der Sache.

Ich hatte mich getäuscht – in Sebastians Büro gab es tatsächlich Drehstühle und Schreibtische, allerdings war das auch das Einzige, woran man erkennen konnte, dass es sich um ein Büro handelte. Es sah aus wie die Mischung aus einem Wohnzimmer, einem Polizeipräsidium und einer illegalen Hackereinheit: Schreibtische, Kaffeeautomaten, verschiedene Sofas. Rechts stand eine Kleiderstange, auf der Polizei- und Feuerwehruniformen hingen. Außerdem erkannte ich eine Conciergeuniform sowie die Kleidung der Stadtgärtner Chicagos.

Der Raum wurde dominiert von der Monitorwand zu meiner Rechten. Bestimmt über hundert Monitore bedeckten die Wand, die Liveaufnahmen von verschiedenen Orten des Hotels und der Unterwelt zeigten. Allein die Lobby wurde von jedem Winkel gezeigt. Doch bei genauerem Hinsehen sah ich, dass es nicht nur Aufnahmen des Hotels waren: Dazwischen sah ich die Eingangshallen der verschiedensten Gebäude, die allerdings fast alle dunkel und verlassen waren.

Ich blickte auf den zweiten Monitor von oben. War das nicht die Eingangshalle des Polizeipräsidiums, in dem Ian arbeitete? Ich ließ meinen Blick weiterschweifen und blieb an einem Monitor hängen, in dem eine große, schwach beleuchtete Eingangshalle zu sehen war. *Moment. Ist das etwa …?* Ich kniff die Augen zusammen. Doch diese Halle hätte ich überall wiedererkannt. Sebastian hatte eine Liveaufnahme aus dem MCC. Mir blieb keine Zeit, die anderen Bildschirme anzusehen oder nachzufragen, da Tyler bereits schnellen Schrittes auf die breite Tür am Ende des Raumes zuging.

Warum hatte Sebastian nicht bereits am Telefon gesagt, was Sache war? An sich hatte ich keine besonders ausgeprägte Fantasie – ich dachte durch mein Studium oft analytisch und logisch –, doch sobald es um etwas Schlechtes ging, schwärmten meine Gedanken aus und suchten so lange nach möglichen Katastrophen, bis sie alle gefunden hatten. Wirklich alle.

Ich nickte den aufblickenden Mitarbeitern freundlich zu, als mein Blick an Cairo hängen blieb. Sie saß an dem Tisch, der Sebastians Büro am nächsten war. Vor ihr waren fünf Monitore und sie hatte ein Headset auf ihre blonden Locken gesetzt. Irgendwie passte sie nicht ins Bild. Sie war eine Hackerin, sah aber mit ihren perfekten Haaren und beigen Hosenanzügen eher aus wie die Professorin, die sie tagsüber war.

»Ty«, sagte sie und nickte ihm zu. »Alecto und Wes sind bereits drinnen.«

»Danke«, murmelte er so leise, dass sie es überhört haben musste. Ihr Blick wanderte zu mir und ich hob meine Hand zum Gruß, doch sie wandte ihren Blick ab und scannte wieder einen ihrer Monitore. So erwachsen und dennoch so kindisch.

Tyler öffnete die Tür und ließ mir den Vortritt. Ich betrat den Raum und meine Augen weiteten sich. Sebastians Büro war eine äußerst detailgetreue Replika des Oval Office. Es war rund, mit drei hohen, von Vorhängen eingerahmten Fenstern am Ende des Raumes, vor dem ein großer Eichenschreibtisch stand. Sebastian saß nicht dahinter, sondern darauf, und sprang auf, als er uns sah. »Ihr seid hier, sehr gut.«

In der Mitte des Raumes befanden sich zwei gegenüberstehende Sofas. Auf dem rechten saß Alecto, die nervös an der Haut ihres Daumennagels kaute. Ihr gegenüber saß Wes, der einen Blick mit Tyler tauschte.

»Was ist los?«, fragte Tyler, der die Tür hinter uns schloss.

Ich hatte nicht einmal Zeit, mich über den seltsamen Ort zu wundern, da Sebastian keine Zeit verschwendete: »Uns hat eine Nachricht erreicht«, sagte er und hielt einen Brief in die Luft, ehe er ihn Tyler zuwarf. Sebastian sah zu mir. »Devon. Du wirst angeklagt wegen Mordes an Louise Ryan. Außerdem wegen versuchten Mordes an Elliott Turner.«

Ich schüttelte den Kopf. »Aber das ist doch nichts Neues, oder? Es ist eine leere Drohung meines Vaters, der mich einschüchtern will. Er hat keine Beweise, um mir den Mord ...« Ich hielt inne, als ich Alectos Blick sah. »Er hat Beweise, oder?«, fragte ich, als sich die Gewissheit über mich legte wie eine dicke Schicht aus Schnee und Eis.

Sie ballte ihre Hände zu Fäusten und sah aus, als hätte sie am liebsten auf etwas eingeschlagen. »Das ist keine leere Drohung mehr, Dev. Er hat wirklich Beweise. Es liegt ein Haftbefehl vor. Wenn die Polizei dich in die Finger bekommt, wirst du sofort festgenommen und bekommst –«

»Lebenslänglich«, vervollständigte ich ihren Satz und lachte bitter. Fabelhaft.

Tyler faltete den Brief auf und überflog ihn eilig. »Das ist doch ein Scherz. Er will das wirklich durchziehen?« Er wandte sich an mich. »Hier steht, dass er dich verhaften lässt, wenn du dich nicht innerhalb der nächsten drei Tage mit ihm triffst.« Er verstärkte seinen Griff um den Zettel, der etwas zerknitterte, und sah dann zu Sebastian. »Er hat allen Ernstes Beweise fälschen lassen, nur um Devon hinter Gitter zu bringen? Woher wissen wir, dass das kein Bluff ist?«

Abwesend berührte ich die Handschellen der Kette, die plötzlich eine ganz neue Bedeutung bekommen hatte.

Sebastian strich sich seine dunklen Haare hinters Ohr. Erst jetzt fiel mir auf, dass auf den Fingern seiner linken Hand Alec stand. Auf den Fingern der Rechten stand Tyler. »Er hat uns eine E-Mail zukommen lassen. Darin war ein Link für eine Website, die nicht mit ihm in Verbindung gebracht werden kann. Nachdem Cairo überprüft hat, dass sie sicher ist, haben wir sie geöffnet. Darin sind Unterlagen, die bestätigen, dass Devons Fingerabdrücke auf der Mordwaffe gefunden wurden. Außerdem gibt es Unterlagen, die beweisen sollen, dass Devon mit dem Piloten des Helikopters in Kontakt getreten ist.«

Tyler trat an den Schreibtisch heran. »Wie?«

»Es gibt unzählige Möglichkeiten, Beweise zu fälschen, Tyler«, warf Alecto ein. »Das weißt du. Wir haben das selbst nicht nur einmal gemacht.«

Ich schüttelte den Kopf. Die ganze Situation war wie aus einem skurrilen Traum. Ich saß in einer Replika des Oval Office, in der mir gesagt wurde, dass ich verhaftet werden würde. Für etwas, das ich nicht getan hatte. Man sollte aufpassen, was man sich wünschte, denn langweilig war mein Leben nun wirklich nicht mehr.

»Aber wir haben die besten Anwälte. Wir verteidigen sie vor Gericht.«

Alecto schnaubte. »Das Problem ist, dass Elliott Turner nicht fair spielt. Er hat die Polizei auf seiner Seite.«

Tyler schloss für einen kurzen Moment die Augen. »Dann fliege ich mit Devon weg. Wir verlassen die Stadt und tauchen für eine Weile in unserem Haus in Kanada unter.«

Sebastian stützte sich mit beiden Händen auf dem Schreibtisch ab. »Wie lange willst du untertauchen? Wenn du Chicago einmal verlässt, ist es fast unmöglich wiederzukommen. Devon wird gesucht. Noch ist es nicht an die Öffentlichkeit gedrungen, aber sobald das der Fall ist, ist ihr Bild in allen Zeitungen und im Fernsehen. Bisher hat sich die Polizei nicht in die Unterwelt getraut, aber ich vermute, dass es nur eine Frage der Zeit ist, wenn Elliott weiter Druck auf die Behörden ausübt.«

Nun schaltete sich Wes ein. »Ich denke, es ist schon möglich, für eine Weile unterzutauchen. Das verschafft uns Zeit.«

Sebastian nickte langsam und legte seine Hand gedankenverloren auf einer Steinschildkröte ab, die auf seinem Schreibtisch stand. »Wenn wir eine private Maschine chartern und sie als vermisst melden, könnte es gehen.«

»Oder wir täuschen ihren Tod vor?«, schlug Alecto vor, woraufhin Wes sein Gesicht in den Händen vergrub. »Nicht schon wieder«, schnaubte er.

»Warum nicht?« Sie zog ein Messer aus ihrem schwarzen Stiefel und drehte es zwischen ihren Fingern. »Denkt doch mal nach! Es werden keine Haftbefehle gegen Tote ausgestellt. Zack, die Sache ist erledigt. Hat damals bei Damien auch super geklappt, falls ihr euch erinnert.«

»Nein!«, rief Tyler plötzlich. Er hatte seine Hände auf dem Schreibtisch abgestützt und sah Alecto direkt in die Augen. Ich glaubte, ihm war nicht bewusst, dass es durch seine Position im Raum aussah, als wäre er der Präsident der Vereinigten Staaten persönlich. »Ich kann nicht fassen, dass ich das überhaupt sagen muss. Wir täuschen nicht Devons Tod vor!«

Sebastian nickte. »Das würde ein Leben im Schatten bedeuten. Wir warten die drei Tage ab, erhöhen die Sicherheit des Hotels. Wir machen alles bereit und wenn dann das Chaos ausbricht, können Devon und Tyler immer noch verschwinden.«

»Nein«, hörte ich mich plötzlich sagen und vier Augenpaare richteten sich gleichzeitig auf mich. »Ich werde mich nicht mehr verstecken. Und ich lasse mich ganz bestimmt nicht von meinem Vater aus Chicago vertreiben.« Ich war fertig damit, mich einschüchtern zu lassen. Hatte es satt, Angst zu haben, zurückzuweichen, mich kleinzumachen. Ich wollte handeln. Ich verspürte keinen Schock, keine Angst, keinen Verrat. Ich verspürte Entschlossenheit, Wut und Tatendrang.

Ich sah alle einen nach dem anderen an, bis mein Blick an Tyler hängen blieb. »Anstatt mit Anwälten vorzugehen, die Stadt zu verlassen oder meinen ... Tod vorzutäuschen – warum lösen wir den Fall nicht einfach? Wir finden heraus, wer Louise Ryan wirklich umgebracht hat, wer meinen Vater umbringen wollte. Und dann leiten wir diese Information an die Behörden weiter.«

Eine Weile blieb es still. Sebastian tippte mit dem Fuß gegen die Kante des Tisches, ehe er sagte: »Daran haben wir auch schon gedacht. Aber er arbeitet mit den Behörden und der Polizei zusammen. Wenn wir die Information an sie weiterleiten, werden sie es unter den Teppich kehren.«

Ich stand auf. Die Nervosität ließ mich nicht sitzen, weshalb ich nun im Zimmer – im Oval Office – hin- und herging. Fieberhaft suchte ich nach einer Lösung. Problem und Lösung, Aktion und Reaktion.

»Dann machen wir es anders«, sagte ich schließlich. »Mein Vater ist manipulativ und umgeht das Gesetz bei jeder Möglichkeit. Also machen wir dasselbe: Anstatt es der Polizei zu sagen, geben wir den wahren Mörder an dem großen Ball bekannt, den mein Vater in wenigen Tagen veranstaltet. Es geht um seine Wiederwahl. Sämtliche Menschen, die in Chicago etwas auf sich halten, werden dort sein. Uns bleibt nicht mehr viel Zeit, aber wenn wir es bis dahin schaffen, herauszufinden, wer es war, präsentieren wir es all seinen Gästen. Dann gibt es kein Zurück mehr für ihn. Kein Unter-den-Teppich-kehren.«

Alle waren still und starrten mich an.

Schließlich nickte Sebastian anerkennend. »Ich wusste, dass wir dich in unserem Team gebrauchen können.«

Alecto grinste. »Sie denkt wie eine Verbrecherin!«, rief sie, stand auf und schlug mir fest auf die Schulter.

»Sie denkt wie eine Kriminologin«, warf Wes ein.

»Sie denkt wie eine von uns«, meinte Tyler.

Nein. Ich dachte wie eine Frau, die sich genug hatte rumschubsen lassen. Und dieses Mal würde ich nicht wegsehen, sondern mich mit Händen und Füßen verteidigen, bis ich endgültig frei war.

Kapitel 28

Als ich kurz vor Sonnenaufgang wach wurde und mich zu Tyler umdrehte, saß er bereits aufrecht im Bett und starrte aus dem Fenster – hinunter auf das langsam erwachende Chicago.

»Du kannst nicht schlafen?«, fragte ich.

Tyler seufzte tief und zog mich an sich heran. Sein warmer Körper schmiegte sich an meinen und ich legte die Wange an seine Brust, wo ich sein Herz schlagen hören konnte. »Nicht wirklich, nein.«

»Worüber zerbrichst du dir den Kopf?«

Anstatt meiner Frage auszuweichen, antwortete er ehrlich. Was genau das war, was ich an ihm liebte. »Ich denke darüber nach, was ich falsch gemacht habe. Als ich im Theater gestanden habe, war ich mir so sicher, dass ich das Richtige tue.«

Mein Herz zog sich zusammen und ich hob meinen Kopf, um ihn anzusehen. »Du bereust es?« Meine Stimme war kaum mehr als ein Flüstern.

Tyler lachte leise. Ein wohliger Laut, der tief in seiner Kehle entstand. »Natürlich nicht. Ich habe doch gesagt, dass ich ein Egoist bin.«

»Was ist es dann?«, fragte ich und musterte jeden einzelnen Zentimeter seines Gesichts. Seinen melancholischen Blick, die dunklen geschwungenen Augenbrauen, den markanten Kiefer und die dichten Wimpern.

»Die ganze Nacht bin ich schon am Abwägen. Würde es dir schlechter gehen, wenn ich dich damals in Ruhe gelassen hätte, oder ist das hier schlimmer? Ich kann mich nicht entscheiden, ich springe jede Stunde zu einer anderen Antwort.« Er hob seine beiden Hände und bewegte sie nach oben und unten, um zu zeigen, wie er die beiden Varianten abwog.

»Ich verstehe nicht, warum du da immer noch drüber nachdenkst«, sagte ich und legte meine Hand auf seine Brust. »Das hier ist die einzige Realität, die wir haben. Es gibt keine andere. Und wenn du die Zeit noch so oft zurückdrehst – ich würde jedes Mal genau gleich entscheiden.«

Er legte seine Hand auf meine. Dadurch verstärkte sich der Druck und ich konnte seinen Herzschlag unter meiner Handfläche spüren. »Denkst du nicht manchmal darüber nach, dass jede noch so kleine Entscheidung das Leben eines anderen beeinflussen kann?« Er fuhr durch seine Haare. »Wenn ich den letzten Tisch in einem Restaurant bekomme, weil ich nur eine Sekunde vor jemandem dort bin, und derjenige dann die Straße überquert, um in ein anderes zu gehen, und beim Überqueren überfahren wird«, er holte tief Luft, »dann bin ich schuld.«

Ich runzelte die Stirn. »Aber das hängt doch mit so viel mehr zusammen! Vielleicht wäre die Person schuld, die ihm von dem Restaurant erzählt hat. Oder das Taxi, das fünf Minuten Verspätung hatte.« Ich seufzte. »Aber ich weiß ganz genau, wovon du sprichst. Du kannst dir nicht vorstellen, wie oft ich mich gefragt habe, was wohl passiert wäre, wenn meine Mom eine Minute später losgefahren wäre. Oder wenn ich länger gebraucht hätte, um meine Schuhe anzuziehen. Ich glaube, im Endeffekt wäre es alles aufs Selbe rausgekommen.«

Er schwieg eine Weile. Als er wieder sprach, schwang in seiner Stimme eine Traurigkeit mit, die ich zuvor noch nie bei ihm gehört hatte. »Wenn du ins Gefängnis kommst, halte ich es nicht aus. Das meine ich ernst. Das lasse ich nicht zu.« Ich spürte durch sein T-Shirt hindurch, dass sein Herz schneller schlug.

»Du kannst dich ja jederzeit einsperren lassen und mich besuchen«, scherzte ich, doch weder er noch ich konnten darüber lachen.

»Du hast echt einen dunklen Sinn für Humor«, stellte er fest. »Wir werden herausfinden, wer Louise Ryan ermordet hat, und deine Anklage wird fallen gelassen. Es gibt einfach gar keine andere Möglichkeit.«

Die ersten Sonnenstrahlen schienen durch das Schlafzimmerfenster und badeten Tylers Gesicht in goldenem Licht. Seine Augen leuchteten ebenfalls golden, als bewahrte er sein eigenes Sonnenlicht darin auf.

»Wenn wir ... unserer Arbeit nachgehen und möglichen Zeugen einen Besuch abstatten«, er sah mich eindringlich an, »willst du dann mitkommen?«

»Auf jeden Fall«, antwortete ich, ohne nachzudenken. Ich würde nicht herumsitzen und nichts tun.

Tyler presste die Lippen aufeinander und nickte. »Das habe ich mir fast gedacht. Kurz hatte ich Hoffnung, dass du vielleicht Nein sagen würdest.«

»Ehrlich?«

Tyler grinste. »Nein, nicht wirklich. Ich kenne dich.«

Ich legte mich auf den Rücken und blickte an die Decke, die nun von goldenen Streifen überzogen war. »Ich will mich nicht hilflos fühlen, verstehst du? Mir ist klar, dass es gefährlich ist, und ich will es nicht auf die leichte Schulter nehmen, aber ich kann einfach nicht mehr tatenlos rumsitzen und die Dinge ertragen, die mir auferlegt werden. Das habe ich mir geschworen.« In der Nacht, in der Ian mich beinahe umgebracht hatte.

Tyler drehte sich auf die Seite, stützte seinen Kopf auf seiner Hand ab und betrachtete mich, wie ich ihn zuvor betrachtet hatte. »Du weißt, was du tust«, meinte er. »Ich werde dich nicht behandeln, als könntest du die Dinge, die auf uns zukommen, nicht ertragen. Ich werde dich nicht mit Samthandschuhen anfassen – wenn wir zusammen unterwegs sind, sind wir ein Team.«

»Danke«, flüsterte ich und streckte meinen Arm aus, um durch seine weichen Haare zu fahren. »Was ich dich fragen wollte«, sagte ich und ein Grinsen breitete sich auf meinem Gesicht aus.

»Oje, jetzt kommt's.« Tylers Lachfältchen erschienen um seine Augen herum.

»Was hat es mit dem Oval Office auf sich, Mister President?«, fragte ich und lachte, als sich Tyler eine Hand vor die Augen legte und sich auf den Rücken drehte. »Es ist für mich so normal geworden, dass ich gar nicht daran gedacht habe, dass du es vielleicht seltsam finden könntest.« Er rieb sich über das Gesicht. »Mein Großvater fand das schrecklich witzig. Er hat sich oft als Präsident von Chicago bezeichnet, weil seiner Meinung nach Präsidenten nichts als Lügner und Betrüger waren – genau wie er. Wenn du mich fragst, war er gegen Ende entweder größenwahnsinnig oder er hatte einfach keinen Bezug zur normalen Welt mehr, da er die Unterwelt seit Jahrzehnten nicht mehr verlassen hatte.«

»Und dein Vater hat es einfach so gelassen?«

Er rollte mit den Augen. »Er hat *alles* so gelassen. Er liebt alte Dinge.«

»Apropos alte Dinge«, begann ich, schwang mich aus dem Bett und stellte mich vor ihn. »Kannst du aufstehen oder willst du noch liegen bleiben?«

Tyler zog die Luft ein, als ihm die Bedeutung meiner Worte bewusst wurde. »Du wirst dir wünschen, du hättest das nicht gesagt«, meinte er empört, sprang vom Bett auf, und noch bevor ich zur Tür gelangen konnte, hatte er mich hochgehoben.

»Lass mich runter!«, rief ich lachend, doch er öffnete die Tür und lief geradewegs auf die Terrasse zu. Auf den Möbeln lag Schnee und der Himmel änderte seine Farbe gerade von Orange zu Blau. »Das ist nicht dein Ernst!«

»Ich habe gesagt, du wirst es bereuen, und ich halte meine Versprechen«, sagte er grinsend, während er die Tür öffnete. Eisige Luft strömte uns entgegen.

»Wirfst du mich jetzt vom Balkon?«, fragte ich und verstärkte den Griff um Tylers Arm. Ich trug lediglich eine Unterhose und ein Schlafshirt – genau wie er.

Er zuckte mit den Schultern und grinste frech. »Hab ich kurz drüber nachgedacht, aber das hier ist besser«, verkündete er und lief los. Als mir dämmerte, was er vorhatte, setzte mein Herz aus. Das konnte doch nicht sein Ernst sein.

»Nein, nein, ne –«, rief ich, doch das Wasser umgab mich und verschluckte die letzten Silben. Entgegen meiner Vermutung, dass er mich in den Pool werfen würde, stellte ich überrascht fest, dass er mit mir gesprungen war.

Wenn der Pool nicht beheizt gewesen wäre, hätte ich ihn umgebracht.

Noch immer unter Wasser drehte ich meinen Kopf zu ihm und öffnete meine Augen, nur um festzustellen, dass er mich ebenfalls ansah. Wasserblasen tanzten um uns herum, als wir uns dem Boden des Pools näherten. Das Licht des Sonnenaufgangs schien auf die Wasseroberfläche.

»Selbst schuld«, formte er mit seinen vollen Lippen, der Ton durch das Wasser verzerrt. Luftblasen kamen aus seinem Mund hervor.

Ich schlang meinen Arm um seinen Hals und küsste ihn. Seine Lippen fühlten sich unter Wasser weicher an und plötzlich wünschte ich mir, Kiemen zu haben. Nur um noch eine kleine Weile länger im Pool bleiben zu können, wo sich unsere Körper schwerelos anfühlten und die Zeit scheinbar langsamer vorbeiging.

***

Als wir das Büro zwei Stunden später betraten, war jeder einzelne Schreibtisch besetzt. Dennoch wirkte die Atmosphäre nicht angespannt. Höchstwahrscheinlich, da Sebastians Mitarbeiter es gewohnt waren, unter Druck zu arbeiten. Eine Frau in einer roten Bluse summte leise vor sich hin und pinnte Fotos von mir unbekannten Personen an ein Whiteboard.

»Die arbeiten nicht alle an der Sache, oder?«, wollte ich wissen, als ich einen Mann in einem blauen Polohemd beobachtete, der bestimmt zwanzig Packungen Einweghandys vor sich hatte und sie nacheinander auspackte.

»Nicht alle, aber die meisten. Wenn wir ein Projekt haben, bekommt jeder, der etwas dazu beitragen kann, eine Aufgabe. Wir haben hier Anwälte, Hacker, Spione und ehemalige Polizisten«, sagte er und machte eine ausladende Geste durch den Raum, »und das sind nur die, die hier im Büro sind. Manche haben keine feste Stelle, sondern werden nur dann angerufen, wenn wir sie brauchen.«

»Woher habt ihr die Kostüme?« Ich nickte in Richtung der Kleiderstange.

Ohne stehenzubleiben, zählte er auf: »Von der Polizeischule, der Feuerwehr, einem Hotel ...«

Meine Augen weiteten sich. »Warte, warte, warte. Ihr habt die alle gestohlen? Das sind echte Uniformen?«, fragte ich überrascht und strich mir eine dunkle Haarsträhne hinter das Ohr. Manchmal vergaß ich, wie kurz meine Haare jetzt waren.

»Natürlich, sonst würden sie ja nicht zu unserem ebenfalls echten Polizeiauto passen«, sagte Tyler und öffnete die Tür von Sebastians Büro. Oder dem Oval Office. Ich wusste nicht, wie ich es nennen sollte. Der Mittelpunkt des Büros?

Ich öffnete den Mund, schloss ihn aber wieder. Natürlich hatten sie ein echtes Polizeiauto mit passenden Uniformen. Warum wunderte mich das überhaupt?

Tyler und ich betraten den Raum, als Wes von der Couch aufsprang. »Und wie –« Seine Schultern senkten sich. »Ach, ihr seid es.«

Tyler schloss die Tür. »Wie herzlich. Ich hab euch Croissants mitgebracht.«

»Wo sind die anderen?«, erkundigte ich mich, als ich meinen Blick durch den anderenfalls leeren Raum schweifen ließ.

Tyler warf Wes die Croissanttüte zu, ehe er sich neben ihn auf die Couch fallen ließ.

»Alec und Sebastian sind gemeinsam zu dem Helikopterlandeplatz im Norden gefahren, um die Sicherheitskameras zu überprüfen. Cairo und Gia haben beide versucht, sie zu hacken, hatten aber bisher keinen Erfolg«, erklärte Wes. Dann biss er einmal in das Croissant – und schon war nur noch die Hälfte davon übrig.

»Okay«, sagte Tyler gedankenversunken und trat an einen der Schränke, die links und rechts an den Wänden standen. Es war faszinierend, wie schnell er in eine tiefe Konzentration verfallen konnte. »Als Erstes müssen wir uns um die neue Sicherheitsstufe des Hotels kümmern. Während ich unten bin und regle, dass Pavel mehr seiner Leute unauffällig positioniert, könnt ihr mit den Informationen rund um die Gala beginnen.«

Wes schob die Brille auf seiner Nase nach oben. »Alles klar. Ich weise Devon in alles ein.« Das Croissant war inzwischen verschwunden. Jetzt wusste ich, warum Tyler ganze zehn Stück davon gekauft hatte.

Tyler hielt kurz inne. »Wie lange sind sie schon weg?«

Wes zuckte mit den Schultern. »Vier Stunden vielleicht? Ich kann es nicht genau sagen.«

Tylers Augenbrauen zogen sich zusammen.

»Machst du dir Sorgen um sie?«, fragte ich. Hinter mir ertönte erneut das Rascheln der Croissanttüte.

»Nein. Ich mache mir Sorgen um die Menschen bei der Helikopterlandestation.« Er warf einen kurzen Blick auf sein Handy, ehe er mir einen Kuss gab und gedankenverloren den Raum wieder verließ. Ich fühlte mich schuldig, weil sich all diese Menschen nur wegen mir in Gefahr brachten.

Als ich mich seufzend neben Wes auf die Couch setzte, wehten durch den

Wind, den ich dadurch verursacht hatte, mehrere Croissantkrümel von seinem Hemd auf den Boden. »Dann bleiben wohl nur noch wir übrig«, sagte er und klopfte sich lächelnd die Hände ab. »Devon und Wes, wiedervereint. Inzwischen wissen wir ja, dass wir ein gutes Verbrecherteam sind. Bist du bereit?«

Ich nickte. Ich konnte es gar nicht abwarten, etwas beizutragen und nicht mehr unbrauchbar danebenzusitzen. »Auf jeden Fall. Was können wir tun?«

»Wir werden gemeinsam alle Informationen zu dieser Gala rausfinden. Du warst sicher bereits auf einer wie dieser?«, fragte er und hob eine Augenbraue.

»Genau auf dieser«, bestätigte ich, woraufhin er zufrieden nickte.

»Das ist ideal. Gemeinsam werden wir den Grundriss studieren, Notausgänge markieren und einen Plan ausarbeiten, wo wir rein- und wieder rausgehen.«

»Wir können eine Liste von allen Gästen erstellen, damit wir wissen, wer uns dort erwartet«, schlug ich vor.

Wes legte sich theatralisch eine Hand auf die Brust. »Sie werden so schnell erwachsene, eigenständige Verbrecher.« Er schniefte spielerisch in seinen Ärmel und hörte nicht damit auf, bis ich grinsend ein Kissen nach ihm warf.

Dann ging er zur Tür, öffnete sie und bedeutete mir mitzukommen. Ich folgte ihm, doch als ich sah, dass er geradewegs auf Cairos Tisch zusteuerte, ging etwas von meinem Enthusiasmus auf dem Weg dorthin verloren.

Cairo schien es ähnlich zu gehen, da sie aufsah und ihr das Lächeln bei meinem Anblick wieder aus dem Gesicht rutschte. Ich hätte mir denken können, dass ich mit ihr zusammenarbeiten musste. Wo sonst bekam man illegalen Zugang zu vertraulichen Informationen, wenn nicht von einer Hackerin?

»Wes, ich habe genug zu tun«, blaffte sie und hob abwehrend eine Hand, den Blick wieder auf ihren Bildschirm gerichtet. »Ich kann nicht auch noch die Babysitterin spielen.«

Na klar. Ich rollte mit den Augen. Bemerkungen zu unserem Altersunterschied waren genauso kindisch wie lächerlich. Ich dachte an Sara und daran, dass ich zu Beginn Konflikte um jeden Preis hatte vermeiden wollen. Wes ignorierte ihre Bemerkung und stellte sich hinter ihren Drehstuhl. »Devon und ich brauchen den Grundriss und die Gästeliste des Events.«

Sie schnaubte. »Müsstest du die Gästeliste der ganzen Oberschicht nicht auswendig kennen?«, fragte sie an mich gewandt, ohne den Blick von ihrem Bildschirm abzuwenden. »Schließlich bist du ein Teil davon.«

Ich verengte meine Augen und legte meine Hand blitzschnell auf ihre, sodass sie aufhörte, mit ihrer Maus herumzufuchteln, und mir für einen Moment in die Augen sah. Damit hatte sie offenbar nicht gerechnet, da sie mit geweiteten Augen innehielt. Ich hatte mein altes Leben nicht zurückgelassen und alles riskiert, nur damit ich mir hier erneut blöde Sprüche anhören musste. Und da ich durch Sara und Ian gelernt hatte, dass Konflikte zu vermeiden zu nichts führte, sagte ich: »Hör auf, dich zu verhalten, als wärst du zwölf. Ich gehöre jetzt hierher und wir müssen keine Freunde werden, aber bleib wenigstens professionell.«

Grob schüttelte sie meine Hand ab. »Tut mir leid«, zischte sie in einem Tonfall, der deutlich machte, dass es ihr nicht im Geringsten leidtat. »Muss ich wohl verwechselt haben. Schließlich hast du vor fünf Minuten noch in deinem Apartmenthaus gelebt, umgeben von deinen Designerschuhen und teuren Kleidchen.«

Gott. Halt einfach die Klappe.

Wes und Cairo starrten mich plötzlich mit offen stehenden Mündern an. Erst dann wurde mir bewusst, dass ich den letzten Gedanken laut ausgesprochen hatte.

Ich räusperte mich und straffte meine Schultern. »Neben der offiziellen Gästeliste gibt es immer eine separate, zu der die Öffentlichkeit keinen Zugang hat«, entgegnete ich. Wenigstens konnte ich mir das über die Jahre angesammelte Wissen zunutze machen. »Da stehen die Personen drauf, die nicht wollen, dass die Öffentlichkeit im Voraus Bescheid weiß, wann sie wo sind. Menschen, die sich vor der Öffentlichkeit schützen wollen, da sie denken, sie seien wichtig. Der Sekretär meines Vaters verschickt solche E-Mails mit einem Verschlüsselungsprogramm.« Ich stützte meine Hände auf den

Schreibtisch und ignorierte, dass Cairo ihr Gesicht dabei verzog. »Crypto irgendwas ... Cryptoma?«

»*Cryptidioma*?«, erklang es plötzlich neben uns. Unsere Köpfe schnellten nach rechts, wo eine kleine dunkelhaarige Frau mit hellbrauner Haut, die im Licht olivfarben schimmerte, stand. Sie konnte nicht älter sein als ich. Ihre Augen waren riesig und sie trug ein Iron-Man-Shirt, das sie in ihre schwarze Jeans gesteckt hatte. Sie streckte ihre Hand aus. »Hi, ich bin Gia. Die andere Hackerin, sozusagen. Relativ neu im Team.«

Cairo seufzte tief.

»Freut mich, dich kennenzulernen, Gia«, sagte ich mit einem Lächeln. »Ich bin Devon.« Ihre Augen sprühten nur so vor Tatendrang und Enthusiasmus. »Du kennst das Verschlüsselungsprogramm?«, fragte ich und drehte Cairo bewusst meinen Rücken zu.

Gia lächelte stolz. »Ich habe es mitentwickelt.«

»Das ist ja perfekt!«, rief ich. »Er verschlüsselt nämlich nicht nur seine E-Mails damit, sondern auch die restlichen Daten seines PCs.«

Sie lachte wissend. »Das tun sie fast alle, Devon. Das tun sie fast alle.«

Wes wirkte skeptisch. »Kannst du denn so leicht auf die Daten zugreifen? Nur weil du bei der Entwicklung geholfen hast?«

Gia bat uns, ihr zu ihrem Schreibtisch zu folgen. Er stand nur wenige Meter entfernt direkt neben dem Fenster, von dem aus man auf die Straße blicken konnte. Mir entging nicht, dass neben dem Fenster ein bewaffneter weißer Mann in schwarzer Kleidung stand, der unentwegt auf die Straße blickte. Der war neulich noch nicht hier gewesen. War das einer von Pavels Männern, die Tyler vorhin erwähnt hatte?

Cairo blieb an ihrem Tisch sitzen. Man hätte meinen sollen, dass sie nun zufrieden war, da sie uns nicht mehr helfen musste, doch ihr Blick wirkte trotz allem unzufrieden. Vielleicht sah sie einfach immer so aus.

»E-Mails gelangen niemals auf direktem Weg zum Empfänger, sondern passieren auf dem Weg dahin mehrere Server. Wenn die Mail nicht verschlüsselt ist, kann es passieren, dass Hacker sie abfangen und entweder manipulieren, lesen oder – aus welchem Grund auch immer – löschen«, erklärte Gia und ließ sich auf ihren Stuhl fallen. Ihr Schreibtisch war wie der von Cairo mit fünf verschiedenen Bildschirmen ausgestattet, die allesamt ein anderes kryptisches Bild zeigten. Außerdem lagen mehrere bunte Kabel und drei Einweghandys verstreut neben einem gerahmten Foto einer schwarzen Katze, auf dessen Glas jemand rote Teufelshörner gemalt hatte. »Mails werden zwar durch die Transport Layer Security geschützt, aber sobald sie am Server ankommen, ist das nicht mehr genug, weil –«

»Hey, hey, Gia, mach mal halblang«, sagte Wes mit einer beschwichtigenden Geste. »Wir wollen nicht die ganze Technologie in deinem Hackerhirn nachvollziehen können, sondern nur die Gästeliste und den Grundriss haben, okay?« Er klopfte ihr mit seiner Bärentatze auf die Schulter.

Gia nickte und machte sich sofort an die Arbeit. Wobei man das bei ihr nicht Arbeit nennen konnte. Das Grinsen, das sie die ganze Zeit auf den Lippen hatte, war beinahe ansteckend. Wes murmelte etwas, was verdächtig nach »Croissants« klang und entschuldigte sich, um uns Kaffee zu besorgen. Währenddessen zog ich einen freien Stuhl an den Tisch und beobachtete Gia bei … was auch immer sie da tat. Ihre Finger flogen so schnell über die Tastatur und tippten Abkürzungen, dass ich gar nicht mitkam. Abwechselnd änderte sich das Bild auf jedem der fünf Monitore – anscheinend verwendete sie alle fünf simultan.

»Hab's«, verkündete sie nach einer Weile mit einem breiten Strahlen auf ihrem Gesicht. Ich blickte von der öffentlich zugänglichen Gästeliste auf und legte den grünen Marker auf dem Tisch ab, um den Bildschirm vor ihr zu scannen.

»Äh«, machte ich und suchte nach einem Hinweis, was genau sie damit meinte. »Was hast du?«

Sie legte ihren Kopf schief und zeigte auf den Monitor vor sich, als wäre das anhand der weißen Zahlen auf schwarzem Grund offensichtlich. »Na, ich habe das Programm gehackt und Zugriff auf all seine Unterlagen.«

»Oh.« Ich setzte mich aufrechter hin.

»Allerdings …«, begann sie und ließ ihren Blick über den rechten Monitor schweifen, »sieht es so aus, als hätte er nur wenige digitale Unterlagen. Ich bin mir sicher, dass wir hier die Gästeliste finden, aber er hat sich gut abgesichert.«

Ich runzelte die Stirn. »Du meinst, er hat die meisten Dokumente gar nicht digital abgespeichert?«

»Ganz genau«, murmelte sie, während sie sich durch die Tiefen des Internets klickte. Erst jetzt bemerkte ich das Batman-Tattoo an ihrem Unterarm. »Ich drucke euch sowohl den Grundriss und die Gästelisten als auch die restlichen Unterlagen aus, die der Sekretär an deinen Dad versendet hat«, erklärte Gia. Als sie fertig war, sah sie beinahe etwas traurig aus, da ihre Arbeit nun getan war.

»Ich danke dir, wirklich«, sagte ich und schob den Stuhl wieder dorthin, wo ich ihn hergeholt hatte.

»Komm, Dev.« Wes winkte mich mit den ausgedruckten Unterlagen in der einen Hand und der Croissanttüte in der anderen zu sich. »Wir machen uns an die Arbeit.«

Ich wollte ihm bereits folgen, als ich mich zu Gia umdrehte, die erwartungsvoll zu mir aufblickte.

»Ich denke, wir können ein weiteres Augenpaar gebrauchen, wenn du Zeit hast?«

»Ja!«, rief sie begeistert und sprang förmlich von ihrem Stuhl auf, ihren Laptop bereits unter den Arm geklemmt. Als wir an Cairo vorbei ins Büro liefen, spürte ich ihren hasserfüllten Blick in meinem Rücken. Ich wurde das Gefühl nicht los, dass sie trotz allem gern mit uns gekommen wäre.

Als Tyler schließlich zurückkehrte, war es bereits siebzehn Uhr dreißig. Gia, Wes und ich hatten den Grundriss des Gebäudes zuerst aus den verschiedenen Blättern zu einem großen zusammengeklebt, auf dem Schreibtisch ausgebreitet und dann begonnen, den Programmplan mit den verschiedenen Orten abzugleichen und die Notausgänge zu markieren. Außerdem hatten wir neben die Namen der geheimen Gäste die zugehörigen Berufe notiert. Besonders hilfreich würde uns Mara Nguno werden: Sie war eine hochrangige Journalistin, die bereits den Präsidenten interviewt hat. *Wenn sie die Wahrheit über den Mord erfährt, wird sie bereits an einem Artikel schreiben, bevor wir das Gebäude wieder verlassen haben.*

»Ihr seid ja schon weit gekommen«, sagte Tyler und legte von hinten seine

Arme um meine Taille, gab mir einen Kuss und betrachtete dann den Grundriss an der Wand. Inzwischen klebte auf jedem Raum ein beschriftetes Post-it und alle Ausgänge waren verschiedenfarbig markiert.

»Hat mit Pavel alles geklappt?«, fragte Wes.

Tyler nickte. »Wir haben ein neues Sicherheitsprotokoll ausgearbeitet.« Er sah zu mir. »Übermorgen ist die Gala. Am besten wäre es, wenn du die Unterwelt bis dahin nicht mehr verlässt.«

Ich nickte. Das hatte ich mir fast gedacht. Insgeheim war es mir ganz und gar nicht recht, da es bedeutete, dass mein Vater mich ein weiteres Mal einsperrte. »Hast du was von Alecto und Sebastian gehört?«, fragte ich und war enttäuscht, als er den Kopf schüttelte.

Seine Schultern waren angespannt und er blickte fiebrig über den Grundriss, ohne sich etwas genauer anzusehen. »Ich fahre mal in Richtung des Helikopterlandeplatzes im Norden und sehe nach. Inzwischen sind sie bestimmt nicht mehr dort, aber –«

»Keine Sorge, Brüderchen«, ertönte plötzlich Alectos Stimme aus Richtung der Tür. »Bevor mich jemand bekommt, muss er an Tisiphone vorbei.« Sebastian betrat hinter Alecto den Raum.

Ich atmete erleichtert auf und sah, dass Tyler und Wes es mir gleichtaten. Sogar Gias Haltung entspannte sich ein wenig.

»Wo zum Teufel wart ihr so lange?«, fragte Tyler, der wütend die Augenbrauen zusammenkniff. »Und warum geht keiner von euch an sein Telefon? Wofür habt ihr überhaupt eins?«

»Wir haben einen kleinen Helikopterausflug nach Milwaukee gemacht«, erklärte Sebastian und ließ sich auf die Couch fallen. »Der Pilot war wirklich äußerst zuvorkommend. Wir mussten für den Flug nicht einmal bezahlen.«

»Ich habe dir ja gesagt, ich mache mir Sorgen um die Leute dort«, murmelte Tyler.

Alecto setzte sich auf die Couch gegenüber. Erst jetzt sah ich, dass sie an der Lippe blutete. Durch ihren roten Lippenstift wäre es beinahe nicht aufgefallen.

»Was …«, begann ich, doch Alecto winkte ab.

»Frag lieber nicht, Dev, denn du willst es nicht wissen.«

Gia durchforstete lautstark die Schubladen des Schreibtisches und trat dann schließlich mit einem Taschentuch und zwei Flaschen Wasser zu Alecto. Gias Blick war besorgt und sie beobachtete ganz genau, wie Alecto sich das Blut von ihrer Lippe tupfte. Die andere Flasche brachte sie Sebastian.

»Danke, Gia, aber ich brauche was Stärkeres«, sagte er und trat an den Barwagen.

»Was habt ihr in Milwaukee herausgefunden?«, fragte ich schließlich neugierig. Ich konnte kaum stillstehen.

Alecto trank einen Schluck Wasser. »Ich überspringe mal all das, was wir getan haben, um an diese Info zu kommen, und nenne euch das Ergebnis: Nigel Simmons.« Sie strahlte.

Tyler runzelte die Stirn. »Nigel Simmons? Kennen wir den?«

Sebastian setzte sich zurück auf die Couch. »Bis jetzt ist es nur ein Name. Wie es aussieht, ist er der Auftragskiller, der Louise Ryan ermordet hat.«

Stille. Ein Auftragskiller?!

Tyler fuhr sich durch die Haare. »Habt ihr ihn schon befragt?«

Alecto schüttelte den Kopf. »Besser. Wir haben ihn angeheuert. Morgen treffen wir uns mit ihm hier in Chicago. Er denkt, es handele sich um einen Auftrag, dabei werden wir ihn so lange ...«, sie warf einen Blick zu mir, »befragen, bis er uns sagt, wer ihm den Auftrag erteilt hat.«

Sebastian nickte und sah dann zu mir. »Er könnte unsere Lösung sein – genau pünktlich zur Gala übermorgen. Wenn es wirklich stimmt und wir ihn zum Reden bringen können, wird der Haftbefehl gegen dich schneller wieder fallen gelassen, als du Auftragsmord sagen kannst.«

Kapitel 29

»Auftragsmord«, sagte ich ins Nichts und schüttelte den Kopf, als ich am nächsten Tag im Badezimmer vor dem Spiegel stand. Noch immer fühlte sich die gesamte Situation absolut surreal an. Ich föhnte meine nassen Haare und band sie mir anschließend zu einem Pferdeschwanz nach hinten. Treffpunkt war um halb fünf in der Lobby. Dann fuhren Alecto mit ihrem Motorrad und Tyler und ich mit seinem Auto los, um Nigel Simmons zu treffen. Den Auftragsmörder.

Gestern hatten wir den gesamten restlichen Tag zusammengesessen, um den Plan für die Gala morgen auszuarbeiten. Es machte mir wirklich Sorgen, dass wir außer der Hoffnung, dass Nigel uns den Namen verriet, keinerlei Alternativen hatten. Er war unsere einzige Chance, sonst konnten wir uns die Gala morgen abschminken, weil wir nichts vorzuzeigen hatten. Alle schienen sich blind darauf zu verlassen, dass es funktionieren würde. Keine Ahnung, woher sie dieses Urvertrauen hatten.

Es war verrückt, was Tyler und ich alles tun mussten, um zusammenbleiben zu können.

Alecto hatte mich angewiesen, mich nicht wie Devon zu kleiden, sondern wie eine Person, die einen Mord in Auftrag gab. Was hatte das überhaupt zu bedeuten? Wie sah so jemand denn aus?

Ich ging vom Badezimmer ins Schlafzimmer und stellte mich unentschlossen vor den Schrank. Ich hatte mich bereits für einiges einkleiden müssen: Galaabende, Geburtstage, Presseevents, Spendendinner … Die Befragung eines Auftragsmörders war noch nicht dabei gewesen.

Instinktiv zog ich eine schwarze Jeans aus dem Schrank und paarte sie mit einem weißen Shirt, meiner schwarzen Lederjacke und schwarzen Boots. Ich betrachtete mich im Spiegel. Von der Ballerina zur grauen Maus, von der grauen Maus zur Tochter des Bürgermeisters und von der Tochter des Bürgermeisters zur Verbrecherin. Ich strich über die weichen Ärmel meiner Lederjacke, ehe ich mir in die grauen Augen sah. *Bald kann ich meinen Vater und Ian endgültig hinter mir lassen. Bald werde ich nicht mehr wegen Mordes angeklagt sein.* Bald, bald, bald. Das Leben war eine Aneinanderreihung von Balds.

Ich fuhr allein mit dem Aufzug bis zur Lobby, da Tyler zuvor mit seinem Vater im Büro gewesen war. Hier herrschte das übliche Treiben – Musik kam sowohl aus dem Restaurant als auch aus der Bar, die sich direkt gegenüberlagen, und Menschen stiegen in den Paternosteraufzug.

Ich entdeckte Sebastian, Alecto und Tyler in der Nähe der Drehtür, wo sie in einer Sitzecke saßen und aussahen, als würden sie den nächsten Familienausflug besprechen. Man gewöhnte sich wohl an alles. Auch an Verbrechen.

»Da ist sie ja«, rief Alecto, woraufhin sich die anderen zu mir umdrehten. Sie trug einen roten Ganzkörper-Motorradanzug und sah alles andere als unauffällig darin aus. »Also ich würde dir abnehmen, dass du einen Auftragsmörder anheuern willst.«

Ich runzelte die Stirn. »Äh … danke?« Für Alecto stellte das wahrscheinlich ein Kompliment dar.

Tyler legte seinen Arm um mich und sah zu mir herunter. Ich konnte seinen Blick nicht deuten. Es war eine Mischung aus Sorge, Zuneigung und Unsicherheit. Erst jetzt sah ich, dass sowohl Tyler als auch Alecto dünne Lederhandschuhe trugen. Auf Alectos rote Handschuhe waren mit schwarzem Faden die Tattoos aufgestickt worden, die sie genau an diesen Stellen auf der Haut trug. Tylers Handschuhe waren schwarz und schlicht. Seine Bewegungen wirkten dadurch nicht eingeschränkt – im Gegenteil. Abwesend streckte er seine Finger und ich sah, dass sie sich so präzise bewegten, als hätte er keine Handschuhe an.

»Jeder von euch weiß, was er zu tun hat, richtig?«, fragte Sebastian, der seine dunklen Haare heute in einem Knoten zusammengebunden hatte. Er sah jeden von uns einmal kurz an, ehe sein Blick an mir hängen blieb. »Das hier ist ein Routineauftrag – nicht allzu gefährlich und schnell erledigt.

Komplikationen können immer auftreten, aber du bist mit zwei erfahrenen Agenten unterwegs. Wes und ich sind abrufbereit, falls es Probleme geben sollte.«

Ich nickte. »Danke.« Tyler warf mir einen skeptischen Blick zu, wie um abzuschätzen, ob ich es mir doch noch anders überlegte. Tat ich nicht.

Sebastian stand auf und holte drei Einweghandys aus seiner Hosentasche. Es war beinahe lustig, wie wenig sie sich darum scherten, wer ihnen zusah. Darüber hinaus war es ein wenig absurd: Eine Versammlung von Menschen – die Hälfte davon mit Lederhandschuhen –, die Einweghandys ausgeteilt bekamen und in einer Ecke ihre Pläne besprachen? An jedem anderen Ort in Chicago wäre das unmöglich gewesen.

»Tyler ist auf der Kurzwahltaste eins, Devon auf der zwei und Alec, du bist auf der drei. Wes ist wie immer vier und ich bin fünf, alles klar?« Sebastian legte seine Hand auf Tylers Schulter. »Wir sehen uns später.« Dann nickte er Alecto und mir noch einmal kurz zu, ehe er im Paternosteraufzug verschwand.

»Also«, begann Tyler. »Letzte Chance, es dir anders zu überlegen.« Sein Blick war voller Sorge.

»Tyler ...«, begann ich und sah zu ihm auf. »Ich werde es mir nicht anders überlegen.«

Er nickte bloß, als hätte er bereits gewusst, was ich antworten würde.

Alecto seufzte tief. »Mann, Ty, lass sie doch mal in Ruhe damit. Hier«, sagte sie, fischte aus ihrer Tasche zwei Karten raus und reichte uns jeweils eine. »Als Glücksbringer«, erklärte sie, als ich die Gefängnisfreikarte zwischen meinen Fingern drehte.

»Danke, Alecto.«

Tyler schüttelte leicht den Kopf, als er die Karte in seiner Hosentasche versinken ließ, doch mir entging das schelmische Funkeln in seinen Augen nicht.

Auf dem Weg zu dem überdachten Parkplatz vor dem Hotel blieb Tyler still. Am Auto nickte uns Alecto zu, ehe sie den Helm aufsetzte, auf ihr Motorrad stieg und losfuhr. Tyler und ich stiegen in seinen Wagen und ich atmete einmal tief aus.

»Devon?«

Ich hob den Blick.

»Bevor wir losfahren, will ich dir etwas geben«, meinte er, als er die Tür schloss. Dann griff er zum Rücksitz und legte mir kurz darauf eine quadratische Schachtel in der Größe eines Basketballs auf den Schoß.

»Tyler, du sollst –«

»Mach es lieber erst auf, bevor du sagst, ich soll dir nichts schenken, Dev.«

Der Ton seiner Stimme ließ mich aufhorchen und ich sah ihn stirnrunzelnd an, stellte aber keine weiteren Fragen und öffnete die Schachtel. Auf schwarzem Krepppapier lag ein Paar hellblaue Lederhandschuhe.

»Oh«, machte ich und nahm sie vorsichtig hervor, wobei das Papier leise knisterte wie ein Lagerfeuer.

»Probier sie an.«

Das tat ich. Sie waren weich und so dünn, dass es sich anfühlte, als trüge ich gar nichts an den Händen. Bei genauerem Hinsehen sah ich, dass auf jeder Seite eine kleine weiße Schneeflocke eingestickt worden war. Ich strich vorsichtig darüber und lächelte. »Danke«, hauchte ich. »Sie sind wunderschön.«

»Ich habe sie aus einem Laden in der Unterwelt und Mai-Lin hat die Schneeflocken aufgestickt. So sind deine Fingerabdrücke nirgends drauf – das würde dir mit deinem Haftbefehl keinen Gefallen tun.«

Ich wollte gerade die Schachtel anheben, um sie nach hinten zu stellen, als ich innehielt. »Ist da noch was drin?«, fragte ich, da die Schachtel schwerer war als erwartet.

Tyler nickte stumm.

»Und was?«

»Mach es einfach auf, Dev«, entgegnete er und ein leichtes Grinsen zupfte an seinen Mundwinkeln.

Ich nahm das Krepppapier aus der Box und als ich sah, was darunter lag, blieb mir mein Mund offen stehen. Ich blickte zu Tyler, der mir aufmunternd zunickte. Dann griff ich in die Schachtel und holte die silberne Schusswaffe hervor. Die Lichter der Straßenlaternen spiegelten sich darin.

»Das, äh …« Mir blieben die Worte im Hals stecken.

»Ich dachte, du weißt, wie man schießt?«, fragte er und blickte von der Waffe zu mir und wieder zurück. »Ich lass dich doch nicht unbewaffnet zu einem Auftrag gehen. Alec und ich haben auch eine dabei«, sagte er und tippte an seine Seite.

Ich schluckte. »Doch, ich weiß, wie man schießt. Es ist nur … ich habe nie eine Waffe geführt. Das war bisher nie nötig.« Es wäre natürlich albern von mir gewesen zu glauben, dass ich diese Waffe niemals brauchen würde. Und dennoch wurde mir das erst richtig bewusst, als der kühle Stahl schwer in meinen Händen lag.

Tyler startete den Motor. »Trotz allem werde ich jederzeit an deiner Seite sein. Eigentlich ist sie nur zur doppelten Absicherung da.«

Ich hoffte, dass er recht behalten würde.

***

Es fühlte sich falsch an, als wir die sichere Oase der Unterwelt hinter uns ließen und uns in den Bereich der Stadt begaben, in dem ich quasi vogelfrei war. Bisher lief alles nach Plan: Wir hatten die Kontrollpunkte zur richtigen Zeit passiert und waren nur zwanzig Minuten vom mit Nigel Simmons vereinbarten Treffpunkt entfernt. Der Ort lag etwas außerhalb der Innenstadt in der sogenannten South Side. Das Problemviertel war für seinen schlechten Ruf bekannt und wenn man von Schießereien in der Zeitung las, kamen neunzig Prozent der Vorfälle aus dieser Gegend. Es war das Revier der Gangs und wenn man nicht lebensmüde war, betrat man gewisse Straßen lieber nicht. Besonders nicht nach Sonnenuntergang. Außer natürlich, man traf sich mit einem Auftragsmörder. Dann war das der perfekte Ort.

Je weiter wir aus der Innenstadt herausfuhren, desto mehr ließ die Anzahl und Dichte der Bebauung nach. Ein baufälliges Haus folgte dem nächsten. Die Straßenlampen – wenn sie denn noch funktionierten – beleuchteten die kleinen Gassen zwischen den Häuserblocks, in denen immer wieder Menschen in kleinen Gruppen versammelt standen.

»Hier sind wir nur dann unterwegs, wenn wir Gangs auflösen oder

Drogenbosse suchen. Man fährt nicht weit aus der Stadt heraus und plötzlich ist man ... hier«, sagte Tyler und kniff die Augen leicht zusammen, als er eine Gruppe Jugendlicher, die aus in braunem Papier eingeschlagenen Flaschen tranken, vor einem heruntergekommenen Supermarkt in Augenschein nahm. Beim Vorbeifahren sah ich eine silberne Waffe in der Hose des Kleinsten aufblitzen.

Ich schluckte. »Wusstest du, dass die Polizei häufig auf Notrufe, die aus der South Side abgesetzt werden, viel später reagiert als auf die aus dem Rest der Stadt?« Das hatte Ian mir damals erzählt. Seiner Meinung nach war jeder Mensch, der hier wohnte, Abschaum, der die Nummer des Rettungsdienstes nicht in Beschlag nehmen sollte.

»Die Polizei traut sich meistens gar nicht her. Sie wird hier nicht besonders gern gesehen«, erklärte Tyler, als er an einer Ampel hielt. Seine Bewegungen waren vorsichtiger, sein Blick wachsamer. »Wenn man diese Straße überquert, fordert man das Glück jedes Mal aufs Neue heraus.« Ohne den Blick von der Straße zu nehmen, zog er seine Waffe in einer Bewegung aus der Seitentasche und legte sie auf seinem Bein ab. Mit der linken Hand lenkte er den Wagen.

Das Gewicht meiner eigenen Schusswaffe wog schwer an meiner Seite. »Kennen die Leute dich hier?«, fragte ich ihn.

Tyler lehnte sich etwas zurück und drehte seinen Kopf zu mir. »In manchen Straßen, ja. Es gibt Blocks, die ich nicht betreten könnte, ohne sofort erschossen zu werden, weil die Gang, die das Viertel regiert, nicht gut auf mich zu sprechen ist. Entweder weil ich ihre Gang aufgelöst habe oder weil ich ihren Boss aus der Stadt vertrieben habe.« Er blickte nach vorn und fixierte einen Punkt in der Ferne. »An anderen Orten, manchmal nur eine Straße weiter, lieben mich die Menschen. Weil ich die rivalisierende – und gewalttätigere – Gang entfernt habe und Familien ruhiger schlafen können. Aber eine Gang loszuwerden, ist, wie Blattläuse von einer Pflanze zu entfernen: Sie sind hartnäckig, es bleiben immer welche übrig und sie würden nicht einmal daran denken, ihr Revier freiwillig aufzugeben.«

Als Tyler wieder anfuhr, sah ich mich in den Straßen um. »Hier ist also jede

Straße einer bestimmten Gang zugeteilt?« Ich beobachtete einen braunen Hund, der einsam durch eine Gasse streifte und an einem liegen gelassenen Hamburgerpapier schnüffelte.

Tyler nickte. »Die Territorien wurden peinlich genau abgegrenzt. Hauptquartiere, Zonen – es ist wie eine eigene Stadt hier draußen.« Er fuhr sich mit der Hand übers Gesicht. »Bist du bereit? Wir sind gleich da.«

Ich griff über die Mittelkonsole nach seiner Hand. Die Hand, die die Waffe hielt. »Danke, dass du mich mitkommen lässt. Ich weiß, dass es dir Angst macht. Mir auch. Aber ich ertrage den Gedanken nicht, meinem Vater weiterhin tatenlos ausgesetzt zu sein.«

Tyler ließ die Waffe los und nahm meine behandschuhte Hand in seine. Dann hob er sie an seine Lippen und murmelte an meine Handfläche: »Du bist die mutigste Frau, die ich kenne.«

Wärme breitete sich auf meinen Wangen aus und ich wollte gerade etwas erwidern, als plötzlich Tylers Einweghandy klingelte. Der schrille Ton durchriss die Stille und wir schraken beide zusammen. Tyler holte es aus seiner Hosentasche und reichte es mir, dann legte er wieder eine Hand ans Lenkrad und die andere an die Waffe. Ich nahm den Anruf an und stellte das Telefon auf Lautsprecher.

»Hallo?«

Zuerst hörte ich nur lauten Fahrtwind, der in das Mikrofon blies, kurz darauf ertönte ein lautes Hupen. »Wir haben ein klitzekleines Problem«, rief Alecto atemlos.

»Was ist los?«, fragte Tyler mit ernster Miene.

Eine Weile sagte sie nichts, nur der Fahrtwind und das laute Motorengeräusch ihrer Maschine waren zu hören. »Unsere einzige Chance auf Devons Freifahrtschein flüchtet gerade mit seinem schwarzen Audi von unserem Treffpunkt. Jemand muss ihm einen Tipp gegeben haben.«

»Scheiße!« Ein Muskel an Tylers Kiefer zuckte.

»Ich bin dicht hinter ihm, beeilt euch.« Dann ertönte das Freizeichen.

Tyler umgriff das Lenkrad fester. »Duck dich.«

Ich blinzelte perplex. »Was?«

»Duck dich. Ich gebe jetzt Gas und das lenkt Aufmerksamkeit auf uns. Es kann sein, dass jemand auf das Auto schießt«, presste er zwischen zusammengepressten Zähnen hervor.

Ich duckte mich. Er gab Gas.

Mit dem Kopf zwischen den Knien konnte ich nicht sehen, wie schnell wir tatsächlich unterwegs waren, aber das musste ich auch gar nicht. Ich wusste mit Sicherheit, dass ich nie zuvor so schnell gefahren war. Der Motor summte laut in meinen Ohren, als ich immer tiefer in den Sitz gepresst wurde.

Nachdem Tyler zweimal abgebogen war, sagte er: »Du kannst wieder hochkommen, wir sind aus der Straße raus.«

Ich hob meinen Kopf und mir wurde übel. Der Asphalt rauschte in einer solchen Geschwindigkeit unter unserem Auto vorbei, dass mein Sichtfeld verschwamm. Sofort stiegen die Erinnerungen an damals an die Oberfläche. Moms blonde Haare, der Knall des Aufpralls, ihre an den Autorahmen gekrallten Hände. Wie sie losgelassen hatte.

Ich schüttelte mich kurz, um die Panik zu vertreiben. Ich musste einen kühlen Kopf bewahren. Die Gebäude lagen wieder dichter aneinander und dementsprechend waren mehr Autos auf den Straßen unterwegs. Doch Tyler ließ sich davon nicht beirren. Ich fragte mich, wie oft er wohl bereits jemanden verfolgt hatte – oder vor jemandem geflüchtet war.

Schließlich sah ich zwischen den Autos an der Kreuzung vor uns etwas Rotes aufblitzen. »Da ist Alecto!«, rief ich.

Und zu meinem Missfallen gab Tyler noch ein bisschen mehr Gas. Die rote Ampel war keine Überraschung. Es war nicht einmal so, dass sie gerade erst auf Rot umgesprungen war, was das Ganze viel schlimmer machte, weil die Autos von rechts bereits die Kreuzung überquerten.

Er will doch nicht etwa …?

Doch anstatt zu bremsen, raste Tyler mit einer Geschwindigkeit auf die befahrene Straße zu, als wäre das hier eine einsame Landstraße und keine volle Stadt.

»Tyler«, rief ich panisch und umfasste den Sitz. Als ich meinen Blick für eine Sekunde von der Straße nahm, um ihn anzusehen, veränderte sich sein ernster Gesichtsausdruck nicht. Die Furche zwischen seinen Augenbrauen war tief und sein Blick grimmiger, als ich ihn jemals zuvor gesehen hatte.

Die Kreuzung kam immer näher. »Die Ampel«, schrie ich, als sich Todesangst in mir ausbreitete. Die Lichter der Läden an der Straße und die roten Rücklichter der anderen Autos rauschten viel zu schnell an uns vorbei.

»Wenn ich an dieser Ampel halte, schaffen wir es nicht. Nigel ist unsere einzige Chance«, knurrte Tyler, als rechtfertigte das, dass er, ohne zu bremsen, auf eine befahrene Kreuzung zuhielt. Im Gegenteil. Anstatt zu bremsen, wurde ich fester in den Ledersitz gepresst, als er mit einem Ruck das Gas durchtrat.

Ich riss die Augen auf und mein Herz setzte aus. Wir würden sterben. Es gab keine Chance, dass er es schaffte, rechtzeitig zu bremsen. Bilder des Brückengeländers und der Scheinwerfer des Lastwagens traten vor mein inneres Auge. Die Wand der über die Kreuzung fahrenden Autos kam näher, mein Atem wurde flacher und ich presste die Augen zu.

»Tyler!«, schrie ich erneut.

Ich wusste, dass er uns retten wollte, aber gerade fühlte es sich an, als wollte er uns umbringen. Ich hielt die Luft an, das Auto schoss nach vorn und wurde ruckartig nach links gerissen. Ein ohrenbetäubender Knall und ein metallisches Kreischen ertönten. Ich öffnete die Augen und sah, dass der Außenspiegel auf meiner Seite fehlte. Tyler musste einem anderen Wagen zu nah gekommen sein. Ein lautes Hupen ertönte, daraufhin ein weiterer Knall. Doch Tyler drückte bereits das Gas wieder durch.

»Wir haben es gleich.«

Er manövrierte das Auto geschickt an den anderen vorbei und streifte das ein oder andere Mal einen anderen Wagen, was unseren für einen kurzen Moment ins Schlingern brachte. Mein Herz schlug schneller als je zuvor und in diesen verrückten Sekunden ging mir eine Sache durch den Kopf: *Wenn wir jetzt sterben, habe ich davor wenigstens noch einmal richtig gelebt.*

Vor uns tat sich eine erneute Kreuzung auf. Tyler befand sich auf der rechten Spur, weshalb ich mich in die andere Richtung lehnte, um den Schwung auszugleichen. Doch ich hatte falsch gedacht. Entgegen meiner Erwartung bog Tyler über drei Spuren hinweg und mit quietschenden Reifen nach links in die Church Street ab.

Durch die hohe Geschwindigkeit des Wagens und die Tatsache, dass ich mich in die falsche Richtung gelehnt hatte, prallte ich mit dem Kopf gegen die Seitenscheibe. Ein dumpfer Schmerz breitete sich in mir aus und ich fasste instinktiv an meinen Kopf. Ich atmete scharf ein und zog den nun blutverschmierten Handschuh schnell wieder zurück. Hellrot auf hellblau.

Ich wischte das Blut an meiner Hose ab, drehte mich mit zitternden Beinen um und warf einen Blick aus dem Heckfenster. Hinter uns herrschte pures Chaos: Autos standen kreuz und quer auf der Kreuzung und Rauch stieg aus einem von ihnen auf.

»Scheiße, geht's dir gut?«, rief Tyler, als er meinen blutenden Kopf sah.

»Ja«, antwortete ich atemlos, obwohl gut vielleicht nicht das Wort war, das ich verwendet hätte. Schließlich verfolgten wir einen Auftragsmörder und ich hatte mich in den letzten drei Minuten dem Tod öfter nah gefühlt, als mir lieb war. Und ich war immer noch nicht sicher, dass wir es lebendig schaffen würden.

Als ich wieder nach vorn sah, entdeckte ich Alecto, die den schwarzen Audi jeden Moment einholen würde. Nigel Simmons wollte scheinbar links abbiegen, doch sie holte auf und fuhr direkt an seine linke Seite, damit er keine andere Wahl hatte, als geradeaus weiterzufahren. Für den Bruchteil einer Sekunde berührte das Motorrad die Seite des Wagens, wodurch sie ins Schlingern geriet. Ich schnappte erschrocken nach Luft, doch sie fing sich wieder. Tyler gab keine Regung von sich, sein Blick war starr auf das Ziel gerichtet. Wie bei einem Jäger, der seine Beute nicht aus den Augen ließ, kurz bevor er sie erlegte.

Die Straße, auf die Alecto den Audi lenkte, war abgesperrt. Der Asphalt war dunkel und am Rand standen Baumaterialien. Als der Audi die Straßenabsperrungen durchbrach, wirbelten diese durch die Luft. Die Straße hatte eine leichte Steigung, weshalb ich nicht sehen konnte, was sich am Ende befand, doch plötzlich leuchteten zum ersten Mal Bremslichter auf, zuerst die des Audis, dann die von Alectos Motorrad.

Zu meiner Erleichterung stellte ich fest, dass Tyler die Geschwindigkeit des Wagens ebenfalls drosselte – mit jedem Kilometer, den wir langsamer wurden, löste sich der feste Griff um meinen Hals. Ich konnte besser atmen.

»Ich glaube, Nigel wünscht sich gerade, nicht geflüchtet zu sein«, knurrte Tyler, als er die durcheinandergewirbelten Straßenabsperrungen durchquerte und direkt hinter dem Audi zum Stehen kam. Mein Sichtfeld war etwas verschwommen, mir war schwindelig und die Wunde an meinem Kopf blutete, doch mir blieb keine Zeit, alles genau in Augenschein zu nehmen. Ich sah, dass die Straße nicht fertiggestellt war: Vor dem Audi klaffte ein etwa drei Meter tiefes Loch im Boden.

Tyler und ich stiegen aus dem Wagen aus. Meine Beine fühlten sich an, als wären sie mit Wasser gefüllt. Alecto nickte Tyler zu, der, ohne zu zögern, zu der Fahrertür des Audis schritt.

Mit einem Knurren riss er die Tür auf, packte Nigel Simmons am Arm und zog ihn unsanft aus dem Wagen. Ich stellte mich neben Alecto, die vor ihrem Motorrad stand, aus dem eine trübe Flüssigkeit tropfte.

»Da muss man sich ja verdammt ins Zeug legen, wenn man bei dir einen Mord in Auftrag geben will«, sagte Tyler.

Nigel stolperte aus dem Wagen, landete unsanft auf dem Boden und blickte angsterfüllt zu Tyler hoch. Ich schätzte die beiden ungefähr gleich alt. Er hatte breite Kieferknochen, blonde Haare und sonnengebräunte Haut, als wäre er gerade aus der Karibik wiedergekommen. Wohl eher aus dem Sonnenstudio. Ich sah aus dem Augenwinkel, wie er nach seiner Waffe greifen wollte, doch Tyler war schneller. Er packte seinen Arm und zog die Waffe aus ihrer Halterung. Dann warf er sie Alecto zu.

»Scheiße, ich weiß, wer ihr seid«, rief er und sah von Tyler zu Alecto und wieder zurück. »Was zur Hölle wollt ihr von mir?«

Tyler trat einen Schritt näher an Nigel heran. »Wenn du nicht geflüchtet wärst, wäre alles so viel einfacher gewesen«, sagte er seufzend. »Aber wenn du dich nicht dumm anstellst, ist auch das hier schnell wieder vorbei.«

Nigel wich zurück und unsere Blicke trafen sich für einen Moment.

Tyler hockte sich neben ihn, wodurch sie auf einer Augenhöhe waren. »Nigel«, begann er ruhig. »Mir ist zu Ohren gekommen, dass du den Mord an Louise Ryan begangen hast.«

Nigel wippte mit dem Fuß. »Spinnt ihr? Das war nicht ich! Solche Aufträge nehme ich nicht an.« Als das letzte Wort gesprochen war, hörte sein Fuß auf zu wippen.

»Er lügt«, sagte ich, woraufhin alle drei zu mir sahen. »Seine Körpersprache verrät ihn.«

»Wer bist *du* überhaupt?«, rief er wütend.

Tyler zog seine Waffe hervor und ein Muskel an seinem Kiefer zuckte. »Sprich sie nicht an«, mahnte er.

Alecto trat einen Schritt näher. »Sagst du uns jetzt den Namen der Person, die den Mord in Auftrag gegeben hat, oder müssen wir dich erst foltern?«

Nigel sagte nichts. Stattdessen lehnte er seinen Kopf an die Tür seines Wagens. Schweiß stand auf seiner Stirn und glänzte im fahlen Licht der Straßenlampen.

Tyler seufzte tief und warf einen Blick auf die Kreuzung. Ich wusste, was er dachte. Es würde nicht mehr lange dauern, bis die Polizei hier auftauchte. Bei unserem Glück wahrscheinlich sogar Ian.

Doch dann fiel mir etwas aus dem Kriminologieunterricht ein: Jeder Mensch hatte etwas, das man als Druckmittel gegen ihn oder sie verwenden konnte. Einen Grund, weshalb er oder sie die Verbrechen beging. Rückblickend war ich nicht besonders stolz darauf, doch ich war schließlich nicht mitgekommen, um nur stumm danebenzustehen.

Also riss ich mich los und ging zur Beifahrertür des Audis.

»Was machst du?«, fragte Alecto.

Ich öffnete die Tür und setzte mich in den Wagen, suchte nach seinem Handy. In der Mittelkonsole lagen zwei Einweghandys, aber das waren nicht die, nach denen ich suchte. Er war ein Auftragsmörder, doch darunter war er ein Mensch wie alle anderen. Er besaß ein Handy. Mit Kontakten von Personen, die ihm etwas bedeuteten.

Die alte Devon hätte das niemals gekonnt, dachte ich, als ich das Handschuhfach öffnete und meine Hand um das Smartphone schloss. Dann ging ich zurück zu den anderen. Nigel saß noch immer am Boden.

»Code?«, fragte ich und hielt sein Handy hoch. Von der Kreuzung ertönte ein lauter Ruf.

»Fick dich, du blöde ...«, begann er, doch Tyler brachte ihn mit dem Laden seiner Waffe zum Schweigen. Ich wusste, dass er ihn nicht erschießen würde – Nigel hingegen kannte nur den Ruf, den Tyler in Chicago hatte. Und das reichte für ihn aus, um zu verstummen.

»Viermal die null«, presste er widerwillig hervor.

Alecto schnaubte belustigt.

Überrascht stellte ich fest, dass die Handschuhe auf dem Handybildschirm funktionierten. Mit zitternder Hand öffnete ich die Kontakte-App. Ich hatte panische Angst, ließ es mir aber nicht anmerken. Hektisch ging ich die Namen durch, bis ich den ersten weiblichen fand. Eine wilde Vermutung, doch irgendwo musste ich beginnen.

»Anita«, las ich laut vor und sah zu ihm, um seine Reaktion abzuschätzen. Nichts.

Ich scrollte weiter und verteilte dabei eine dünne Spur meines Blutes auf dem Bildschirm. Das Handy würden wir also auf jeden Fall vernichten müssen. »Chrystal, Deirdre ...«

»Was zur Hölle tut sie da?«, rief Nigel wütend und blickte zu Tyler hoch, der mich gebannt ansah.

»Naomi.«

Sein Fuß zuckte und er drehte seine Handflächen einen Zentimeter von mir weg. Wenn ich nicht darauf geachtet hätte, wäre es mir nicht aufgefallen. Der Körpersprachekurs hatte sich wirklich ausgezahlt.

Ich nickte wissend. »Naomi also«, hörte ich mich sagen und merkte, dass sowohl Alecto als auch Tyler keine Ahnung hatten, woher ich das wusste. Doch sie ließen mich einfach machen, wofür ich mehr als dankbar war.

»Das sind alles Arbeitskontakte«, zischte er. »Glaubst du allen Ernstes, ich bin blöd genug, mein privates Handy zu einem Auftrag mitzunehmen?«

Ich ignorierte ihn und wählte stattdessen die Nummer. Dann stellte ich das Handy auf Lautsprecher. Seine Augen weiteten sich und er wurde zunehmend nervöser.

»Leg sofort auf.«

»Hallo? Nigel?«, dröhnte eine weibliche Stimme aus dem Handy.

Ich drehte mich etwas zur Seite. »Oh, hey!«, sagte ich eine Spur zu freundlich. »Ich habe gerade dieses Handy gefunden und einfach irgendeine Nummer gewählt! Kennst du die Person, der es gehört?«

Nigel öffnete seinen Mund, um etwas zu erwidern, doch Alecto setzte sich neben ihn und legte ihre behandschuhte Hand auf seinen Mund. Dann presste sie mit der freien Hand ihren Zeigefinger auf ihre Lippen und zwinkerte ihm zu.

»Ja! Es gehört meinem Freund!«, rief sie aufgeregt. »Das ist so lieb von dir.«

Du hast ja keine Ahnung wie lieb. Arme Naomi. »Ach, das ist doch kein Problem. Sagst du mir deine Adresse, damit ich das Handy vorbeibringen kann?«

»Klar! S. Pulaski Road 607. Direkt neben dem Fischrestaurant. Aber du musst es nicht vorbeibringen, ich hole es auch gern ab –«

Ich beendete den Anruf. Irgendwie tat Nigel mir plötzlich beinahe leid. Wahrscheinlich, weil ich wusste, wie es war, wenn man Angst um jemanden hatte, den man liebte. Naomi bedeutete ihm etwas. Das konnte man an seinem Körper erkennen, der starr war wie eine Statue. Dennoch – er tat mir nur *beinahe* leid. Schließlich war er ein Auftragsmörder und ermordete unschuldige Menschen wie Louise Ryan.

Tyler sah zu mir und ich nickte einmal kurz. »S. Pulaski Road 607 also«, sagte er. »Alec, willst du vorfahren?«

»Halt einfach mal dein Scheißmaul, okay?«, rief Nigel, doch ich konnte den verzweifelten Unterton raushören. »Was seid ihr für kranke Bastarde?«

»Sagte der Auftragsmörder«, murmelte Alecto.

»Na gut!« Er schrie es förmlich. »Ich kenne die Namen der Menschen nicht, die mir die Aufträge erteilen, allerdings mache ich zur Absicherung immer ein Foto von ihnen. Davor natürlich. Heimlich.« Er fuhr sich durch die Haare. »Öffne die App, die aussieht wie der Kalender«, sagte er an mich gerichtet. Er sah mir nicht in die Augen. »Darin findest du einen –«

»Ordner«, beendete ich seinen Satz. Ein Feld öffnete sich. Ich sah auf. »Passwort?«

Nigel blickte zu Tyler und rieb sich dann über seinen Arm. »Naomi forever«, murmelte er.

Tyler hob amüsiert eine Augenbraue und Alecto lachte laut auf. Ich gab das Passwort ein, woraufhin sich mehrere Fotos öffneten.

»Es ist das letzte Foto. Der Typ war unfassbar nervös und hat dauernd telefoniert. Er war offensichtlich einer von denen, die einen externen Auftraggeber haben, der nicht selbst kommen konnte. Er hat für den Mord an Louise Ryan und die Manipulation des Helikopters eine Million Dollar gezahlt. Bar.«

Ich tippte auf das Foto, doch es dauerte eine Weile, bis es sich öffnete. Offenbar handelte es sich um Fotos, die er auf eine Art Cloud geladen hatte.

»Alecto, mach du doch schon mal das Video, in dem Nigel seine Tat gesteht und erzählt, wer ihn angeheuert hat.«

Sie bedeutete Nigel, ihr zu folgen.

»Aber nur, wenn Naomi nichts passiert«, hörte ich ihn sagen. »Wegen euch Arschlöchern muss ich jetzt umziehen!«

Tyler trat zu mir. Als Nigel außer Hörweite war, berührte er sanft meinen Arm. »Bist du in Ordnung?«

Ich nickte und atmete zitternd aus. »Ja, und du?«

»Solange es dir gut geht. Mach dir keine Gedanken um mich.« Er zeigte auf das Handy von Nigel. »Wir machen ein Foto von dem Typ, damit wir es durch die Datenbank laufen lassen können«, meinte er.

Das Bild öffnete sich und mein Herz blieb stehen.

»Wir müssen es nicht durch die Datenbank laufen lassen«, sagte ich wie betäubt und drehte das Handy so, dass Tyler es sehen konnte.

Das Bild war von Ian.

Kapitel 30

»Mein Dad ist ein Mörder«, sagte ich mehr zu mir selbst und schüttelte fassungslos den Kopf. Ich befand mich in der Schwebe zwischen Lachen und Weinen, weshalb ich nichts davon tat und einfach an die Wand vor mir starrte.

Tyler, Alecto und ich waren wieder zurück im Büro und saßen mit Sebastian und Wes zusammen. Nachdem Tyler meine Wunde am Kopf desinfiziert, verbunden und mir ein Kühlpack gegeben hatte, hatte er seinem Vater und Wes berichtet, wie der Auftrag abgelaufen war. Schließlich hatte er ihnen das Foto von Ian und das Video von Nigel gezeigt, in dem dieser gestand, dass er den Mord begangen hatte – aufgetragen von dem Mann auf dem Foto, welches ebenfalls in dem Video zu sehen war.

Sebastian hatte die ganze Zeit über auf seinem Tisch gesessen, grimmig genickt und nicht mehr als ein gelegentliches »Hm« beigesteuert. Alecto hingegen war von der einen Seite des runden Raumes zur anderen gegangen, bis Wes sie mahnend angesehen hatte und sie sich schmollend neben ihn auf die Couch gesetzt hatte. Tyler hatte die ganze Zeit über dicht neben mir gestanden.

Nun nickte Sebastian. »Louise Ryan und der Pilot sind beide deinem Vater zum Opfer gefallen. Oft sind doch die einfachsten Lösungen die richtigen: Elliott hat Louise loswerden wollen, da sie eine zu große Konkurrentin gewesen ist. Doch als er dann gemerkt hat, wie auffällig das ist, hat er nach einem Weg gesucht, sich aus der Affäre zu ziehen. Denn wer würde glauben, dass er den Helikopterabsturz selbst herbeigeführt hat? Ein Absturz, bei dem er beinahe gestorben wäre?«

Ich schnaubte, als ich daran dachte, wie panisch ich an diesem Tag gewesen war, nachdem Ian einfach aufgesprungen und gegangen war, ohne mir zu sagen, was passiert war. Dabei hatte er natürlich bereits gewusst, was Sache war.

»Er hat diese Menschen umgebracht«, meinte ich verzweifelt. Meine Stimme zitterte und klang so klein, wie ich mich im Moment fühlte. »Menschen, die Familien haben. Familien, die nun in Trauer leben, während es für meinen Vater nur ein weiterer Schritt in Richtung Wiederwahl war.«

Ich ballte meine Hände zu Fäusten. »Und dann hat er auch noch die Dreistigkeit, mir die Morde anzuhängen. Das würde so viele seiner Probleme auf einmal lösen: Er wäre aus dem Schneider und ich wäre weg vom Fenster.« Ich drückte das Kühlpack unterbewusst etwas fester an meine Wunde und zog scharf die Luft ein. Eilig presste ich die Lippen aufeinander. Es tat höllisch weh, doch das ließ ich mir nicht anmerken. Ich wollte Tyler keinen Grund dafür geben, dass ich morgen nicht dabei sein konnte.

Er legte mir eine Hand auf die Schulter. »Wir werden ihn damit nicht davonkommen lassen. Wir haben einen Beweis, den wir morgen bei seiner Gala allen vorspielen werden. Dann bekommt dieses Arschloch endlich das, was er verdient hat.«

»Wir haben den Beweis, dass es *Ian* war«, wandte Wes ein. »Das kann nicht zwingend auf Elliott zurückverfolgt werden.«

Sebastian stand vom Schreibtisch auf. »Es reicht erst einmal, wenn der Haftbefehl gegen Devon fallen gelassen wird. Das ist unser oberstes Ziel.« Er sah zu mir. »Wenn Ian festgenommen wird und nicht selbst gesteht, dass er im Auftrag von Elliott gehandelt hat, lassen wir uns etwas anderes einfallen, um ihn zur Strecke zu bringen, alles klar?«, fragte er und ich nickte.

Wann war es dermaßen eskaliert? Es ging nicht mehr nur darum, meine Unschuld zu beweisen, sondern Elliott wegen Mordes anzuklagen.

Ich spürte Tylers besorgten Blick, ohne ihn zu sehen. »Ich bringe Devon nach oben, der Tag heute war etwas viel«, setzte er an. »Morgen brauchen wir all unsere Kraft für den letzten Auftrag.« Ich sah zu ihm hoch und unsere Blicke trafen sich. Augenblicklich fühlte ich, wie sich mein Puls verlangsamte. Wenn ich in seine Augen sah, wurde ich jedes Mal aufs Neue daran erinnert, warum ich das alles tat. »Ich bestelle deine Lieblingsgerichte aus dem *Preston* und wir verbringen den Abend auf der Couch.« Er hielt mir die Hand hin und zog mich auf die Füße. »Und ihr ruht euch auch aus«, sagte er in die Runde.

Ich ließ meinen Blick durch den Raum schweifen und sah die besorgten Mienen der anderen. »Mir geht's gut«, versicherte ich lahm, weil ich nicht angesehen werden wollte, als wäre ich zu bemitleiden. »Ich schaffe das morgen.«

Sebastian kam mit sorgenvoller Miene auf mich zu. »Ich frage dich das nur ein einziges Mal, Devon.« Er sah kurz zu Tyler und dann wieder zu mir. »Willst du den Auftrag immer noch ausführen, wie wir ihn geplant haben? Denn falls ja, bist du zwar frei, doch dein Vater im Gefängnis.«

Mit jeder Faser meines Körpers war ich mir bewusst, was das bedeutete. Und wie riskant der Auftrag morgen werden würde. Dennoch nickte ich. »Ja«, sagte ich mit Nachdruck. »Ich kann den Tag kaum erwarten, an dem er nichts mehr über mich, diese Stadt und die Menschen darin zu sagen hat.«

Sebastians Augen blitzten auf und für einen Moment sagte keiner von uns etwas. Wir waren fünf Menschen in einem kleinen Raum inmitten der Unterwelt und würden den Bürgermeister ein für alle Mal stürzen.

***

»Das ziehe ich nicht an«, sagte Alecto empört und starrte mit offenem Mund auf das Kellnerkostüm in meiner Hand. »Sag mal! So war das nicht abgesprochen! Wir wollten doch als Securitypersonal gehen.« Sie verschränkte ihre tätowierten Arme vor der Brust.

»Wes hat nur das hier finden können.« Ich zuckte mit den Schultern. »Komm schon, ich habe es ja auch angezogen.« Ich zeigte an meinem Kostüm hinunter, welches Wes heute Morgen aus dem Gebäude gestohlen hatte, in dem die Gala stattfand. Ich trug die Uniform, die alle Kellnerinnen und Kellner heute Abend bei der Gala tragen würden: eine schwarze Hose mit Hosenträgern, ein weißes Hemd und eine schwarze Fliege. Meine Haare hatte ich mir wie im Ballett streng zu einem Knoten zusammengebunden. »Endlich bin ich mal damit dran, dich zu zwingen, etwas anzuziehen«, sagte ich grinsend.

Alecto seufzte resigniert und riss mir den Kleiderbügel aus der Hand. »Wenn das hier ein Film wäre, würden wir etwas richtig Heißes für diesen Auftrag tragen.« Sie blickte verträumt an die Decke von Tylers Wohnung.

»Einen roten Jumpsuit vielleicht. Oder ein kurzes Kleid mit genug Taschen für all meine Messer.«

Ich lachte, doch insgeheim verschaffte es mir eine enorme Genugtuung, nicht wie sonst im teuren Designerkleid auf diese Gala gehen zu müssen. Es war die Wiedergutmachung für all die Abende, an denen ich die stille Begleitung meines Vaters hatte sein müssen. Die Vorzeigetochter.

Jetzt konnte ich sein, wer ich wollte.

Und heute Abend würde ich sein Untergang sein.

»Du siehst sogar als Kellnerin hervorragend aus«, raunte mir Tyler plötzlich ins Ohr. Ich hatte ihn gar nicht kommen hören. Das hatte er so an sich – er pirschte sich oft an wie eine Raubkatze. Ich drehte mich zu ihm um. Er trug genau dasselbe wie ich – auch er würde heute als Kellner das Gebäude betreten. Doch während das Hemd an mir eher schlaff aussah und mich wie üblich in eine graue Maus verwandelte, sah er darin aus, als wäre das Kostüm für ihn geschaffen worden. Das weiße Hemd spannte sich um seine Schultermuskeln und seine dunklen Haare waren ordentlich gekämmt.

»Das musst du jetzt sagen«, antwortete ich, woraufhin er mein Kinn mit seinem Daumen anhob und seine Lippen auf meine legte.

»Ich lüge nie«, raunte er an meinen Lippen. Dann atmete er einmal tief ein und sah durch seine dunklen Wimpern in meine Augen. »Wir werden es schaffen. Du wirst wieder frei sein und dein Dad wird das bekommen, was er verdient hat.«

Nachdem Alecto mit genervter Miene aus dem Schlafzimmer gekommen war und Tyler erst einmal den Mittelfinger gezeigt hatte, da er in schadenfrohes Gelächter ausgebrochen war, machten wir uns auf dem Weg zum Parkplatz vor dem Hotel. Wes und Sebastian saßen bereits im Wagen, als wir einstiegen. Sebastian nickte uns im Rückspiegel zu. Wes drehte sich zu uns um und versuchte nicht einmal, sich das Lächeln zu verkneifen. »Alec, du siehst aus, als hättest du dich auf einen Besenstiel gesetzt. Schau nicht so böse.«

Alecto funkelte ihn an, als sie die Tür des Wagens schloss. »Ich sag es dir im Guten, Wes. Ein Wort zu der Uniform und wir müssen uns jemand anderen suchen, der das Boot fährt.«

Ah ja. Das Boot.

Nur einer der sieben verrückten Punkte unseres Plans. Mit dem Boot würden wir bis zum Gebäude fahren, in dem die Gala stattfand. Wie ich bei der Recherche herausgefunden hatte, handelte es sich hierbei um einen fünfzehn Stockwerke hohen Apartmentkomplex, der direkt am Wasser lag. Und damit meinte ich wirklich *direkt* am Wasser. Lieferungen konnten nicht nur über die Straße, sondern auch mit dem Boot in das Gebäude gebracht werden – eine Tatsache, die wir uns zunutze machten. Wes würde das, wie er es genannt hatte, Fluchtboot fahren – ich hoffte inständig, dass er wirklich wusste, wie das ging – und dann mit Sebastian dort warten, bis wir den Auftrag erledigt hatten.

Sebastian startete den Wagen, der mit einem leisen Surren zum Leben erwachte. Kurze Zeit später zog Chicago an uns vorbei: kahle Bäume, rotgrün blinkende Lichterketten, mit Christbaumkugeln behängte Buchsbäume, die die Eingänge der Apartmenthäuser säumten, und zwischendrin immer wieder der Chicago River, der zwischen den Hochhäusern aufblitzte.

Während sich Wes, Alecto und Sebastian ein letztes Mal über die einzelnen Etappen des Plans unterhielten, nahm ich Tylers Hand in meine. Mein Herz klopfte zu schnell in meiner Brust und ich hielt seine warme Hand, als wäre sie das Einzige, was mich davon abhielt davonzutreiben.

Da jede einzelne Ampel auf Rot umschaltete, kamen wir alles andere als zügig voran. Aus irgendeinem Grund fühlte sich das an wie ein schlechtes Omen. Schließlich stellte Sebastian den Wagen vor einem für die Feiertage geschmückten Kaufhaus ab, dessen Lichterfassade blinkte. Ich wusste nicht, ob es an der Situation lag, in der wir uns befanden, doch für mich sahen die blinkenden Lichter nicht fröhlich, sondern aggressiv aus.

Nur wenige Meter weiter vorn lag eine von Chicagos breiten Brücken. Damit wir nicht zu viel Aufmerksamkeit erregten, gingen wir in kleineren Gruppen zum Anlegeplatz: zuerst Sebastian mit Wes gefolgt von Tyler und mir und schließlich Alecto. Es war weniger ein Anlegeplatz als eine winzige moosüberwachsene Treppe, die in den Stein gehauen war und an der Seite des Bürgersteiges zum Fluss hinunterführte.

»Nach dir«, sagte Tyler und wies mit der Hand auf die kleine Treppe. Sogar während eines Auftrages ein Gentleman.

Ich stieg die rutschigen Stufen vorsichtig hinab, wobei bei jedem Schritt ein schmatzendes Geräusch ertönte. Als ich das Boot sah, entfuhr mir trotz der Aufregung ein Lachen. Als Sebastian von dem Boot erzählt hatte, war mein erster Gedanke ein kleines Motorboot gewesen, mit dem viele Chicagoer im Sommer auf den Lake Michigan fuhren. Doch das hier war kein kleines Boot: Es war bestimmt fünfmal so groß, wie ich es mir vorgestellt hatte. Es war weiß und am Rand stand *Mary* in schwarzen Buchstaben – Sebastians Mutter. An einem Mast auf dem Deck wehte eine schwarze Flagge mit einem Totenkopf darauf. Sie peitschte wild im winterlichen Wind umher.

Ich hob eine Augenbraue. Wenn man damit mal keine Aufmerksamkeit erregte.

Während Wes und Sebastian in der Fahrerkabine verschwanden, stellte ich mich an den Bug und blickte über den Fluss.

»Für dich«, hörte ich eine Stimme hinter mir und kurz darauf sah ich Alectos tätowierte Hand vor meinem Gesicht auftauchen. Ich lächelte schwach und nahm die Gefängnisfreikarte entgegen. Dann steckte ich sie in die Tasche meines Jacketts und tippte zweimal darauf. »Danke, Alec.«

Sie klopfte mir auf die Schulter. »Was denkst du gerade?«

Ich hob überrascht eine Augenbraue. »Was ich denke?«

»Ja«, sagte sie und nickte. »Weil du aussiehst, als würdest du gleich losheulen.«

Ich seufzte tief. So fühlte ich mich auch. Im Augenwinkel sah ich, wie Tyler die Seile löste. »Ganz ehrlich? Ich fühle mich verantwortlich für das alles. Wenn ich nicht wäre, müsstet ihr das nicht machen. Und wenn einem von euch etwas passiert, könnte ich mir das niemals verzeihen.«

Alecto legte beide Hände auf meine Schultern und sah mich eindringlich an. »Du tust so, als wärst du es nicht wert, dass jemand etwas für dich tut. Wir lieben dich, Devon. Und gemeinsam treten wir dieses Arschloch von seinem Thron.«

Meine Augen brannten und ich schloss sie fest in meine Arme. Sie roch nach Lagerfeuer und Seife. Als sie sich von mir löste, schenkte sie mir ein kurzes Lächeln und sagte: »Aber heul nicht, okay?«

Ich schnaubte leise und sah zu, wie sie in die Fahrerkabine ging und die Karten an Wes und Sebastian austeilte. Sebastian nahm die Karte von seiner Tochter entgegen und nickte ernst, als wäre es ein wichtiger Bestandteil des Sieben-Punkte-Plans.

Da ich keine Aufgabe zugeteilt bekommen hatte, blieb ich während des Losfahrens einfach an der Reling stehen und ließ meinen Blick über den Fluss schweifen. Chicago vom Wasser aus zu sehen, war noch beeindruckender als von der Straße. Die Wolkenkratzer wirkten höher und ragten in den klaren Himmel. Durch die Jahreszeit waren beinahe keine anderen Boote unterwegs, lediglich die am Ufer befestigten Restaurant- und Partyboote leuchteten fröhlich vor sich hin. Grüppchen standen in dicken Jacken zusammen auf den von Lichterketten gesäumten Decks und reckten grölend ihre Gläser in die Luft.

»Alles in Ordnung?«, fragte Tyler, als er neben mich trat.

Ich drehte mich um und sah Wes und Sebastian, die immer noch gemeinsam in der Fahrerkabine standen. Als Wes mich sah, reckte er beide Daumen in die Höhe, was ihm einen bösen Blick von Sebastian einbrachte, der eilig nach dem Lenkrad griff. Alecto konnte ich nirgends erkennen.

»Ich denke schon«, sagte ich und beobachtete, wie sich seine Hände um die Reling schlossen. Dann löste er sie wieder und griff erneut danach. Ich sah zu ihm auf.

»Du bist nervös«, stellte ich überrascht fest.

Er schüttelte den Kopf. »Ich war noch nie nervös vor einem Auftrag.« Eine Weile sah er in den Himmel. Gedämpftes Gelächter, das Plätschern des Wassers und das Brummen des Motors drangen an meine Ohren. Schließlich legte er den Arm um mich und zog mich an sich. Sein Körper strahlte eine angenehme Wärme aus. »Allerdings hatte ich auch noch nie zuvor so viel zu verlieren. Dass du mitkommst, ist so, als hätte ich mir mein Herz aus der Brust gerissen und ließe es neben mir hergehen. Ungeschützt und in freier Schussbahn.«

Ich nickte ernst, da ich wusste, von was er sprach. Dann legte ich meinen Kopf auf seine Schulter und betete still, dass alles gut werden würde.

Die letzten Sonnenstrahlen färbten die Wolken rosa und ließen den Himmel aussehen wie ein Gemälde. Flugzeuge zeichneten dünne Pinselstriche auf die Leinwand, während uns das Boot immer weiter in die unmittelbare Nähe von Ian und Elliott brachte – direkt in die Höhle des Löwen. Die Frage war nur, wie groß die Chance war, dass eine Bande von Füchsen den mächtigen Löwen in seinem eigenen Revier bezwingen konnte.

Mit jeder Minute, die vorbeiging, schnürte sich meine Kehle enger zu. Beinahe, als könnte ich Ians Hand spüren, die sich um meinen Hals legte.

Ich seufzte innerlich. Wenn es eine Sache gab, die ich gelernt hatte, dann war es, dass es zu nichts führte, vor etwas davonzulaufen. Man konnte rennen, solange man wollte – am Ende führte einen der Weg wieder dahin zurück, wo es begonnen hatte.

Am Ende musste man sich seinen Monstern stellen.

Kapitel 31

Das gläserne Gebäude befand sich an der Gabelung, an der sich der nördliche und der südliche Chicago River trafen. An der Seite war eine Anlegestelle für Boote, an der allerdings aufgrund der Veranstaltung außer unserem kein weiteres zu sehen war.

Nachdem Tyler und Sebastian das Boot an der dafür vorgesehenen Stelle befestigt hatten, legte sich eine unheilvolle Stille über uns. Jeder wusste, was er zu tun hatte, und doch fiel der Abschied schwer. Tyler warf Sebastian einen bedeutungsvollen Blick zu, ehe er sich über den Rand schwang und mir danach seine Hand anbot. Er zog mich auf festen Boden und Alecto folgte mir in einer eleganten Bewegung, die mich schwer an einen Ninja erinnerte.

Sebastian sah jeden von uns streng an. »Ich gebe euch dreißig Minuten. Wenn ihr bis dahin nicht wieder hier seid, schicke ich meine Leute rein und hole euch raus.«

»Aye, Sir«, meinte Tyler und tippte sich an einen imaginären Hut.

Ich öffnete meinen Mund, nur um letztendlich doch nichts zu sagen. Die Wahrheit war, dass ich schreckliche Angst davor hatte, was in diesem Gebäude passieren würde.

Die Doppeltür aus Glas, die uns Zugang verschaffen würde, war wie vermutet mit einem Schloss gesichert. Es war über und über von Rostspuren und Kalkflecken bedeckt, ausgelöst durch die ständige Feuchtigkeit, der es ausgesetzt war. Tyler blickte sich einmal um, ehe er zwei Dietriche aus seinem Jackett hervorzog und sie in das Schloss steckte.

Nach einer Minute sagte Alecto: »Du warst aber auch schon mal schneller – hast du verlernt, wie das geht?«

Er schnaubte, ohne den Blick vom Schloss zu nehmen. »Das Schloss ist verrostet, Alec. Und du weißt ganz genau, dass es einen Grund hat, dass immer ich derjenige bin, der die Schlösser knackt. Nicht du.«

Keine Sekunde später gab es ein Klicken von sich, woraufhin er die Klinke nach unten drückte und die Tür nach innen aufschwang. Er drehte sich um und tippte mit einem triumphierenden Lächeln auf seine Uhr. »Zwei Minuten. Das ist immer noch ziemlich gut.« Er warf die Dietriche in den Fluss und klopfte sich die Hände ab.

Auf dem Weg in die Lobby fiel mir auf, dass Tyler oft seine Seite berührte – die Stelle, an der normalerweise seine Waffe gewesen wäre. Seinem Gesichtsausdruck nach zu urteilen, war für ihn das Fehlen der Pistole die Höchststrafe. Durch den »Anschlag«, der angeblich auf den Bürgermeister verübt worden war, herrschte die Sicherheitsstufe gelb, was bedeutete, dass jeder Mitarbeiter und Besucher vor Zutritt abgetastet wurde.

An der Tür, die zur Eingangshalle führte, angekommen, drehte sich Tyler ein letztes Mal um. »Ihr wisst, was zu tun ist. Wir dürfen nicht zusammen gesehen werden.« Er unterbrach sich. »Am besten sollten wir gar nicht gesehen werden. Wir müssen uns von den Gästen fernhalten. Vor allem von denen, die uns erkennen könnten«, sagte er und sah mich dabei an. »In zehn Minuten treffen wir uns am vereinbarten Treffpunkt. Lasst euch nicht erwischen.«

Er legte seine Hand auf die Klinke. An ebendieser Hand trug er seinen schwarzen Lederhandschuh, mit dem er den USB-Stick im entscheidenden Moment aus seinem Jackett nehmen würde, um ihn in die Anlage zu stecken.

Er zögerte kurz, kam einen Schritt auf mich zu, nahm mein Gesicht sanft zwischen seine Hände und gab mir einen Kuss. Dann löste er sich von mir und sah mir in die Augen. *Schon wieder ein Abschied*, stand darin geschrieben. Dann öffnete er die Tür und verschwand als Erstes.

»Wie sieht das aus?«, wollte Alecto wissen und lächelte mich breit an, was zugegebenermaßen etwas gruselig wirkte. »Oder ist es so besser?« Sie zeigte ihre Zähne.

»Am besten keins davon«, gab ich zu und verzog entschuldigend das Gesicht.

Sie ließ die Arme sinken. »Wie lächelt man denn, wenn man reichen Menschen in den Arsch kriecht?«

Ich straffte meine Schultern, hob mein Kinn und setzte das Lächeln auf, das ich über die Jahre hinweg perfektioniert hatte. »So.«

Alecto nickte anerkennend. »Das werde ich wohl nie können«, sagte sie. Dann warf sie einen Blick auf ihre Uhr und zählte leise runter. Als sie bei null angekommen war, setzte sie ihr gruseliges Lächeln auf und verschwand ebenfalls durch die schwere Metalltür.

Zitternd atmete ich aus und legte den Kopf in den Nacken. Es war nicht die Tatsache, dass wir einen Auftrag erledigten, die mich in Angst versetzte. Es war die Nähe zu meinem Vater und Ian und die Tatsache, dass mich viele Menschen hier kannten. Dass ich von der Polizei wegen Mordes gesucht wurde, versuchte ich zu verdrängen.

Komm schon, Devon. Du schaffst das.

Ich warf einen Blick auf meine Armbanduhr und nickte. Ab ins Schlachtfeld.

Nachdem ich die von rotem Teppich ausgelegte Eingangshalle gefahrlos durchquert hatte, stellte ich mich an der Schlange zum Aufzug an. Direkt vor der Tür standen eine Mitarbeiterin und ein Mitarbeiter der Security, die die Gäste und Kellner abtasteten, bevor sie in den Aufzug stiegen und nach oben fuhren.

Es dauerte nicht lange, da schickte mich die brünette Frau in einen der Aufzüge. Viele der Gäste beschwerten sich lauthals darüber, dass sie abgetastet wurden.

Ich lächelte vorsichtig, als ich mich auf den letzten freien Platz zwischen einer Frau in einem buttergelben Kleid und einem Mann mit grauem Anzug und zu ihrem Kleid passender Fliege stellte.

Sie beachteten mich nicht. Ich war eine Kellnerin. Unsichtbar.

»So viel Aufwand für eine Wiederwahl«, seufzte die Frau im gelben Kleid und betrachtete ihren Lippenstift im Spiegel am Rand des Aufzuges.

»Wählst du ihn überhaupt?«, fragte der Mann, der desinteressiert auf seinem Handy herumtippte.

Sie hielt in ihrer Bewegung inne. »Er hat einen Helikopterabsturz überlebt«, sagte sie, als erklärte das alles.

Ich schnaubte. Und es wurde still. Scheiße. Eilig schniefte und hustete ich und gab vor, eine Erkältung zu haben. Die Frau musterte mich abschätzig von oben bis unten und rückte ein Stück von mir ab.

Ich konnte das Blut in meinen Ohren rauschen hören, dabei kam der gefährliche Teil erst noch auf mich zu. Als sich die Türen des Aufzugs öffneten, strahlte mir das Gesicht meines Vaters von sämtlichen Plakaten entgegen.

So breit wie auf dem Bild hatte ich ihn im echten Leben noch nie lachen sehen.

Ich beeilte mich, um einen Platz am Rand des Raumes einzunehmen, wo ich nicht so leicht entdeckt werden konnte. Ich passierte Stehtische mit blütenweißen Tischdecken, auf denen geschmackvolle Blumengestecke standen. Männer und Frauen in eleganter Kleidung tummelten sich dazwischen, tranken aus goldenen Champagnerflöten und lachten gegenseitig über die Witze des anderen. Aus reiner Höflichkeit, verstand sich. In Wahrheit warteten alle nur darauf, bis der andere fertig geredet hatte, damit sie selbst mit wahlweise ihrem neuen Boot, Haus oder Schmuckstück angeben konnten.

Dominiert wurde der Raum von der großen Bühne am hinteren Ende, auf der unter der Leinwand mehrere Mikrofone und zwei Sessel platziert worden waren. Bei genauerem Hinsehen entdeckte ich die anderen Leinwände, die im Raum verteilt standen. Darauf wechselte sich das Bild meines Vaters mit seinem Wahlkampfslogan ab: *Fallen, aufstehen und kämpfen – Bürgermeister Turner.* Ich verzog angeekelt das Gesicht. Es hätte eigentlich heißen sollen: *Lügen, betrügen und morden – bald ehemaliger Bürgermeister Turner.*

Ich bahnte mir einen Weg durch die Menge und scannte konzentriert die Gesichter. *Fokussier dich,* dachte ich. *In fünf Minuten musst du am Treffpunkt bei Alecto und Tyler sein.*

Fünf Minuten, in denen ich mich nicht schnappen lassen durfte. Ich beobachtete die Personen im Raum und blieb plötzlich an einem vertrauten Gesicht hängen.

Zu vertraut. O Gott. O Gott. O Gott.

Meine Augen weiteten sich beim Anblick von Ians zurückgegelten Haaren und schwarzem Anzug. Er stand neben seinem Bruder Jason und schien, genau wie ich, den Raum zu scannen. Und als wäre das nicht genug, befand er sich genau dort, wo ich in weniger als fünf Minuten sein musste. Scheiße. Wo waren Tyler und Alecto? Ich konnte sie nirgends ausmachen, aber das war ja auch irgendwo der ganze Punkt.

Als sein Blick in meine Nähe schweifte, erwachte ich aus meiner Schockstarre. Blitzschnell drehte ich ihm den Rücken zu und trat an einen der Stehtische, wo ich eine Flasche Champagner aus dem Kühler nahm und ein halb leeres Glas nachschenkte. Meine Hände zitterten und der weiße Schaum sprudelte über den dünnen Rand des Glases.

»Was zum ...«, sagte eine der Frauen am Tisch und ich sah auf, um mich zu entschuldigen, als mein Herz aussetzte. Ich blickte direkt in die Augen von Jasons Freundin Mia.

»Devon?«

Fuck.

Ich knallte die Flasche auf den Tisch, wodurch noch mehr Schaum daraus hervorsprudelte und die weiße Tischdecke durchnässte. Und dann lief ich – so schnell, wie es, ohne viel Aufregung zu erregen, ging – in die entgegengesetzte Richtung.

Ich hielt auf die bodentiefen Fenster zu, die einen Blick auf den Fluss und die blinkende Skyline Chicagos boten.

Mia hatte mich gesehen.

Atme, Devon. Das ist halb so schlimm. Wenn ich Glück hatte, sagte sie sich, dass sie sich eingebildet hatte, mich gesehen zu haben. Denn was hatte Devon als Kellnerin auf der Party ihres Vaters zu suchen? Nichts. Eigentlich hatte sie rein gar nichts hier zu suchen.

Ich kämpfte mich mit staubtrockener Kehle durch die Menge, als mich eine hohe Stimme aus meinen Gedanken riss. »Miss, wo sind die Toiletten?« Stimmt. Ich war eine Kellnerin.

Ich setzte ein Lächeln auf, doch es fühlte sich nicht glaubwürdig an. »Äh«, stammelte ich verloren und sah mich nach dem Schild um. »Ich glaube dort hinten.« Ich zeigte vage in eine Richtung, da mir langsam die Zeit ausging.

»Bitte?«, fragte die Frau und legte ihre Hand auf ihre Brust. »Sie glauben?

Das ist nicht besonders professionell. Wer bringt den Angestellten heutzutage überhaupt noch anständiges Benehmen bei?«

Wütend sah ich auf. »Wer bringt Ihnen denn anständiges Benehmen bei?« Mit diesen Worten ließ ich sie stehen und machte einen Schritt nach vorn. Vorsichtshalber wagte ich einen Blick in Richtung Ian ...

... doch er war weg.

Ich reckte meinen Hals, um Tyler oder Alecto zu erkennen, als sich plötzlich eine Hand um meinen Oberarm schloss. Ich erstarrte.

»Was. Zur. Hölle.« Ians Stimme war kaum mehr als ein Flüstern, während mir der Boden unter den Füßen weggezogen wurde.

Ich versuchte mich aus seinem Griff zu befreien, doch ich hatte keine Chance. »Lass mich los, verdammt.«

Mir stiegen Tränen in die Augen. Es war hoffnungslos. Es war vorbei. Jetzt konnte ich nur hoffen, dass Tyler und Alecto ohne mich weitermachten. Sie mussten es tun.

Doch mir blieb keine Zeit mehr abzuwarten, ob sie es schafften, da mich Ian bereits aus dem Raum zerrte. »Wir müssen reden«, sagte er schlicht und Übelkeit stieg in mir auf. Das konnte nicht wahr sein.

Ich sah mich panisch um, als plötzlich das Licht ausging. Während alle um mich herum die Luft anhielten, atmete ich erleichtert auf. Sie hatten es geschafft. Mehrere aufgebrachte Schreie hallten durch den Raum und Gespräche verstummten, als die Monitore zu flackern begannen.

»Was ...«, krächzte Ian, der zwar meinen Arm immer noch nicht losgelassen hatte, jedoch stehen geblieben war, um zu sehen, was los war.

In diesem Moment gingen alle Monitore simultan an. Eigentlich hätte ich mich um die Verkabelung kümmern müssen, damit die Bilder auch auf die Bildschirme in der Lobby im Erdgeschoss übertragen wurden, doch das hier musste genügen. Keine Sekunde später flackerte Nigel Simmons' Gesicht über die Bildschirme.

»Abstellen!«, schrie eine Stimme, die verdächtig nach meinem Vater klang.

Ich konnte nicht anders – auf meinem Gesicht breitete sich ein zufriedenes Lächeln aus.

»Was hast du getan?«, hauchte Ian verständnislos und zuckte merklich zusammen, als Alecto Nigels Handy in die Kamera hielt. Darauf zu sehen war Ian.

»Ist das der Mann, der dir den Auftrag erteilt hat?«, fragte Alecto in dem Video gerade. Ihre Stimme war verzerrt worden.

Und dann sah ich eine Bewegung in der Menge. Während alle wie gebannt auf die Bildschirme starrten, liefen zwei Silhouetten in meine Richtung. Tyler und Alecto!

Ian schien sie ebenfalls zu bemerken, denn er verstärkte seinen Griff und zog mich weiter, bis wir in einem Treppenhaus standen. Die Tür schloss sich und er versperrte sie von innen.

Mit weit aufgerissenen Augen kam er auf mich zu und packte mich am Hemd. »Was machst du hier?«, rief er und Speichel flog aus seinem Mund.

Ich riss mich los und hielt seinem Blick stand. »Was willst du jetzt tun?«, verlangte ich zu wissen und erkannte dabei meine eigene Stimme kaum wieder. »Würgst du mich wieder, bis ich Sternchen sehe?«

Ian schüttelte den Kopf und trat einen Schritt zurück, als hätten ihn meine Worte verletzt. »Devon, so bin ich nicht mehr, ich habe mich geändert.«

Er hatte sich geändert? Ich öffnete den Mund, um etwas zu erwidern, als ein lautes Klopfen gegen die Metalltür ertönte.

»Aufmachen«, forderte Tyler von der anderen Seite.

Beim Geräusch seiner Stimme schien Ian wach zu werden. »Devon, stopp! Ich muss zuerst mit dir reden. Ich habe mich wirklich geändert«, wiederholte er und umfasste meinen Oberarm, um mich am Gehen zu hindern.

»Du hast dich nicht geändert. Ich mich aber.« Ohne nachzudenken, riss ich meine Faust nach oben und verpasste ihm einen Kinnhaken. Ich spürte ein unangenehmes Knacken und war mir nicht sicher, ob es von meiner Hand oder seinem Kiefer kam. Der Schmerz breitete sich in Wellen aus und ich zog scharf die Luft ein, während mir Tränen in die Augen traten.

Ian grunzte und hielt sich den Kiefer, mit der anderen Hand drückte er meinen Arm fester, während ich versuchte, zur Tür zu gelangen. Außer der Tatsache, dass ich mir wahrscheinlich mein Handgelenk geprellt hatte, hatte das rein gar nichts gebracht. Das Überraschungsmoment war vorbei und eine weitere Chance, seinem Griff zu entkommen, bekam ich nicht.

Das Klopfen auf der anderen Seite der Tür wurde nun lauter, doch mir war klar, dass Tyler und Alecto nicht ewig warten konnten. Die Sicherheitsleute meines Vaters waren zweifelsohne bereits dabei, den Raum zu durchsuchen. Wenn sie Tyler oder Alecto fanden, war es aus.

»Hör mir doch mal für einen Scheißmoment zu!« Ians Wut und Verzweiflung waren allgegenwärtig und warfen Schatten in den Raum.

»Was willst du von mir?«, keifte ich und verengte die Augen. Ich konnte ihn kaum ansehen, ohne puren Hass in meinen Adern zu spüren.

Ian sah auf und bewegte seinen Unterkiefer einige Male hin und her, ehe er mir in die Augen sah. »Ich höre nicht auf, bis ich dich zurückhabe.«

Ich keuchte. »Ian, das ist doch nicht dein Ernst! Darum geht es dir?« Als er nicht antwortete, sagte ich: »Du hast mich belogen, im Stich gelassen, beinahe umgebracht. Du hast mit meinem Vater zusammengearbeitet und Nigel –«

»Scheiße, Devon, ich schwöre dir, dass ich das nicht wollte, okay? Ich wollte da nicht mit reingezogen werden!« Er fuhr sich durch die blonden Haare und sah so verzweifelt aus, wie ich ihn nie zuvor gesehen hatte.

Ich glaubte ihm. Ich wusste ganz genau, wie mein Vater sein konnte. Er hatte Ian genauso benutzt wie mich. Und dennoch war es keine Entschuldigung.

Ich deutete auf die Narbe in meinem Gesicht. »War das hier auch mein Vater?« Ich zog meinen Arm aus seinem Griff und zu meiner Überraschung ließ er mich los. »Du solltest mich gehen lassen. Nicht nur mir, sondern auch dir selbst zuliebe.«

Plötzlich veränderte sich seine Haltung und sein Blick wurde härter. »Du hast mich genauso belogen und betrogen.«

Ich schüttelte den Kopf. »Ich habe dich nicht betrogen. Aber ja, es stimmt. Ich habe dich angelogen und mich in einen anderen verliebt. Aber das ist keine Entschuldigung dafür, dass du mich im Park mit Todesangst stehen gelassen und dabei zugesehen hast, wie mir ein Mord angehängt wurde, den ich nicht begangen habe!« Meine Atmung ging schwer. Das Klopfen auf der anderen Seite hatte aufgehört. Ich war erleichtert und verängstigt zugleich.

Die nächsten Worte flüsterte er fast. »Ich habe gedacht, dass ich dich auf diese Weise zurückbekomme. Ich hätte dir helfen können, deine Unschuld zu beweisen. Mir war schon immer bewusst, dass du die Eine bist, aber als ich dann mit dem Blumenstrauß in der Wohnung stand und du einfach weg warst ... ich weiß nicht. Da ist es mir noch bewusster geworden. Alles, was du dort gelassen hast, steht bis heute an seinem Platz. Weil du zurückkommen wirst.« Er musterte mich und sah aus, als ränge er mit sich, ob er den nächsten Satz wirklich aussprechen wollte.

»Von was redest du?«, zischte ich. Ich hatte seine Spielchen satt.

»Ich habe nach anderen Wegen gesucht«, antwortete er schnell. »Ich habe überlegt, wie ich dich wiederbekommen könnte. Und dann ist mir eine Unregelmäßigkeit aufgefallen und ich habe recherchiert und ...«

»Was?« Mein Herz schlug schneller.

Der Schmerz in seinen Augen war allgegenwärtig. »Ich habe rausgefunden, dass deine Mutter ...«

Meine Mutter? Was hatte all das mit ihr zu tun? »Was, Ian?« Meine Stimme war hoch.

Und dann sagte er die Worte, die ich in meinem Kopf Hunderte Male abspielen würde.

»Deine Mutter ist am Leben, Devon. Sie ist nie gestorben.«

Mein Herz klopfte schneller und schneller. Dann setzte es aus. Ich hörte ein Klingeln in meinen Ohren.

»Und wenn du zu mir zurückkommst, erkläre ich dir alles, okay? Ich habe Elliott nichts davon erzählt, aber ich helfe dir, sie zu finden. Doch zuerst musst du mit mir kommen und mit deinem Vater reden, Devon, es ist der einzige Weg. Er weiß, dass du hier bist, und wird dich nicht lebend wieder rauslassen, wenn du dich ihm nicht stellst. Er lässt nicht zu, dass du seine Karriere zerstörst. Ich will dich nicht sterben sehen.« Er schob mich mit Panik in den Augen die Treppe nach oben, doch mein Körper fühlte sich taub an. »Ich will wirklich nur das Beste für dich.«

Seine Worte gingen durch mich hindurch wie eine Sturmböe durch einen leeren Raum, während er mich die Treppe weiter nach oben schob.

»Keinen Schritt weiter«, hallte plötzlich eine Stimme durch das Treppenhaus. Alecto stand vor uns, die Arme nach vorn gestreckt. Mehrere Strähnen hatten sich aus ihrer Frisur gelöst und ihr weißes Hemd war von einer klaren Flüssigkeit durchtränkt. Sie warf einen hektischen Blick zu mir.

»Ich will Devon nur helfen«, erwiderte Ian und sah Alecto eindringlich an.

Sie knurrte. »Wenn du ihr wirklich helfen willst, dann lässt du sie gehen.«

Er schüttelte den Kopf. »Ihr versteht es einfach nicht. Es gibt keinen Weg hier raus!«

Alecto trat einen Schritt näher. Ich riss die Augen auf und formte ein einziges Wort mit meinen Lippen: »Verschwinde.« Denn wenn sie jetzt nicht ging, schaffte sie es nicht mehr raus. Sie hatte keine Waffe. Es war aussichtslos.

Sie ignorierte mich und kam einen weiteren Schritt näher. Ich blinzelte einmal und plötzlich war sie zwischen uns, löste mich aus seinem Griff und stieß Ian in Richtung Treppe. Ich riss mich los, streckte meine Hand nach Alecto aus, doch es war zu spät.

»Ian!«, rief ich, aber er hatte sich am Geländer festgehalten, seine Waffe gezückt und blickte wütend zu Alecto.

»Du bringst sie um!«, schrie er.

Wie in Zeitlupe sah ich, wie sich sein Finger um den Abzug krümmte. Ich riss meine Augen auf und sprang.

Der Schuss ertönte.

Alecto prallte gegen die Wand und sank langsam daran nieder. Der Schuss hallte so laut durch das Treppenhaus, dass es das gesamte Gebäude gehört haben musste.

Ich hörte erst nichts mehr, dann ertönte erneut ein Klingeln in meinen Ohren. Wie betäubt stürzte ich auf Alecto zu, die sich den Bauch hielt – ihre Hände bereits rot vor Blut. Ihre Lieblingsfarbe.

Ich streckte meinen Arm aus, doch Ian zog mich weg, bestimmter als zuvor. Als ich strampelte und mich mit Händen und Füßen wehrte, packte er mich und warf mich kurzerhand über seine Schulter, wobei sich sein harter Knochen in meinen Bauch bohrte. Meine Hände hielt er dabei fest in seinen.

Meine Sicht verschwamm.

»Alecto!«, schrie ich. Panisch blickte ich zu der Stelle, an der sie gerade noch gekauert hatte, doch dort war nur noch ein Blutfleck zu sehen. Von ihr keine Spur.

Ian zerrte mich in einen Aufzug. Wir fuhren nach oben.

»Lass mich runter!« Ich bekam keine Luft und wehrte mich gegen seinen Griff. Wehrte mich und kämpfte. Im Aufzug und auch dann noch, als wir plötzlich auf dem Dach standen und meine Lunge sich mit kalter, brennender Luft füllte. Doch es war aussichtslos. Vorbei.

Als er mich runterließ, schlug ich erneut nach ihm, doch dieses Mal schaffte er es, meinen Schlag mit seiner Hand abzufedern. Er sah mir in die Augen. »Ich rette dir das Leben, Dev. Irgendwann wirst du mir danken.«

Ich biss die Zähne aufeinander. »Ich hasse dich«, spuckte ich aus. »Ich hasse dich so sehr, dass es mir physische Schmerzen bereitet. Du denkst, dass ich dich zurücknehme, nachdem du meine Freundin erschossen hast?« Ich raufte meine Haare. »Du bist krank! Krank –«

»Es braucht nur ein bisschen Gehirnwäsche und schon glaubst du, dass diese Menschen deine Freunde sind.«

Ich drehte mich um. Mein Vater stand nur wenige Meter entfernt von mir auf dem Dach. Die letzten Sonnenstrahlen waren inzwischen verschwunden und die Dunkelheit hüllte Chicago in seinen kalten Mantel. Neben ihm standen ein Mann und eine Frau, die ich beide nicht kannte.

Ich schluchzte. »Du hast keine Ahnung, was es bedeutet, zu lieben. Und du kennst mich nicht im Geringsten, das hast du nie!«

Er schnaubte. Wie immer wirkte er ruhig. Seine Worte waren wie Eiszapfen, die nacheinander in den Schnee fielen. »Seit dem Tod deiner Mutter bist du beeinflussbar und schwach. Aus dir hätte etwas werden können. Doch stattdessen entscheidest du dich dafür, mich in der schlimmsten Form zu demütigen und mit Tyler Fox durchzubrennen wie ein Teenager.«

Meine Atmung ging schwer. Als ich nach links blickte, sah ich, dass Ian still am Rand des Gebäudes stand. Ich fühlte mich wie ein Tier in der Falle, doch ich würde mir das nicht anmerken lassen. Ich strich mir durch die wirren Haare und krallte mich an das letzte bisschen Würde, das ich besaß.

Mein Herz blutete für Alecto. Wenn sie tot war, war es allein meine Schuld. Mein Herz blutete für Tyler. Wenn ich hier oben starb – und danach sah es aus –, dann würde ich ihn nie wiedersehen. Nie wieder beobachten können, wie sich die Lachfältchen um seine Augen bildeten, oder seine warme Stimme hören, wenn er meinen Namen sagte. Es war vorbei. Ich stand wieder am Anfang. Gefangen zwischen Ian und Elliott – mit Tyler außer Reichweite.

Ich räusperte mich, auch wenn mir zum Weinen zumute war. *Stark bleiben*, sagte ich mir. *Ich werde vor ihm nicht meine Würde verlieren.*

»Was willst du von mir?« Meine Stimme klang kratzig.

Mein Vater nickte anerkennend, als hätte er auf diese Frage gewartet. »Du wirst mit uns kommen. Wir bringen dich auf eine Wache, wo du den Mord an Louise Ryan sowie den Anschlag gestehen wirst. Wenn nicht, erschießen wir zuerst deinen Verbrecher und danach dich.«

Ich horchte auf. »Meinen ...?«

Und dann ging die Tür auf und ein Mann warf Tyler förmlich auf den Boden zu meinen Füßen. Sein Arm war blutüberströmt und sein Hemd zerrissen, doch er rappelte sich sofort wieder auf.

»Tyler«, hauchte ich und lief ihm entgegen. Sein Blick war so besorgt, dass es wehtat. Er schloss mich fest in die Arme und ich schluchzte laut. Er roch nach zu Hause. Nach Liebe. Nach meinem Tyler.

»Was haben sie dir angetan?«, knurrte er.

Ich schüttelte den Kopf. »Alecto«, krächzte ich, doch weiter kam ich nicht.

Tyler ging zwei Schritte auf Ian zu und schlug ihm mit der Faust ins Gesicht. Einmal. Noch einmal. Niemand hielt Tyler auf und niemand kam Ian zu Hilfe. »Ich werde dich umbringen!«, schrie er, als er ein letztes Mal zuschlug. Erst jetzt wurde mir bewusst, dass ich ihn noch nie so die Fassung hatte verlieren sehen.

»Genug!«, rief mein Vater und das Wort klingelte in meinen Ohren wie der Nachhall eines Schusses.

Tyler knurrte zornig, ehe er zwei große Schritte auf meinen Vater zuging. Zu meiner Genugtuung sah ich, dass dieser zurückwich. »Wenn du sie nicht gehen lässt, wird dich die ganze Unterwelt jagen wie einen Hund. Sie werden keine Ruhe geben, bis du in einer dreckigen Gasse verrottest!«

Elliott verzog keine Miene und zog stattdessen eine Waffe aus seiner Manteltasche hervor. Ich rannte zu Tyler und griff nach seiner Hand, wollte ihn aus der Schusslinie zerren. Dabei war es nutzlos.

Jetzt standen wir so nah am Rand des Gebäudes, dass ich unwillkürlich an den ersten Abend denken musste, an dem Tyler und ich vereint gewesen waren. Mein Tutu im Wind. Sein Flüstern in meinem Ohr.

Für einen kurzen Moment war alles still. Ian richtete sich keuchend auf, er war blutüberströmt.

Als mein Vater wieder sprach, jagte seine Stimme kalte Schauer durch meinen Körper. »Entscheide dich. Ein Leben im Gefängnis, wo dich dein Abschaum besuchen kann, oder ich erschieße ihn auf der Stelle.«

Panisch blickte ich zu Tyler. »Wir stecken fest«, hauchte ich kaum hörbar. »Das war's.« Eine Träne lief meine Wange hinunter, direkt gefolgt von der nächsten.

Er drückte meine Hand und unsere Blicke trafen sich. Hellbraun auf Grau. Plötzlich gab es nur noch uns. »Es gibt immer einen anderen Weg.«

Die Worte hallten in mir nach. Und ich verstand. Mehr musste er nicht sagen.

»Nehmt sie fest«, sagte Elliott zu einem der beiden Unbekannten. »Und erschießt ihn«, fügte er kalt hinzu.

Doch es gab nur Tyler und mich. Mich und Tyler. Am Rande der Welt.

Tyler sah mich fragend an und ich nickte kaum merklich. Tränen liefen heiß über mein Gesicht, als ich meine Hand hob, um sie an seine Wange zu legen.

Ein Schluchzen entkam meiner Kehle.

»Falls wir es nicht schaffen sollten«, flüsterte Tyler. »Ich liebe dich. Ich liebe dich so sehr, Devon. Aber alles wird gut, okay? Das wird es immer.«

Doch wir wussten beide, dass das Glück dieses Mal nicht auf unserer Seite war. Wir mussten es in die Hände des Schicksals legen.

»Ich liebe dich auch«, hauchte ich.

Die Unbekannten kamen näher.

Und gleichzeitig überbrückten wir die letzten zwei Meter zum Rand des Gebäudes.

Elliotts Stimme rief: »Warte, was ...«

»Nein!«, hörte ich Ian rufen.

Die Zeit blieb stehen. Ich hob meinen Blick. Ich dachte an Papierschneeflocken, das Sonnenlicht in seinen Augen und seine Lippen auf meinen. All das war genug gewesen. Genug Glück für ein ganzes Leben.

Es gibt immer einen anderen Weg.

Tyler sprach leise, ohne den Blick von mir abzuwenden. Diese Worte waren nur für uns bestimmt. »Das Leben ist hart«, sagte er bitter.

Unendlich viele Tränen liefen meine Wangen hinunter, als ich nach seiner Hand griff. »Aber wir haben uns.«

Und dann sprangen wir.

ENDE von Band 1

Triggerwarnung

Diese Geschichte enthält folgende sensitive Themen:

- Körperliche Gewalt
- Emotionale Gewalt
- Tod und Trauer

Danksagung

Jedes Buch beginnt als kleiner Funke. Als ich die Idee für Devon und Tylers Geschichte in einer Vorlesung an der Uni hatte, hätte ich nicht gedacht, dass dieser Funke in nur kurzer Zeit ein ganzes Feuer in mir entfachen würde. Die Dankbarkeit, die ich dafür empfinde, dass ich diese Zeilen schreiben darf, lässt sich nur schwer in Worte fassen.

Begonnen hat die spannende Reise erst so richtig mit meiner Agentin Sophie. Danke, dass du an mich und die Geschichte geglaubt und mich an die Verlagswelt herangeführt hast! Ich werde nie vergessen, wie schnell mein Herz geschlagen hat, als du mir die guten Neuigkeiten eines Abends in der Sprachnachricht mitgeteilt hast. Danke für alles!

Riesiger Dank gilt auch dem Team bei Carlsen Impress für eure Begeisterung und euer unermüdliches Engagement. Ann-Kathrin – ich bin überaus froh, dich an meiner Seite zu haben, und hatte von Anfang an ein gutes Gefühl. Und Larissa – gemeinsam mit dir am Manuskript zu arbeiten, hat unfassbar viel Spaß gemacht! Danke, danke, danke!

Ein gigantisches Dankeschön an meine Eltern, die mich vom ersten Tag an unterstützt und mir den Rücken freigehalten haben. Papi, du hast mir beigebracht, dass man niemals aufgeben darf. Mom, du hast Devon und Tylers Geschichte als Allererste gelesen und mir seit Beginn dieser Reise nichts als Liebe und Begeisterung entgegengebracht. (Und das beste Essen auf der ganzen Welt.)

Danke auch an die beste Schwester, die man sich wünschen kann. Alisa, du bist meine beste Freundin, mein *Partner in Crime*. Wenn man dich an seiner Seite hat, braucht man sich vor nichts und niemandem zu fürchten. Danke, dass du jedem stolz erzählst, dass deine kleine Schwester Autorin ist.

Danke an Paulina und Quenty, meine kleinen Sonnenstrahlen. Ihr seid jeden Tag eine Bereicherung.

Besonderer Dank gebührt dir, Dominik. Noch bevor ich es ausgesprochen habe, hast du gewusst, dass ich Autorin bin. Für dich gab es von Anfang an nicht den leisesten Zweifel, dass ich es schaffen kann. Danke, dass du immer an mich geglaubt hast und meine größte Stütze bist. Ich liebe dich.

Jeder sollte eine Freundin haben, die sich so für einen freut, dass sie Tränen in den Augen hat. Bianca – danke, dass du an meiner Seite bist, ich dich jederzeit anrufen kann und du mich mit selbst gemachten Churros versorgst. Auch wenn ich es dir damals nicht gesagt habe – als ich die Idee für diesen Roman hatte, saßt du in Medienpsychologie neben mir.

Emma. Deine Begeisterung, Unterstützung und besonders deine Freundschaft bedeuten mir alles. Und du weißt ja – jede Autorin braucht eine Ärztin an ihrer Seite. Danke für jeden einzelnen Ratschlag! Mach dich gefasst auf viele weitere (und äußerst seltsame) medizinische Fragen.

Danke an die Person, ohne die das Autorenleben nur halb so schön wäre. Clara – deine Unterstützung und deine aufmunternden Worte kommen immer zur richtigen Zeit. Sich mit dir über Ideen, Szenen, Musik und Charaktere auszutauschen, versüßt mir das Schreiben. Du hast sofort an das Buch geglaubt und es von Anfang an gewusst. Ich bin so froh, dich kennen zu dürfen!

Marie – haben wir uns wirklich erst letztes Jahr kennengelernt? Es kommt mir so viel länger vor. Du hast die Geschichte als eine der Ersten gelesen und mich seither in jeglicher Hinsicht unterstützt. Wie würde ich das alles ohne deine warmen Worte, GIFs, Sprachnachrichten und unsere gemeinsamen Schreibsessions über Zoom schaffen?

Mein großer Dank geht außerdem an meine Testleserinnen. Danke, dass ihr euch die Zeit genommen habt, die Geschichte zu lesen. Besonders Jojo – ich bin glücklich, dich eine Freundin nennen zu dürfen.

Außerdem möchte ich allen Menschen danken, die mir auf dem Weg geholfen und mir Mut gemacht haben. Ob liebe Worte auf Instagram oder die Unterstützung meiner Freunde und Familie – nichts davon blieb unbemerkt! Ich danke jedem Einzelnen von euch von Herzen.

Zum Schluss möchte ich mich bei dir bedanken, liebe*r Leser*in. Dafür, dass du mir, Devon und Tyler eine Chance gegeben hast. Das Ende ist fies, ich weiß. Und es tut mir auch leid. Ein bisschen. Umso mehr freue ich mich darauf, in Zukunft weitere Geschichten mit euch zu teilen! Bei Fragen oder einfach, um sich auszutauschen, findet ihr mich bei Instagram unter *@leandraseyfried*.

Alles Liebe
Leandra

DIE MACHT DER GEFÜHLE
TAUCH EIN IN ROMANTISCH-FANTASTISCHE GESCHICHTEN.
IM
PRE
SS
#IMPRESSBOOKS
ALLES VON IMPRESS HIER:
IMPRESSBOOKS.DE

KNISTERNDE
BAD BOY ROMANCE

Lillemor Full
REBEL KISS. HEIMLICHE LIEBE
ISBN 978-3-551-30375-2
Softcover
Auch als E-Book erhältlich

Bereits an ihrem ersten Tag als Rettungsschwimmerin läuft Maddie Ace über den Weg, dem Anführer einer zwielichtigen Surfer-Gang. Mit seinem dunklen Ruf und den zahlreichen Tattoos sollte er sie eigentlich das Weite suchen lassen. Aber Maddie lässt sich nicht einschüchtern, womit sie Ace nicht nur beeindruckt, sondern sich auch in Gefahr bringt.

Larissa Schira
LOVE ME FASTER
ISBN 978-3-551-30408-7
Softcover
Auch als E-Book erhältlich

Selina kann nicht fassen, dass sie den aufgehenden Star der Rennfahrer-Szene in einen Autounfall verwickelt – und er sie auch noch zu einem Rennen einlädt. Daniel Breuning führt sie in eine Welt voller Glamour und schneller Autos ein. Aber ein Leben im Scheinwerferlicht hat auch seine Schattenseiten.

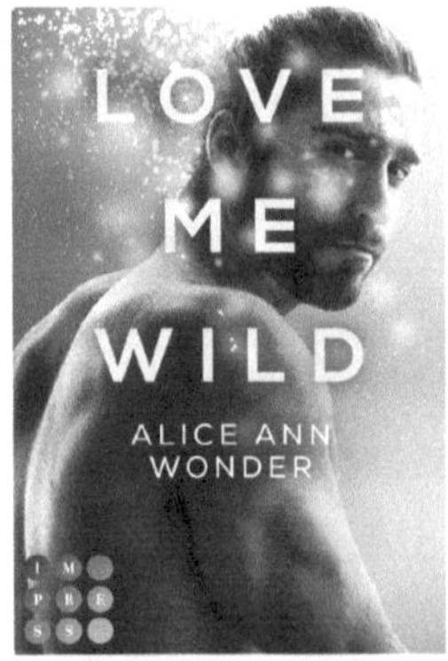

Alice Ann Wonder
LOVE ME WILD (TOUGH-BOYS-REIHE 1)
ISBN 978-3-551-30367-7
Softcover
Auch als E-Book erhältlich

Die schüchterne Emma trifft nach einem Familiendrama auf den selbstbewussten Kampfsporttrainer Tyler Mason. Der durchtrainierte Bad Boy hilft ihr auf ungewöhnliche Weise zu erkennen, dass mehr in ihr steckt, als sie vermutet. Doch Tylers düstere Geheimnisse stellen Emmas Vertrauen immer wieder auf die Probe. Bis ihn seine dunkle Vergangenheit einholt.

IMPRESS

WWW.IMPRESSBOOKS.DE

HERZ ÜBER KOPF VERLIEBT

Emma S. Rose
UNEXPECTED LOVE
ISBN 978-3-551-30286-1
Softcover
Auch als E-Book erhältlich

Sophies scheinbar perfektes Leben bricht zusammen und sie sieht sich gezwungen ihre Koffer zu packen, um zu ihrem Großvater an die Nordsee zu ziehen. Doch statt der erwarteten Rentner-WG trifft Sophie dort auf einen jungen Mitbewohner, der sie – aber auch ihr Herz – zum Rasen bringt ...

Mimi Heeger
TO ME AND YOU. GRACE & ADAM
ISBN 978-3-551-30330-1
Softcover
Auch als E-Book erhältlich

Eigentlich wollte Grace sich eine Auszeit von ihrer Familie nehmen und herausfinden, was sie vom Leben will. Doch die Reise von England nach Holland verläuft anders als ursprünglich geplant: Adam, der Adoptivsohn ihrer Tante, wurde zu ihrem ständigen Begleiter auserkoren und weicht ihr nicht mehr von der Seite.

WWW.IMPRESSBOOKS.DE

Impress

Die Macht der Gefühle

Wir produzieren nachhaltig

- Klimaneutrales Produkt
- Papiere aus nachhaltigen und kontrollierten Quellen
- Hergestellt in Europa

FSC www.fsc.org MIX Papier aus verantwortungsvollen Quellen FSC® C083411

Impress

Ein Imprint der Carlsen Verlag GmbH

Oktober 2022

Lektorat: Larissa Bendl

Umschlagbild: shutterstock.com / © TasiPas / © Olga.And.Design

Umschlaggestaltung: Bianca Wagner // Cover Up Buchcoverdesign

ISBN 978-3-551-30524-4

www.impressbooks.de